신의 아이 1

KAMI NO KO VOL.1

© YAKUMARU GAKU, 2014

All rights reserved.

Original Japanese edition published by Kobunsha Co., Ltd.

Korean translation rights arranged with Kobunsha Co., Ltd.

through EntersKorea Co., Ltd., Seoul.

Korean translation copyright © 2019 by MongsilBooks Publishing

이 책의 한국어판 저작권은 (주)엔터스코리아를 통한 저작권사와의 독점 계약으로 몽실북스가 소유합니다.

신 저작권법에 의하여 한국 내에서 보호를 받는 저작물이므로 무단전재와 무단복제를 금합니다.

야쿠마루 가쿠 薬丸岳
장편소설 | 이정민 옮김

神
の
子

신
의
아
이

1

MONGSIL
BOOKS

일러두기

본문에 있는 모든 주석은 옮긴이의 주입니다.

| 차례 |

프롤로그

서점에서 책을 뒤적이고 있는데 아이디어가 떠올랐다.

나는 책을 덮고 뒤표지에 적힌 가격을 확인했다. 3천 2백 엔. 최근 시행된 새로운 법률에 관한 책이다. 아무리 전문서라지만 고작 이 정도 내용으로 3천 엔이나 뜯어내려 하다니. 그야말로 사기 아닌가 싶어 속으로 웃으면서 책을 도로 책장에 꽂아 놓았다.

머릿속에서 아이디어를 다듬으며 다른 책장도 둘러봤다. 시야 한쪽에는 아까 읽은 책의 글귀가 선명하게 비추어졌다. 그중에는 알지 못하는 용어도 몇 개 있었다. 법률서 여러 권을 참고해 가며 내가 모르는 용어의 의미를 머릿속에서 메꿔 나갔다.

이 아이디어라면 돈을 왕창 벌지는 못해도 그럭저럭 먹힐 것 같았다. 확신이 들자 나는 법률서 코너를 뒤로 했다. 그러고는 에스컬레이터를 타고 지하에 있는 만화 코너로 내려가 미노루를 찾았다.

미노루는 책장 앞에 책상다리로 앉아 만화책을 보고 있었다. 실실 웃으면서 책장을 넘기는 미노루에게 말을 걸었다.

"미노루, 가자."

만화책에 푹 빠진 미노루는 아무 반응이 없었다.

그렇게 재미있는 만화책인가? 헤벌레한 표정의 미노루가 침이 잔뜩 묻은 손가락으로 페이지를 넘겼다. 그 모습이 이상하게 보였는지 한 손님이 멀찌감치 서서 미노루를 구경하고 있었다. 키 180센티미터에 몸무게 100킬로그램이 넘는 체격은 나보다 훨씬 훌륭하지만, 미노루의 머릿속은 여섯이 여린아이나.

"손님, 비닐을 함부로 뜯으시면 곤란합니다." 점원이 다가와 미노루에게 주의를 주었다.

이 서점에서는 계산 전에는 읽지 못하도록 만화책에 비닐 포장이 되어 있다. 그러나 미노루가 그 의미를 이해했을 리가 없다. 미노루가 뜯은 비닐이 바닥 여기저기에 흩어져 있었다.

점원에게 혼이 나자 미노루가 불안한 듯 주위를 두리번거렸다.

"히로시 짱…."

나를 발견하더니 울상을 하고 도움을 청해 왔다.

나는 한숨을 내쉬고 미노루를 향해 걸어갔다.

"미안하게 됐군. 비닐을 뜯은 책은 계산하도록 하지."

점원은 불쾌한 얼굴로 미노루를 보면서도 납득한 모양이었다.

나는 미노루가 보고 있던 만화책과 이미 비닐을 뜯은 채 내버려 둔 만화책을 들고 점원과 함께 계산대로 향했다.

"그렇게 재미있었어?"

서점에서 나온 뒤 나는 미노루에게 물었다.

"응." 미노루가 만화책이 든 쇼핑백을 소중히 끌어안으며 고개를 끄덕였다.

"뭐가 재미있는데?"

"곰이 버둥거리는 거."

무슨 소린지 모르겠다. 물어본 내가 바보였다.

이케부쿠로에 있는 대형서점에서 조시가야 방면으로 걷는 도중 노면전차인 도덴아라카와 선이 지나가는 것이 보였다. 조시가야 역에서 2분 거리에 있는 6층짜리 아파트가 내 직장이다.

나는 아파트 공동 현관에서 인터폰을 눌렀다.

"네." 인터폰에서 무뚝뚝한 목소리가 돌아왔다.

"나다."

"아, 오셨습니까."

상대의 대답이 있고서 바로 유리문이 열렸다.

엘리베이터를 타고 6층으로 올라가 사무실 현관문을 열었더니 열 켤레쯤 되는 신발이 삐뚤빼뚤 놓여 있었다. 나는 그것들을 밟으면서 신발을 벗고 복도를 지났다.

거실 문을 열자 남자들의 목소리가 들리고 후텁지근한 열기가 훅 끼쳐 왔다. 다다미 열다섯 장(다다미 두 장이 약 한 평 크기에 해당) 크기의 거실에는 소파 세트와 사무용 책상 네 개가 놓여 있다. 마주 앉은 남자들이 책상에 놓인 문서를 보면서 휴대전화로 통화를 하고 있었다. 불법 사이트에서 모집한 허접한 녀석들이 내가 쓴 시나리오를 바탕으로 열연 중이다.

"오, 중역께서 이제야 출근하셨군."

소파에 앉아서 녀석들의 연기를 감독하고 있던 다테가 말했다.

"자료 수집하고 오는 길이다."

나는 다테를 흘끗 보고 대꾸한 뒤 냉장고에서 우유를 꺼내 유리잔에 따랐다.

옆방에서 욕설과 고함 소리가 새어 나왔다. 여기 거실에 있는 남자들은 경찰관이나 변호사 등을 연기하며 상대방에게 돈을 입금하게 하지만, 옆방은 만남 사이트 같은 곳에 접속한 호구에게 공갈을 놓는다. 각방마다 벽에 방음재를 붙였는데도 목소리가 약간은 새어 나왔다.

미노루가 냉장고에서 요구르트 두 개를 꺼내서 다가왔다. 마개를 벗겨 달라고 조르기 위해서다.

"너, 어제 뉴스 봤냐?"

그 말에 나는 다테에게 시선을 돌렸다. 그러고는 바로 대답하지 않고 미노루가 가져온 요구르트 마개를 벗겨 주었다.

"이 시나리오가 나오던데. 이제 이것도 못 써먹겠네?" 다테가 남자들을 향해 턱을 치켜들었다.

어제 뉴스는 나도 봤다. 뉴스에서는 내가 짠 전화금융사기 수법을 소개하면서 주의를 당부하고 있었다. 한동안 쓸 만한 줄 알았기에 놀란 것은 사실이다.

"새 시나리오는 생각해 두었다. 무로이 씨와 상의해서 허락이 떨어지면 시나리오를 넘겨주지."

무로이는 나와 다테의 고용주다. 3LDK(방 세 개에 거실, 식당, 주방으로 이루어진 집)인 이 아파트는 물론 일하는 데 쓰이는 대포폰이나 은행 계좌, 각종 설비도 전부 무로이가 마련한 것이다. 하지만 무로이가 이 아파트에 오는 일은 없다. 나와 다테 둘에게 이 일을 맡겼기 때문이다.

다테의 역할은 불법 사이트에서 동료를 모집하고 그들에게 일을 지시하는, 이른바 행동대장이다. 내 역할은 주로 사기 계획을 구상해서 시나리오를 쓰는 것이다. 그 밖에도 컴퓨터에 관한 일이나 전문 지식이 필요할 때는 내가 나선다.

하지만 같이 일한다고 해서 서로를 신용하는 것은 아니다.

다테는 내가 무로이에게 거두어지기 1년 전부터 이미 수하로 일했다고 한다. 나이는 스물세 살이라고 들었지만 다테라는 이름을 포함해서 어디까지가 사실인지는 모른다.

한 가지 확실한 것은 다테의 온몸 구석구석에는 문신이 새겨져 있고 항상 그것을 슬쩍 보이면서 거드름을 피운다는 것이다. 그동안 어떤 패거리와 어울리며 어떤 인생을 보내 왔는지 쉽게 상상이 갔다.

호감이 갈 만한 유형의 인간은 아니지만, 이런 일에는 나 같은 인간이 필요한 동시에 다테 같은 인간도 필요하다. 이곳에 충동적으로 모여드는 어리석은 자들을 통제하는 데는 다테의 흉폭함이 때로는 도움이 된다.

나는 유리잔을 들고 내 방으로 갈 참이었다.

"야, 바둑이도 데려가!"

다테의 말에 나는 시선을 보냈다.

"눈에 거슬리잖아. 저 쓸모없는 녀석 좀 데려오지 마. 도대체 왜 저 녀석한테까지 보수를 지불해야 하느냔 말이야."

"그만큼 내가 일을 하고 있는데 왜 불만이지? 적어도 너보다는 훨씬."

내 대답에 다테의 입언저리가 딱딱하게 굳었다.

"무로이 씨가 아껴 준다고 해서 너무 나대지 마라." 다테가 찌르는 듯한 시선을 보내왔다.

그 시선을 무시하고 미노루를 데리고 내 방으로 향했다.

방에 들어가자마자 미노루는 바닥에 책상다리로 앉아서 만화책을 펼쳤다. 나는 의자에 앉아 컴퓨터 전원을 켰다. 인터넷 창을 띄우고 아까 머릿속에 넣었던 용어 몇 개를 재빨리 검색해 봤다. 화면에 수많은 정보가 나타났다. 마우스로 화면을 스크롤해 가며 밀려드는 정보의 파도를 머릿속에 흡수했다.

컴퓨터를 다루기 전까지는 서점에서 얻는 지식이 내 전부였다.

서점은 무한히 펼쳐지는 지식의 우주다. 나는 매일 그 우주를 떠돌아다니며 살아가는 데 필요한 것을 머릿속에 차곡차곡 축적했다. 물론 지금껏 나 자신을 위해 돈을 내고 책을 구입한 적은 없다. 서서 읽는 것만으로 충분했다. 하지만 서점에서 정보를 머릿속에 넣으려면 나름대로 시간이 걸렸다. 그런데 컴퓨터를 사용하고부터 정보의 처리 능력이 한층 빨라졌다.

우유를 한 모금 마셨다. 워드 프로그램을 실행하고 새 시나리오를 작성하기 위해 키보드를 두드렸다.

자동차 경적 소리에 나는 뒤를 돌았다.

검은 차량이 뒤에서 다가오더니 나와 미노루 옆에 멈춰 섰다. 뒷좌석 창문이 내려가자 무로이의 얼굴이 보였다.

"오늘 일은 끝났나?" 무로이가 물었다.

"네, 이제 미노루와 저녁 먹으러 가려던 참입니다."

무로이는 변함없이 근사한 맞춤 정장을 입고 있었다. 상냥한 눈매와 온화한 목소리 탓에 도저히 뒷골목 세계에 사는 사람으로는 보이지 않았다.

"그렇군. 지금 같이 좀 갈 데가 있는데."

무로이가 차 문을 열어 내게 차에 탈 것을 지시했다.

"나도 데려가 주는 거야?" 미노루가 물었다.

"미안하지만 히로시와 할 일이 있으니 먼저 집에 가 있어."

무로이의 말에 미노루가 부루퉁해져서 입술을 내밀었다.

"그래, 하나에서 놀다 오면 되겠구나."

무로이가 재킷 안주머니에서 지갑을 꺼내더니 내게 돈다발을 건넸다. 하나는 이케부쿠로에 위치한 고급 마사지업소로, 전에 한 번 무로이에게 이끌려 미노루와 함께 간 적이 있었다. 무로이가 어서 설명하라고 내게 눈짓했다.

"잘 들어, 가게에 들어가면 남자한테 이걸 다섯 장 줘야 해. 방에 들어가면 여자한테 나머지 다섯 장을 주는 거야. 알겠지?"

나는 미노루에게 돈을 건네면서 알아듣기 쉽게 설명했다.

미노루가 알겠다며 고개를 끄덕였다.

"집에 가는 길에 고요엔에 들러서 맛있는 거 먹고 가거라." 무로이가 부드러운 눈빛으로 미노루를 바라보며 덧붙였다.

고요엔은 무로이 앞으로 외상을 달아 놓을 수 있는 중국 음식점이다.

"가지."

무로이의 눈짓에 나는 뒷좌석에 올라탔다. 문을 닫자 차가 출발했다.

"미노루한테 너무 이상한 건 가르쳐 주지 마십시오. 참는 게 불가능한 녀석입니다."

나는 별 감흥이 없었지만, 미노루는 마사지업소의 서비스가 마음에 들었는지 틈만 나면 또 데려가 달라고 졸라댔다.

"사회 공부나 시킬 겸 데려간 거였는데." 무로이가 재미있다는 듯 웃었다.

"당신이 선호할 만한 공부인 것 같지는 않던데요."

알고 지낸 지 약 1년밖에 지나지 않았지만, 윤락업소를 좋아할 만한 남자는 아니었다.

"사람 사귀는 걸 좋아할 뿐이다. 어떤 곳에 다이아 원석이 굴러다닐지 모르니 말이야. 안 그런가?"

무로이가 나를 쳐다봤다.

"진흙 속에 손을 집어넣고 아무도 알아차리지 못한 다이아 한 알을 찾아내는 게 내 취미거든."

"어디로 가는 겁니까?" 나는 물었다.

"소개할 사람이 있어. 그런데 어제 뉴스는 봤나?"

나는 고개를 끄덕였다.

"다음 수는 생각해 두었나?"

"소비자단체 소송제도라는 걸 아십니까?" 내가 묻자 무로이는 고개를 갸웃했다.

곧바로 턱에 손을 대고 나를 빤히 쳐다봤다. 어떤 이야기가 나올지 기대하는 표정이다. 나는 무로이의 이런 표정을 꽤 좋아한다.

"올해부터 시행된 새 법률입니다."

소비자단체 소송제도란 악덕 상술 등의 계약으로 문제가 생긴 경우, 피해를 입은 소비자를 대신하여 내각부가 인정한 소비자단체 등이 업자를 대상으로 소송을 제기하고, 계약이나 권유의 금지를 청구할 수 있도록 하는 법률이다.

"그래서?" 무로이가 다음 말을 재촉했다.

"요컨대 우리가 소비자단체인 척해서 악덕 업자 때문에 피해를 입은 먹잇감에게 전화를 거는 겁니다. 당신은 전에 이 업자에게 속은 적이 있지 않습니까. 우리는 이 업자에게 소송을 제기할 계획이고 당신의 이야기를 듣고 싶습니다. 다만 소송에는 상당한 비용이 들어서 우리 단체의 힘만으로는 감당할 수가 없으니, 당신이 협조해 주었으면 한다고 말입니다."

"돈을 입금시키는 거군?"

"그렇습니다."

"수입은 얼마나 예상하나?" 무로이가 물었다.

"가족을 사칭하는 '나야 나 사기'처럼 한 명당 수십만이나 수백만 엔은 무리일 테죠. 이 시나리오의 핵심은 자신을 속인 놈들한테 보복하고 싫어 하는 피해자 심리를 자극하는 겁니다."

"결국 또 속인다는 거군."

"이삼만 엔이라면 쉽게 내놓을 겁니다. 손해배상 청구를 해서 돈이 들어온 뒤 협조해 준 사람에게 우선 배분한다고 말하면 더 효과적일 겁니다. 원래 이 제도로는 손해배상까지는 불가능하지만 말입니다. 먹잇감은 그런 사실도 모를 테죠. 게다가 악덕 상술 때문에 피해를 입은 자들의 데이터라면 넘치도록 보유하고 있습니다."

"하긴, ATM 시스템이 변경된 탓에 한 명에게 거액의 입금을 바라는 것은 위험 부담이 있지."

법률이 개정되어 ATM에서 십만 엔 이상의 계좌이체가 불가능해지는 바람에 우리 일도 다소 타격을 받았다.

무로이가 돈 냄새를 맡았는지 미소를 머금었다.

"그걸로 가지."

나는 고개를 끄덕인 뒤 창밖으로 시선을 돌렸다. 어느덧 밤이 이슥해졌다. 무로이와는 한 달에 몇 번밖에 만나지 못하지만 그와 대화를 하면 즐겁다. 매일 다테나 그 수하처럼 머리 나쁜 인간만 상대하고 있는 탓일까.

내가 인간을 구별하는 기준은 단 하나밖에 없다.

머리가 좋은 인간인가, 나쁜 인간인가 —— 그뿐이다. 남자와 여자도, 부자와 가난뱅이도, 선한 인간과 악한 인간도 아니다.

비탈길을 오르자 정면에 큰 문이 보였다. 가까이 가니 문이 양옆으로 열려 차가 안으로 들어갈 수 있었다. 언젠가 본 초등학교 교정만 한 크기의 부지를 달리자 거대한 2층짜리 건물이 보였다.

차는 양복 차림의 사내 두 명이 서 있는 곳에서 멈췄다. 무로이가 차에서 내리는 것을 보고 나도 반대쪽 문을 열었다.

"기다리고 있었습니다."

눈앞의 두 사내가 무로이에게 머리를 숙였다. 사내들의 안내를 받아 건물 안으로 들어갔다. 긴 복도를 지나 정면의 문 앞에서 멈췄다.

"무로이 씨가 오셨습니다."

사내 한 명이 말하자 안에서 문이 열렸다.

"늦어서 죄송합니다."

무로이가 그렇게 말하면서 방으로 들어갔다. 테이블 너머로 점잖게 앉아 있는 백발노인이 눈에 띄었다. 방문 옆에도 무로이와 동년배로 보이는 남자가 서 있었다.

"먼저 한잔하고 있었네. 어서 앉게나."

무로이와 나는 노인의 맞은편에 앉았다.

"재미있다던 녀석이 이자인가?"

노인이 담배를 입에 물었다. 문 근처에 서 있던 남자가 날렵하게 옆으로 다가와 담배에 불을 붙였다.

"그렇습니다. 아카기 씨." 무로이가 대답했다.

"그리 긴장하지 말게. 자, 한잔하지."

아카기는 입이 좁은 도자기 술병을 들고 내 쪽을 향했다.

"이자는 못 마십니다." 무로이가 말했다.

"조금은 괜찮겠지." 아카기가 다시 술병을 내밀었다.

"정밀 기계 같은 녀석입니다. 시연에 지장이 가면 안 되니 끝나고 나서 마시도록 하시지요."

무로이의 말에 아카기가 못마땅한 얼굴로 술병을 물렸다.

"이름은?" 아카기가 물었다.

"오자와 미노루입니다. 명의상은…."

"명의상이라니 무슨 소린가. 본명은 뭔가?" 아카기가 의아한 눈빛을 보내왔다.

"본명은 없습니다. 무로이 씨는 일단 히로시라고 불러 줍니다."

아카기가 나를 쳐다보면서 고개를 갸우거리고 있지만, 그렇게밖에 대답할 수가 없었다.

"설명이 충분치 못한 점 죄송합니다. 이자는 호적이 없습니다."

무로이의 말에 아카기가 놀란 듯이 눈을 휘둥그렇게 떴다.

"호적이 없다? 요즘 시대에 그런 녀석이 일본에 있단 말인가?"

"이자의 말에 의하면 그렇습니다." 무로이가 나를 쳐다봤다.

머리 나쁜 여자가 머리 나쁜 남자에게 걸려 덜컥 임신을 했다. 남자에게 버림받은 머리 나쁜 여자는 전후 사정도 헤아리지 않고 나를 낳은 듯하다. 학교에 들어갈 비용도 아깝다는 생각에 어쩔 수 없이 나를 방안에서 사육하기로 한 것이다. 아이를 시설에 맡기는 방법이 있는데도 그런 정상적인 사고조차 하지 못할 만큼 머리가 나쁜 여자였다.

일단 히로시라는 이름을 지어 주었지만 아무런 의미도 없다. 나는 법률적으로는 존재하지 않는 사람이기 때문이다. 애견한테 바둑이나 방울이 등 편의상 이름을 지은 것과 다를 바가 없다.

"몇 살인가?" 아카기가 흥미를 느꼈는지 질문을 했다.

"아마 열여덟쯤 되었을 겁니다."

당연히 나는 내 생년월일조차 모른다. 약을 과하게 해서 머리가 돌았는지 제대로 셈도 못하는 여자였다. 내가 열여덟 살이라는 것도 의심스럽다.

"오자와 미노루일 때는 스물한 살입니다만." 무로이가 미소를 흘리며 덧붙여 말했다.

"학교도 안 다녔나 보군?"

"네."

내가 대답하자 아카기가 무로이를 쳐다봤다. 뭔가 할 말이 있는 듯했다. 왜 이런 들개나 길고양이와 다름없는 놈을 데려왔는지를 묻는 것이리라.

"히로시는 의무교육도 받지 않았습니다. 한데 무서울 정도로 머리가 좋습니다. 아니, 천재라고 해도 좋을 정도입니다."

"무슨 뜻인가?"

아카기가 마치 값이라도 매기듯이 나를 쳐다봤다.

"히로시와 알게 된 것은 1년쯤 전입니다. 신주쿠에서 나쁜 짓을 하는 걸 보고 스카우트했습니다. 이야기를 들어 보니 3년 전 가출을 한 뒤로 내내 혼자 힘으로 살아왔다고 했습니다."

"뭘 했는지는 모르지만, 머리에 피도 안 마른 녀석이 용케 혼자 살았군."

"서점에서 두 시간쯤 서서 책을 읽으면 살아가는 데 필요한 지식은 얻을 수 있습니다." 나는 그렇게 대답했다.

그 여자는 내가 방에서 나가면 질색을 했다. 누군가에게 내 존재를 들킬까 봐 두려웠던 것이리라. TV는커녕 책 하나 없는 생활 속에서 나는 죽지 않을 만큼 먹이를 먹고 배설하고 자는, 그야말로 짐승 같은 나날을 보냈다.

집에는 이 남자 저 남자가 번갈아 가며 굴러 들어왔다. 하나같이 변변치 못한 남자들이었지만 마지막 남자는 그야말로 쓰레기였다. 약에 절어서 심심풀이로 나를 실컷 때리고 걷어찼다. 도저히 못 참겠어서 남자의 배를 찌르고 집을 뛰쳐나온 것이다. 그놈이 살았는지 죽었는지는 모른다. 나로서는 아무래도 좋을 일이다.

"히로시에게는 특별한 능력이 있습니다. 예사롭지 않은 기억력을 가졌습니다."

"기억력?" 무로이의 말에 아카기가 되물었다.

"가령 책을 읽으면 그 대부분이 머릿속에 기억됩니다. 그리고 내용을 이해하는 능력도 뛰어나지요. 불과 3, 4년 전까지는 읽고 쓰기조차 제대로 못했는데 지금은 법률과 컴퓨터에 관해서도 상당한 지식을 갖고 있습니다."

무로이가 아무리 역설해도 아카기는 얼른 이해가 안 되는지 자꾸만 고개를 갸웃거렸다.

"이봐, 신문 있나?"

아카기가 옆에 앉은 남자에게 말했다. 남자가 가방 속에서 신문을 꺼내 그에게 건넸다. 아카기가 반으로 접힌 신문을 1면이 보이도록 책상 위로 던졌다.

"윗부분 반만 해 보게."

아카기의 말에 나는 신문을 훑어봤다.

1면은 후생노동성을 둘러싼 약물 피해 사건 기사와 미국에서 발생한 총기난사 사건에 관한 기사였다.

1분쯤 훑어보자 아카기가 신문을 거두어 갔다. 지면을 자신 쪽으로 향하게 하고 내게 고개를 끄덕여 보였다. 나는 아카기를 쳐다보면서 또 하나의 시야에 비추어지는 글자를 읽어 내려갔다.

내 얼굴과 신문 기사를 번갈아 보던 아카기의 표정이 달라졌고 이내 "됐네" 하고 손을 들었다.

"어떻게 된 일인가?" 아카기가 기괴한 것이라도 본 얼굴로 무로이를 쳐다봤다.

"히로시는 직관상 기억이라는 능력이 있는 게 아닐까 싶습니다."

"직관상 기억?"

"본 것을 사진 촬영하듯이 기억에 새기는 능력입니다. 수백에서 수천 명에 한 명꼴로 그런 능력을 지닌 사람이 있다고 합니다. 다만 히로시의 능력은 그것만으로는 설명이 되지 않습니다만…."

"무슨 소린가?"

"기억하기만 해서는 지식이라고 할 수 없습니다. 지식으로 만들기 위해서는 그 내용을 이해하고 응용하는 힘이 필요하기 때문입니다. 히로시에게는 그 두 가지 능력이 다 있다는 겁니다."

"본 게 머리에 남는다는 건가?" 아카기가 나를 쳐다보며 물었다.

"머릿속에 기억한다기보다는 또 하나의 시야에 그 기억이 이미지로 비치는 것입니다."

무로이가 말했듯이 단순히 기억하기만 해서는 지식이라고 할 수 없다. 미지의 단어나 뜻 모를 단어가 많기 때문이다. 그 단어의 의미까지 알아감으로써 지식으로 축적되는 것이다.

물론 모든 내용을 곧바로 이해할 수 있는 것은 아니다. 다만 내 인생에서 필요한 지식은 한정되어 있다. 딱히 과학자나 수학자가 되려는 것도 아니기 때문이다.

"듣던 대로 재미있는 녀석일세. 이런 녀석들을 모으고 있었군."

"히로시는 각별합니다." 무로이가 자랑스럽게 미소를 머금었다.

"시연도 끝났으니 이제 괜찮겠지? 애송이, 사카즈키를 들게나."

아카기가 그렇게 말하고 다시 술병을 내 쪽으로 향했지만, 사카즈키가 무엇인지 몰라서 무로이를 쳐다봤다.

"네 눈앞에 있는 작은 술잔이다." 무로이가 알려 주었다.

"허참. 그런 두뇌를 갖고 있으면서도 사카즈키가 뭔지 모르다니."

아카기가 호탕하게 웃어 젖혔다.

"왜 날 데려간 겁니까?"

내가 묻자 옆에 앉은 무로이가 내 쪽으로 고개를 돌렸다.

"설명회 같은 것이었다."

"설명회?" 나는 의미를 몰라 되물었다.

"그 사람은 내 후원자 같은 존재다. 내가 하고자 하는 일에 자금을 대주지."

"그렇습니까. 영락없이 조폭 두목인 줄…."

"그게 그거다. 다만 간판을 내걸고 보스를 자처하지 않고 뒤에서 그런 녀석들을 통괄하는 존재지."

"무로이 씨도 야쿠자입니까?"

1년 가까이 만났지만 무로이가 어떤 존재인지는 여전히 의문이다.

"아니. 비슷해 보이려고 흉내를 내긴 하지만."

무로이의 옆얼굴을 쳐다보면서 나는 고개를 갸웃거렸다.

"보이스피싱으로 얻은 돈을 상납하면 저들은 일단 납득하지. 돈에만 눈이 벌건 속물들이거든."

"나와 다테 말고도 수하가 또 있습니까?"

아까 아카기의 말을 떠올리면서 물었다.

"그래. 많이 있지. 한데 수하는 아니다. 나를 따라와 주는 사람은 수하도 부하도 아닌 동지다."

"동지…."

"보이스피싱 시나리오나 쓰라고 널 거둔 게 아니야. 넌… 내게 동지 이상의 존재가 될 거라 느꼈기에 진흙탕 속에서 끌어올린 것이다. 네가 있으면, 너와 내가 힘을 합하면 원하는 걸 얻을 수 있을 거라 생각했지."

"무로이 씨가 원하는 건 뭡니까?"

"이 세상을 바꾸고 싶다. 이 곪을 대로 곪아 버린 세상을 바꾸고 싶어. 단지 그뿐이다."

나는 창밖의 칠흑 같은 어둠을 보았다.

그의 말대로 눈에 비치는 모든 것이 곪은 세상이었다.

"나를 따라와 주겠나?"

그 목소리에 나는 무로이를 쳐다봤다. 상냥한 눈빛 속에 숨은 정체 모를 힘에 자석처럼 이끌렸다.

"따라와 준다면 지금껏 본 적 없는 근사한 세상을 보여 주지. 자신이 태어나 살아 있다는 것을 진심으로 기뻐할 수 있는 세상을."

그런 세상이 있다면 한번 보고 싶다. 나는 고개를 끄덕였다.

"한 가지만 약속해 주게."

"약속이라뇨?"

"피 한 방울 섞이지 않았지만 나는 너와 똑같은 걸 공유하고 있다고 생각한다. 피보다 진한, 신이 내려 준 운명 말이다. 그게 있는 한 나는 널 위해 무엇이든 할 거다. 너도 날 위해 그리 해 주겠나?"

"그런 세상을 보여 준다면 나는 당신을 따를 겁니다."

내가 대답하자 무로이가 미소를 머금었다.

"미노루는 언제까지 데리고 다닐 셈인가?" 무로이가 물었다.

무슨 말을 하려는지 짐작이 갔지만 대답이 궁했다.

"나를 따를 거라면 필요 없는 존재다. 혹시 정이 들어 가족 같은 감정이라도 품고 있나?"

그런 감정은 단 한 번도 느낀 적이 없다.

"이용하고 있을 뿐입니다." 나는 코웃음을 치며 대답했다.

"그럼 빨리 끊도록. 그곳을 철수하고 새 일을 맡길 생각이다."

나는 어중간하게 고개를 끄덕이고 다시 창밖으로 눈을 돌렸다.

몸이 마구 흔들리는 바람에 눈이 떠졌다.

"히로시 짱, 히로시 짱…."

눈앞에서 미노루가 내 어깨를 흔들며 허둥대고 있었다.

주위를 둘러봤다. 어느새 소파에서 잠이 들었나 보다.

"무슨 일인데?" 나는 미노루의 손을 뿌리치고 소파에서 일어났다.

"히로시 짱 떨고 있었어… 바동바동하면서 괴로워했단 말이야…."

미노루의 말에 조금 전까지 꾸던 꿈이 생각났다.

"그랬구나. 고마워."

나는 미노루의 어깨를 토닥이고 세면실로 갔다. 찬물을 끼얹어 꿈의
잔상을 떨쳐 내려 했다.

그러나 아무리 세수를 해도 그 기억은 머리에서 떠날 줄을 몰랐다. 장
지문을 열면 두 남녀가 주사를 맞고 황홀한 표정으로 침을 흘리고 있다.
남자는 주사를 다 맞은 뒤에는 늘 미친 듯이 날뛰며 나를 때리거나 걷
어차곤 했다. 그걸 알면서도 나는 도망가지도 못한 채 벽장 속에서 부들
부들 떨며 숨어 있을 수밖에 없었다.

방으로 돌아가니 미노루가 부엌에 서서 뭔가를 하고 있었다.

나는 소파에 앉아 TV를 켰다. 무로이가 한 말을 떠올리며 화면을 바
라봤다.

그의 말대로 이제 때가 되었는지도 모른다.

미노루와 처음 만난 것은 내가 그 여자 기둥서방의 배를 찌르고 아사
카에 위치한 집에서 가출하기 1년쯤 전이었다.

그 여자는 내가 밖에 나가는 것을 극도로 싫어했지만, 남자가 집에 와

서 섹스할 때만큼은 무작정 쫓아냈다. 돈도 없고 갈 곳도 없던 나는 할 수 없이 근처 공원에서 시간을 때웠다. 그 공원에서 미노루를 만난 것이다.

처음에는 기분 나쁜 남자라고 생각했다. 나보다 몸집도 훨씬 큰 남자가 공원을 뛰어다니며 혼자 뭔가 놀이를 하고 있었기 때문이다.

공원을 한바탕 뛰어다닌 후 미노루는 항상 벤치에서 주먹밥을 먹었다. 어느 날 미노루가 나를 부르더니 주먹밥을 나눠 주었다. 직접 만들었는지 울퉁불퉁하고 못생긴 주먹밥이었다. 모양이야 어떻든 배를 곯고 있던 나는 걸신들린 듯이 주먹밥은 먹어 치웠다.

지식과 언어 능력이 비슷해서였을지도 모르지만, 그날 이후 틈을 봐서 집에서 나올 때면 미노루와 공원에서 놀게 되었다. 미노루는 항상 주먹밥을 두 개 가져와서 내게 하나를 나눠 주었다.

나보다 나이가 많다는 것은 몸집 크기로 알 수 있었지만, 미노루는 학교에 가지도, 일을 하는 것 같지도 않았다.

하루는 배가 몹시 고픈데 아무리 기다려도 오지 않는 것이었다. 욱한 마음에 미노루가 사는 집까지 가 봤다. 담장 너머로 상황을 살피던 내 귀에 여자한테서 상욕을 듣고 울부짖는 미노루의 목소리가 들려왔다. 아무래도 미노루가 항상 갖고 오는 주먹밥은 어른들의 허락 없이 멋대로 만든 것 같았다. 그 탓에 혼나는 듯했다.

그날 이후 미노루는 공원에 나타나지 않았다. 재회한 것은 내가 가출한 지 1년쯤 지났을 무렵이다. 길거리에서 미노루의 모습을 딱 발견한 것이다.

나는 서점에서 익힌 수법으로 사기를 치거나 절도를 하면서 PC방 등을 전전하는 생활을 하고 있었다. 그날 여자로부터 상욕을 들은 직후에 미노루는 그 집에서 쫓겨났다고 했다. 지금은 사이타마 현에 있는 빵 공장에서 일하며 기숙사 생활을 한다고 했다.

말이 기숙사지 세 평 남짓한 방에 사람을 여섯 명이나 쑤셔 넣고, 하루에 열 시간이나 서서 일하게 하는 것도 모자라 걸핏하면 폭력을 휘두른다고 했다.

그때는 몰랐지만 지금은 그 구조를 안다.

빵 공장 경영자는 국가 보조금을 얻을 목적으로 장애인들을 고용해서 닭장 같은 기숙사에 살게 하고 싼 급료로 부려 먹었던 것이다.

실제로 미노루의 얼굴과 몸은 성한 데 없이 멍과 상처투성이였다.

공장 기숙사를 나와도 돌아갈 집이 없는 듯했다. 자세한 사정은 모르지만, 어렸을 때 부모님이 돌아가셔서 친척 집을 전전하며 산 모양이었다. 공원 근처에 살던 그 친척도 골칫거리를 내쫓듯이 미노루를 취직시켜서 내보냈을 것이다.

거기까지 이야기를 들은 나는 미노루에게 앞으로 함께 살자고 말했다. 그러나 미노루를 생각해서 한 말은 아니었다. 미노루의 호적이 필요했던 것이다. 나는 미노루를 공장 기숙사에서 데리고 나온 뒤 그의 주민표(사진 없이 이름, 주소, 생년월일 등을 표시)를 발급받아 원동기 면허를 취득했다.

주민표와 면허증이 있는 것만으로 내 세상은 크게 달라졌다. 그동안 모은 돈으로 집을 빌려서 둘이서 함께 살기 시작했다.

미노루의 호적을 빼앗은 것에 대한 죄책감은 전혀 없었다. 미노루가 갖고 있다 해도 그만큼 도움이 되는 것도 아닌 데다 내 벌이로 매일 배불리 먹고 폭력을 당할 일도 없이 마음 편히 생활할 수 있기 때문이다.

그러나 그런 관계도 이제 끝이다.

지금껏 저금한 돈은 몽땅 미노루에게 줄 생각이다. 돈을 어떻게 사용하든 앞으로 어떻게 살아가든 내 알 바가 아니다.

"히로시 짱…."

갑자기 나를 부르는 소리에 뒤를 돌아보았다.

"이거 먹자… 먹으면 힘이 날 거야."

미노루가 접시에 담은 주먹밥을 내 앞에 가져다주었다.

아파트 공동 현관을 나서자 승용차 경적 소리가 울렸다.

나는 눈앞에 멈춰 선 차를 쳐다봤다. 차창이 내려가더니 다테가 운전석에서 얼굴을 내밀었다.

"잠깐 시간 좀 내." 다테가 말했다.

"왜?"

"무로이 씨한테 연락이 왔는데 일 좀 도와 달라네. 타."

다테의 말에 나는 옆에 있던 미노루를 쳐다봤다.

먼저 집에 가라고 말하려는데 "그 녀석도 같이" 하고 다테가 덧붙였다.

"창고에 있는 짐을 밖으로 날라야 하니까 그 녀석이 있으면 훨씬 낫지. 다른 녀석들이 알면 안 되는 물건인가 봐." 다테가 아파트를 향해 턱짓을 했다. 뒷좌석 문을 열고 미노루와 함께 올라타자 다테가 차를 출발시켰다.

"이번 시나리오, 죽이던데. 솔직히 건방진 자식이라고 생각할 때도 있는데, 과연 무로이 씨가 눈독 들일 만하네."

다테는 듣기가 거북할 정도로 신이 나 있었다.

"다테, 무로이 씨와 언제부터 아는 사이지?" 나는 물었다.

"2년 전. 조직에서 이런저런 일로 낙심하고 있을 때 무로이 씨가 거두어 줬지. 피의 결속을 깨지 않는 한 이런 나라도 따뜻하게 환영해 준다니까."

"피의 결속?" 나는 되물었다.

"그래. 무로이 씨하고 조직을 배신하지 말라는 거지."

그 말에 약간 불길한 예감이 들었다.

"저 녀석이 혼자 살아가지 못할까 봐 인연 끊기를 망설이는 거냐?"

다테가 물었지만 나는 아무 대답도 하지 않았다.

"무로이 씨는 그 부분도 충분히 고민하고 있어. 그 녀석의 처우에 관해서는 따로 생각해 둔 모양이던데."

"어떻게 한다는 거지?"

"구체적인 건 나도 못 들었어. 일이 끝나면 이야기하자고 하던데. 네 대신 저 녀석을 보살펴 줄 사람이라도 준비한 거 아냐? 또 모르지, 저 녀석이 푹 빠져 있는 마사지업소 접대부를 아예 돈 주고 샀을지도."

다테가 무슨 상상을 하고 있는지는 모르겠으나 야비한 웃음소리를 냈다. 큰 길을 달리던 차는 도중에 골목길로 접어들었다. 가로등이 드문드문 서 있는 길이었다.

"여기야." 다테가 차를 세우고 말했다.

나는 창밖을 내다봤다. 어스름 속에 공장처럼 생긴 건물이 보였다. 다테가 차에서 내려 그 건물로 걸어갔다. 나도 미노루와 함께 다테의 뒤를 따랐다. 건물 앞에는 경트럭 한 대가 서 있었다. 묵직해 보이는 철문 앞에 서자 다테가 문을 열쇠로 열었다.

"이 안에 있는 물건을 경트럭에 옮겨 줘." 다테가 철문을 옆으로 밀었다.

나와 미노루가 건물 안으로 들어가자 다테가 전등을 켰다. 무슨 공장인지 모르겠지만, 녹슨 프레스기가 보이고 바닥에는 쇳조각과 파이프가 널려 있었다. 한쪽에는 드럼통이 수북이 쌓여 있었다.

미노루가 신기한 듯이 공장 안을 둘러봤다.

"문 좀 닫아." 다테가 나를 보면서 말했다.

"밖으로 옮기려면 열어 두는 편이 나을 텐데."

"짐을 옮겨 담을 거야. 만에 하나 누가 보기라도 하면 큰일이잖아. 그리고 넌 저쪽 드럼통 뚜껑을 열어." 다테가 드럼통을 가리키며 미노루에게 지시했다.

나는 무거운 철문을 힘주어 닫았다.

그러나 문을 완전히 닫기 전에 비명이 들려 황급히 뒤를 돌았다.

조금 떨어진 곳에서 다테가 미노루의 등이며 뒤통수를 쇠 파이프로 마구 때리고 있었다. 미노루가 바닥에 쓰러지자 다테는 미노루의 옆구리를 구둣발로 냅다 걸어찼다.

"무슨 짓이야!" 나는 소리치며 다테에게 달려갔다.

다테가 "멈춰" 하고 내 쪽으로 쇠 파이프를 겨누었다.

"무로이 씨의 전언이야. 오자와 미노루는 한 명이면 족하다. 네 손으로 진짜 오자와 미노루가 되어라."

나는 바닥에 쓰러진 미노루를 봤다. 신음하며 괴로워하고 있었다.

"무슨 뜻이지?"

다테가 쇠 파이프를 내던지더니 주머니에서 소형 비디오카메라를 꺼냈다. 카메라를 내 쪽으로 향했다.

"간단한 이야기잖아. 네 손으로 이 녀석을 죽이라는 거지. 거기 선반에 칼이 있어."

다테가 턱짓으로 가리킨 곳에 칼이 있었다.

"딱히 칼로 하지 않아도 돼. 여기 있는 쇠 파이프로 두들겨 패든 목을 조르든, 방법이야 아무렴 어때. 무로이 씨 명령이라 어쩔 수 없으니까 뒤처리는 도와줄게."

"왜 그런 짓을…."

"테스트야. 무로이 씨한테 충성을 다할지 어떨지."

"그만해… 제발 그만…."

흐느끼는 소리가 들려 바닥에 쓰러진 미노루에게 눈길을 돌렸다. 다테가 재밌어 죽겠다는 표정으로 카메라를 미노루 쪽으로 향했다.

"이 녀석이 죽는다고 해서 네 인생이 뭐 달라지냐? 무로이 씨는 나약한 인간은 원하지 않는다고. 자, 어서 죽여. 이 녀석을 죽이면 널 동지로 인정해 줄게."

나는 꼼짝도 할 수가 없었다.

"여기서 이 녀석을 죽이지 않으면 무로이 씨한테 넌 배신자야. 평생 도망 다닐 수 있을 거라는 생각은 아예 접어라." 다테가 냉담하게 쏘아

붙였다.

나는 걸음을 옮겨서 선반에 있는 칼을 손에 들었다. 그러고는 바닥에 쓰러진 미노루를 향해 천천히 다가갔다.

다테가 히죽거리며 내게 바싹 붙어서 카메라로 상황을 녹화했다.

미노루가 울면서 나를 쳐다봤다. 그 얼굴을 본 순간 가슴을 후벼 파는 듯한 통증이 느껴졌다.

"뭘 꾸물거려? 어서 해치우라고!"

다테의 말에 충동질을 당한 듯 나는 미노루의 바로 위에 서서 칼을 꽉 쥐었다.

나를 올려다보며 흐느껴 우는 미노루를 앞에 두고 눈을 감은 순간, 어떤 기억이 떠올랐다.

울퉁불퉁하고 못생긴 주먹밥——.

나는 눈을 뜨고 뒤돌아서 다테에게 칼끝을 겨누었다.

"차 키 내놔." 나는 말했다.

"진심으로 하는 말이냐?"

칼끝이 자신을 향하고 있는데도 다테는 전혀 동요하지 않고 여전히 웃고 있었다.

"진심이다." 나는 비어 있는 왼손을 내밀었다.

칼이 있는 내가 유리할 터였다. 다테를 묶어 놓고 최대한 멀리 도망갈 생각이었다. 차를 운전한 적은 없지만 어떻게든 될 것이다.

"어쩔 수 없네…"

다테가 한숨을 쉬고 주머니에서 열쇠를 꺼내더니 바닥에 던졌다. 정신이 그쪽에 쏠린 순간 오른손에 엄청난 충격이 가해졌다. 다테의 발차기에 맞아 손에 쥐고 있던 칼이 날아갔다.

다테가 카메라를 내던지더니 머리로 내 배를 들이받았다. 나는 그대로 벽에 부딪쳤다. 자세를 가다듬을 틈도 없이 다테의 양 주먹으로 배를 세차게 얻어맞았다. 내장이 뒤틀리는 듯한 격통에 서 있기조차 괴로웠지만, 등을 벽에 기대고 있는 탓에 쓰러질 수도 도망갈 수도 없었다. 손을 내려서 배를 가리려 하자 이번에는 얼굴로 주먹이 날아들었다.

피로 붉게 물든 시야 속에서 다테가 웃고 있었다. 그조차도 흐릿해 보였다. 정신이 몽롱해지더니 이윽고 땅바닥에 쓰러졌다.

다테가 내 몸에서 멀어지는 것을 어렴풋이 알 수 있었다. 쇠붙이가 콘크리트 바닥을 긁는 소름 끼치는 소리가 들렸다.

나는 안간힘을 써서 무거운 눈꺼풀을 올렸다. 다테가 쇠 파이프를 들고 내 앞에 서 있었다.

"안 그래도 꼴 보기 싫었는데 잘됐네. 무로이 씨한테 혼날지도 모르지만, 마지막으로 그 잘난 머리통을 박살 내 주지."

다테가 쇠 파이프를 높이 쳐들었다. 내리치려는 순간, 다테의 바로 뒤에 사람 그림자가 드리워졌다. 다테가 쇠 파이프를 놓치고 고꾸라지는 모습을 보던 중에 내 시야는 깜깜해졌다.

온몸이 욱신거리는 통에 눈이 절로 떠졌다.

"히로시 짱… 히로시 짱…."

눈앞이 흐릿한 가운데 미노루의 얼굴이 보였다. 미노루가 내 어깨를 흔들며 울고 있었다.

아무래도 정신을 잃었던 것 같다.

상체를 천천히 일으켰다. 온몸이 불에 덴 것처럼 화끈거렸다.

다테가 바닥에 엎어져 있는 것이 보였다.

곧바로 미노루의 손을 확인했더니 피 묻은 오른손으로 칼을 쥐고 있었다.

나는 미노루의 손을 뿌리치고 다테에게 기다시피 해서 다가갔다. 다테의 등에서 엄청난 양의 피가 쏟아지고 있었다.

살아 있는 것 같지는 않았지만 다테의 목에 손을 대 봤다. 잠시 후 손끝에 진동이 느껴져서 소스라치게 놀랐다. 다테의 몸속에서 일어난 진동이 아니라는 건 금방 알 수 있었다. 다테의 주머니를 뒤져서 휴대폰을 꺼냈다. 휴대폰을 보면서 망설이다 통화 버튼을 눌렀다.

"다테인가──?"

무로이의 목소리가 들렸다.

나는 휴대폰을 귀에 대고 숨을 죽였다.

"다테… 무슨 일인가?"

뭔가 심상치 않음을 느꼈는지 무로이가 몇 번이나 물어 왔지만, 나는 입을 열 수가 없었다.

"히로시?"

이윽고 무로이가 살피듯 말했다.

"그렇습니다…."

"다테는 어디 있나?"

"여기 있습니다. 전화는 못 받습니다."

"무슨 뜻인가?"

"다테는 죽었습니다."

긴 침묵이 흘렀다.

"무로이 씨… 거래를 제안합니다." 나는 침묵을 깨뜨렸다.

"거래?"

"나는 이제부터 경찰에 신고할 겁니다. 나와 미노루는 이제 내버려 두십시오. 그렇게 해 준다면 경찰서에 가서도 무로이 씨와 조직에 관해서는 물론, 지금까지 한 모든 일을 함구하겠습니다."

미노루를 보니 여전히 흐느끼고 있었다.

미노루가 경찰을 속이는 건 불가능하다. 오늘 일이나 보이스피싱 일을 무심코 입 밖에 냈다가는 무로이에게서 보복을 당할 것이다.

"내가 아닌 그자를 택했다는 건가?" 무로이가 물었다.

"아닙니다. 하지만… 당신을 따르지는 못하겠습니다."

"널 누구보다 원했는데… 바보 같은 자식."

마지막 말이 가슴에 깊이 스며들었다.

"그럴지도 모릅니다."

나는 숨을 크게 내쉰 뒤 전화를 끊었다.

천천히 일어나서 다테가 갖고 있던 비디오카메라를 찾았다. 비디오카메라를 발견한 뒤 전원을 끄고 미노루를 불렀다.

미노루가 소매로 눈물과 콧물을 닦으면서 걸어왔다. 나는 주머니에서 지갑을 꺼내 면허증만 빼고 통째로 미노루의 손에 쥐여 주었다.

"잘 들어. 이걸 가지고 멀리 도망치는 거야. 아사카에 있는 집에는 절대로 가지 마. 넌 오자와 미노루로 살아서는 안 돼. 이름을 바꾸고 어딘가에서 살아가야 해."

오자와 미노루로 돌아가면 무로이의 표적이 될지도 모른다.

"히로시 짱은?"

"나는 이제 경찰서에 갈 거야. 앞으로는 따로 살아야 해."

"싫어. 히로시 짱하고 같이 있을래."

"안 돼. 잘 들어, 지갑 속에 은행 카드가 들어 있어. 비밀번호는 1017이야… 이 정도는 외울 수 있겠지?"

미노루가 알 수 있도록 미리 생일로 다시 설정해 두었다.

"계좌에는 삼백만 엔이 들어 있어. 전부 인출하고 이 카드는 버려. 다른 사람한테 돈을 빼앗기지 않도록 조심하고. 낭비하지 말고."

"싫어! 히로시 짱하고 같이 있을 거야!"

"까불지 마!"

나는 미노루를 밀쳐 냈다.

"히로시 짱, 나 싫어? 히로시 짱도 엄마처럼 날 싫어하는 거야?"

미노루가 쓸쓸한 눈빛으로 호소했다.

"그래, 아주 싫어. 귀찮아 죽겠다고. 당장 사라져 버려."

나는 비틀거리면서도 바닥에 떨어져 있던 쇠 파이프를 주워서 휘둘렀다.

"어서 가!"

나를 물끄러미 보며 서 있는 미노루 발치에 쇠 파이프를 냅다 던졌다.

미노루는 뎅그렁하는 메마른 소리에 놀라 주춤주춤 뒷걸음질하더니 철문을 열고 밖으로 나갔다. 그러나 밖에서 가만히 이쪽을 보고 있었다.

나는 다시 쇠 파이프를 쥐고 문 근처로 힘껏 내던졌다. 미노루가 큰 소리에 놀라 뛰어갔다. 뎅그렁뎅그렁, 쇠 파이프가 바닥을 구르는 허무한 소리가 잠시 귓가에 맴돌았다.

나는 주위를 둘러봤다. 깡통과 삽이 될 만한 공구를 찾아낸 뒤 비디오카메라와 다테의 휴대폰을 가지고 밖으로 나갔다.

깡통 속에 비디오카메라와 면허증과 휴대폰을 넣고 땅속 깊숙이 파묻었다. 그런 다음 공중전화를 찾아 경찰에 신고했다.

경찰차 안에서 창밖에 펼쳐지는 칠흑 같은 어둠을 바라보았다.

나는 이제 어디로 가는 걸까.

수년간 온갖 지식을 쌓아 왔지만 그 답은 알지 못했다.

인도를 터벅터벅 걷는 몸집 큰 남자의 뒷모습이 눈에 띄었다. 사이렌 소리에 이쪽으로 고개를 돌린 그 남자와 눈이 마주쳤다.

아주 잠깐이었지만, 그 기억이 또 하나의 시야에 비친 채 좀처럼 떠날 줄을 몰랐다.

내가 인간을 구별하는 기준은 단 하나밖에 없다.

머리가 좋은 인간인가, 나쁜 인간인가 —— 그뿐이다.

미노루는 내가 처음 접한, 구별이 되지 않는 인간이었다.

나는 창밖에서 눈길을 거두고 앞을 향했다.

제1장

1

교도관실로 향하던 나이토 신이치는 운동장 쪽으로 눈을 돌렸다.

"앞으로 뛰어가!"

소년들이 교도관 시오야의 구령에 맞춰 일렬종대로 달리기 시작했다. 트랙을 몇 바퀴나 돌고 있었다.

"전체~, 멈춰! 제자리걸음! 하나둘, 하나둘…. 좋아, 잠시 휴식!"

고사 기숙사 원생들이 호랑이 교도관인 시오야에게 군기를 잡히고 있었다. 이 소년원에서는 입소 후 9일간을 고사 기간(考查, 앞으로의 지도 계획 등을 세우는 기간)으로 설정하여 단독실이 있는 고사 기숙사에서 지내며 앞으로의 단체 생활에 적응할 수 있도록 훈련을 받는다.

소년원에서 이동을 할 때는 혼자든 여럿이든 반드시 행진하는 것이 철칙이다. 정렬을 하고 점호한 뒤에 행진한다. 그런 기본적인 움직임을 몸에 배게 하는 것이 신입 교육의 과제다.

잠깐의 휴식을 취한 뒤 곧바로 팔굽혀펴기나 윗몸일으키기 같은 근력 단련을 시켰다. 시오야가 한 소년에게 죽도(竹刀)로 사기를 북돋아 주었다. 여느 때보다 기합이 들어가 보였다.

나이토는 그 소년을 눈여겨봤다.

마치다 히로시——.

교도관들 사이에서 화제가 되고 있는 소년이다.

나이토는 교도관실에 들어가 선반에서 마치다의 소년조사기록을 꺼냈다. 가정법원에서 보내온 것으로, 소년재판에 쓰인 소년조사표와 감별결과통지서를 철한 서류다.

마치다는 석 달 전에 살인을 저질러 체포되었다. 조사기록에 따르면 불량배끼리 싸운 끝에 범행에 이르렀다고 한다. 이곳에 입소하는 소년들에게 흔히 보이는 케이스다. 그러나 이 조사기록 가운데 가장 주목할 만한 점은 마치다의 이력이다.

마치다는 최근까지만 해도 호적이 없었다. 취조 도중 그 사실을 알게 된 형사가 몹시 놀랐다고 한다. 최근 화제였던 이혼 후 삼백일 문제(이혼 후 삼백일 이내에 태어난 아이가 유전적 관계와는 상관없이 전 남편의 아이로 추정되어 호적에 올라가는 것을 막기 위해 일부러 출생신고를 하지 않는 문제)나 불법체류 외국인이 아이를 낳음으로 인해서 호적이 없다는 이야기는 더러 들었지만, 줄곧 일본에 살고 있는 열여덟 살 소년에게 호적이 없다는 이야기를 나이토는 여태껏 들어 본 적이 없다.

마치다는 4년 전 어머니와 살던 집을 뛰쳐나온 이후 노숙자 생활을 해 왔다고 한다. 형사가, 그가 가출하기 전까지 살던 사이타마 현 아사카 시내의 연립주택에 가서 이웃 주민들로부터 이야기를 들어 보니, 틀림없이 그 시기에 학교에도 가지 않고 어슬렁거리는 소년을 본 적이 있다는 것이었다.

어머니인 마치다 노리코는 각성제 소지로 체포되어 현재는 교도소에 복역 중이다. 그녀는 아이를 낳고 출생신고를 하지 않은 사실을 인정했다.

호적도 없이 학교에도 보내지지 않고 사회와의 접점이 전혀 없는 채로 살아갈 수밖에 없었던 소년….

나이토는 지금껏 다양한 처지에 놓인 소년들을 봐 왔지만, 성장 과정이 이토록 비참한 소년은 매우 드물었다.

소년 분류 심사원에 입소한 사이 마치다는 호적을 취득하게 되었다. 소년재판에서는 너무나 열악한 환경에 놓인 탓에 일으킨 범죄로 보고 소년원에 송치해서 교육을 실시하는 것이 최선이라고 판단한 모양이다. 마치다에게 내려진 처분은 중등소년원 장기 수감이었다.

상대하기 까다로운 소년일 것 같다고 나이토는 생각했다.

신입 교육이 끝나면 나이토가 마치다의 개별 담임을 맡기로 되어 있지만, 어떤 지도를 해야 할지 감이 잡히지 않았다.

마치다는 의무교육도 받지 않았다. 학교의 단체 생활도 전혀 경험한 적이 없어서 사회 상식을 얼마나 익혔는지도 알 수 없다.

나이토는 소년 분류 심사관이 작성한 감별결과통지서에 시선을 고정했다. 사회생활을 하는 데 필요한 지적 수준은 충분하고도 남을 정도인 반면, 협조성이나 사람에 대한 공감성은 현저히 결여되어 있다——라고 기록되어 있었다.

나이토는 서류에 쓰인 숫자를 보고 자신의 눈을 의심했다.

IQ 161 이상.

이상하리만치 높은 숫자다. 분명 심사관이 잘못 측정한 것이리라.

나이토는 소년조사기록을 덮어 선반에 집어넣었다.

"나이토 선생님——."

자신을 부르는 소리에 뒤돌아보니 사복으로 갈아입은 시오야와 젊은 교도관인 스즈모토가 서 있었다.

"가끔은 한잔하고 가시죠." 시오야가 미소를 건넸다.

"네에…." 솔직히 내키지가 않았다.

"이번에 들어온 신입 원생에 관해서도 미리 말씀드리고 싶거든요. 나이토 선생님이 개별 담임을 맡으신다면서요?"

마치다를 말하는 듯했다.

"술이 별로 세지는 않아서, 그럼 딱 한 잔만 하도록 하죠."

나이토는 하는 수 없이 시오야 일행과 함께 교도관실을 나섰다.

그들에게 이끌려 '후쿠야'라는 이자카야에 들어갔다. 관사 근처에 위치한 까닭에 교도관들이 아지트로 삼다시피 한 곳이지만, 나이토는 이곳에 부임하고 나서 두 번 정도밖에 오지 않았다. 그것도 직원 환영회나 환송회로 왔을 뿐 개인적인 술자리 권유는 무조건 거절하고 있다.

술집 안에서는 이미 교도관 두 명이 술잔을 기울이고 있었다. 자리에 합류하자 곧바로 소년들의 처우에 관해 뜨거운 논의가 오갔다.

나이토는 어딜 가든 교도관은 다 똑같구나, 하고 어쩐지 남의 일처럼 대화를 들으면서 맥주를 홀짝였다.

나이토는 2년 전 가나가와 현의 소년원에서 도치기 현에 있는 이 소년원으로 전근해 왔다. 법무교도관 중에는 애주가가 많다. 24년 전 법무교도관으로 임명되었을 때 첫 부임지 선배가 한 말은 우선 술이 세져야 한다는 것이었다. 그 말대로 숙직을 서는 날 외에는 매일같이 관사에서 선배와 술을 마셨다. 나이토에게 후배가 생긴 후로는 선배가 그랬듯이 툭하면 술자리를 권하곤 했다.

법무교도관은 심리적 중압감이 심한 일이다.

소년들의 목숨을 책임진다는 부담감, 소년들을 올바로 교육해서 사회에 내보내야 한다는 책임감, 탈주 사고 등의 위험 부담을 지는 일상적인 스트레스, 만일의 사고에 대비해 늘 관사에 얽매이는 부자유스러운 사생활. 모두 저마다의 사명감이 있기에 해 나가고 있는 것이다. 기분 전환을 위해 술을 마시는데 어느새 번번이 일의 연장선상에 놓인 이야기를 하고 있는 것이 그 증거다.

나이토에게도 3년 전까지는 그런 사명감과 열정이 있었다.

부모에 대한 증오심과 사회에 대한 반항심에 죄를 범하고 이곳에 온 소년들이 교도관들의 노력에 의해 마음을 열어 주었을 때는 그 무엇과도 바꿀 수 없는 보람을 느꼈다. 그런 심정으로 21년 동안 일에 매진했다. 그러나 지금은 모든 게 다 거추장스러웠다.

어느새 교도관들의 화제는 마치다 히로시로 옮겨 갔다.

"대체 어떤 소년입니까?"

줄곧 입 다물고 있기도 뭐해서 나이토는 시오야에게 물었다.

"만만치 않은 상대예요."

시오야가 어깨를 으쓱하더니 가방 속에서 종이 몇 장을 꺼냈다. 원고지였다. 원생들에게는 신입 교육 기간에 매일 다른 주제에 따라 작문을 쓰게 한다.

"주제. 왜 소년원에 입소하게 되었는가."

시오야가 주제를 낭독하고 나서 원고지를 탁자 위에 놓았다. 원고지에 꽉 차게 큰 글씨로 '운명'이라는 두 글자가 쓰여 있었다.

"단체 생활에서 중요한 것."

'의심'

"나의 장점과 단점."

'두뇌'

"나의 가족에 관하여."

'창녀'

"학교도 안 갔으면서 그런 건 또 어떻게 알았대요?" 스즈모토가 웃었다.

"재미있는 녀석이라니까. 처음에는 단순히 반항적인 녀석인 줄 알았는데, 아무래도 그런 것과는 다른 것 같아."

"어떻게 다릅니까?" 나이토가 물었다.

"말로 잘 표현하기 힘들지만, 굳이 말하자면 반항이라기보다는 반골이라는 느낌이에요. 요 며칠간 호되게 훈련을 시켰는데 다른 신입생들이 비실대는 와중에도 녀석만은 아무리 혹독한 걸 시켜도 절대로 포기하지 않더라고요. 과제 작문은 이따위로 썼으면서 말이에요. 그 녀석은 아마도… 상대가 누구든 패배를 인정하기가 싫은 거겠죠. 죽을 것 같은 얼굴로 팔굽혀펴기를 2백 번이나 한 주제에 다 해낸 순간 내 얼굴을 보고 코웃음을 치더라니까요."

"어떤 의미에서는 성가시게 됐네요. 신입 교육할 때 빡세게 굴리는 건 이곳 생활의 혹독함이나 교도관 명령에는 절대복종해야 한다는 관념을 주입시키기 위한 거잖아요." 스즈모토가 말했다.

"그러게 말이야. 그런 의미에서는 성가신 녀석일지도 몰라. 그 녀석은 자기에 대한 확고한 사신이 있는 것 같아. 그 자신감이 어디서 오는 건지는 모르겠지만… 적어도 우리 교도관을 자기보다 윗사람이라고 여기진 않을걸. 그런 녀석을 앞으로 어떻게 가르쳐야 할지. 온 정신을 쏟아서 온몸으로 부딪혀야 하는 상대라는 건 틀림없어. 안 그런가요, 나이토 선생님?"

시오야의 말에 나이토는 고개를 들었다.

"한 가지 다행인 건, 괜히 이상한 쪽으로 영리하진 않다는 거예요. 편히 지내려고 아침부터 하거나, 빨리 여기서 나가려고 겉으로는 반성하는 태도를 보이거나, 착한 아이인 척한다거나 말이에요. 그런 유형인 것 같지는 않아요. 달라질 때는 극적으로 달라지지 않을까 싶기도 하고요."

시오야가 열정적인 눈길을 보내왔다.

"내일을 위해서 그만 가 봐야겠습니다."

나이토는 손목시계를 보면서 일어섰다. 점원에게 닭꼬치 몇 개를 포장해 달라고 한 뒤 그것을 받아 가게를 나왔다.

전등을 켜자 방 두 칸짜리 집의 적적한 광경이 드러났다.

나이토는 곧장 부엌으로 향했다. 남들 앞에서는 추태를 보일까 봐 술을 자제한다. 일본주를 컵에 따르고 후쿠야에서 포장해 온 닭꼬치를 접시에 담아 거실로 가져갔다.

나이토는 닭꼬치를 수납장 위에 있는 아들 가즈야의 영정 앞에 두고는 책상다리를 하고 앉았다.

"건배."

덧없는 말을 건네며 영정을 향해 컵을 내민 다음 술을 들이켰다.

"넌 바보구나. 이렇게 맛있는 것도 모르고 죽어 버리다니…." 혼잣말을 중얼거렸다.

그런 소리를 중얼거리는 자신이야말로 가장 바보 같은 놈이라는 걸 알지만, 퇴근해서 아들의 영정을 볼 때마다 뭔가 말하지 않고는 견딜 수가 없었다.

가즈야가 태어났을 때는 스무 살이 되어 함께 술잔을 기울일 날을 기대했건만. 가즈야는 3년 전에 죽었다. 열다섯 살이었다. 나쁜 친구들과 어울리더니 훔친 오토바이를 타다가 사고를 당한 것이다.

이송된 병원으로 달려가 아들의 시신과 대면했을 때는 눈앞의 광경이 믿기지가 않았다.

어렸을 때부터 엇나가지 않도록 엄격하게 키우려고 노력했다. 교도관 가족이 사는 관사는 소년원과 인접해 있다. 아들과 외출할 때마다 저 펜스 안에는 절대로 들어가선 안 된다고 주의를 주었다.

그러나 지금 생각해 보면 그것들은 전부 표면적인 교육이었을 뿐 진정한 의미에서 아들의 마음을 들여다보았는가 하면 자신이 없다.

단지 법무교도관인 자신의 윤리관이나 가치관을 아들에게 강요한 것에 불과하지 않을까. 실제로 나이토는 아들이 죽었다는 사실보다도 그가 죄를 범했다는 쪽에 더 강한 충격을 받았다. 그 당시 일을 냉정히 돌이켜 볼 때면 늘 자책감에 시달린다.

"당신은 아무것도 몰라."

사고가 일어나기 며칠 전, 생활태도가 불량하다며 주의를 주었을 때 가즈야가 했던 말이다.

그 말은 가즈야가 보내는 일종의 신호였을지도 모른다. 지금으로서는 아들이 무슨 생각을 했었는지 알 도리가 없다.

펜스 안에서는 신호를 민감하게 감지했건만, 그때의 나이토는 '당신'이라는 말에 화가 나서 아들의 뺨을 올려붙인 뒤 바로 출근했다.

자기 아들의 마음조차 헤아리지 못한 인간이 어떻게 다른 사람의 마음을….

"안 그러니?"

나이토는 아들의 영정에 자학적인 질문을 던졌다.

2

"나이토 선생님, 부탁드립니다."

이소가이 하야토는 문을 쳐다봤다.

시오야 교도관과 운동복 차림의 소년이 들어와서 나이토 교도관 앞에 서 있었다. 신입생이었다.

"네가 마치다 히로시구나. 나는 네 개별 담임인 나이토라고 한다. 잘 부탁한다."

나이토가 변함없이 의욕 없는 목소리로 신입생에게 말했다. 마치다라고 불린 신입생은 그런 나이토를 보면서 아무런 대답이 없었다. 대답은커녕 깔보는 듯한 냉소를 머금고 있었다.

"내 말이 안 들리나?"

나이토의 말투가 거칠어졌다. 그러나 신입생은 겁도 없이 미소를 띤 채 나이토를 똑바로 쳐다볼 뿐이었다. 오히려 나이토가 기가 꺾인 듯 시선을 시오야에게 돌렸다. 시오야가 어깨를 으쓱했다.

"그럼 나이토 선생님, 잘 부탁드립니다. 마치다, 힘내." 시오야가 그 말을 남기고 나갔다.

언제까지 유지될지 모르지만 제법 배짱 있는 녀석이라는 생각에 신입생을 보고 있는데, 어디선가 본 것 같은 기분이 들었다.

"좀 이따 열릴 집회에서 널 소개할 테니, 우선 짐을 방에 두고 나와라. 아사쿠라, 있나?"

나이토가 부르는 소리에 아사쿠라가 "네, 선생님" 하고 나왔다.

아사쿠라와 같은 방을 쓰다니 저 신입생은 운도 없다.

"아사쿠라는 제1기숙사 반장을 맡고 있다. 모르는 게 있으면 그에게 묻도록."

아사쿠라는 교도관 앞에서는 착한 척을 해서 기숙사 반장을 맡고 있지만, 뒤에서는 더러운 짓을 일삼는다. 게다가 제 손은 더럽히지 않고 수하들을 시키곤 한다. 이른바 제1기숙사의 우두머리인 셈이다.

"아사쿠라, 마치다를 방으로 안내해 줘라. 4호실이다."

마치다가 아사쿠라에게 이끌려 방 쪽으로 향했다.

이소가이는 왠지 신경이 쓰여서 잠시 사이를 두고 뒤를 쫓았다. 자신의 방인 2호실로 향하는 척하면서 4호실 앞을 지났다. 4호실 문 앞에 서 있던 아사쿠라와 눈이 마주쳤다. 흘끗 방 안을 쳐다보니 역시 안쪽에서 사내 다섯 명에게 붙들린 채 배를 두들겨 맞고 있는 마치다의 모습이 보였다.

"알아듣겠냐? 너처럼 힘없는 놈이 여기서 살려면 싹싹하게 굴어야 한다고."

등 뒤에서 아사쿠라의 목소리가 들렸다.

2호실로 들어가자 한 방을 쓰는 닛타와 눈이 마주쳤다.

"무슨 일이야?"

이소가이 표정에서 뭔가 심상치 않음을 느꼈는지 닛타가 물었다.

"아니, 아무것도 아니야."

어디선가 본 적이 있는 것 같은데 도무지 생각이 나지 않는다.

그나저나 제법 기개 있는 녀석인 듯했다. 키는 170센티미터가 겨우 될까 말까 하고, 몸집도 호리호리한 편이었다. 그런데 마치다는 사내들한테 얻어맞으면서도 이를 악물고 아사쿠라를 싸늘하게 쳐다보고 있었다.

"앞으로 재미있어지겠는데." 이소가이는 말했다.

매일 단조롭고 지루한 생활 속에서 이벤트가 벌어지기를 마음 한구석에서 바라고 있었다.

"집회입니다."

밖에서 아사쿠라의 목소리가 들려와 이소가이와 닛타는 집회실로 향했다. 여느 때처럼 나이토를 에워싸듯이 놓인 파이프 의자에 닛타와 나란히 앉았다.

"마치다, 늦었구나."

이소가이는 입구로 고개를 돌렸다.

배를 누르면서 집회실로 들어온 마치다를 이곳에 있는 모두가 싸늘하게 쳐다봤다.

"그럼 마치다, 앞에 나와서 자기소개를 하도록."

나이토가 지시하자 마치다가 느릿느릿 앞쪽으로 걸어갔다. 지시된 장소에 서서 여태껏 숙이고 있던 얼굴을 들었다. 긴장이 되었는지, 방금전 주먹세례 탓에 동요하고 있는지, 마치다는 그 자리에 우두커니 서서 아무 말도 하지 않았다. 신입생 입장에서 앞으로 두 번째 공격이 시작될 것을 예감했는지도 모른다.

"마치다, 왜 그러지? 이름과 나이, 그리고 괴롭겠지만 네가 저지른 죄명과 소년원에서의 목표를 말하면 된다." 나이토가 말했다.

"이름은 마치다 히로시…."

그제야 패기 없는 목소리가 들렸다.

"마치다 군, 말끝을 흐리지 말고 '입니다'까지 붙여서 말해야지."

누군가의 야유에 웃음이 일었다.

첫 자기소개에서는 이소가이 자신도 실컷 야유를 받아 자존심을 난도질 당했다. 이소가이도 이곳에 올 때까지는 나름 허세를 부렸지만, 소년원에 들어올 만한 녀석들에게 둘러싸여 야유를 받는 수모를 겪었더니 첫날부터 송곳니가 뚝 부러진 듯한 기분이었다.

원생들의 야유를 중단시키지 않는 것은 새로 들어온 악동의 기를 꺾기 위한 교도관들의 작전이 아닐까 하는 의심이 든다.

"나이는 열여덟…."

"그새 까먹었냐? '나이는 열여덟입니다'라고 해야 한다고."

모두가 요란하게 놀려댔다.

"다들 조용." 나이토가 넌지시 주의를 주었다.

"선생님, 마치다 군한테 여기서 쓰는 말씨를 가르쳐 줘야죠."

원생 한 명이 그렇게 말하자 또다시 모두가 웃었다.

그 모습을 보고 있던 마치다의 입매가 일그러졌다. 웃고 있는 듯했다. 자기 주변에 있는 사람들을 업신여기는 듯한 미소로 보였다.

이소가이는 그 엷은 미소를 보면서 눈앞의 남자에 대한 기억이 떠올랐다.

조시가야에 있던 그 남자다──.

"죄명은 살인…."

마치다의 말에 썰물이 빠진 것처럼 조용해졌다.

여기서 살인을 범한 사람은 아사쿠라뿐이다. 이소가이도 사람을 죽게 하기는 했지만 상해치사였다.

"마치다 군은 어쩌다 그런 몹쓸 짓을 저질렀나요?"

마치다의 바로 눈앞에 앉은 아사쿠라가 까불거리며 물었다.

"왜냐하면…."

마치다가 한 발 앞으로 나가서 아사쿠라를 내려다봤다. 아사쿠라는 도발에 응하듯 마치다를 매섭게 쏘아봤다.

"너처럼 멍청한 얼굴을 하고 있었거든."

그 말에 격분한 아사쿠라가 일어나려 한 순간, 마치다가 머리를 냅다 후려 박았다. 퍽 하는 소리와 함께 피가 튀었다. 마치다가 이마로 아사쿠라의 코에 박치기를 한 것이다. 아사쿠라가 손으로 코를 싸쥐며 절규하더니 그 자리에 나동그라졌다.

주위가 소란스러워지는 가운데 나이토가 벌떡 일어나 마치다의 겨드랑이에 양팔을 끼워 꼼짝 못하게 했다. 아사쿠라는 코에서 피를 내뿜으며 고통에 몸부림쳤다.

엷은 웃음을 띠며 나이토에게 끌려가는 마치다를 바라보면서 이소가이는 어안이 벙벙했다.

3

나이토는 교도관실 모니터를 통해 독방의 상황을 지켜보고 있었다.

무슨 생각을 하는 건지──. 기죽은 기색도 없이 묵묵히 책을 읽고 있는 마치다의 모습에 조바심이 났다.

나이토는 교도관실을 뛰쳐나와 독방으로 향했다.

"마치다와 이야기 좀 하겠습니다."

시오야에게 말하자 열쇠를 가지고 방 앞으로 안내해 주었다.

작은 창으로 들여다보니 마치다는 책상 앞에 앉아 책을 읽고 있었다.

"마치다, 할 이야기가 있다. 들어간다."

그 말에 마치다가 철문을 쳐다봤다. 이내 흥미를 잃었다는 듯 책으로 시선을 되돌렸다.

"용건이 끝나면 버튼을 눌러서 알려 주십시오."

나이토가 고개를 끄덕이자 시오야가 자물쇠를 풀고 철문을 열었다. 방에 들어가니 뒤에서 자물쇠가 잠기는 소리가 들렸다.

"왜 그런 짓을 했지? 아사쿠라는 코뼈가 부러졌다고 하던데. 규율을 위반하면 너만 손해다."

마치다는 책에 시선을 고정한 채 꿈쩍도 하지 않았다. 마치 너 따위는 공기보다 더 존재감이 없다고 말하는 듯했다.

나이토는 책을 읽는 마치다의 옆얼굴을 가만히 바라봤다. 이 녀석이 정말 책을 읽고 있는 것인지 의심이 들었다. 겨우 10초에서 20초쯤 책을 응시하고는 곧바로 페이지를 넘겼기 때문이다. 자세히 살펴보니 마치다의 눈동자가 정밀기기 회로처럼 부지런히 움직이고 있었다.

"책을 좋아하나?" 나이토가 물었다.

그 순간 마치다의 눈동자 움직임이 딱 멈췄다. 그러고는 나이토를 향해 천천히 고개를 돌렸다.

"여기 와서 유일하게 이로운 일이다." 마치다가 대답했다.

"책을 읽고 공부하는 것도 중요하지만 여기서 배울 것은 그뿐만이 아니야."

"그건 지금 내 앞의 선생인가 뭔가 하는 사람이 가르쳐 주는 건가?"

마치다의 눈을 보고 등골에 오싹 소름이 끼치는 것을 느꼈다. 사람의 마음을 꿰뚫어 보는 듯한 부담스러운 눈이었다.

당신은 아무것도 몰라——.

그때 가즈야의 눈이 떠올라서 시선을 살짝 피했다.

"여기 교도관은 왜 선생님이라고 불리는 거지?" 마치다가 물었다.

"너희를 가르치고 이끌어 가는 사람이라서 그렇다."

그 대답을 듣고 마치다가 가소롭다는 듯이 웃음을 터뜨렸다. 좁은 실내에 듣기 불편한 웃음소리가 울렸다.

"뭐가 우습나!"

나이토는 발칵 화가 나서 호통을 쳤다.

"곧 알게 되겠지만, 나는 너희보다 훨씬 머리가 좋아. 그런 너희가 도대체 뭘 가르치고 이끈다는 거지?"

"머리 좋은 사람은 살인 같은 것은 하지 않는다."

"그러게. 여기서 나가면 조심해야겠어."

조심해야겠다니—— 죄를 짓지 않겠다는 뜻이 아니라는 것쯤은 알 수 있었다.

"그런데 나는 여기 온 걸 꽤 좋게 생각하고 있어. 남의 돈으로 하루 세 끼 밥도 먹을 수 있고, 피트니스센터에 다니는 것보다 효과적인 운동도 할 수 있지. 게다가 내가 좋아하는 책도 실컷 읽을 수 있으니 말이야. 여기 있는 동안 최대한 지식을 쌓아서 나갈 작정이다."

"그렇게 얻은 지식을 어디에 쓰나?"

"살아남기 위해 쓰지."

"살아남기 위해…?"

"그래. 나는 이 머리만을 의지해서 지금껏 살아왔거든. 앞으로도 마찬가지야. 살아남기 위해서는 수단 방법을 가리지 않을 거다." 마치다가 입가를 일그러뜨리고 웃었다.

4

"이봐, 이제 곧 도착한다."

남자의 목소리에 눈을 떴다. 무릎 위에 올린 손에 채워진 수갑이 보였다.

아마미야 가즈마는 천천히 창밖으로 시선을 향했다. 전방에 펜스로 둘러싸인 건물이 보였다.

"저곳이…?"

아마미야가 묻자 옆에 앉은 남자가 고개를 끄덕였다.

"그래. 저기가 소년원이다. 제대로 교육받고 개과천선해야 한다."

소년원이 가까워질수록 몸이 떨렸다.

"걱정되나?"

남자의 목소리에 아마미야는 고개를 주억거렸다.

"무슨 일이 생기면 선생님한테 의논하도록."

"네…."

차가 멈추고 건물 안에서 제복을 입은 남자가 나왔다. 그는 옆에 앉은 남자와 뭔가 이야기를 주고받았다.

"내려."

제복을 입은 남자의 말에 아마미야는 차에서 내렸다.

흘끗 차 쪽을 보니 조수석에 앉은 남자가 "열심히 하렴" 하고 말을 건네 왔다.

건물로 향하는 도중 큰 소리가 들려서 널찍한 운동장으로 고개를 돌렸다.

"하나둘, 하나둘, 하나둘…."

또래로 보이는 운동복 차림의 소년들이 행진하고 있었다.

"정렬!"

행진하던 소년들이 멈춰 서더니 재빨리 정렬을 했다.

"하나, 둘, 셋, 넷, 다섯, 여섯, 일곱, 여덟, 아홉, 열." 큰 소리로 인원수를 셌다.

"이쪽이다."

제복 차림의 남자가 포승을 잡아당겨 아마미야는 건물 안으로 들어갔다. 방에 들어가자 옷을 전부 벗으라는 지시를 받았다. 항문까지 포함해 온몸을 구석구석 수색당한 뒤 건네받은 옷으로 갈아입었다. 이후 다른 방으로 가 이발기로 머리를 빡빡 깎였다.

건물을 나와 옆에 있는 단층 건물로 향했다.

"시오야 선생님, 심사원에서 온 신입 한 명, 부탁드립니다."

줄곧 붙어 다니던 남자가 문을 열고 말했다.

"알겠습니다."

의자에 앉아 있던 남자가 일어섰다. 자신과 비슷할 정도로 몸집이 크다. 귀가 뭉개져 있고 코가 납작했다.

"나는 고사 기숙사 담당인 시오야다. 앞으로 여기 있는 교도관은 전원 선생님이라고 부르도록."

"네…." 아마미야는 작게 대답했다.

"목소리가 작다!"

눈앞의 남자가 무섭게 고함치자 아마미야는 흠칫 놀라서 고개를 들었다.

"불안한 건 알겠지만, 빠릿빠릿하게 행동하는 편이 너한테도 좋다. 앞으로 9일간 이 단독실에서 지내도록 한다. 그 기간 동안 단체 생활을 하기 위해 필요한 규율을 익히고 체력을 기른다. 알겠나?"

"네!"

아마미야가 우렁차게 대답하자 눈앞의 남자가 피식 웃었다.

"그래. 그렇게 하는 거다. 거기 놓인 물품을 전부 가지고 9호실로 들어가라."

남자가 가리킨 책상 위를 쳐다봤다. 속옷과 수건, 운동화 같은 일용품이 놓여 있었다.

아마미야는 그것들을 가지고 9호실로 들어갔다. 다다미 두 장 크기의 방에 침대와 책상이 놓여 있고, 안쪽에는 커튼이 걸려 있었다.

"오늘은 푹 쉬도록."

남자가 그렇게 말하더니 철문을 닫고 문을 잠갔다.

아마미야는 스피커에서 흘러나오는 종소리에 잠에서 깼다.

그러고는 침대에서 일어나 운동복으로 갈아입었다. 문 잠금장치가 풀리는 소리가 나고 철문이 열리더니 시오야가 들어왔다.

"오늘부터 밖에 나간다."

시오야에게 이끌려 운동장으로 나가자 운동복을 입은 여섯 명의 소년이 이미 모여 있었다.

"소개하겠다. 오늘부터 너희 동료가 될 신입생이다. 그럼 자기소개를 하도록." 시오야가 아마미야의 등을 툭 쳤다.

"저기… 그러니까… 나는… 아마미야 가즈마…입니다. 잘 부탁…합니다."

아마미야가 주위 시선을 두려워하면서 말했다.

그 자리에 있던 대부분의 소년들이 아마미야를 비웃었지만, 딱 한 명 표정의 변화 없이 이쪽을 쳐다보는 사람이 있었다.

"좋았어, 그럼 우선 달리기부터 한다. 신입생은 20바퀴. 마치다, 너는 40바퀴다."

시오야가 웃지 않은 사람을 손으로 가리켜 말했다.

아마미야는 무심코 마치다라고 불린 사람을 쳐다봤다.

"자, 달려, 달려!"

시오야의 지시에 모두가 달리기 시작했다. 아마미야도 뒤따라갔다.

전력으로 달리는 것이 몇 년 만이라 몸이 따라 주지 않았다. 다른 사람들의 뒷모습이 점점 멀어졌다. 특히 마치다라고 불린 남자는 상당히 빠른 속도로 달리는 바람에 차이가 몇 바퀴 이상이었다.

"아마미야! 더 힘차게 달려! 30분 안에 못 들어오면 연대책임으로 열 바퀴 추가할 거다."

그런 말을 들었는데도 숨이 차서 발을 멈추고 싶어졌다.

등을 두드리는 손길에 고개를 돌렸다. 어느새 마치다가 옆에 와 있었다.

"힘내. 연대책임을 지게 되면 나중에 지독한 꼴을 당할 거야."

그는 그 말을 남기고 아마미야를 앞질러 갔다. 아마미야는 그의 뒷모습을 보며 있는 힘껏 달렸다.

5

나이토 교도관은 복도 창문을 통해 운동장을 바라보고 있었다.

마치다가 신입생과 어울려 체육 수업을 받고 있었다. 시오야가 벌을 준 탓에 최근 일주일간 마치다는 다른 원생들의 두 배의 거리를 달리고 있다.

겉보기에는 순순히 지시에 따르는 것 같은데 실제로 마음을 조금이라도 고쳐먹은 걸까. 오늘로 마치다의 근신이 끝난다. 다시 이곳 제1기숙사로 돌아오는 것이다.

물론 마치다 때문에 코뼈가 부러진 아사쿠라와 한 방을 쓰지 않도록 조치해 두었다. 하지만 그럼에도 또다시 골치 아픈 문제가 생기는 게 아닌가 싶어 마음을 놓을 수가 없었다.

나이토는 마치다로부터 시선을 거두고 더디게 달리는 큰 몸집의 소년을 보았다.

아마미야 가즈마——.

그 역시 나이토가 개별 담임을 맡게 되었지만, 마치다와는 다른 의미에서 어려운 원생인 듯했다.

마치다와 같은 열여덟 살로, 죄명은 살인——.

아마미야는 건설 공사 현장에서 금속 케이블을 훔치는 절도 그룹의 일원이었다. 그러던 어느 날 범행 중에 경비원에게 발각된 것이다. 경비원은 현장에서 도망친 아마미야를 뒤쫓았고 궁지에 몰린 아마미야가 경비원을 구타해 죽음에 이르게 했다. 소년조사기록에 따르면 아마미야는 붙잡힐까 봐 무서웠다고 경찰서에서 울면서 진술했다고 한다. 게다가 아마미야의 지능지수는 57이다. 경도의 지적장애라고 할 수 있다.

아마미야는 절도 그룹 내에서 주도적인 역할이 아니라 오히려 실컷 부려지는 존재였을 것이다. 키 185센티미터, 몸무게 92킬로그램의 거구인 그는 무거운 금속 케이블을 옮기는 데 제격일 터였다. 심지어 몸집에 어울리지 않게 누구든 잘 따르는 성격인 듯했다.

가정환경도 불우했다. 아버지는 세 살 때 돌아가시고, 어머니는 열두 살 때 아마미야와 네 살 많은 누나를 두고 증발해 버렸다. 그 후 친척 집에 맡겨졌지만 학대를 당하는 등 쓰라린 경험을 했다. 그는 중학교에도 거의 나가지 않았다. 2년 후 떨어져서 살던 누나가 아마미야를 거두었지만, 그 후에도 중학교에는 가지 않은 채 형식적인 졸업을 했다. 누나는 윤락업소에 다니며 동생을 돌봤다고 한다.

아마미야가 절도 그룹에 들어간 동기에 대해 자신은 제대로 된 곳에서 일할 수가 없으니 누나를 위해 조금이나마 돈을 벌기 위해 들어갔다고 답했다고 한다.

저지른 죄는 중대하지만 얼마든지 갱생이 가능한 소년이라고 생각한다. 쉽지는 않을 것이다. 소년원의 직업훈련을 통해 어떻게든 기술을 익히고 자격을 갖추게 해서 좋은 형태로 누나 곁으로 돌려보내고 싶었다.

"열심이라는군요."

어느새 수석 전문관인 구마다가 옆에 와서 운동상을 구경하고 있었다. 수석 전문관이란 원장과 부원장에 다음가는 소년원 넘버 쓰리로, 교육 부문의 현장 책임자다.

"마치다 말입니다."

나이토가 바로 대꾸하지 못하고 있자 구마다가 말했다.

"네에…."

"고사 기숙사를 나온 지 몇 시간 만에 근신을 당하다니, 우리 소년원의 최단 기록이 아닙니까? 한데 일주일 동안 지켜봤더니 성실하게 지내는 모양이더군요. 내일 복귀한다지요?"

"체육 수업은 그런 것 같습니다만… 교정은 상당히 힘들지 않겠습니까?"

"쉽게 결론을 내서는 안 됩니다. 나이토 선생은 가나가와에 근무했을 때는 열혈 교도관으로 유명했다고 들었습니다만."

그 말에 나이토는 할 말을 잃었다.

구마다는 마치다의 진짜 모습을 모른다.

나이토는 그동안 수많은 소년을 접해 왔다. 그중에는 감당할 수 없을 만큼 폭력적인 소년도 있었고, 자신은 사람을 죽인 몸이라며 위협적으로 나오는 소년도 있었다. 마치다에 대해 느낀 두려움은 그런 종류의 것과는 이질적인 것이었다.

나는 너희보다 훨씬 머리가 좋아——.

"드릴 말씀이 있습니다만…." 나이토는 말했다.

"뭡니까?"

"그의 소년조사기록에 한 가지 오류가 있는 듯합니다. IQ가 161 이상이라는…."

"사실이라더군요."

구마다가 나이토의 말을 잘랐다.

나이토는 도저히 믿지 못하는 얼굴로 구마다의 눈을 쳐다봤다.

"나도 당최 믿기지가 않아서 말입니다. 그의 조사와 면담을 담당한 분류 심사관에게 직접 물어봤지요. 심사관의 말에 따르면 마치다는 틀림없이 일반인을 초월한 지능을 갖고 있다고 합니다. 의무교육조차 받지 않았는데, 믿을 수가 있어야지요. 심지어 지능뿐만 아니라 기억력도 굉장하다던데요?"

"기억력이요?"

"예를 들어 책을 몇 초간 보기만 해도 그 내용을 전부 기억하나 보더군요."

"말도 안 됩니다." 나이토는 무심코 웃었다.

그러나 독방에서 마치다와 대치했을 때의 광경이 떠올랐다.

정밀기기 회로처럼 눈동자를 움직이면서 책을 보고 있던 마치다의 모습 ─ .

설마….

"그걸 확인하는 것이 나이토 선생의 일입니다. 올바른 방향으로 이끌어만 준다면 학자든 연구자든 될 자질은 충분한 모양인데. 원래 우리 일은 천재를 키우는 게 아니라, 지식보다 더 소중한 걸 가르치는 게 아니겠습니까."

똑바로 응시하는 구미다의 시선을 견디지 못해 고개를 돌렸다.

마치다는 살아남기 위해 머리를 썼다고 말했다. 만약 정말 그 정도로 두뇌가 좋다면 이곳을 나가서도 얼마든지 살아갈 재주가 있을 터이다. 그러나 아무리 똑똑해도 마치다에게는 더 소중한 것이 결여된 듯한 기분이 들었다.

살아가기 위해 뭘 할지 생각하는 것은 머리지만, 무엇을 위해 살아갈지를 정하는 것은 어디까지나 마음이다.

한정된 시간 속에서 자신은 그것을 마치다에게 가르칠 수 있을까.

6

자물쇠가 풀리고 철문이 열렸다.

"아마미야, 짐을 정리해서 방에서 나와." 시오야 교도관이 복도에서 말했다.

아마미야는 지시에 따라 짐을 정리해서 일어섰다.

"오늘부터 제1기숙사에서 지낸다."

복도로 나오자 짐을 들고 있는 마치다가 있었다. 마치다도 함께 가는 모양이다. 마치다는 일주일 동안 자신에게 자연스럽게 용기를 북돋아 주었다. 그와 친구가 될 수 있을 거라는 기대에 아마미야는 반가운 마음이 들었다.

"그동안 고마웠어. 앞으로도 잘 부탁해."

아마미야가 마치다에게 다가가 말을 걸었지만, 어제까지와는 싹 달라진 그의 표정에서는 웃음기 하나 찾아볼 수 없었다.

"사담은 금지다. 간다."

시오야의 꾸중을 듣고 마치다와 함께 고사 기숙사를 나왔다. 옆 건물로 들어가 2층에 올라가서 복도를 걸었다. 시오야가 제1기숙사라는 팻말이 달린 문을 열쇠로 열었다.

"나이토 선생님, 데려왔습니다."

그 안에서 우울한 느낌의 중년 남자가 걸어왔다. 먼저 마치다를 흘끗 본 뒤 시선을 피하더니 이쪽을 향했다.

"아마미야 가즈마구나. 나는 네 개별 담임을 맡은 나이토다. 잘 부탁한다."

"자, 잘… 부탁합니다…." 아마미야는 겁먹은 태도로 말했다.

"인사할 때는 더 활기차게. 자, 이쪽으로." 나이토가 말했다.

"그럼 나이토 선생님, 잘 부탁드립니다. 아마미야, 힘내라."

시오야의 목소리에 아마미야는 뒤돌아서 꾸벅 인사했다.

"마치다, 다시는 오지 마라." 시오야는 마치다에게 그렇게 말한 뒤 문을 닫았다.

"아사쿠라."

나이토가 부르자, "네, 선생님" 하고 코에 거즈 같은 것을 덮은 키 큰 남자가 다가왔다. 아사쿠라라고 불린 그 남자는 줄곧 생글거리는 표정을 하고 있었지만, 마치다를 본 순간 눈빛이 날카로워졌다.

"오늘 들어온 아마미야다. 너와 한 방을 쓰니 방 안내와 짐 정리를 돕도록."

"네, 알겠습니다."

나이토를 쳐다본 아사쿠라가 순식간에 미소를 되찾았다. 그러고는 마치다에게 다가갔다.

"마치다 군… 요전번에는 나도 좀 심했어. 미안해. 화해하자." 아사쿠라가 마치다를 향해 오른손을 내밀었다.

"마치다, 너도 똑바로 사과해야지." 나이토가 말했다.

"제법 남자다워졌는데."

"마치다!" 나이토가 고함을 쳤다.

"선생님, 괜찮아요. 저는 아마미야 군을 안내해 줄게요. 자, 가자."

아마미야는 아사쿠라에게 안내를 받아 복도를 걸어갔다.

"아마미야 군, 체격이 아주 좋네."

아사쿠라가 아마미야의 등을 토닥이면서 말했다.

4호실이라는 팻말이 달린 방에 들어갔다. 다다미가 여덟 장쯤 깔린 방이었다.

"짐은 거기 놔둬."

아마미야는 아사쿠라가 방 한쪽을 가리킨 것을 보고 그의 말대로 했다.

"옳지, 고분고분해서 좋네. 내 명령에는 무조건 따라야 해."

"어째서?" 아마미야는 무슨 뜻인가 싶어 물었다.

"어째서는 무슨 어째서야!"

"아니… 그야…."

아마미야가 묻고 있자니 다섯 명의 사내가 방으로 들어왔다.

"우선 덩치가 크니까, 대들지 못하게 뜨거운 맛 좀 보여 줘."

아사쿠라가 그 말을 남기고 방을 나가자 사내들이 아마미야에게 접근했다. 아마미야의 뒤에서 겨드랑이 밑으로 손을 넣어 단단히 붙잡더니 입에 걸레를 쑤셔 넣고 배에 주먹세례를 퍼부었다. 아마미야가 쓰러지자 이번에는 옆구리에 발길질을 했다. 아마미야는 걸레를 악물고 그들의 공격을 견뎠다.

7

"나이토 선생님, 제가 마치다 군을 안내하겠습니다."

이소가이 하야토가 나이토 교도관과 마치다 곁으로 가며 말했다.

"그래, 마침 잘됐군. 너와 같은 2호실이다. 잘 부탁한다."

이소가이는 마치다와 한 방을 쓰게 되다니 다행이라고 생각하면서 그를 봤다.

"마치다 군, 나는 이소가이라고 해. 그럼 방으로 안내할 테니까 가자."

이소가이가 웃는 얼굴로 마치다를 2호실까지 데려갔다.

방에 들어가서 마치다에게 사물 놓을 자리를 대강 설명했다.

"마치다 군이라고 해서 못 알아봤잖아. 그때는 오자와라는 이름이었지?"

그 말에 마치다가 동작을 멈추고 이소가이를 올려다봤다.

괜히 경계하게 만든 모양이다.

"나 기억 안 나?"

이소가이가 말하자 싸늘한 눈빛이 돌아왔다.

"누구냐, 너⋯." 마치다가 그제야 입을 열었다.

"도쿄 조시가야 사무실에서⋯ 한 달 정도 보이스피싱 일을 했는데, 다테 씨가 너무 못한다면서 자르더라."

거기까지 말하자 마치다가 생각났다는 듯이 고개를 작게 끄덕였다. 그러나 여전히 경계심이 풀리지 않은 눈빛이었다.

"무슨 짓을 해서 여기 들어왔지?" 마치다가 물었다.

"상해치사. 거기서 잘린 뒤로 옛날 친구들하고 만남 사이트에서 미인계를 썼는데, 좀 과하게 하는 바람에⋯."

"언제 붙잡혔지?"

"반년 전에."

그렇게 대답하자 눈빛에서 경계심이 조금 누그러진 것을 느꼈다.

"그렇군."

"마치다, 너 열여덟 살이구나. 더 많을 줄 알았는데. 나보다 한 살 어리지만, 널 대단하다고 생각했어."

"대단하다고?"

마치다는 늘 몸집이 큰 남자와 함께 사무실에 출근해서 곧바로 자기 방으로 들어갔다. 뭘 하는지는 자기 같은 말단으로서는 알 수 없었지만, 놀랍게도 보이스피싱 시나리오를 전부 혼자 구상할 만큼 엄청난 두뇌의 소유자라는 소문이 나 있었다.

이 녀석을 구워삶아 동료로 만들면 소년원 출원 후에 돈을 편하게 벌 수 있을 것 같았다.

"그럼 오자와는 가명이었어?" 이소가이가 물었다.

"같이 다니던 남자의 이름이다. 오자와 미노루."

"바둑이?"

마치다와 늘 함께 있던 남자는 몸집은 크지만 아둔하고 아무것도 못 해서 다테가 바둑이라고 불렀다.

"왜 그 사람 이름을?"

"난 태어났을 때부터 호적이 없었어. 그래서 받았다."

"호적이 없다고?"

그 말에 놀라 되물었더니 마치다가 고개를 끄덕였다.

그러고 보니 마치다는 바둑이를 항상 미노루라고 불렀다.

"경찰에 붙잡혀서 호적을 받았지만, 성과 이름 둘 다 마음에 안 들어."

"지난번 집회에서 사람을 죽였다고 했잖아. 도대체 누구를…."

"다테."

이소가이는 마치다의 눈을 응시하며 숨을 멈췄다.

"내부 분열?"

"눈에 거슬렸을 뿐이다." 마치다가 퉁명스럽게 대답했다.

"바둑이… 아니, 그 미노루라는 사람은 어떻게 됐어?"

"글쎄. 어디서 객사했을지도 모르겠군." 그렇게 말하는 마치다의 표정은 조금 어두웠다.

"내가 널 존경해서 일부러 충고하겠는데, 여기서는 반항적인 태도는 손해야. 연기라도 좋으니 교도관 말에는 절대복종해야 해. 안 그랬다가는 시간이 아무리 흘러도 여기서 못 나가."

"그렇게 빨리 나가고 싶은 건가?"

"당연히 하루라도 빨리 나가고 싶지. 군대에 들어온 것처럼 자유라고는 전혀 없잖아. 숨 막혀서 죽을 것 같아."

그리고 한시라도 빨리 나쓰미를 만나고 싶었다.

"빨리 여길 나가서 같이 놀자."

이소가이의 말에 마치다가 쓴웃음을 지었다.

"집회입니다."

밖에서 소리가 들렸다.

"그럼 가자."

이소가이는 마치다와 함께 방을 나갔다. 집회실로 들어가서 그와 나란히 파이프 의자에 앉았다. 마치다가 문 쪽을 돌아보기에 시선을 쫓으니 아까 아사쿠라가 데려간 신입생이 배를 누르면서 집회실로 들어왔다. 곧바로 정면의 나이토 교도관을 살펴봤다.

둔감한 나이토가 아사쿠라의 본성을 알 턱이 없다.

"그럼 오늘 제1기숙사에 새로 들어온 동료를 소개하겠다. 아마미야,

앞으로 나와서 자기소개를 하도록."

나이토의 말에 신입생이 주춤거리며 앞으로 나갔다. 무슨 이야기를 해야 할지 모르는지 도움을 요청하듯 자꾸만 나이토의 얼굴을 살폈다.

"이름과 나이와 네가 저지른 죄와, 소년원에서의 목표를 말하면 된다." 나이토가 고개를 끄덕이며 말했다.

"저기⋯ 그러니까, 이름은 아마미야 가즈마입니다. 열여덟 살입니다⋯." 신입생이 안절부절못하면서 대답했다.

"아마미야 가즈마는 한자로 어떻게 써?"

근처에 앉은 사람이 피식거리면서 빈정댔다.

"어, 그러니까⋯."

손바닥에 손가락으로 써 보면서도 어떻게 설명해야 좋을지 모르는 듯했다. 머뭇머뭇하고 서 있었더니 그 모습을 보고 하나둘씩 키득거리기 시작했다.

주위를 둘러보니 다들 희생양을 발견해서 반가워 죽겠다는 표정을 짓고 있었다. 그중 마치다만 혼자 웃지 않고 있었다. 어딘가 걱정스러운 표정으로 신입생을 바라보고 있었다. 그러고 보니 신입생은 바둑이⋯ 아니, 그때 마치다와 함께 있던 미노루라는 남자와 비슷한 느낌이었다. 전체적인 분위기도 그렇고, 큰 몸집에 비해 어린아이 같은 말투며 행동거지가 꼭 닮았다.

"왠지 저 사람, 미노루랑 비슷하네."

이소가이의 중얼거림에도 마치다는 아무런 반응도 보이지 않았다.

"조용!"

나이토가 웬일로 원생들을 크게 꾸짖더니 일어나서 화이트보드에 '雨宮一馬(아마미야 가즈마)'라고 썼다.

"그럼 소년원에서의 목표를 말하고 자리에 앉도록."

"소년원에서의 목표는… 어… 친구를 많이 만드는 겁니다."

그 순간 또다시 웃음이 터져 나왔다.

"아마미야, 자리에 앉아도 좋다. 지금부터 오리엔테이션을 시작하겠다."

"선생님, 그런데 마치다 군의 소년원에서의 목표를 아직 듣지 못했는데요." 아사쿠라가 손을 들고 발언했다.

나이토가 마치다를 처다봤다. 감정을 애써 감추고 있지만 속이 부글거리고 있다는 것을 알 수 있었다.

"그렇군… 마치다, 앞에 나와서 소년원에서의 목표를 말하도록."

마치다가 일어나서 느릿느릿 앞으로 걸어갔다.

"소년원에서의 목표라…." 마치다가 거기까지 말하더니 그 자리에 있던 모두를 천천히 둘러봤다.

"머리 나쁜 인간은 상대하지 않는 거다——."

8

내키지는 않으면서도 후쿠야의 포렴을 걷어 안으로 들어갔다. 안쪽 다다미방이 묘하게 소란스러웠다. 슬며시 귀를 기울였더니 교도관들이 마치다의 이야기에 열을 올리고 있었다.

점심시간에 구마다 수석 전문관이 찾아와 오늘 저녁에 여기서 한잔 하자고 권한 것이었다. 약간 귀찮았지만 구마다의 권유인 만큼 거절할 수가 없었다. 나이토는 한숨을 내쉬고 다다미방에 올라갔다.

"좀 늦었습니다."

다다미방에는 구마다 외에도 시오야와 스즈모토가 와 있었다.

"나이토 선생님, 수고 많으셨어요."

나이토가 앉자 시오야가 눈앞에 있던 잔에 일본주를 따랐다.

"시오야 선생, 아까 말한 직관 뭐라는 이야기 말입니다…." 구마다가 시오야에게 물었다.

"아, 그러게요… 이야기를 하다 말았죠. 직관상 기억이라는 게 있나 봅니다. 지난번 TV에서 본 내용인데요, 순간적으로 본 것을 사진처럼 기억하는 능력을 직관상 기억이라고 하더군요."

"직관상 기억이라…." 구마다가 고개를 살짝 끄덕이면서 읊조렸다.

"어린아이 중에는 드물게 그런 능력을 지닌 아이가 있다고 해요. 다만 성장할수록 그 능력도 퇴화하는 경우가 대부분이지만요."

"마치다한테 그 능력이 있다는 겁니까?" 구마다가 시오야에게 물었다.

"모르긴 몰라도, 다른 선생님들한테 들은 이야기를 종합하면 그렇게 생각할 수밖에 없겠죠. 마치다의 기억력이 예사롭지 않다고 다들 놀라서 눈을 동그랗게 떴거든요."

마치다의 이야기가 지긋지긋하면서도 나이토 역시 그의 범상치 않은 능력을 인정할 수밖에 없었다.

소년원은 교도소와는 달리 죄를 지은 소년들에게 교육을 해 주는 곳이다. 따라서 의무교육에서 필요한 교과나, 필요하면 중등교육이나 고등교육에 준하는 교과를 가르치기도 한다. 또한 다양한 자격을 취득시키기 위해 직업훈련도 실시한다.

마치다가 제1기숙사에 들어간 지 겨우 한 달이 지났지만, 그가 지식을 흡수하는 속도에 다른 교도관들 모두가 혀를 내두르고 있었다.

"여기 있는 동안 도대체 자격을 몇 개나 취득할까요?" 스즈모토가 들떠서 말했다.

"아니, 아예 고등 검정고시에 합격할지도 모르죠. 의무교육도 받지 않은 사람이 여기서 지내는 1년 남짓한 기간에 대학 수험 자격을 취득하는 겁니다. 그렇게 되면 여기를 나가서 곧바로 대학에 입학할 수도 있어요. 정말 굉장한데요?" 시오야가 흥분한 말투로 말했다.

주변 사람들이 이야기에 열을 올리는 가운데 나이토의 가슴속에 뭐라 형언할 수 없는 초조함이 커져 갔다.

"너무 추어올리는 거 아닙니까?"

나이토가 냉정하게 말하자 시선이 일제히 그에게 쏠렸다.

"마치다가 다른 소년들보다 똑똑한 것은 사실일지 모릅니다. 하지만 그래서 뭐가 어떻다는 겁니까? 그가 사람을 죽이고 왔다는 것을 잊어서는 안 되지 않습니까?"

소년원은 소년들에게 교육만 해 주는 곳이 아니다. 자신이 범한 죄를 반성시키고 반사회적인 사고방식을 교정시키는 곳이기도 하다.

확실히 최근 한 달간 마치다는 딱히 문제가 될 만한 행동은 하지 않았다. 얌전히 학업에 열중하는 것처럼 여겨졌다.

그러나 나이토는 그런 마치다의 태도가 속임수라고 생각했다.

"저는 한 달간 마치다의 담임으로서 여러 차례 면담을 실시했습니다. 그가 자신이 범한 죄와 제대로 마주할 수 있도록 몇 가지 시험을 해 봤습니다. 그런데 저는 마치다를 전혀 모르겠습니다. 그의 감정이 당최 보이지가 않는단 말입니다."

나이토는 거기까지 말하고 가방 속에서 종이 몇 장을 꺼내 테이블 위에 올려놓았다. 세 사람이 종이를 손에 들고 읽기 시작했다.

"롤레터링이로군."

구마다의 물음에 나이토는 고개를 끄덕였다.

롤레터링(role-lettering, 역할교환서간법)이란 교정교육 현장 등에 도입된 심리 기법의 하나로, 예를 들어 한 소년이 '자신'과 '상대'의 두 역할을 연기하면서 편지를 주고받는 것이다. 자신의 입장에서 감정을 호소하고 상대의 입장에서 그것을 받아들여 답장하는 과정에서 자기 통찰력을 기르거나 타인을 이해하는 마음을 키울 수 있다.

마치다에게는 자신이 살해한 피해자와, 피해자의 부모에 대해 롤레터링을 시켰다.

나이토는 이 편지를 남에게 보이기를 내내 주저했다. 인간의 감정이 조금이라도 있다면 자신이 살해한 사람이나 그 가족에게 이런 지독한 말은 도저히 쓸 수가 없다.

편지를 읽던 세 사람의 표정이 순식간에 어두워졌다.

"나이토 선생이 뭘 말하고 싶어 하는지 잘 알겠습니다."

나이토는 눈앞의 잔에 손을 뻗어 술을 단숨에 들이켰다.

"마치다의 마음은 황폐할 대로 황폐해진 땅일지도 모르겠군요. 한편으로 머리는 씨만 뿌리고 물을 주지 않는데도 녹음이 우거지는 땅인데 말입니다."

구마다는 그렇게 말한 뒤 작게 한숨을 토했다. 그러고는 나이토를 쳐다봤다.

"황폐한 땅은 아무리 일구어도 소용이 없겠습니까? 씨를 뿌리기도 아깝다고 생각합니까?"

"모르겠습니다… 애초에 저한테는 그런 힘이 없을지도 모르겠습니다." 나이토는 솔직히 대답했다. 그로 인해 법무교도관을 그만두라고 한다면 그럴 생각도 하고 있었다.

아들 가즈야가 죽은 뒤 줄곧 가슴속에 품고 있던 생각이다.

"아까 스즈모토 선생한테 들은 이야기인데… 마치다는 머리는 비상하게 좋은데, 초등학생이 당연히 알고 있는 것을 모른다고 하더군요. 컴퓨터나 법률 등에 관해서는 무서울 정도의 지식을 갖고 있음에도, 튤립이라는 꽃 이름이나 참새라는 새 이름, 그게 어떤 건지 전혀 몰랐다고 합니다. 아마도 경찰에 붙잡히기 전까지 그런 것은 필요로 하지 않는 세계에서 살아왔을 테지요. 도대체 어떤 세계였을지…" 구마다가 차분히 말했다.

시계를 보니 밤 12시였다. 슬슬 취침 후의 순찰을 돌아야 한다.

나이토는 책상에 놓인 손전등을 들고 교도관실을 나섰다.

제1기숙사는 어스름에 휩싸여 쥐 죽은 듯이 조용했다. 1호실을 돌고

2호실 문을 열자 작은 신음 소리가 들려왔다. 손전등으로 방 안을 밝혔다. 세 명의 소년이 이불에서 자고 있었다.

마치다의 얼굴에 손전등을 비추었더니 얼굴이 온통 비지땀 범벅이었다. 고개를 연신 세차게 흔들면서 신음했다.

악몽이라도 꾸는 걸까——.

너무 괴로워해서 깨워 줄 생각에 마치다 쪽으로 다가갔다.

"미노루…미노루…."

손을 뻗으려 하는데 마치다가 잠꼬대를 했다.

"미안…."

그 소리에 동요한 나이토는 손을 움츠렸다.

나이토는 마치다의 자는 얼굴을 가만히 응시했다. 마치다와 대치할 때면 괜히 두려운 마음이 들었는데, 이렇게 보니 약간 어린 티마저 남아 있는 평범한 소년의 얼굴이었다.

나이토는 2호실을 나와 다른 방을 둘러본 뒤 교도관실로 돌아왔다. 선반에서 마치다의 소년조사기록을 꺼냈다. 페이지를 넘기며 미노루라는 이름을 찾았다. 그러나 기록 속에 그 이름은 없었다.

미노루가 누굴까.

꿈속에서 마치다를 괴롭히는 존재, 그 마치다가 어린아이 같은 얼굴로 사과할 만한 인물….

도대체 어떤 세계였을지——.

어제 구마다가 한 말이 떠올랐다.

마치다가 살아온 18년의 인생은 어떤 것이었을까. 물론 마치다만이 알 것이다.

이 조사기록은 가정법원 조사관과 소년 분류 심사원 심사관 등이 마치다에 대해 조사하여 작성한 것이다. 그러나 그들이 도대체 마치다에 대해 얼마나 알아냈다는 걸까.

마치다는 지금껏 단 한 번도 학교에 가지 않았다. 유일한 혈육인 어머니는 교도소에 수감되어 있다. 학교 교사나 동급생, 가족에게 마치다에 대해 물을 수도 없었던 것이다. 이 서류에 기록된 것은 거의 대부분 마치다 본인이 이야기한 것에 불과하다. 마치다가 모든 것을 털어놓았을 리가 없다.

마치다를 체포한 경찰도, 그를 조사하여 소년원에 송치한 가정법원도, 그리고 자신들 법무교도관도 —— 누구도 마치다가 지금까지 어떤 인생을 걸어왔는지 알지 못한다.

튤립이라는 꽃의 이름조차 모르는 소년.

그는 어떤 세계에서 살아왔을까.

다른 교도관이 교대하러 왔다. 나이토는 서둘러 돌아갈 채비를 했다. 소년원 문을 나선 뒤 인접해 있는 관사로 돌아가지 않고, 곧바로 근처 버스 정류장으로 향했다. 버스로 우쓰노미야 역까지 가서 그곳에서 우쓰노미야 선을 탔다.

나이토는 손목시계를 확인했다. 오후 2시가 넘은 시각이었다. 여기서 요코하마 시내에 있는 공원묘지까지는 꽤 시간이 걸린다. 저녁이 다 되어서 도착할지도 모른다.

공원묘지에 도착했을 무렵에는 이미 땅거미가 지고 있었다. 가즈야의 무덤 앞에 꽃다발이 놓여 있었다. 아내인 시즈에가 올렸을 것이다.

나이토도 꽃과 선향을 올리고 무덤 앞에서 합장을 했다.

출구 쪽으로 걸어가고 있자니 반대편에서 시즈에가 오고 있었다.

나이토는 온몸이 묶인 듯 그 자리에 못 박혔다. 명색이 부부인데 1년 만의 재회로 긴장이 되었다.

"당신이 묘지로 들어가는 게 보이길래."

"아, 좀 늦었어." 나이토는 당혹스러워하며 중얼거렸다.

"일부러 이 시간에 온 건 아니지?"

떨어져 살기는 해도 부부인 만큼 서로 연락하면 함께 올 수도 있다. 그러나 더 이상 그런 관계가 아니다. 가즈야는 자신의 무덤에 따로따로 찾아오는 부모를 어떤 심정으로 지켜보고 있을까.

"오늘 곧바로 도치기로 가는 거야?" 시즈에가 물었다.

"그래. 내일도 출근해야지."

"시간 좀 내 줬으면 하는데. 할 이야기도 있고."

할 이야기—— 대충 짐작이 갔다.

"그럼 근처 찻집이라도 갈까."

나이토는 출구를 향해 걸음을 옮겼다. 두 사람은 찻집에 들어가 마주 앉아 커피를 주문했다.

"일은 잘 되고?" 나이토가 물었다.

"응, 그냥저냥 하고 있어."

2년 전 나이토가 가나가와의 소년원에서 도치기로 전근했을 때 시즈에에는 따라오겠다는 말을 하지 않았다. 나이토 역시 같이 가자는 말을 꺼내지 않았지만.

가나가와의 관사를 나온 뒤 나이토는 도치기로 가고, 시즈에는 요코하마 시내에서 아파트를 임대해 혼자 살고 있다. 결혼 후 줄곧 전업주부로 살았지만 별거에 들어간 뒤로는 친구가 운영하는 부티크 매장을 돕기 시작했다. 제2의 인생을 걷기 위한 준비이리라.

"당신은 어때?" 시즈에가 물었다.

"글쎄… 잘 모르겠네." 나이토는 솔직하게 고개를 가로저었다.

법무교도관을 그만두고 싶다고 말하면 시즈에는 뭐라고 할까.

새로운 삶을 시작하자고 하면 우리는 다시 시작할 수 있을까.

결혼한 후로 아내를 고생시키기만 했다. 아내뿐만 아니라 아들인 가즈야까지도. 집은 직장인 소년원 바로 근처였다. 집에 있어도 늘 일에만 신경 쓰는 남편이자 아버지였다.

가즈야가 죽었을 때 "도대체 애 교육을 어떻게 시킨 거야!" 하고 아내를 탓했다. 나이토는 아들이 어렸을 때부터 엄격하게 키우려고 노력했다. 그런데 가즈야는 훔친 오토바이를 타다 사고를 당해 죽은 것이다.

당신은 아무것도 몰라──.

가즈야의 말이 가슴에 비수처럼 꽂혔다.

마음속으로는 알고 있었다. 자신이 아이와 제대로 마주하지 못했다는 것을. 지금껏 인정하기가 싫었을 뿐이었다.

시즈에가 가방에서 봉투를 꺼내 테이블 위에 올려놓았다. 봉투 속에 무엇이 들었는지 굳이 묻지 않아도 알고 있었다.

"이걸 쓰는 데 2년이나 걸렸네." 시즈에가 작게 말했다.

"그러게…."

"당신은 좋겠다."

"뭐가?"

"당신한테는 아직 아이들이 많잖아. 나는 이제 가족이 없어."

"거기 있는 소년들은 가족이 아니야."

나이토의 말에 시즈에가 그를 응시했다.

슬픈 눈빛이었다.

"가즈야가 죽고 나서 나도 달라졌어. 달라졌다기보다는 깨달은 거지. 내 가족은 펜스 밖에 있는 당신과 가즈야밖에 없다는 것을… 너무 늦게 깨달았지만…."

"가즈야는 친구한테 이렇게 말하곤 했어. 저 펜스 안에 들어가면 분명히 아버지가 자기를 똑바로 봐 줄 거라고."

나이토는 시즈에의 말에 충격을 받았다.

"좋은 아버지에, 좋은 남편이었는지는 모르겠어. 그런데 좋은 법무교도관이었다는 건 확실해. 가즈야는 아버지가 하는 일에 자부심을 갖고 있었어."

시즈에의 말이 가슴을 후벼 파는 것처럼 아팠다. 동시에 가슴 깊은 곳에서 뭔가 뜨거운 것이 치밀어 올랐다.

"가즈야는 이제 없어. 당신이 원하는 건 이제 펜스 밖에는 없어."

우당탕 하는 요란한 소리가 났다.

저녁밥을 들고 식탁으로 가던 아마미야가 넘어진 모양이었다. 바닥에 국과 깨진 우유병이 어질러져 있었다.

"누가 대걸레하고 빗자루 좀 가져와."

나이토가 아마미야에게 다가가 바닥에 넘어진 채 울고 있는 그를 일으켰다.

"하, 얼빠진 놈. 밥이 인원수에 딱 맞춰서 나오니까 오늘은 굶어야겠네."

아마미야의 바로 옆에 앉아 있던 아사쿠라가 말했다.

"그럼 네가 대신 저걸 먹어."

목소리가 들린 순간, 아사쿠라가 바닥에 확 고꾸라졌다. 마치다가 아사쿠라의 등 위에서 몸을 단단히 제압하고 있었다.

"맛있어? 맛있냐고!"

아사쿠라의 얼굴을 엉망이 된 바닥에 짓누르며 마치다가 말했다.

식당 안이 소란스러워졌다.

나이토가 마치다의 몸을 붙잡고 아사쿠라에게서 떼어 내려 하는데도 꼼짝도 하지 않았다. 겨우 마치다의 어깻죽지를 뒤로 잡아당겨 일으켰다.

"너, 이 자식!"

아사쿠라가 벌떡 일어나 마치다에게 덤벼들었다.

"아사쿠라, 그만둬!"

마치다의 얼굴에 주먹을 휘두르려는 순간, 뒤에서 아마미야가 아사쿠라의 몸을 꽉 붙잡았다.

"하지 마. 하지 마, 제발." 아마미야가 울면서 부탁했다.

아사쿠라가 무시무시한 얼굴로 달려들려 했지만 아마미야에게 붙잡혀 더는 움직이지 못했다.

"다들 조용히 해!"

나이토가 불호령을 내리자 소란이 가라앉았다.

"마치다, 따라와!"

나이토는 마치다의 몸을 꽉 붙든 채 독방이 있는 고사 기숙사로 데려
갔다.

나이토는 교도관실 모니터를 통해 독방의 상황을 지켜보았다.

마치다는 변함없이 책상 앞에 앉아 묵묵히 책을 읽고 있었다.

어제 사건으로 마치다에게는 20일의 근신 처분이 내려졌다. 마치다
를 독방에 데려갔을 때 시오야는 완전히 낙담한 얼굴이었다. 요즘은 착
실하게 지내나 싶었더니… 하는 표정이었다.

그런데 나이토는 시오야와는 반대로 어제 마치다의 행동을 다소 반
기는 마음이었다.

처음으로 마치다의 인간적인 면모를 엿본 것 같았기 때문이다.

나이토는 놓치지 않았다. 아마미야가 넘어졌을 때 아사쿠라는 발을
뻗고 있었다. 아마미야의 다리를 걸어서 넘어뜨린 것이다.

경솔했다. 평소 교도관들에게 고분고분한 데다 기숙사 반장까지 맡
은 아사쿠라였기에 방심했다.

나이토는 교도관실을 나와 독방으로 향했다. 시오야에게 마치다가
있는 방문을 열어 달라고 부탁했다.

"들어간다."

나이토가 들어갔는데도 마치다는 미동조차 없었다. 나이토를 무시하듯 책에 시선을 고정하고 있었다.

나이토는 침대에 걸터앉아 잠시 마치다의 모습을 지켜봤다.

"한 가지 궁금한 게 있는데… 미노루가 누구지?"

그 순간 마치다의 어깨가 움찔하고 반응했다. 그러고는 천천히 고개를 돌렸다. 표정에 약간의 동요가 이는 듯했다.

"그런 녀석, 모르겠는데." 마치다가 이내 무표정한 얼굴로 답했다.

"그렇군… 뭐, 그건 됐다. 내일 여기를 나가서 2호실로 간다."

"근신 처분은 20일이 아니었나?"

"근신이라는 건 본인이 고생스러워하지 않으면 의미가 없거든. 앞으로 네가 무슨 짓을 하든 독방에 들여보낼 일은 없을 거다. 혼자 놔두지 않겠다는 말이다."

"그래? 용케 학습했군." 마치다가 코웃음치듯 말했다.

"내일부터 아마미야를 너와 같은 2호실로 들여보내겠다. 넌 내일부터 아마미야의 교육 담당이 된다. 아마미야가 여기서 나간다 해도 좋은 일자리를 구할 수 있을지 알 수 없으니 네가 딱 붙어서 공부를 가르치는 거다. 소년원을 출원할 때까지 뭐든 좋으니 자격을 취득하게 해야 해."

"뭐? 내가 왜 그래야 하지?" 마치다가 반항했다.

"말했잖아. 근신이라는 건 본인이 고생스러워하지 않으면 의미가 없다고. 넌 이 소년원을 나갈 때까지 쭉 근신 처분이다."

나이토는 그 말을 남기고 방을 나갔다.

9

"다시 잘 생각해 봐. 여기 케이크가 두 판 있다고 쳐. 각각의 케이크를 8등분하는 거다. 그중 네가 이쪽 케이크를 한 조각 먹었어. 여기 있는 우리 넷이서 케이크를 한 조각씩 먹었고, 네가 한 조각 더 먹었어. 이걸 나타내려면 어떻게 써야 하지?"

옆에 앉은 마치다가 노트에 케이크 그림을 그려 가며 설명했다.

"어… 여덟 조각 있는 케이크 중 우리가 네 조각, 아니… 내가 하나 더 먹었으니까 다섯 조각 먹었고, 남은 거는 세 조각. 이쪽에 여덟 조각 있으니까…"

뒤에서 키득거리는 소리가 들려 아마미야는 뒤를 돌았다. 이소가이와 닛타가 재미있다는 듯 이쪽을 보고 있었다.

"뭐가 웃기지?"

마치다가 쏘아보자 두 사람은 과장된 몸짓으로 고개를 돌렸다.

"아마미야 가즈마——."

그 소리에 문 쪽을 쳐다보니 나이토 교도관이 서 있었다.

"면회다."

나이토의 말에 기쁨이 솟아올라 벌떡 일어섰다.

아마미야는 나이토를 따라 면회실로 향했다. 면회실에는 미카가 소파에 앉아 있었다.

"가즈마… 잘 있었어? 여기서 지내기 힘들지 않아?"

미카는 아마미야를 보자마자 일어나며 울음을 터뜨렸다.

"누나, 나는 괜찮아…"

자신의 모습을 보고 훌쩍이는 미카를 보니 이상했다.

"앉아라."

나이토가 어깨를 토닥여 주어 아마미야는 미카의 맞은편에 앉았다.

나이토는 자신들과 조금 떨어진 의자에 앉았다. 테이블 위에는 캔 콜라가 놓여 있다.

"가즈마, 콜라 좋아하지?"

"어서 마셔라. 누나가 참 다정하구나." 나이토가 고개를 끄덕이면서 말했다.

아마미야는 캔을 따서 콜라를 마셨다. 한 모금 정도 마시다가 이내 고개를 숙였다. 미카의 얼굴을 똑바로 쳐다보기가 힘들었다. 절로 몸이 떨려 와 입술을 꽉 깨물었다. 더는 참기가 힘들다──.

"저, 선생님… 이 아이, 딴 사람이 있으면 긴장해서 말을 잘 못해요." 미카의 목소리가 들렸다.

"알겠습니다. 그럼 자리를 비켜 드리지요. 면회 시간은 30분이니 충분히 이야기 나누십시오."

"죄송합니다."

"아닙니다."

문이 닫히는 소리가 들린 순간, 참았던 웃음을 터뜨렸다.

"누나, 나 좀 웃기지 마. 그런 조신한 태도가 어울린다고 생각해?" 아마미야가 고개를 들어 말했다.

"누굴 하고 싶어서 하니? 그보다 정말이야? 그 남자랑 친구가 되었다며.”

“그래, 정말이야. 게다가 지금은 내 교육 담당까지 맡았어.”

“우선 첫 단계를 돌파했다는 거네.”

“응. 앞으로 어떻게 해야 할지 무로이 씨한테 연락해 줘.”

“그래. 그런데 어떤 남자야?” 미카가 흥미진진한 표정으로 물었다.

“무로이 씨의 말대로 우리보다 머리는 훨씬 좋은 것 같아.”

아마미야는 그렇게 말하면서 심한 질투를 느꼈다.

“그래…?”

“그런데 그거 말고는 별거 없는 녀석이야. 내 연기에 완전히 속아 넘어간 허술한 자식이지.”

“왜 무로이 씨는 그 남자 때문에 일부러….”

“몰라.”

아마미야도 무로이가 왜 그자에게 집착하는지 도무지 이해할 수가 없었다.

“마치다는 여기 얼마나 있을 예정이야?”

“장기 수감이니까 1년쯤 있겠지.”

“그럼 가즈마, 너랑 똑같네. 마치다하고 진짜 친해질 수 있을 것 같아?”

“지금까지 봐 온 바로는… 그 녀석은 인간을 혐오하는 것 같아. 오리엔테이션 때 소년원에서의 목표를 밝히라는 말에 뭐라고 대답했는지 알아? 머리 나쁜 인간은 상대하지 않는 거다 — 였어. 우습다니까.”

“괜찮겠어?”

"무로이 씨가 말한 대로 나한테만큼은 마음을 여는 중이야."

한창 이야기를 하던 참에 노크 소리와 함께 문이 열렸다.

아마미야는 재빨리 소심한 표정을 꾸몄다.

"이제 시간이 다 되었습니다."

나이토가 면회실로 들어와 알리자, 방금 전까지 닳고 닳은 태도로 이야기하던 미카가 대뜸 눈물을 글썽이며 일어섰다.

"선생님… 가즈미는 원래 착한 아이예요. 그런 사건을 일으킨 것도 다 나쁜 친구들이 꼬드겨서… 아니, 동생을 잘 보살피지 못한 제 잘못이에요. 선생님, 모쪼록 가즈마를 잘 부탁드립니다." 머리를 깊이 숙인 미카의 눈에서 눈물이 흘러내렸다.

지금 맡은 역할 덕에 단련되었는지, 미카의 연기력도 상당하다고 아마미야 가즈마는 감탄했다.

"누나분의 심정은 잘 알겠습니다. 다만 가즈마 군이 죄 없는 사람을 죽게 한 것은 사실입니다. 가즈마 군이 여기서 지내는 동안 피해자와 그 가족에게 깊이 사죄하는 마음을 갖도록 도와주겠습니다."

"물론이죠. 동생이 한 짓은 제 책임이기도 한걸요. 앞으로 뭐든 다 할 작정이에요."

"누나… 미안해…." 아마미야 가즈마가 눈물을 흘렸다.

"가즈마 군은 앞으로 많은 것을 배울 겁니다. 여기를 나간 후 제대로 생활할 수 있도록 직업훈련도 실시할 예정입니다. 모쪼록 가즈마 군이 갱생해서 돌아가기를 기대해 주십시오." 나이토가 미카에게 웃어 보이며 말했다.

"잘 부탁드립니다. 가즈마, 선생님 말씀 잘 듣고 힘내."

"웅… 누나… 또 올 거지?" 아마미야가 눈물을 훔치며 애원했다.

"또 만나러 올 테니까, 가즈마, 너도 편지 꼭 써야 한다."

미카가 나이토 몰래 윙크를 했다.

2호실로 돌아간 아마미야가 마치다를 흘끗 봤다. 그는 책상 앞에 앉아 묵묵히 독서를 하고 있었다.

"면회라니 누구였어?" 이소가이가 물었다.

"누나."

"야, 아마미야. 너 눈이 시뻘건데? 면회실에서 누나, 누나아 하면서 질질 짰구나?"

이소가이와 닛타가 비웃으며 놀렸다.

아마미야는 속으로 혀를 차면서 "웅" 하고 고개를 끄덕였다.

"네 누나, 예쁘냐?" 이소가이가 물었다.

"예쁜가…."

"나도 여자친구 만나고 싶다. 여기는 가족이 아니면 면회가 안 된다더라. 이런 데서 썩을 동안에 딴 남자랑 사귈까 봐 미칠 것 같은데. 빨리 여길 나가서 나쓰미를 보고 싶어." 이소가이가 머리를 쥐어뜯으며 한탄했다.

"나쓰미? 네 여자친구야?" 닛타가 물었다.

"어. 무지 귀여워."

이소가이가 바보처럼 득의양양한 얼굴로 말했다.

"여길 나가면 미팅 좀 주선해 달라고 해 봐." 닛타가 히죽거리며 말했다.

"부모는 안 오나?"

웬일로 마치다가 먼저 아마미야에게 말을 걸었다.

"응… 안 계시거든. …아빠는 세 살 때 돌아가셨고, 엄마는 내가 열두 살 때 어딘가로 가 버렸어…."

"그렇군…."

아마미야를 바라보는 마치다의 눈에 그늘이 드리워진 듯했다.

마치다의 이런 표정을 보는 것은 처음이었다. 무슨 생각을 하는 걸까. 어쩌면 가족 이야기는 마치다에게 더 접근할 수 있는 기회일지도 몰랐다. 감정을 더 실어서 동정을 사려 했지만, 사실을 말할 때만은 눈물이 나지 않았다.

"그러고 보니 마치다 군의 가족은?" 닛타가 물었다.

"없어."

이야기에 흥미를 잃은 듯 마치다가 책으로 시선을 되돌렸다.

"소등——."

순찰하러 온 나이토의 지시에 이소가이가 방 불을 껐다.

아마미야는 이불 속에 들어갔다. 왼쪽 옆에는 닛타가 자고 있고, 오른쪽으로는 마치다, 그 옆은 이소가이의 자리였다. 이 방에 온 뒤 잠자리는 늘 똑같았다.

약 10분 후 왼쪽 옆에서 코 고는 소리가 났다.

"마치다 군… 자?" 이소가이가 속삭이는 소리가 들렸다.

아마미야는 눈을 감은 채 귀를 기울였다. 이소가이가 약간 신경 쓰였다.

몇 번인가 소년원에 들어오기 전의 이야기를 하던 것으로 보아 둘은 아는 사이 같았다. 혹시 이 녀석도 자신의 동료가 아닌가 싶었지만, 이소가이가 체포된 것은 반년도 더 전이라고 한다. 마치다가 무로이 곁을 떠나기 전이었다.

"마치다 군은 여기서 나가면 뭐 할 거야?" 이소가이가 물었다.

"딱히…." 마치다가 귀찮아하는 목소리가 들렸다.

"여기서 나가면 나랑 같이 일하자. 옛날처럼 마치다 군이 사기 수법을 구상해서 말이야. 실행할 녀석들은 내가 모을게."

역시 무로이의 조직에서 일한 모양이었다. 자신과는 달리 말단에서 쓰고 버려지는 존재였겠지만.

"아무리 미성년자라 해도 사람을 죽인 이상 제대로 된 일자리는 못 찾아. 나랑 같이 돈이나 왕창 벌자."

"시끄러워. 잠이나 자." 마치다가 귀찮다는 듯 단박에 거절했다.

"우리 같은 놈들은 여기를 나간다 해도 돈이 없으면 비참하게 살 수밖에 없어. 제대로 된 인생은 살지 못한다고."

제대로 된 인생은 살지 못한다——.

그렇겠지.

사람을 죽이고 소년원에 들어왔다. 일반적으로 생각했을 때 너희 앞날은 제대로 된 인생은 아닐 것이다.

하지만 그런 선택을 했더라도 후회하지 않는다. 무로이를 위해 일할 수 있기 때문이다. 무로이가 거둬 주기 전까지 아마미야는 보잘것없는 인생을 걸어왔다. 이런 인생을 걷게 된 것은 전부 부모 탓이었다. 아버지가 어떤 남자였는지 아마미야는 기억하지 못하지만, 어머니는 똑똑히 기억한다. 구제불능인 암컷이었다.

아이가 둘이나 있는데 일할 생각도 않고 모자가정에 지급되는 아동부양수당과 생활보호비로 근근이 살아왔다. 돈의 대부분은 어머니가 술값으로 날렸다. 매일같이 술집에 드나들어 거기서 적당한 남자를 낚은 뒤 아마미야 남매가 자고 있는 집에 끌어들여 몸을 섞었다.

아마미야와 누나인 미카는 툭하면 끼니도 거른 채 너덜너덜 해진 냄새나는 옷을 입고 학교에 다녔다. 학교에 가 봤자 교사가 눈총을 주거나 동급생이 괴롭힐 뿐이라 점점 등교하지 않는 날이 많아졌다.

아마미야가 초등학교 6학년 때 어머니가 사라졌다. 어떤 남자와 증발했을 것이다. 남매는 큰외삼촌 집에 맡겨졌다. 그는 어머니를 능가하는 개차반이었다. 원래는 겁 많고 소심한 사람인데 자신보다 약한 자에게는 가차 없이 폭력을 휘둘렀다. 그 무렵 왜소하고 약했던 아마미야는 저항도 못하고 맞기만 했다.

외삼촌 집에서 지낸 지 두 달쯤 지났을 때, 열여섯 살이었던 미카가 가출을 했다. 미카가 없다는 이유로 아마미야에 대한 학대는 더 지독해졌다. 학교도 거의 가지 못한 채 그 집에서 남자의 부당한 폭력을 견뎌야만 하는 지옥 같은 나날이 이어졌다.

그로부터 2년쯤 지났을 무렵, 동네를 걷고 있는데 누군가 그늘진 곳에서 자신에게 말을 걸어왔다. 미카였다. 아마미야는 자신을 버리고 도망쳤다는 증오를 미카에게 쏟아냈다. 미카는 살 집을 구하면 아마미야를 데리러 올 작정이었다고 사과했다. 최근에 드디어 방을 구했으니 남자의 집을 나와 함께 살자고 권했다.

이후 아마미야는 미카의 집에서 함께 살았다. 좁고 낡아빠진 집이었지만 미카와 함께 마음 편한 나날을 보낼 수 있었다.

미카는 자기 직업에 대해서는 입을 열려 하지 않았지만, 이케부쿠로에 있는 한 타임당 7천 엔짜리 윤락업소에서 일하는 것을 아마미야는 알고 있었다.

누나가 그 일을 그만두기를 간절히 바랐다. 중학교에 가지 않은 채 형식뿐인 졸업을 한 아마미야는 일자리를 찾아 나섰다. 그러나 아무리 찾아도 아마미야를 고용해 주는 곳은 없었다. 찾아가는 회사마다 학교에 다니지 않은 탓에 기본적인 읽고 쓰기도 잘 못하는 아마미야를 멸시하며 쫓아냈다.

사회는 편견에 차 있다. 어른들은 누구 하나 아마미야를 한 인간으로 제대로 상대해 주지 않았다. 아마미야 가즈마는 그런 세상을 증오했다.

아무도 주지 않는다면 직접 빼앗으면 된다──.

아마미야는 불법적인 수단으로 세상을 살아갈 각오를 했다. 유흥가에서 알게 된 동료 몇 명과 노상강도를 시작했다.

몇 년 사이 체격이 부쩍 좋아진 아마미야는 어느덧 그룹의 리더가 되어 있었다. 목표물은 양복 차림의 중년이었다. 회사 면접에서 번번이 아마미야를 조롱한 부류의 놈들이었다. 그놈들을 때려눕혀 돈을 갈취했다. 통쾌하기 짝이 없는 나날이었다.

어느 날 밤 주차장에 세워진 재규어에서 마흔쯤 되어 보이는 남자가 내렸다. 남자의 반듯한 옷차림을 보고 오늘은 운이 좋다고 생각했다. 타고 다니는 차는 물론, 남자가 입고 있는 훌륭한 맞춤 양복으로 보아 지갑이 두둑할 것 같았다. 남자는 가죽 가방을 손에 들고 밤길을 걸어갔다. 아마미야와 다섯 명의 동료는 남자의 뒤를 쫓아 인적이 없는 곳에서 한꺼번에 덮쳤다.

다음 순간, 믿을 수 없는 일이 벌어졌다. 남자가 아마미야 일행을 순식간에 때려눕힌 것이었다. 어떻게 된 일인지 알 수 없었다. 아마미야는 얼굴에 주먹세례를 맞고 길바닥에 쓰러져 실신했다. 눈을 떴을 때는 동료들이 아마미야를 두고 달아나던 참이었다. 아마미야도 달아나려 했지만, 발목에 격통이 느껴져 걸을 수조차 없었다. 남자의 발차기를 맞았을 때 골절되었을지도 모른다. 아마미야는 그 자리에 털썩 주저앉아 각오를 단단히 하는 것밖에 할 수가 없었다.

남자가 아마미야를 가만히 내려다봤다. 미행했을 때는 말라 보이던 몸이 괜히 크게 느껴졌다. 남자는 시치미 뗀 얼굴로 아마미야를 쳐다보며 바싹 다가왔다.

"일어서" 하고 말하더니 아마미야에게 어깨를 내주고 주차장까지 부축해서 재규어 조수석에 태웠다.

"경찰서에는 전화로 하면 될 텐데."

아마미야가 씩씩대면서 말하자 남자는 "경찰서를 좋아하나?" 하고 묻고는 차를 출발시켰다.

경찰서가 아니면 어디로 데려갈 작정인가 싶어 아마미야는 얼굴이 새파랗게 질렸다. 이놈은 조폭이 분명하다. 자신을 사무실로 데려가 길

바닥에서 못다 한 것을 마저 하려는 속셈이다.

도망칠 생각에 옆의 남자를 흘깃거리며 반격의 기회를 엿봤지만 손을 쓰지 못했다. 앞을 보고 운전하는 중인데도 남자의 자세에서 빈틈이라고는 전혀 찾아볼 수 없었기 때문이다.

남자가 지하 주차장에 차를 세우고 내렸다. 아마미야를 부축해 엘리베이터로 향했다. 남자의 어깨는 우락부락했다. 여기서 남자를 뿌리친다 해도 이 다리로는 도망가지 못한다. 엘리베이터에 올라탄 아마미야는 도망은 단념했다.

남자는 집 안으로 들어가 거실 한복판에 놓인 소파에 아마미야를 앉힌 후 다른 방으로 갔다.

30분쯤 흘러 남자가 백발노인을 데리고 돌아왔다. 노인이 아마미야에게 다가와 발을 만졌다. 아마미야가 격통에 몸부림치자 노인이 가방속에서 가위를 꺼내 바지를 무릎까지 잘랐다. 노인은 아마미야의 발과 코를 치료한 뒤 남자에게 인사를 하고 나갔다.

"뭐 하는 짓이냐…?"

아마미야는 꺼림칙한 기분이 들어 곁에 서 있는 남자에게 물었다.

"그 얼굴로 병원에 가면 틀림없이 경찰에 신고당할 테니 여기서 치료를 한 거다." 남자는 당연하다는 듯 담담히 대답했다.

"그걸 묻는 게 아니잖아! 날 어쩔 셈이냔 말이다." 아마미야는 불안한 나머지 격분하고 말았다.

"아무 짓도 안 한다."

남자는 아마미야의 맞은편에 앉아 희미하게 미소를 머금었다.

"아무 짓도 안 한다고…? 거짓말하지 마. 경찰서에도 안 가고 날 이런데 데려와서 도대체…."

"왜 경찰서에 가야 하지?"

"왜냐니… 우리가 당신을 덮쳤으니까."

"그래서?"

"그래서라니… 우리는 범죄를 저질렀어. 나쁜 짓을 했다고. 경찰에 신고하는 게 당연하잖아," 아마미야는 껑끽을 하고 대들었다.

"범죄는 나쁜 게 아니다. 따라서 경찰서에 갈 필요는 없어."

남자의 말을 듣고 아마미야는 알아차렸다.

이 남자는 틀림없이 범죄자다. 경찰이 지명수배를 내린 인물일지도 모른다. 그래서 경찰에 신고하지 않은 것이다. 하지만 그렇다면 아마미야를 때려눕힌 뒤 즉시 떠나면 되지 않은가. 아니면 오히려 아마미야가 신고할 거라고 생각한 걸까.

"날 죽일 셈이냐?" 아마미야는 두려워하면서 물었다.

"죽일지도 모르겠군. 필요 없다면."

남자는 미소를 머금은 채 대답했다. 안주머니에서 뭔가를 꺼내려는 순간, 아마미야는 흠칫 경계 태세를 갖추었다. 그러나 남자가 꺼낸 것은 끈으로 묶인 돈다발이었다.

"자네 인생 이야기를 들어야겠다. 재미있으면 이걸 주지."

뭐야, 이 남자… 아마미야는 돈다발과 남자를 번갈아 보며 혼란스러워했다. 날 겁먹게 하면서 즐기는 건가?

"재미없다면 날 죽일 셈이냐?"

"재미없는 인생은 없어. 따라서 사는 것도, 죽는 것도 가치가 있지."

남자가 아마미야의 눈을 빤히 쳐다보면서 대답했다.

무슨 소리인지는 모르겠지만, 뭐라 형언할 수 없는 남자의 자기력에 이끌려 아마미야는 어느덧 자신의 인생 이야기를 줄줄이 늘어놓고 있었다.

어렸을 때 이야기, 누나인 미카에 관하여, 그리고 지금까지 느껴 온 사회에 대한 증오를 토해 냈다.

남자는 아마미야의 이야기를 진지한 표정으로 듣다가 이따금 고개를 끄덕였다.

처음 느껴 보는 감각이었다. 부모는 물론 선생을 포함해 지금까지 만나 온 그 어떤 어른에게서도 느껴 본 적 없는 포용력을 이 남자는 갖고 있었다.

"고맙군."

아마미야가 오늘 사건까지 이야기를 마친 뒤 남자는 주머니에서 열쇠를 꺼내 테이블에 올려놓고 일어섰다.

"나는 이만 실례하지. 바로 돌아가도 좋고 약이 들어서 통증이 가라앉을 때까지 여기 있어도 좋다. 갈 때는 문을 잠그고 열쇠는 현관 우편함 속에 넣도록."

정말 이 돈다발을 준다는 건가?

여우에게 홀린 듯한 기분에 남자를 올려다봤다. 이상하게도 이 남자와 좀 더 이야기하고 싶다는 욕구가 솟았다.

"잠깐 기다려…."

아마미야가 부르자 남자가 걸음을 멈추었다.

"당신은 아까 범죄는 나쁜 게 아니라고 말했어. 당신도 범죄자라서 그렇게 생각하는 거냐?"

"혹자는 날 범죄자라 말할지도 모르겠군. 한데 그 소리가 듣기 싫어서 그렇게 말한 건 아니다. 범죄는 곧 섭리다."

"섭리——?" 들어 본 적 없는 단어였다.

"네 나이에는 좀 어려운 말인가. 섭리라는 건 신의 계획이나 의지라는 뜻이다."

들을수록 이해가 가지 않았다.

"범죄는 신이 원한 것이지."

"신이 범죄를 원한다고…?" 아마미야는 고개를 갸웃했다.

"그래. 인간이 태어나 다른 동식물을 먹으며 살고 언젠가 죽는 것, 그 것은 전부 신의 섭리다. 인간뿐만이 아니다. 이 세상에 존재하는 온갖 것이 신의 뜻대로 움직이지. 전쟁도 마찬가지다."

"신이 왜?"

"사람들은 이 세상에 전쟁이 없으면 좋겠다고 생각하지. 한데 전쟁이 전혀 존재하지 않는 세계를 상상해 봐. 어떻게 되었을 것 같나? 전 세계 인구는 지금보다 폭발적으로 증가했을 테고, 그렇게 되면 식량과 자원, 사람이 살 곳도 지구에서 벌써 오래전에 없어졌겠지. 사람이 사람을 죽이지 않으면 언젠가는 자신들의 목을 조르게 된다. 그렇게 되지 않도록 신이 '사람은 사람을 죽인다'라는 기능을 부여했다는 생각이 들지 않나?"

"그래서 범죄가 나쁘지 않다고?"

"마찬가지로 범죄가 전혀 존재하지 않는 세계를 상상해 봐."

아마미야는 그런 세계를 상상하려 했지만 이 세상에 빈부가 있는 한, 증오나 악의나 욕망이라는 감정이 있는 한 범죄가 없는 세계는 불가능하다는 생각에 이르렀다.

"자네도 말했다시피… 안타깝게도 이 세계는 평등하지 않다. 행복한 인간이 있으면 불행한 인간도 있는 법. 행복한 인간은 불행한 인간에게 행복해지기 위해 노력하면 되지 않느냐고 말하지. 한데 노력으로도 어쩔 수 없는 것이 있어. 행복과 불행을 정하는 것은 어디까지나 '운'일 뿐. 자네는 어렸을 때부터 부모와 사회로부터 학대당한 불행한 인간이다. 돈이라는 행복을 얻기 위해 사람을 덮쳐서 돈을 빼앗았지. 그렇지?"

남자의 질문에 아마미야는 고개를 끄덕였다.

"범죄라는 건 불행한 인간을 조금 행복하게 하고, 행복한 인간을 조금 불행하게 하지. 세상의 균형을 유지하는 데 불가결한 것이다. 자신의 행복은 반드시 누군가의 불행 위에 성립되어 있어. 네가 덮친 인간도 지금껏 누군가를 불행하게 해 왔을지도 모르지. 널 비웃었던 사람처럼 말이야. 사람을 직접 불행하게 하지 않았더라도 불행한 사람을 보고도 모른 체함으로써 현재의 행복을 손에 넣었지."

"하지만 불행한 사람이 범죄의 피해를 입어서 더 불행해지는 경우도 있잖아." 아마미야는 물었다.

"그래. 가엾다고밖에 할 말이 없지. 내 힘이 닿지 않는 범위다."

"당신… 대체 누구야?"

"나는 행복한 인간을 불행하게 하기 위해, 불행한 인간을 행복하게 하기 위해 살아간다. 그뿐이다."

남자는 아마미야를 쳐다보고 말했다. 맑은 눈을 하고 있었다.

"그만 가야겠군. 저쪽 부엌에 먹을 것과 마실 것이 있으니 편하게 이용하도록. 내일 이 시간에 다시 이곳에 오겠다. 내 이야기에 관심이 없으면 그 전까지 나가 줘. 나한테 필요 없는 인간이다." 남자는 그렇게 말하고 집에서 나갔다.

아마미야는 테이블 위에 놓인 돈다발을 응시하면서 밤새도록 남자의 말을 생각했다.

신종 종교는 아닐까 의심하기도 했다. 신이니 섭리니 아마미야에게는 영문 모를 소리뿐이었다. 그나마 남자가 한 말 중에 이해할 수 있었던 것은 이 세계가 평등하지 않다는, 그동안 아마미야가 겪어 온 현실과, 범죄로 인해 그 불평등함을 메운다 것. 아마미야의 마음속에도 있는 갈망이었다.

결국 아마미야는 24시간 동안 그 집에 머물렀다.

현관을 열고 들어온 남자가 아마미야의 모습을 보고 슬쩍 미소를 머금었다.

"나와 함께 있고 싶나?"

남자의 말에 아마미야는 고개를 끄덕였다.

"그럼 자격이 있는지 테스트를 해야겠군."

아마미야는 그날 바로 대학 연구실 같은 곳에 가게 되었다. 무슨 테스트인지도 모를 테스트를 하고 연구실을 나서자 남자가 "합격이다"라고 말하고 미소를 지었다. 남자는 자신을 무로이라고 소개하고 악수를 청했다. 그의 손은 따뜻했다.

무로이의 조직에서 일하게 된 아마미야는 요코하마에 있는 잡거빌딩의 한 사무실로 파견되었다. 그곳은 보이스피싱 조직의 거점이었다. 수십 명에 달하는 젊은 사내들이 일하고 있었지만 거기서 무로이를 아는 사람은 아마미야를 포함해 세 명뿐이었다. 거기서 일하는 동안 차츰 조직에 대해 알게 되었다.

무로이는 아마미야처럼 자신의 일을 돕게 하기 위해 다양한 곳에서 젊은이를 스카우트하는 모양이었다. 아마미야가 받은 것과 똑같은 테스트를 받게 해서 합격한 사람 가운데 특히 신체 능력이 우수한 사람, 연기력이 뛰어나거나 사람의 마음을 사로잡는 데 능한 사람 등 무로이가 높이 평가한 사람이 간부가 될 수 있다고 한다.

물론 아마미야도 보이스피싱 조직원으로 전화기 앞에서 열심히 일했지만, 그것은 간부가 되고 싶다는 열망 그 하나 때문만은 아니었다. 순수하게 무로이에게 인정받고 칭찬을 받고 싶었다. 어려서 아버지를 여읜 아마미야에게 무로이는 자신의 생각을 받아들여 주는 아버지 같은 존재가 된 것이다.

그러나 무로이와 아무리 가까운 관계가 되어도 실상은 수수께끼에 쌓인 채였다. 어쩌면 자신들은 조직폭력배의 앞잡이 노릇을 하고 있을 뿐이 아닌가 하는 의문이 들 때도 있었지만, 아마미야는 그렇지 않다고 믿었다.

무로이는 사리사욕을 위해 사는 사람이 아니다. 그에게는 숭고한 이

념이 있다고 믿었다. 그 증거로 무로이는 혜택 받지 못한 아이들을 위해 지원 단체를 설립하고 그곳을 통해 전국의 시설 등에 많은 돈을 기부하고 있다는 사실을 한 간부에게 들었다.

불행한 인간을 조금 행복하게 하고 행복한 인간을 조금 불행하게 한다——.

무로이는 그 말을 실천하고 있는 것이다. 마치 신이 조화를 부리듯 범죄를 이용해 사회의 균형을 유지하고 있다.

무로이는 어떤 의미에서 범죄라는 수단으로 불평등한 사회를 바꾸려 하는 신과 같은 존재이다. 그렇다면 그 일의 한 부분을 맡고 있는 아마미야 일행은 '신의 아이'인 셈이다——.

아마미야는 자신들이 불평등한 사회를 바꾸고 있다는 사명감에 취했다.

조직에는 몇 가지 규정이 있다. 하나는 무로이의 존재가 절대로 간부 후보생 이외의 사람에게 알려져서는 안 된다는 것이다. 설령 자신들이 경찰에 체포되더라도 무로이의 존재를 밝혀서는 안 된다. 그의 존재를 발설한 순간 배신자로 낙인찍혀 피의 심판을 받게 된다. 또 하나는 무로이의 명령은 절대적이라는 것이다. 그의 명령을 어기거나 거부하면 '필요 없는 인간'으로 여겨져 매장을 당한다.

아마미야는 그중 하나를 어기고 말았다.

조직에 들어간 뒤 여태껏 구경 한 번 못한 큰돈을 손에 넣었다. 원래 누나인 미카가 윤락업소에 나가지 않길 바라서 시작한 어둠의 일이었다. 아마미야는 취직을 했으니 누나에게 일을 그만두라고 말했다. 그러나 미카는 아마미야가 건넨 돈을 보고 정색을 하고 따져 물었다. 당연하다. 아무리 생각해도 자신 같은 남자가 손에 넣을 만한 액수가 아니었던 것이다. 아마미야는 할 수 없이 무로이와 조직에 대해 털어놓았다.

미카라면 불행한 인간을 조금 행복하게 하고 행복한 인간을 조금 불행하게 한다는 무로이의 이념을 이해해 줄 것 같았기 때문이다.

아마미야의 이야기를 들은 미카는 복잡한 표정을 지었다.

"가즈마, 넌 그런 짓을 하고도 죄책감이 안 느껴져?"

"그야… 전혀 안 느끼는 건 아닌데… 그래도 우리는 평생 불행했잖아. 조금은 행복해져도 되지 않을까?"

"아무리 여유롭게 생활한다 해도 너한테 그런 짐을 지우는데… 내가 어떻게 행복하겠니?"

그로부터 며칠 후 미카는 열두 살 때처럼 갑자기 모습을 감추었다. 아마미야는 도통 이해할 수 없었다. 앞으로 여유롭게 살 수 있는데 누나는 왜 사라진 걸까. 범죄 조직에 들어간 동생이 혐오스러워진 걸까. 아니면 설마 무로이의 존재를 밝힌 게 들켜서….

무로이에게 확인하고 싶었지만 그럴 수가 없었다. 그런 짓을 했다가는 자신이 무로이의 존재를 입 밖에 냈다는 것을 들키기 때문이다. 아마미야는 누나의 안부를 확인할 길조차 찾지 못한 채 불안한 나날을 보냈다.

그러나 다다음 날쯤 미카가 아파트로 돌아왔다. 그동안 어디서 지냈느냐고 물었더니 아마미야가 조직 이야기를 한 다음 날에 돌연 눈앞에 무로이가 나타났다고 한다.

그리고 아마미야와 마찬가지로 미카의 인생 이야기를 들려 달라고

한 모양이다. 무슨 이야기를 했는지까지는 아마미야에게 밝히지 않았지만, 미카 자신도 직접 무로이와 이야기를 해 보고 어떤 감명을 받은 것이 틀림없다. 테스트도 합격했고 무로이의 조직에 들어가기로 결정했다고 자랑스럽게 말했다.

어느 날 아마미야는 무로이에게 불려 갔다.

"자네가 연기를 잘한다던데."

무로이의 말에 아마미야의 가슴이 두근거렸다. 자신의 능력을 높이 평가해서 간부로 임명해 주지 않을까 기대했다. 무로이는 가까이 있던 대형 TV를 켜고 "이걸 보도록" 하고 말했다.

천장에서 실내를 찍은 영상이었다. 아마도 몰래카메라로 찍었으리라. 의자에 앉아 컴퓨터를 하는 남자의 모습이 보였다.

"이 사내는 내 뜻을 거역하고 조직의 동료를 죽였다. 경찰에 체포되어 지금은 소년 분류 심사원에 있지. 아마 몇 주 후면 가정법원의 판결을 거쳐 소년원이나 소년교도소로 갈 거다."

무로이의 이야기를 듣는 동안 등골에 오싹 소름이 끼쳤다.

배신자에게는 피의 심판이 기다린다──.

어디까지나 배신자가 생기지 않게 하기 위한 우스갯소리인 줄 알았건만, 설마 소년원이나 소년교도소 안까지 쫓아가서 그 일을 실행하려 하다니. 참으로 집요하기 짝이 없다.

아마미야는 처음으로 무로이의 진정한 무서움을 엿본 듯한 기분이 들었다.

"이 사내를 죽이라는 거군요…."

무로이의 명령은 절대적이다. 아마미야는 각오를 다졌다.

"아니, 이 사내와 친구가 되어라."

"친구가 되라고요?"

"그래."

"누군데요?"

"며칠 전 마치다 히로시라는 이름을 얻었다더군."

아마미야는 그 말뜻을 알아듣지 못해 고개를 갸웃거렸다.

"이 사내는 지금까지 호적이 없었거든."

무로이의 말에 아마미야는 몹시 놀랐다.

화면 속의 마치다는 컴퓨터를 하거나 책을 읽고 있었다. 마치다의 뒤에 또 다른 사내의 모습이 보였다. 제법 몸집이 큰 그는 벽에 기대어 과자를 먹으면서 만화 잡지를 읽거나 뒹굴고 있었다.

"이 사내는 오자와 미노루, 마치다 히로시의 아킬레스건이다."

"아킬레스건….."

"마치다와 친구가 되려면 이 사내를 잘 관찰해서 연기를 해야 한다."

무로이가 책상 서랍에서 돈다발을 꺼내 포개었다.

"준비금 천만 엔이다. 지금의 내게 가장 중요한 일을 자네에게 맡기도록 하지. 경찰에 체포되어 소년원이나 교도소에 들어가야 한다는 리스크에, 운도 따라 줘야 하지. 그러나 히로시를 만나서 그를 구워삶는 데 성공하는 날에는 그에 상응하는 보상을 주겠다."

화면을 보는 무로이의 눈빛에 근심하는 듯한 기색이 떠올랐다.

그 눈빛을 본 순간 머릿속이 뜨거워졌다. 늘 냉정하고 초연한 무로이였기에 도저히 믿기지 않을 만큼 쓸쓸한 표정이었다.

무로이에게 이런 표정을 짓게 하는 마치다 히로시는 도대체 어떤 자일까──.

아마미야는 가까스로 분한 마음을 억누르면서 준비에 착수했다.

영상을 보면서 미노루라는 사내의 캐릭터를 분석하는 사이 무로이가 왜 자신을 발탁했는지 알게 되었다.

오자와 미노루는 스물한 살이지만 말본새나 행동거지가 매우 특이했다. 필시 지적장애를 갖고 있는 것이리라.

미성년자가 체포되면 가정법원에 송치된다. 그 후 소년 분류 심사원에서 지능검사와 면담을 포함해 다양한 조사를 받게 된다. 그리고 가족이나 학교 교사를 찾아가 청취 조사를 실시한다. 부모가 없고 학교에도 거의 가지 않은 아마미야는 그런 조사를 속이는 데는 안성맞춤인 존재다. 게다가 전체적인 체격이나 얼굴도 어쩐지 미노루를 닮았다.

아마미야는 연기 준비의 일환으로 4년 만에 그 남자의 집에 갔다. 남자는 아마미야를 보고 소스라치게 놀랐다. 그도 그럴 것이 남자에게 학대당하던 작고 무력한 아마미야는 이제 없었다. 아마미야는 그때의 앙갚음으로 남자를 호되게 밟아 주었다. 그리고 말을 맞추도록 협박했다. 조사원이 찾아왔을 때 자신이 쓴 시나리오와 다른 내용을 발설하면 반드시 죽이겠다며.

그리고 무로이의 조직에 들어가기 전에 함께 강도 행각을 벌이던 동료들을 다시 모았다.

적당히 사례금을 지불하는 대신 그 녀석들이 알고 있던 것과는 완전히 딴사람인 아마미야 가즈마를 경찰에 지어 내도록 시켰다.

옆에서 마치다의 숨소리가 들려온다.

아무것도 모르고 태평하게 자는 꼴이라니, 나 참….

이윽고 숨소리가 신음으로 바뀌었다.

"미노루…미노루…." 마치다가 얼굴을 찡그리며 악몽에 괴로워하고 있었다.

앞으로 재미있게 지내 보자고——.

아마미야는 고통으로 일그러진 마치다의 얼굴을 향해 웃으면서 읊조렸다.

10

"나이토 선생——."

복도를 걷고 있는데 구마다가 나이토를 불러 세웠다.

"마치다는 좀 어떻습니까?"

뭐라 대답할 말이 없어 나이토는 그 자리에서 낮게 신음했다.

"이제 곧 그의 신입 시 교육이 종료되는군요."

"네, 그렇습니다."

이 소년원에서의 장기 수감은 고사 기숙사를 나온 이후 신입 시 교육으로 1개월 반, 중간기 교육으로 8개월, 사회로 복귀하기 전의 출원 준비 교육에 2개월 반의 기간을 두고 있다. 신입 시 교육의 목표는 비행 반성이나 문제점 확인 외에도 직업훈련에 필요한 학력이나 체력을 기르는 것에 있다.

마치다는 한 달 반 동안 의무교육에서 배워야 할 내용을 거의 다 흡수했다.

그러나 교정교육이라는 관점에서 보면 문제는 산더미처럼 쌓여 있었다. 매일같이 개별 면담을 해도 마치다의 정서면에서의 변화는 거의 찾아볼 수 없었다. 여전히 나이토와 다른 교도관들에게 반항적인 태도를 취하고, 원생들과의 시비도 끊이지 않았다. 자신이 범한 죄에 대한 반성이나 사죄의 마음도 싹틀 기미가 전혀 보이지 않았다.

다만 한 가지 변화가 있다면 아마미야를 대할 때의 태도다. 마치다에게는 아마미야의 교육 담당을 명했다. 마지못해 받아들였는지도 모르지만, 마치다는 그 일만큼은 제대로 해내고 있었다.

아마미야는 중학교에 거의 등교하지 않아서인지 학력 수준이 크게 뒤떨어져 있었다. 마치다는 방으로 돌아간 뒤부터 줄곧 아마미야에게 공부를 가르쳤다. 마치다는 초등학교에도 다닌 적이 없지만.

마치다는 틀림없이 보통 사람을 뛰어넘는 능력을 지녔다. 의심할 여지가 없었다. 그 능력이 앞으로도 계속될지 일정 지점에서 사라질지는 모르는 일이다.

스펀지 같았다. 마른 스펀지는 물을 쭉쭉 빨아들인다. 그러나 일정한 양의 물을 머금으면 더 이상은 흡수하지 않는다. 그러기를 마음 한구석에서 바랐다. 하지만 만약 마치다의 뇌가 지식을 얼마든지 흡수할 수 있는 스펀지라면….

그에게는 무한한 가능성이 있으리라. 그러나 그릇된 방향으로 진행되면 엄청난 재앙을 일으키는 존재가 될 수도 있다.

마치다의 마음은 머리와 달리 바싹 말라 있다. 그리고 뭔가를 느끼거나 흡수하기를 완강히 거부한다.

어떻게 하면 좋을지 나이토는 매일 골머리를 앓았다.

"한 가지 생각해 둔 것이 있습니다만." 나이토가 말을 꺼냈다.

"호오. 뭡니까?"

"마치다의 어머니가 곧 출소할 예정입니다."

그녀는 각성제 소지죄로 현재 교도소에서 복역 중이다.

"어머니를 만나게 한다는 겁니까?" 구마다가 물었다.

"마치다는 어머니를 증오합니다."

당연하다. 호적도 만들어 주지 않은 채 학대해 온 어머니다. 하지만….

"마치다의 마음의 뿌리에 있는 것은 어머니에 대한 격렬한 증오라고 생각합니다. 그러니 어떻게든 어머니와 마음이 통하게 할 수만 있다면, 관계를 회복할 수만 있다면 마치다의 마음에도 변화가 나타나지 않을까 하고… 어디까지나 희망적 관측입니다만."

"도박에 가깝군요." 구마다가 말했다.

"그렇습니다. 자칫 잘못하면 마치다의 정서를 더 악화시킬지도 모릅니다."

"다른 선생들과 미팅을 해보도록 하죠."

"네."

나이토는 구마다와 헤어지고 2호실로 향했다. 방을 들여다보니 마치다가 아마미야에게 공부를 가르치고 있었다. 초등학교 산수를 가르치는지 꼭 붙어서 문제를 하나씩 차근차근 설명하고 있다.

"마치다 군, 이렇게 하면 돼?"

아마미야가 마치다에게 프린트를 내보였다. 마치다가 바로 채점을 했다.

"그래그래… 맞았어. 하면 되잖아."

마치다에게 칭찬받은 아마미야가 만면에 웃음을 띠었다. 그것을 보고 마치다의 옆얼굴에 희미한 미소가 번졌다.

처음 보는 마치다의 순수한 미소였다.

"왠지 그때가 생각나네. 늘 마치다 군한테 찰싹 들러붙어 있던 미노루 말이야…."

벽 쪽에서 두 사람을 지켜보던 이소가이가 말했다.

그 순간 마치다의 얼굴에서 웃음기가 사라지고 무서운 표정으로 이소가이를 노려봤다.

미노루──.

그 이름을 듣고 나이토는 언젠가의 잠꼬대를 떠올렸다.

미노루…미노루… 미안….

아마미야가 미노루라는 사람을 닮아서 마치다가 그에게만은 마음을 조금 열고 있는 걸까. 마치다에게 미노루는 어떤 존재일까. 그 사람이야말로 마치다의 마음을 흔들 수 있는 열쇠일지도 모른다.

"앗, 선생님…."

문 밖에 서 있던 나이토를 발견하고 이소가이가 껄끄러운 표정을 지었다. 마치다가 가면처럼 무표정한 얼굴로 나이토를 뚫어지게 쳐다봤다.

"마치다, 아마미야의 공부는 일단 중단하도록. 지금부터 네 개별 면담을 하겠다."

어떻게든 그 열쇠로 마치다의 닫힌 마음을 열고 싶었다.

"정말이지 무의미한 일을 좋아하는 사람이군…."

마치다가 귀찮아하는 얼굴로 자리에서 일어나 덤빌 듯한 기세로 걸어왔다. 면담실로 들어가 나이토가 먼저 자리에 앉고 마치다에게 맞은편에 앉도록 지시했다.

"그래서, 오늘은 대체 무슨 이야기지? 약물중독인 여자 이야기인가? 아니면 내 손에 죽은 가련한 남자 이야기?"

의자에 앉자마자 마치다가 독설을 퍼부었다.

"아마미야 일로 상의할 게 있다."

그 말이 의외였는지 마치다가 수상쩍은 듯 고개를 살짝 기울였다.

"너희는 다음 주부터 중간기 교육에 들어간다. 그렇게 되면 아마미야에게도 직업훈련을 받게 할 생각이야. 여기를 나가면 일자리를 얻을 수 있도록 자격증을 취득하게 하고 싶은데. 아마미야에게 어떤 자격증이 적합할지 네 의견을 듣고 싶군."

"알 게 뭐야, 그까짓 거… 그 녀석과 직접 이야기하면 되잖아."

"가장 가까이 있는 너한테 묻는 게 낫다고 생각했거든. 너도 신경 쓰이지 않나?"

"뭐가…."

"아마미야의 앞날이."

"내 알 바 아니라고. 내가 왜 그런 놈의…."

"미노루라는 사람과 닮아서가 아닌가?"

그 순간 마치다의 눈동자가 이리저리 흔들렸다.

"미노루라는 사람에 관게 말에 두시 싫겠나? 네 친구지? 어디 살고
있나?"

"모르겠는데." 마치다가 냉담하게 대답했다.

"모른다고? 너한테 소중한 사람이지 않나?"

"나한테 소중한 사람 따위 없어."

"정말 그럴까…."

나이토는 마치다의 마음속을 들여다보고 싶어서 그를 뚫어지게 쳐다
봤다. 그러나 마치다의 날카로운 눈길이 그것을 필사적으로 거부했다.

"네가 잠들어 있을 때 그 이름을 자주 입에 담던데. 가위눌린 것처럼
'미노루…미노루… 미안…' 하고."

그렇게 말하자 마치다의 뺨 언저리가 꿈틀 움직였다. 어금니를 꽉 깨
문 것이다.

"미노루라는 사람과 대체 무슨 일이 있었지? 뭘 바라고 있는 건가?
어떻게 하면 네 고통을 조금이라도 줄일 수 있지? 나는 그게 궁금하다."

나이토는 필사적으로 호소했다. 그러나 마치다의 증오에 찬 눈빛을
보고 자신의 마음이 닿지 않았다는 것을 알았다.

"알겠다. 오늘 면담은 이만 끝내지."

나이토는 자리에서 일어나 문 쪽으로 갔다.

"미노루가 그렇게 궁금한가?"

"그래…."

"그 녀석은 내 애완동물이다." 마치다가 나이토에게 시선을 고정한 채 옅은 미소를 머금었다.

"애완동물?"

"그래. 곁에 있기만 할 뿐 아무짝에도 쓸모없는 개 고양이와 마찬가지지. 불쌍해서 거둬 줬는데 방해가 돼서 버렸어. 그뿐이다."

11

"이소가이, 잠깐 나와."

나이토의 호출에 이소가이는 방 밖으로 나갔다.

"지금부터 면담을 하겠다."

이런 시간에 갑자기 면담이라니 무슨 일인가 싶었다. 이소가이는 의아해하며 나이토의 뒤를 따랐다.

면담실로 들어가자 나이토가 맞은편 좌석을 권했다. 이소가이는 의자에 앉아 나이토를 살피듯이 쳐다봤다.

"마치다와는 여기 들어오기 전부터 아는 사이였나?"

나이토의 물음에 이소가이는 뜨끔했다.

"아, 아뇨… 마치다 군하고는 여기서 처음 만났는데요." 이소가이는 거짓말을 했다.

"그런데 지난번에 넌 그때가 생각난다고 하지 않았나?"

역시 그때 자신들의 대화를 듣고 있었던 것이다. 이소가이는 머리를 싸쥐고 싶어졌다. 보이스피싱을 하던 무렵의 이야기는 절대로 아무에게도 하지 말라고 마치다가 단단히 주의를 주었다.

"제가 그랬다고요? 선생님이 잘못 들으신 거 아니에요?" 이소가이는 시치미를 뗐다.

"얼버무리지 마. 딱히 그 이야기를 듣고 뭘 어쩌려는 건 아니다. 단지 마치다와 친했던 모양인 미노루라는 사람이 궁금해서 그래. 알려 주지 않겠나?" 나이토가 자신에게 시선을 고정한 채 몸을 내밀어 왔다.

"몰라요. 미노루라는 사람…."

"그럴 리 없을 텐데. 넌 분명히 그때…."

노크 소리가 들려 나이토가 뒤를 돌았다.

"나이토 선생님. 시오야 선생님이 오셨습니다. 신입생이 왔나 본데요."

밖에서 들리는 소리에 나이토가 생각났다는 듯이 일어섰다.

"다음에 이어서 이야기하도록 하지."

이소가이는 일단 가슴을 쓸어내리면서 일어섰다.

다시 질문을 받으면 뭐라 변명할지 생각하면서 면담실을 나섰다.

복도로 나와 문 쪽으로 시선을 주었다. 시오야 교도관과 함께 서 있는 신입생을 보고 이소가이는 얼굴을 찌푸렸다.

히루미다——.

히루미는 가나가와 현 아야세 지역에서 활동하는 불량 그룹의 멤버로, 이소가이가 소속된 그룹과 앙숙 관계였다. 이소가이가 체포되기 한 달쯤 전에 그룹끼리 다툼이 일어 히루미를 두들겨 패 주었다.

히루미가 이소가이를 알아봤는지 입가를 일그러뜨렸다. 자신에 대한 적의가 아니라 어쩐지 비웃는 듯한 웃음이 신경 쓰였다.

"아사쿠라, 방으로 안내하도록."

나이토의 지시에 아사쿠라가 달려왔다.

히루미와 아사쿠라가 이쪽을 향해 걸어온다. 히루미가 아사쿠라에게 뭐라고 말을 건네고는 이소가이 바로 앞에서 멈춰 섰다.

"이런 데서 다 만나다니 뜻밖이네." 히루미가 이소가이를 빤히 쳐다보면서 말했다.

"그러게… 그때는 미안했다. 여기서는 사이좋게 지내자."

"그래야지. 어쨌거나 형제나 다름없으니까."

"형제?"

무슨 뜻인지 몰라 고개를 갸우뚱하자 히루미가 귓가에 얼굴을 가까이 댔다.

"나쓰미라는 여자애, 제법 죽이던데. 나 말고도 형제가 다섯 명쯤 늘었어."

그 말에 눈앞이 캄캄해졌다. 다음 순간 가슴속에서 격한 감정이 치솟았다.

"이 새끼, 죽여 버리겠어!"

이소가이는 히루미의 멱살을 잡고 뺨을 냅다 갈겼다.

12

"그동안 얌전했던 이소가이가 그런 짓을 하다니…." 시오야 교도관이 한숨을 토했다.

오늘 이소가이가 신입생 히루미와 주먹다짐을 했다. 먼저 때린 사람은 이소가이였지만, 쌍방이 워낙 격하게 치고받았기에 두 사람 다 근신 처분을 내려 독방에 집어넣었다.

"이유가 뭐랍니까?" 스즈모토 교도관이 물었다.

"확실한 건 모르겠습니다."

이소가이와 히루미에게 싸움의 원인을 추궁했지만 둘 다 아무런 대답도 없었다.

"두 사람 다 아야세 부근에 살았으니 어쩌면 과거에 뭔가 다툼이 있었을지도 모르죠."

"마치다와 아사쿠라도 그렇고… 요즘 우리 소년원이 좀 엉망이네요. 그러고 보니 마치다는 요즘 어떻습니까?"

시오야가 물었다.

"여전합니다…." 나이토는 쓴웃음을 머금었다.

최근에는 이야깃거리도 바닥이 났다. 아니, 그렇다기보다는 마치다와 마음의 거리를 조금도 좁히지 못하고 있는 자신에게 할 수 있는 이야기란 없었다.

그 녀석은 내 애완동물이다——.

마치다가 한 말을 곧이곧대로 믿는 것은 아니다. 마치다는 자주 그 이름을 중얼거리면서 악몽에 시달리곤 했다. 그의 말대로 애완동물 같은 존재일 리가 없다. 어째서 그렇게까지 감추려는 걸까. 마치다와 미노루라는 사람 사이에 도대체 무슨 일이 있었던 걸까.

그것을 알아내는 것이 마치다의 완고한 마음을 풀어내는 열쇠라는 느낌이 들었다.

"출원할 때까지 고졸 검정고시는 합격할 수 있을까요?" 스즈모토가 물었다.

"글쎄 어떨지…." 나이토는 말끝을 흐렸다.

중간기 교육에 들어서고부터 마치다에게는 고졸 검정고시 공부를 시키고 있었다. 단 1년 만에 고등학교에서 3년간 배우는 내용을 습득해야 한다. 상당히 어렵겠지만 마치다라면 불가능하지도 않을 거라 생각된다. 다만 고졸 검정고시에 합격하는 게 뭐 대수인가, 하는 생각이 마음 속에 남아 있다.

인생의 목표가 없으면 검정고시에 합격해 봤자 별 의미가 없지 않은가. 어떤 공부를 하고 싶은지, 아니 그 이전에 사람으로서 어떻게 살아가고 싶은지, 그걸 먼저 정하지 않으면 소용이 없을지도 모른다.

"이야, 벌써 한 잔씩 걸치셨나 보군요."

수석 전문관인 구마다가 구두를 벗고 올라왔다.

"어이쿠, 별일이네요. 사모님은 괜찮으신가요?" 시오야가 농담하듯 웃었다.

애처가인 구마다가 술자리에 참석하는 것은 확실히 드문 일이다. 가장 최근에 마신 것이 마치다가 입소했을 무렵이었다.

"오늘은 여러분과 논의할 게 있거든요. 얼마 전에 나이토 선생이 한 가지 제안을 했습니다만…."

구마다가 나이토를 흘끗 봤다. 무슨 제안을 했더라, 하고 기억을 더듬고 있는데 구마다가 안주머니에서 종이를 꺼냈다. 그 메모를 보고 생각이 났다.

"마치다 어머니의 소재지입니까?"

"그렇습니다. 일전에 마치다와 어머니를 만나게 하면 어떻겠느냐고 제안을 했지요."

"네."

"마치다의 어머니라면 분명히…." 시오야가 말했다.

"각성제 소지죄로 지난주까지 교도소에서 복역했습니다. 지금은 사이타마 현 한노 시내에 있는 여성 전용 갱생보호시설에 입소한 상태입니다."

갱생보호시설이란 교도소나 소년원을 출소한 자의 신원 인수인이나 돌아갈 곳이 없는 사람들을 일시적으로 보호하는 시설이다.

"그의 마음의 뿌리에 있는 것은 어머니에 대한 격렬한 증오인지라 어머니와의 관계를 회복할 수만 있다면 마음에도 변화가 생기지 않을까 하고 나이토 선생이 말했지요."

"과연…." 턱에 손을 갖다 대고 구마다의 이야기를 경청하던 시오야가 고개를 끄덕였다.

"그런데… 관계를 회복시킬 수가 있을까요? 자기 아이의 출생신고조차 하지 않고 평생 호적이 없는 채로 방치한 어머니라고요." 스즈모토가 반론했다.

"나도 좀 위험할 것 같다는 생각입니다." 구마다가 생각에 잠긴 듯 팔짱을 꼈다.

"어머니가 지금 어떤 모습인지 확인하지 않은 이상 섣불리 뭐라 말할 수는 없을 것 같은데요? 어쩌면 요 몇 년 사이 자신의 행실을 반성하고 아들에게 미안한 마음을 품고 있을지도 모르죠. 안 그런가요, 나이토 선생님?" 시오야가 자신을 쳐다봤다.

"그렇군요… 마치다와 만나게 할지 여부는 제쳐놓더라도… 어머니를 만나러 갈 생각입니다. 마치다를 변하게 할 계기를 발견할지도 모르니까요."

"오호, 열혈 교도관의 부활이군요." 구마다가 나이토를 보면서 웃었다.

다음 휴일, 나이토는 마치다의 어머니를 만나러 가기 위해 관사를 나섰다. 버스로 우쓰노미야 역에 가서 전철을 갈아타 한노 역에 도착한 것은 12시가 조금 넘어서였다. 역에서 택시를 타고 시설로 향했다.

마치다의 일에 적극적으로 나서다 보니 여기까지 오고야 말았지만 시설이 가까워질수록 불안감이 스멀스멀 올라왔다.

마치다의 어머니가 과연 자신을 만나 줄까.

시설의 전화번호를 알고 있으면서도 일부러 약속을 잡지 않았다. 전화로 거절당하면 거기서 끝나기 때문이다.

시설의 문으로 들어서자 현관문에 있던 여성들이 수상쩍어하는 눈빛을 보내왔다.

"직원분 계십니까?"

나이토가 묻자 여성은 성가시다는 얼굴로 이름을 부르면서 안쪽 방으로 들어갔다. 잠시 후 나이가 지긋한 여성이 나왔다.

"여기 직원인 와타나베입니다만, 무슨 용건으로 오셨는지요?"

"저는 나이토라고 합니다. 이쪽에 입소해 계신 마치다 노리코 씨를 만나러 왔습니다만…." 나이토는 명함을 내밀었다.

"소년원의…?"

와타나베는 명함을 보며 의아해하는 표정을 지었다. 나이토는 간단히 찾아온 뜻을 알렸다.

"그렇군요… 본인이 만나겠다고 할지는 잘 모르겠지만… 우선 들어오세요."

안내된 식당에서 10분쯤 기다리고 있는데 추리닝 차림의 여성이 갈색 머리를 벅벅 긁으면서 들어왔다.

"날 만나러 왔다는 사람이 당신이야?" 여성이 께느른하게 물었다.

"마치다 노리코 씨입니까? 저는 나이토라고 합니다."

일어서서 인사를 하자 갑자기 노리코가 팔을 감아 왔다.

"밖으로 나가자. 여기서는 차분히 이야기를 못 한단 말이야."

교태를 부리며 나이토의 팔꿈치에 자신의 가슴을 눌러 댔다.

"아…알겠습니다… 밖에서 이야기하지요." 나이토는 쩔쩔매며 노리코의 팔을 풀었다.

노리코가 이끄는 대로 시설에서 20분쯤 걸어간 곳에 있는 가게로 들어갔다.

"여기는 대낮에도 마실 수 있거든. 물론 당신이 사는 거지?"

마주 보고 앉자 노리코는 소주를 온더록스(얼음을 섞어 마시는 방법)로 주문했다. 그러고는 담배에 불을 붙인다.

"아까 거긴 술을 못 갖고 들어가거든. 심심해서 죽을 지경이야. 못 해 먹겠다니까. 빨리 남자나 낚아서 거기서 나와야겠어…."

나이토는 주스를 마시면서 이야기의 실마리를 찾았다.

구마다가 알려 준 정보에 따르면 노리코는 서른일곱이라고 했다. 마치다를 열아홉에 낳았다는 소리다.

남자들이 좋아하는 얼굴이라고 생각했다. 눈앞에 있는 노리코는 볼이 홀쭉하고 피부에 윤기도 없었지만 젊은 시절에는 인기가 많았을 것 같았다. 눈매가 마치다와 조금 닮았다.

"있지…."

노리코가 몸을 내밀고 나이토를 응시했다.

"지금의 나… 얼마쯤?"

무슨 뜻인지 몰랐다.

"얼마면 날 안고 싶겠어?"

나이토는 당황했다.

"요 근처에 호텔이 있거든. 거기서 한 잔 더 할래?"

"아니… 아내가 있는 몸이라…."

거짓말을 했다. 전처가 있을 뿐이다.

"에이, 시시해."

노리코가 흥미를 잃었다는 듯 의자에 몸을 깊숙이 기댔다.

"오늘 찾아뵌 것은… 아드님 때문입니다."

이대로 술 상대가 되어 줄 생각은 없다. 나이토가 용건을 꺼냈는데도 노리코는 흥미가 없다는 듯 담배를 피우고 있다.

"저는 히로시 군이 입소한 소년원의 교도관입니다."

노리코가 그제야 시선을 주더니 이내 코웃음을 쳤다.

"사람을 죽였다지. 경찰 놈들이 교도소까지 와서 이것저것 묻고 갔어. 바보 같은 놈. 쌤통이다."

나는 너희보다 훨씬 머리가 좋아──.

마치다가 자기 어머니로부터 바보 같은 놈이란 소리를 듣는다는 걸 알면 어떻게 생각할까.

"히로시 군이 가출을 한 건 몇 살 때였습니까?" 나이토는 물었다.

"글쎄… 4년 전이었나."

"왜 실종신고를 하지 않았습니까?"

나이토가 묻자 노리코가 눈을 부라렸다.

"그놈이 내 남자를 찔렀다고. 내 돈을 몽땅 가지고 튀었단 말이야. 그놈이 어디서 뭘 하든 알 게 뭐야!"

"남자를 찔렀다고요?"

처음 듣는 이야기였다.

"그래. 결국 죽지는 않았지만. 경찰이나 구급차를 부를 수도 없는 노릇이라 그때 어찌나 힘들었던지."

경찰이나 구급차를 부를 수가 없다 ──. 마치다에게 호적이 없다는 것을 들킬까 봐 두려워한 걸까. 아니면 둘이서 약물 같은 것을 하고 있어서였을까.

열네 살이었던 마치다는 그때부터 혼자 살아왔다. 소년원에 들어오기 전까지 어떤 생활을 했을까.

나는 이 머리만을 의지해서 지금껏 살아왔거든. 앞으로도 마찬가지야. 살아남기 위해서는 수단 방법을 가리지 않을 거다——.

언젠가 마치다가 한 말을 떠올렸다.

"히로시 군의 아버지는?"

"몰라." 노리코가 부루퉁한 얼굴로 대답했다.

"모른다고요?"

"그때는 매일 다른 남자랑 했거든. 안에다 싸지 말라고 했는데, 그놈들 중 어리바리한 남자의 아이가 틀림없다니까. 고생고생해서 낳았더니 아무 짝에도 쓸모없고… 실패작이야."

노리코에게 강한 반발심이 솟구쳤다. 더 이상 대화해 봤자 소용이 없다. 그러나 눈앞의 여성을 보고 있자니 이대로 돌아가는 것도 마음이 놓이지 않았다.

지금껏 수많은 아이들을 봐 왔다. 그 대부분이 부모의 희생양이 되어 자신의 눈앞에 나타나지 않을 수가 없었다고 생각한다. 아이에게 애정을 쏟지 않는 무책임한 부모 탓에.

"그렇게 고생해서 낳았으면서 왜 출생신고를 하지 않았습니까?"

"귀찮으니까. 게다가 크면 학교에도 보내야 하는데 그럼 돈이 들잖아. 차라리 여자아이였으면 좋았으련만."

"어째서입니까?"

"어린데도 벌이 수단은 있었을 거 아냐."

나이토는 대꾸할 말을 잃었다.

"이쯤에서 그만할까… 왠지 우중충한 기분이 드는데."

그렇게 말한 뒤 자리에서 일어난 노리코를 "한 가지만 말씀드리겠습니다" 하고 불러 세웠다.

"당신은 아까… 그가 아무 짝에도 쓸모없다고 했습니다. 하지만 저는 그렇게 생각하지 않습니다. 마치다 군은 엄청난 가능성을 가지고 있습니다."

"가능성이라… 사람을 죽인 그 바보한테 무슨 가능성이 있다는 거야?" 노리코가 우습다는 듯 깔깔거렸다.

"잊지 마십시오… 사람은 바뀔 수 있습니다."

그렇다── 반드시 바꿔 보이겠다.

나이토는 눈앞의, 어리석다 못해 가련한 여성을 보면서 속으로 다짐했다.

한노 역에서 전철을 갈아타고 마치다가 살았다는 아사카로 향했다. 전부터 가 볼 생각으로 소년조사기록에서 주소를 적어 두었지만 사이타마까지 오기에는 좀처럼 시간이 나지 않았다.

마치다가 지냈던 장소를 꼭 두 눈으로 확인하고 싶었다. 마치다가 걸어온, 혹은 그가 봐 온 것을 조금이라도 알아야만 그의 마음을 이해하는 데 도움이 될 것 같았다.

4년 전까지 마치다가 살았다는 연립주택 앞에 섰다.

이 근처 주민들은 아무도 마치다의 존재를 알아차리지 못한 걸까. 호적도 없고 학교에도 다니지 못한 마치다를.

나이토는 주변 이웃들에게 마치다를 기억하고 있지는 않은지 묻고 다녔다.

"왠지… 그런 아이가 있었던 것 같기는 해요….'"

여러 집을 거친 끝에 찾아간 한 집의 아주머니가 말했다.

"학교에 가 있을 시간인데, 요 근처를 돌아다니거나 저쪽 공원에서 놀기도 하고… 이상하다 싶긴 했어요….'"

"그 아이는 늘 혼자였습니까?"

나이토가 묻자 아주머니는 "으음…" 하고 생각에 잠겼다.

"오자와 씨 댁 아이하고 같이 노는 모습을 본 적이 있어요."

"그렇습니까."

마치다가 완전히 고독하지는 않았던 것 같아 조금은 안도했다.

"뭐, 친자식은 아니지만요."

"무슨 뜻입니까?" 나이토가 물었다.

"오갈 데 없는 아이라 맡아 줬나 보더라고요. 미노루였나."

"미노루?"

나이토는 그 이름에 반응했다.

"지적장애인이라… 부모가 없어서 친척인 오자와 씨가 어쩔 수 없이….'"

"그 오자와 씨 댁은 어디입니까?"

아주머니가 오자와 씨네 집 위치를 알려 주자 나이토는 즉시 발걸음을 옮겼다.

공원 곁에 있는 단독주택 초인종을 울리자, "네 ——" 하고 여성이 응답했다.

"바쁘신데 죄송합니다. 저는 나이토라고 합니다만, 여기 사시는 미노루 씨 계십니까?"

"무슨 용건이신데요?" 여성이 의아해하며 물었다.

"이 근처에 호적 없는 소년이 살았다는 걸 혹시 알고 계십니까?"

"네, 뭐… 살인사건을 일으켰다는 녀석 말이군요? 매스컴 관계자세요?"

"아뇨. 사실 저는 소년원 교도관입니다. 그 소년에 대해 조사하는 중입니다만… 그 소년과 미노루 씨가 아는 사이였다고 해서 미노루 씨에게 이야기를 꼭 듣고 싶습니다."

"집에 없는데요." 여성이 매정하게 말했다.

"연락을 해 주실 수는 없겠습니까?"

"미노루가 어디 있는지도 몰라요. 여기를 나가서 공장 기숙사에 들어갔는데 3년쯤 전에 거길 뛰쳐나가더니 그 후로는 연락이 끊겼어요."

"실종신고는…."

"안 했어요. 기껏 고생해서 찾은 일자리인데 멋대로 뛰쳐나갔다니까요."

여성은 꽤씸하다는 듯 말하고 인터폰을 끊었다.

미노루라는 사람을 만나면 마치다의 정보를 끌어내는 실마리를 얻을지도 모르건만.

나이토는 한숨을 쉬고 마치다와 미노루가 놀았다는 공원으로 가 봤다. 사방이 어두컴컴했다. 공원에서 놀고 있던 아이들이 하나둘 집으로 갔다. 나이토는 벤치에 앉아 주위를 둘러보면서 감수성이 풍부했을 소년 시절에 마치다가 봤을 광경을 눈에 새겼다.

학교에도 가지 못한 채 사회에서 말살된 것이나 다름없는 생활을 하던 마치다에게 미노루는 유일한 친구이자 바깥 세계와의 단 하나의 접점이었을지도 모른다.

"마치다── 지금부터 개별 면담을 할 테니 따라와."

나이토가 명령하자 마치다가 과장되게 한숨을 쉬고 일어섰다.

마치다는 방에서 나와 면담실로 향했다.

두 사람은 마주 보고 앉았다. 마치다는 여전히 고개를 돌리고 있다.

"어제 네 어머니를 만났다."

평소에는 자신의 말에 별 반응을 보이지 않지만, 과연 이번에는 놀란 듯이 쳐다봤다.

"호오… 그래? …그 여자 살아 있었구나."

"그래."

"그 여자 어땠어?" 마치다가 엷게 웃으며 말했다.

"어땠냐니?"

"그 여자가 유혹했을 거 아냐. 머리는 모자랐지만 그런 부분만큼은 뛰어났거든. 덕분에 일하지 않고도 그럭저럭 살아올 수 있었지. 세상은 참 잘 굴러가게 되어 있다니까."

"마치다… 네가 지금껏 얼마나 가혹한 환경에서 살아왔는지 짐작이 갔다."

"당신이 뭘 안다고?" 마치다가 냉소했다.

나이토는 안주머니에서 휴대폰을 꺼냈다. 휴대폰으로 찍은 사진을 화면에 띄운 뒤 마치다에게 보였다.

화면을 본 마치다가 튀어 오를 듯이 고개를 들었다.

마치다가 미노루와 함께 놀았다고 하는 공원 사진이었다.

"넌 이미 그때의 네가 아니다. 긴 터널에서 빠져나왔어. 네가 원하기만 하면 앞으로 어떤 삶이든 가능하다. 남에게 도움을 주거나 많은 친구를 사귈 수도 있지… 거기서 지냈을 때는 아무리 원해도 이룰 수 없었던 것들이 앞으로는 얼마든지 가능해."

"괜한 오지랖이다!"

마치다가 휴대폰을 빼앗아 벽에 내던졌다.

"자신을 믿고 열심히 살아가다 보면 소중한 사람이 더 많이 나타날 거다. 오자와 미노루처럼."

마치다가 그 이름에 반응했다.

"미노루를 만났어?" 하고 말한 순간, 아차 하는 표정을 지었다.

"아니… 친척 이야기에 따르면 3년쯤 전부터 연락이 끊겼다더군. 오자와 미노루가 걱정되나?"

"딱히. 말했잖아. 녀석은 애완동물에 불과하다고." 마치다가 차갑게 식은 말투로 말했다.

13

미카가 면회를 왔다는 이야기에 아마미야 가즈마는 신이 나서 면회실로 향했다.

마치다를 비롯해 같은 방 녀석들의 근황을 편지에 써서 미카에게 정기적으로 보내고 있었다. 물론 위험할 법한 내용은 암호를 사용했다. 미카가 면회를 오는 것은 그때 이후 처음이었다.

무로이가 자신을 어떻게 평가했는지 빨리 듣고 싶었다.

면회실로 들어가니 미카가 소파에 앉아 있었다.

"누나…."

아마미야의 얼굴을 보자 미카가 눈물을 글썽이며 일어섰다.

"선생님…."

나이토를 흘끗 살피자, "그럼 면회 시간은 30분이니…" 하고 방을 나갔다.

"그동안 못 와서 미안. 이쪽 일도 좀 바빴거든."

"무로이 씨한테 제대로 보고했지?" 아마미야는 소파에 털썩 기대앉았다.

"당연하지… 무척 기뻐하던데."

아마미야가 임무를 제대로 수행하고 있음을 기뻐하는 걸까. 아니면 마치다의 모습을 포착해서일까.

두 달 이상 마치다에게 꼭 붙어서 관찰하는데도 무로이가 그 녀석에게 집착하는 이유를 여전히 알 수 없었다.

확실히 자신이 상상했던 것보다 마치다의 지능은 높아 보였다. 의무교육조차 받지 않은 사람이 불과 석 달 만에 고등학교 공부를 하고 있다. 책을 읽는 속도도 비정상적으로 빠르다. 그러나 그뿐이다.

그 녀석이 무로이의 오른팔 노릇을 하기에는 절대적으로 부족한 것이 있다.

한 마디로 수비가 약하다. 아마미야의 연기에 완전히 속아 넘어가서 상냥함을 보이고 마는 허술함. 무로이에게 신뢰받고 그가 원하는 일을 하기 위해서는 빈틈이 없고 비정해야 한다. 자신처럼.

"그래서… 내가 앞으로 어떻게 하면 돼?" 아마미야가 물었다.

"무로이 씨는 하루빨리 마치다를 갖고 싶어 해." 미카가 아마미야를 빤히 쳐다보며 대답했다.

"하루빨리?"

"응. 무척 어려운 일이라는 건 알아. 그래도 무로이 씨는 마치다를 소년원 밖으로 내보낼 순 없겠느냐고 하던데."

"요컨대 탈주하라는 거야?"

"응. 여기에서 근처 숲속까지만 데려가면 나머지는 무로이 씨 쪽에서 알아서 하겠대."

조직 사람이 마치다를 납치하겠다는 뜻인가 ──.

"무리일까?"

아마미야는 신음했다.

솔직히 어렵다고 생각한다.

소년원 탈주는 그리 불가능해 보이지 않는다. 교도소와 달리 부지에 둘러쳐 있는 것은 3미터쯤 되는 펜스와 그 위에 놓인 가시철조망뿐이다. 운동이나 잡초 뽑기를 할 때 교도관이 방심한 틈을 노려 탈주할 수는 있을 것이다.

그러나 탈주라는 건 본인에게 그럴 의사가 없으면 불가능하지 않은가. 마치다는 여기 생활을 꽤 흡족해하는 것 같았다. 어떻게 꼬드겨야 탈주 계획에 가담해 줄까.

"마치다를 탈주시키고 나서… 나는 어떻게 돼?"

"이쪽에서 마치다를 납치한 후에 가즈마, 너만 소년원으로 돌아가도 좋고, 만약 마치다와 함께 온다면 새 호적을 마련하겠대. 어찌됐건 마치다의 탈주를 성공시키면 너한테는 간부 자리를 주겠다고 무로이 씨가 말했어."

동경하던 간부 자리가 코앞에 다가왔다.

"알겠어… 어떻게든 해 볼게."

"정말?" 미카의 눈이 반짝였다.

"그래… 다만 좀 더 시간이 필요해. 괜히 서둘렀다가 마치다가 의심이라도 하면 본전도 못 건져. 가능하면 일주일 후에 다시 면회를 와 줘. 그때 마치다의 반응하고 앞으로의 계획을 이야기하자."

"알겠어. 힘내…."

면회가 끝나고 2호실로 돌아가는 도중 아마미야는 복잡한 심경에 빠졌다.

무로이 씨는 하루빨리 마치다를 갖고 싶어 해——.

그러면서 자신한테는 소년원으로 돌아가도 좋다고 했다고 한다. 무로이에게 자신의 가치는 그 정도밖에 안 되는 걸까. 물론 간부가 되는 것은 기쁘다. 그러나 무로이가 그토록 원하던 마치다가 조직으로 돌아가면 간부보다 더 높은 대우를 받을 것이다. 아마미야가 아무리 노력해봤자 마치다보다는 아래라는 뜻이다. 왜 그 녀석이어야만 하는지 분해서 견딜 수가 없지만 달리 방도가 없다.

아마미야도 솔직히 앞으로 1년 가까이 이런 연기를 더 해야 한다는 상황이 지긋지긋했다. 빨리 속세의 공기를 마시고 싶고 술 생각도 나고 여자도 안고 싶었다. 어쨌거나 무슨 짓을 해서든 마치다를 탈주 계획에 끌어들여야 한다.

"면회는 어땠어?"

2호실로 돌아가자 마치다가 물었다.

"응…."

앞으로 어떤 작전을 취할지는 알 수 없었지만 일단 쓸쓸한 표정을 보였다.

"나 왔어…."

뒤돌아보자 이소가이가 방에 들어왔다.

이소가이는 히루미를 구타한 징벌로 일주일간 독방에서 지냈다.

제길 ── 무로이의 지령을 하루만 빨리 들었어도 일을 진행하기가 훨씬 수월했을 텐데.

양쪽에서 코 고는 소리가 들려왔다.

잠시 후 눈꺼풀에 빛이 쏟아졌다. 교도관의 심야 순찰이다. 발소리가 멀어져 간다.

아마미야는 이불을 머리끝까지 뒤집어썼다.

엄마… 엄마… 작게 부르면서 흐느껴 울었다.

"무슨 일이지?" 마치다가 나직하게 물었다.

됐다. 물었다—— 하지만 조급하게 굴어서는 안 된다.

"아니… 아무것도 아니야…."

있는 힘껏 울음을 참는 척을 했다.

"오늘 면회에서 무슨 일 있었어?" 마치다가 물었다.

이제 슬슬 괜찮을 것 같은데.

"응… 엄마가… 엄마가 보고 싶어…."

"어머니는 어디론가 사라졌다고 하지 않았나?" 마치다가 말했다.

"응… 내가 열두 살 때 사라졌는데… 누나가 엄마 있는 곳을 알아냈나 봐…."

"그렇군… 잘됐네…."

"그런데 이제 만날 수가 없어…."

"왜지?"

"엄마가 중병에 걸려서 입원했대. 앞으로 한 달밖에 안 남았나 봐…. 엄마는 마지막으로 한 번만 날 만나고 싶다고 했대…. 나도 엄마가 보고 싶어…."

"교도관에게 부탁해 보면 어때?"

"안 된대… 내가 나쁜 짓을 해서 앞으로 1년은 여기서 못 나간대…."

거짓말이었다. 교도관에게 물론 한마디도 하지 않았다.

"어떻게 하면 나갈 수 있을까… 어떻게 하면 엄마를 만날 수 있을까…."

"어리석은 생각 마. 탈주했다가 잡히면 교도관들한테 호되게 당할 거다."

"그래도 좋아… 나… 반드시 여길 나갈 거야. 마치다 군은 무슨 일이 있어도 보고 싶은 사람 없어…?"

긴 침묵이 흘렀다.

"한 명 있어."

"같이… 같이…."

그 이상은 입 밖에 내지 않았다. 오열을 억지로 참았다.

"알았어…." 마치다가 의외로 선뜻 말해 주었다.

"어떻게든 하지. 그러니… 이제 그만 자…."

"고마워…."

아마미야는 가슴을 쓸어내리면서 눈을 감았다.

마당에서 잡초 뽑기를 하면서 주위를 둘러봤다. 펜스 너머로 수목이 울창한 숲이 보인다.

어디 보자── 마치다의 동의는 얻어 냈고, 남은 건 여기서 어떻게 탈주할지인데.

그러나 조심해야 할 것은 자신이 나서서 탈주 계획을 제시하면 안 된다는 것이다. 여기 있는 아마미야는 늘 수동적인 캐릭터다.

마치다를 흘끗 봤다. 이제 너의 그 자랑스러운 머리로 계략을 짜게 할 것이다.

정문이 열리고 미니버스가 부지 내로 들어왔다. 버스 안에서 1호실과

3호실 녀석들이 내렸다. 다들 학생복을 입고 있었다.

그러고 보니 조식 이후부터 저 녀석들의 모습이 보이지 않았다.

"저 녀석들, 어디 갔다 오는 거야?"

마치다도 궁금했는지 이소가이에게 물었다. 이소가이는 딴생각을 하는 것처럼 가볍게 고개를 갸웃했다. 그 사건으로 근신을 먹은 뒤 영 기운이 없다. 성가신 녀석이라 생각했기에 쌤통이었지만.

"원외 교육이야." 근처에 있던 닛타가 알려 주었다.

"원외 교육?"

"양로원을 찾아가 위문하거나 공공시설의 잡초 뽑기를 할 때도 있고, 뭐 번거로운 일이지. 오늘이 1호실이랑 3호실 녀석들이면 우리도 내일 가게 될 텐데."

"소등──."

교도관의 구령으로 실내 불빛이 꺼졌다.

아마미야는 취침 시간을 애타게 기다렸다. 탈주 계획은 모두 잠들어 조용할 때가 아니면 이야기하지 못한다. 마치다가 어떤 계획을 짜고 있는지 듣고 싶었다.

코 고는 소리가 들리고 교도관이 순찰을 하러 왔다. 교도관의 발소리가 멀어져 간다.

"마치다 군⋯."

아마미야가 중얼거린 순간, "야, 아마미야" 하고 이소가이가 조그맣게 불렀다.

"나도 내일 같이해 줄게."

처음에는 무슨 말인가 싶었다.

"응? 마치다 군… 나도 끼워 줘."

이 자식이 웬 헛소리를 —— 끼워 줄 리가 없잖아.

마치다는 잠자코 있었다.

"마치다 군… 할 거면 기회는 내일밖에 없어." 이소가이가 말했다.

"무슨 소리지?" 마치다가 물었다.

"아까 1호실 녀석들한테 들었는데. 우리가 내일 갈 양로원은 도치기 시내에 있어. 장소를 들었더니 내가 중학교 때까지 살던 곳이랑 가깝더라. 내가 또 그쪽엔 훤하거든."

멋대로 이야기를 진행하지 말란 말이다 ——.

아마미야는 짜증이 치밀어 어금니를 악물었다.

"여기서 도망쳐 봤자 금방 붙잡힐 게 뻔해. 추리닝 차림으로 이 부근을 어슬렁거리면 눈에 띌 테고 이동하고 싶어도 돈 한 푼 없잖아. 거기라면 근처에 옛날 동료들이 있으니까 도와줄지도 몰라. 성공률이 높아지는 셈이지. 할 거면 내일밖에 없어."

"교도관한테 절대복종 아니었나?" 마치다가 말했다.

"여기서 나가고 싶어… 아니, 무조건 나가야 해."

"히루미가 원인인가?"

"그놈하고는 고향에서 나쁜 짓 할 때 몇 번 싸웠거든. 내가 여기 들어오기 얼마 전에도 싸움이 나서 흠씬 패 줬는데… 그 새끼가… 내가 여기 있는 사이에 내 여자친구를… 내 여자를…." 이소가이가 흐느껴 우는 소리가 들렸다.

"동료를 찾아가면 금방 붙잡힐 텐데."

"그건 나도 알아. 하지만 잠깐이라도 좋으니 여자친구를 만나고 싶어. 만나야 한다고….'

"알겠어. 아마미야, 그렇게 됐다… 오늘은 푹 자 둬."

어이 ── 알겠다니 무슨 소리야? 멋대로 정하지 마. 웃기지 말란 말이야.

아마미야는 미친 듯이 머리를 굴려서 내일 탈주하지 않을 핑계를 찾았다. 그러나 핑계를 찾는 사이 마치다의 이불에서 규칙적인 숨소리가 들려왔다.

"정렬 ── ."

나이토의 구령에 따라 2호실과 4호실 원생들이 버스 앞에 정렬했다.

"지금부터 다 같이 도치기 시내에 있는 양로원에 위문을 간다. 동정심과 위로하는 마음을 갖고 대하도록. 그럼 버스에 타라."

제길 ── 결국 좋은 아이디어가 떠오르지 않은 채 아침을 맞이하고 말았다.

아마미야는 원망스러운 마음으로 버스에 올라타 마치다와 이소가이의 뒷모습을 쳐다봤다.

마치다가 뒤를 돌아 아마미야를 향해 턱을 살짝 끄덕여 보였다. 아마미야는 닛타의 옆자리에 앉았다.

이렇게 된 이상 마음을 굳게 먹는 수밖에 없다.

이 탈주에 실패하면 앞으로는 교도관들의 감시의 눈이 엄격해질 것이다. 기회는 오늘밖에 없다. 어쨌든 양로원에서 무사히 탈주하는 거다. 그런 다음 이소가이를 따돌리고 마치다와 둘이 되어야 한다. 그 후 마치다를 완력으로 제압하고 미카의 휴대폰에 연락을 넣는다.

설령 반죽음을 만들어서라도 무로이의 조직이 데리러 올 때까지 마치다를 놓지 않을 것이다.

반죽유이라——.

아마미야는 그때를 상상하며 남몰래 히죽거렸다.

안심해. 무로이를 실망시키긴 싫으니 소중한 머리만은 상처 하나 없이 멀쩡하게 해 줄게.

14

"다 탔군——."

나이토는 운전석 옆에서 차내를 둘러봤다.

마치다, 아사쿠라, 이소가이, 히루미의 모습을 확인하고 불길한 예감이 들었다. 맨 앞에 앉은 시오야 교도관과 눈이 마주쳤다. 그가 웃음을 지었다.

뭐, 괜찮겠지—— 교도관이 네 명이나 따라붙었으니.

"그럼 출발하시죠."

운전석에 앉은 에하라 교도관에게 말하자 버스가 출발했다.

나이토는 원생들을 살펴보면서 맨 뒷자리로 향했다. 스즈모토 교도관 옆에 앉아서 정면을 주시했다.

"날씨가 우중충하네요."

스즈모토의 말에 창밖을 봤다. 잿빛 구름이 하늘 전체에 낮게 깔려 있었다. 오후에 비가 올지도 모른다.

나이토는 다시 정면을 향했다. 2호실과 4호실 원생이 통로를 끼고 네 명씩 앉아 있다. 자연스레 이소가이와 히루미에게 시선이 갔다.

양로원에서 아무 문제도 일어나지 않아야 할 텐데.

나이토는 조심해야겠다고 마음을 다잡았다.

원생들이 조금씩 웅성거렸다. 바깥 경치를 보며 옆자리 원생과 수다를 시작한 것이다.

"다들 조용!"

시오야가 뒤돌아서 고함을 치자 원생들의 수다가 딱 멈췄다.

원생들의 기분도 모르는 것은 아니다. 벌써 몇 달이나 펜스로 둘러싸인 세계에 격리되어 있었다. 오랜만에 바깥세상을 접하고 들뜬 것이리라.

30분쯤 달리자 창밖을 흐르는 경치가 한가로운 논밭으로 바뀌었다. 저 앞의 구릉지에 2층짜리 건물이 보였다. 이제부터 방문할 양로원은 녹음이 우거진 전원 풍경 속에 있었다. 이동하기에는 다소 불편할지도 모르지만 그곳에 사는 사람들에게는 좋은 환경일 것이다. 바로 옆에는 양로원 소유의 밭이 있고, 그 밭에서 수확한 작물로 입주자들에게 요리를 해 준다고 들었다.

소년원에서는 5년 전부터 양로원을 방문하기 시작했다. 소년원 원장은 원생들에게 농작업을 시킴으로써 사회성을 기르고 인생 경험이 풍부한 어르신의 이야기를 듣고 그들이 재기의 실마리를 얻었으면 하는 바람이었다. 그 마음에 양로원 직원이 뜻을 같이 한 것이 계기였다고 한다.

커다란 새가 버스를 추월하듯 날고 있었다.

나이토는 새가 날아가는 방향을 눈으로 좇았다. 문득 시선을 되돌리자 조금 앞쪽에 앉은 마치다의 옆얼굴이 눈에 들어왔다. 무표정인 채 가만히 창밖을 바라보고 있다. 마치다도 산을 향해 자유롭게 날아가는 새를 바라보는 걸까.

버스가 양로원 부지에 진입했다. 현관 앞에 서 있던 사람이 버스를 향해 가볍게 인사했다. 시설장 히라누마였다.

"자, 너희들, 빨리 내려서 정렬하도록."

시오야의 지시에 원생들이 버스 앞쪽으로 줄줄 걸어갔다. 그 뒤를 나이토와 스즈모토가 따랐다. 운전하던 에하라가 차 키를 빼고 같이 버스에서 내렸다.

"잘 부탁드립니다."

시오야가 히라누마에게 인사하자 정렬해 있던 원생들도 "잘 부탁드립니다" 하고 패기 없는 목소리로 말하며 작게 머리를 숙였다.

"저희야말로 잘 부탁드립니다. 여기 입주하신 분들도 여러분을 기다렸습니다."

히라누마가 건물 안으로 들어갔고 원생들은 어리둥절한 표정으로 시오야의 뒤를 따랐다. 현관에서 가죽 구두를 벗어 신발장에 넣고 양로원으로 들어갔다.

"밭일을 하기 전에 체육복으로 갈아입었으면 합니다만."

시오야의 말에 히라누마가 "직원용 탈의실을 쓰면 됩니다" 하고 안내
했다.

15

아마미야는 주위를 살피면서 시오야를 따라 널찍한 복도를 걸었다.
마침 지나가던 할머니, 할아버지가 자신들을 기이한 눈빛으로 쳐다봤
다. 그 표정을 보고 있자니 아까 직원이 한 말은 헛소리였다는 걸 알 수
있었다.

노인들이 자신들의 방문을 환영할 리가 없다. 우리는 범죄자다. 사람
을 죽이거나 다치게 하는 일에 환장하는 인간인 것이다.

아마미야를 포함해 원생들은 탈의실로 들어가 추리닝으로 갈아입었
다. 물론 시오야와 나이토 일행도 같이 들어와서 원생들의 일거수일투
족을 감시했다. 아마미야는 탈주에 도움이 될 만한 물건은 없는지, 교도
관에게 빈틈은 없는지 찾아봤지만 쉽지 않았다.

괜히 섣부른 짓을 해서 교도관들이 자신들의 계획을 눈치채기라도
하면 본전도 못 찾는다.

"좋아, 다 갈아입었으면 운동화를 가지고 밖에서 정렬."

아마미야 일행은 가방에서 운동화를 꺼내 밖으로 나가 정렬했다.

그나저나 —— 마치다와 이소가이를 흘끗 쳐다봤다.

이 녀석들은 정말 여기서 탈주할 작정인가?

그렇다면 도대체 어떻게──.

현관을 향해 걸어가고 있는데 마치다가 흘낏 시선을 보내왔다. 한순간이었지만 벽에 붙은 건물 안내도를 보는 것 같았다. 안내도를 보고 탈주 경로라도 짜는 걸까. 마치다의 표정을 봐도 도대체 무슨 생각을 하고 있는지 도통 알 수가 없었다.

건물을 나가자 아마미야 일행은 부지 옆에 있는 밭으로 끌려갔다. 고구마와 호박, 당근 따위가 심어져 있는 밭이었다.

"오늘 중식은 여기서 뽑은 채소로 튀김을 만들어 먹을 테니 열심히들 수확하도록."

시오야는 2호실과 4호실 원생을 나눠서 밭일을 시켰다. 당연하게도 괭이나 삽처럼 흉기가 될 만한 것은 주어지지 않았다. 맨손으로 흙을 파야 했다.

아마미야는 슬며시 주위를 둘러봤다. 일대에 밭이 펼쳐져 있다. 그리고 사방에서 네 명의 교도관이 원생들을 감시하고 있다. 이런 상황에 어떻게 도망간다는 건지. 양로원으로 돌아가 빈틈을 노려 탈주한다 해도 사방이 밭 천지인 곳이라면 금방 붙잡힐 것이 뻔하다.

"거기, 아마미야! 뭐냐, 그 구부정한 자세는! 제대로 못하나? 어?!"

이런 중노동을 시켜 놓고 너희는 구경만 하겠다는 거냐?

화가 치밀었지만 교도관들과 멀찌감치 떨어진 덕분에 마치다와 이소가이와 이야기할 수 있을 것 같았다.

"저기… 진짜 할 거야?" 아마미야는 작은 소리로 두 사람에게 물었다.

마치다는 아무 대답이 없다.

"이제 와서 무슨 소리야… 오늘밤에 기회가 없다니까." 이소가이가 고구마를 캐면서 궁지에 몰린 듯한 표정으로 대답했다.

"그래도… 어떻게….'

"몰라. 저기 있는 할머니, 할아버지를 인질로 삼든지." 이소가이가 자포자기하듯 내뱉었다.

그 말을 듣고 아마미야는 안심했다. 어젯밤에는 잘난 척하며 말했지만 이소가이는 제대로 된 탈주 계획도 없이 그냥 되는 대로 행동하는 식이다. 이 상황에서 탈주는 어렵겠다고 말하면 포기할지도 모른다. 아무리 생각해도 탈주를 연기하는 게 최선이었다. 미카와 제대로 계획을 세우고 무로이의 조직에서 나서는 식이 아니면 실패할 것이 빤히 보인다.

탈주에 실패하면, 마치다를 무로이에게 넘기지 못하면 간부 승진의 꿈은 물거품이 된다. 이런 단세포한테 방해받을 수는 없다.

"농담이야. 어제 왔던 녀석한테 들었는데, 이후에는 레크리에이션도 하고 할머니, 할아버지의 시중도 들고 아무튼 이것저것 했나 보더라고. 분명히 교도관들한테도 빈틈이 생길 거야. 그 틈을 노려서 건물을 나가서 저쪽 숲까지 도망가자."

이소가이가 턱짓을 한 쪽을 봤다. 저기 조그맣게 보이는 숲을 가리키는 걸까. 도대체 거리가 얼마나 된다고 생각하는 건지. 게다가 상대는 차도 있으니 저 숲에 도착하기 전에 붙잡힐 게 뻔하다.

"무리야…." 아마미야는 소심한 표정을 지으며 호소했다.

"그럼 달리 방법 있어? 너, 어머니 만나고 싶었던 거 아냐?"

"아까부터 무슨 이야기를 하는 거야?" 닛타가 수상쩍어하며 물었다.

"우리 셋은 여기서 탈주할 거야."

이소가이의 대답에 닛타가 흠칫 놀랐다.

"거짓말이지?"

"진짜야. 너도 갈래?"

"난 됐어… 붙잡히면 장난 아닐 텐데."

"우리 셋은 이미 각오했어."

"미안하지만 나는 안 할래…."

"야, 닛타… 부탁이 있어."

이소가이가 말하자 닛타가 노골적으로 싫은 내색을 했다.

"이따 밥 먹을 때 4호실 녀석들한테 시비 좀 걸어 줄 수 있어?"

"왜 그런 짓을 해야 하는데?"

"부탁할게. 네가 4호실 녀석들하고 싸워서 교도관들이 거기 신경 쓰는 사이에…."

"미쳤냐? 그런 짓을 했다가는 내가 근신을 먹을 게 뻔하잖아. 게다가 자칫하면 너희 탈주를 도왔다는 의심을 받아서… 아니, 교도관들은 무조건 그렇게 생각할걸. 너희가 뭘 하든 너희 맘인데 날 끌어들이진 말아 줘."

당연한 반응이다. 닛타는 방에서의 존재감은 작지만 최소한 이소가이보다는 제대로 된 머리를 가졌나 보다.

"역시…."

오늘 탈주는 그만두자——.

"억지로 협력할 필요는 없어." 마치다가 툭 내뱉었다.

"그래도…." 이소가이가 마치다를 쳐다봤다.

"너, 저 버스 운전할 수 있어?"

"저 버스라니… 소년원의?"

"그래." 마치다가 이소가이를 빤히 쳐다봤다.

"움직이게 할 수는 있는데… 제대로 운전은 못할지도 몰라."

"10분 정도, 밭에 처박히지 않고 달리게 하면 돼."

"그 정도라면."

"한 가지 약속해 줘." 마치다가 닛타에게 말했다.

"뭔데?"

"밀고는 하지 마. 넌 아무것도 몰랐던 거다. 교도관들한테 그렇게 말하면 돼."

"무슨 좋은 방법이 있는 거야?" 아마미야가 무심코 물었다.

"하늘에 운을 맡길 뿐이다."

마치다가 이마의 땀을 닦으며 대답했다.

16

"좋아, 그 정도면 됐다. 채소가 담긴 바구니를 가져오도록."

시오야의 지시에 원생들이 바구니를 들고 밭에서 나왔다.

순간 이소가이와 히루미의 시선이 교차한 듯했다. 그러나 싸울 기미는 보이지 않았다. 지나치게 신경 쓴 탓일까.

"나이토 선생님, 왠지 오늘은 표정이 딱딱한데요." 시오야가 가까이 왔다.

"아무래도 그런 일이 있었으니…."

나이토는 이소가이와 히루미 쪽으로 눈길을 던졌다.

"괜찮을 겁니다. 모처럼 원외 교육인데요. 녀석들한테 좋은 추억을 만들어 주자고요. 그리고…."

"화해의 계기 말입니까?"

나이토가 묻자 시오야가 웃음을 머금었다.

며칠 전 2호실과 4호실 원생을 같은 날에 원외 활동을 시키는 것에 대해 교도관끼리 논의가 벌어졌다.

나이토는 내심 피해야 한다고 생각했다. 2호실의 이소가이와 4호실의 히루미가 한바탕 난투극을 벌인 직후였다. 그런 데다 최근에는 얌전히 굴고 있지만 마치다와 아사쿠라 사이에도 일이 있었다. 다른 방과 편성하는 편이 낫겠다고 생각했다.

그러나 시오야는 그럴 때일수록 같이 활동시키는 편이 좋지 않겠느냐고 제안했다. 소년원과는 다른 공기 속에서 서로 협력하고 뭔가를 경험함으로써 결속력을 다지지 않겠느냐고.

시오야의 의견도 일리는 있다. 문제가 발생할까 두렵다면 처음부터 원외 교육을 시키지 않으면 된다. 나머지는 소년들을 신뢰할 수 있느냐 하는 문제다.

시오야는 원생들 사이에서는 호랑이 교도관으로 통하지만, 실제로는 여기 있는 소년들을 누구보다 신뢰하는지도 모른다. 시오야와 함께 행동하다 보면 걱정하느라 벌벌 떠는 자신이 싫어진다.

"오, 많이 캤는데. 뭐? 힘들다고? 바보 같은 소리 마. 너희가 매일 먹는 것도 농부들이 이렇게 땀 흘려서 재배한 거라고."

나이토는 원생들과 잡담하면서 걷는 시오야의 뒷모습을 부러운 눈길로 바라봤다.

양로원으로 돌아가 원생들에게 옷을 갈아입게 하고 주방으로 집합시켰다.

"그럼 지금부터 분담해서 요리를 하겠다. 너희들뿐 아니라 여기 계신 분들도 드셔야 하니 정성껏 만들도록. 채소를 썰 사람은, 그렇지… 아마 미야하고 닛타." 시오야가 손으로 가리키며 지시했다.

과연 부엌칼을 쥐어야 하니 시오야도 소년들을 선별할 수밖에 없었을 것이다.

"튀김 담당. 누구 하고 싶은 녀석 있나?"

시오야가 물었지만 아무도 나서지 않았다. 이런 후텁지근한 날에 솔선해서 불과 기름 앞에 있으려는 사람은 없으리라.

"그럼 내가…." 주방 안쪽에 서 있던 마치다가 손을 들었다.

마치다가 솔선해서 뭔가를 하려 들다니 —— 나이토는 뜻밖이라는 생각에 마치다를 봤다.

"호오… 이게 웬일이야."

시오야도 자신과 마찬가지인 모양이다.

"혼자 살았을 때 가끔 했다. 괜히 다른 녀석들한테 맡겼다가 맛없는 걸 먹기는 싫으니."

발칙한 말투는 여전하다.

"그래? 그럼 해 봐."

시오야가 다른 역할들도마저 담당을 정하고 작업이 시작되었다.

바로 앞에 있는 싱크대에서 아사쿠라와 히루미가 흙투성이 채소를 씻고 있다. 그 뒤에서 아마미야이 닛다가 서툰 손놀림으로 채소를 썰고 안쪽의 마치다에게 가지고 갔다. 마치다는 이쪽에 등을 돌린 자세로 채소에 튀김옷을 입혀 묵묵히 튀김기에 넣었다.

과연 장담할 만했다. 제법 야무진 손놀림으로 튀김을 튀기고 있었다. 신문지 위에 차곡차곡 쌓이는 튀김을 이소가이와 다른 두 명의 원생이 접시에 수북이 담아 식당으로 날랐다.

자연히 바로 앞에서 부엌칼을 쥐고 있는 아마미야와 닛타에게 시선이 갔다. 위태로운 손놀림에 가슴이 조마조마했다.

"너희는 정말 어설프구나." 시오야가 어이없어하며 말했다.

쨍그랑, 식기 깨지는 소리가 났다.

"이 새끼, 걸리적거린다고!"

이소가이가 히루미에게 덤벼들었다. 음식을 나르던 이소가이와 히루미가 부딪혀서 바닥에 떨어뜨린 모양이었다.

"네가 먼저 부딪혔잖아!"

히루미가 대꾸하자 이소가이가 멱살을 잡았다.

나이토는 아마미야와 닛타가 쥐고 있던 부엌칼에 시선을 날렸다. 위험을 느끼고 서둘러 두 사람 곁으로 달려갔다.

"그만들 못해!"

곧바로 시오야가 중재에 나섰지만 이소가이와 히루미는 여전히 밀치락달치락 드잡이를 하고 있었다.

"일단 부엌칼부터 집어넣어."

나이토는 아마미야와 닛타에게 그렇게 지시한 뒤 시오야 쪽으로 가서 이소가이를 제압했다. 시오야와 함께 이소가이와 히루미를 주방 밖으로 끌어냈다. 식당에 있던 스즈모토와 에하라가 달려왔다.

"이놈들, 여기까지 와서 뭐 하는 짓이냐! 너희는 근신 처분이다."

시오야는 그렇게 꾸짖고는 나이토에게 괜찮다는 눈짓을 했다.

맙소사 —— 우려하던 일이 터지고 말았다.

주방으로 돌아가자 원생들이 망연자실한 모습으로 나이토를 바라봤다. 마치다는 여전히 등을 돌린 채 수수방관의 태도로 튀김을 튀기고 있었다. 쿨하기 짝이 없는 녀석이로군 ——.

"자, 이어서 작업하도록."

아마미야와 닛타가 선반에 넣었던 부엌칼을 꺼내 다시 채소를 썰기 시작했다.

"어제와 달리 오늘 튀김은 맛있구먼."

식탁에 둘러앉은 노인 중 한 명이 말했다.

"거기 그 소년이 튀겼습니다." 나이토는 테이블 끝에서 식사를 하고 있는 마치다를 가리켰다.

"젊은 오빠, 학교를 나오면 요리사가 되면 좋겠구먼."

노인의 칭찬에 마치다는 입가의 힘을 살짝 풀었다. 아주 싫지만은 않은 표정이다. 이왕 칭찬받은 만큼 좀 더 붙임성 있게 응수하면 좋으련만, 거기까지 원하는 것은 욕심일까.

오늘 마치다는 충분히 노력해 주었다. 스무 명에 달하는 입주자와 원생과 교도관들의 몫까지 헤아리면 30인분이 넘는 튀김을 혼자 튀긴 셈이 된다. 마치다의 특출난 두뇌에 눈이 갔지만 의외로 뭔가를 만들어서 남에게 봉사하는 일이 어울릴지도 모른다.

마치다의 의외의 가능성을 본 것만 같아 나이토는 조금 흐뭇했다.

"게다가 뒷정리도 깔끔하게 해 줘서 큰 도움이 되었어." 근처에 있던 여성 직원이 덧붙여 말했다.

문득 다른 테이블에 있는 이소가이에게 눈길이 갔다. 눈앞의 음식에 젓가락도 대지 않고 고개를 숙이고 있다. 아까 시오야의 꾸지람 때문에 낙담한 걸까.

아니 —.

휠체어에 앉은 노인이 이소가이 쪽을 빤히 쳐다보고 있었다. 아니, 쳐다본다기보다는 노려본다는 말이 적합하다. 이소가이는 노인의 시선을 피하려는지 위축된 것처럼 몸을 웅크리고 있다.

아까 드잡이를 본 노인이 이소가이에 대해 나쁜 인상을 갖게 된 걸까. 그렇다 해도 노인이 이소가이에게 보내는 날카로운 눈빛에는 그 이상의 의미가 깃든 것처럼 보였다.

식사를 마친 뒤 같은 장소에서 레크리에이션 시간이 마련되었다. 원생들은 노래를 뽐내거나 노인들과 이야기를 하고 있었다.

문 근처에서 그 모습을 구경하던 시오야가 다가왔다.

"저기…."

시오야의 시선 끝에는 테이블에서 한 노부인과 이야기하는 마치다의 모습이 있었다.

"저 녀석의 저런 얼굴, 처음 봤어요." 시오야가 미소를 지으며 말했다.

노부인과 이야기하는 마치다의 표정은 명랑했다. 노부인도 마치다를 자신의 손주처럼 사랑스럽게 보면서 뭔가 말하고 있었다.

아까부터 한 방을 쓰는 아마미야와 이소가이가 마치다를 흘낏거렸다. 그들도 마치다의 저런 모습을 의외라고 생각하는지도 모른다.

"이러니저러니 해도… 저 녀석도 평범한 소년이라는 건가."

소년조사기록에 마치다의 조부모에 관한 기술은 없었다. 그 어머니를 본 이상 마치다가 자신의 조부모와 교류하지 못한 채 살아왔다는 것을 쉽게 상상할 수 있었다. 마음을 포근히 감싸 주는 사람을 만났다면 그의 지금까지의 인생은 크게 바뀌었을지도 모른다. 사람을 믿고, 남을 위해 뭔가를 하고 싶어 하는 사람이 되었을지도 모른다. 앞으로 그런 사람을 만나기를 바랐다.

갑자기 관내에 경보음이 울려 퍼졌다.

"어떻게 된 일일까요."

실내를 둘러보니 주방 쪽에서 연기가 새어 나오고 있었다.

화재──?

경보음과 식당에 퍼지는 연기에 원생과 노인들이 소란스러워졌다.

나이토와 시오야는 주방으로 향했다. 피어오르는 연기 속에서 불꽃이 보였다.

"불이야——! 모두, 대피하십시오!"

나이토가 소리치자 직원과 원생들이 노인들을 유도하면서 식당에서 나갔다. 나이토는 식당에 놓여 있던 소화기를 들고 주방에 뛰어들었다. 불길은 안쪽 튀김기 옆에 있는 쓰레기봉투에서 타오르는 듯했다. 나이토는 발화 지점을 향해 소화기를 분사했다.

잠시 후 불길이 잡혔다. 탄내가 코를 찔렀다.

나이토는 한숨을 내쉬고 이마의 땀을 닦았다.

"큰일로 번지지 않아 다행이네요." 시오야도 안심하며 문 쪽으로 향했다.

"불이라고요?"

히라누마와 스즈모토가 소화기를 껴안고 들어왔다.

"이제 괜찮습니다. 불은 꺼졌습니다."

식당을 나서자 원생과 노인들이 겁먹은 표정으로 서 있었다.

"주방 안 쓰레기봉투에서 불이 난 것 같습니다. 아까 음식을 할 때 불 처리를 허술하게 했을지도 모릅니다. 놀라게 해 드려 정말 죄송합니다."

나이토와 시오야가 노인과 직원들을 향해 머리를 숙였다.

일단 진화했다는 것으로 그들은 안도의 표정을 띠었다.

그러나 원생들을 살펴보자 마치다와 아마미야와 이소가이의 모습이 없다는 것을 알아차렸다.

"마치다와 아마미야와 이소가이는…?" 나이토는 한 방을 쓰는 닛타에게 물었다.

"네? 모르겠는데요….”

닛타가 자신도 방금 알았다는 듯이 주위를 두리번거리며 말했다.

"에하라 선생님은…?" 시오야가 스즈모토에게 물었다.

"그러고 보니….”

스즈모토도 방금 알아차린 모양이다.

교도관끼리 서로 얼굴을 마주 보면서 핏기가 가시는 것을 느꼈다.

스즈모토와 남은 원생들을 식당에 대기시키고 나이토는 시오야와 관내를 돌았다. 그러나 아무리 이름을 불러도 응답은 없었다.

"선생님―― 선생님――!"

복도를 돌고 있을 때 탈의실에서 나온 직원이 자신들을 불렀다.

"무슨 일입니까?"

직원의 안색이 좋지 않았다. 탈의실 안으로 들어가니 바닥에 에하라가 쓰러져 있었다.

"에하라 선생님――!"

나이토는 황급히 에하라를 그러안았다. 숨은 붙어 있다. 실신했을 뿐인 것 같다.

고개를 들자 창문이 보였다. 그 순간 머리에 피가 쏠렸다. 에하라를 바닥에 눕히고 창문으로 갔다. 창문을 열고 슬리퍼를 신은 채 밖으로 뛰쳐나갔다. 담을 넘어 주차장으로 갔다.

그곳에 있어야 할 버스가 감쪽같이 사라졌다.

17

"우와, 대단해. 마치다 군, 진짜 대단하다고!"

핸들을 쥔 이소가이가 흥분해서 마구 떠들어댔다.

"이제 시작이야. 바로 뒤쫓아 올 거다. 사고 내지 마." 마치다가 주의를 주었다.

마치다는 대각선 뒷자리에서 지도를 보고 있었다. 아마미야는 그런 마치다의 옆얼굴을 쳐다봤다.

뭐 이런 자식이 다 있지? 진짜로 탈주를 성공시키다니.

그때 경보기가 울리고 식당에 연기가 새어 나오자 마치다는 일어나서 함께 이야기하던 할머니를 유도하듯이 문으로 향했다. 그리고 아마미야와 이소가이에게 눈짓을 했다.

"불이야——! 모두, 대피하십시오!"

나이토의 외침이 들리고 식당에서 원생들과 할머니, 할아버지가 아연실색해서 복도로 튀어나왔다.

"에하라 선생님, 탈의실 안에 소화기가 있었습니다!"

마치다가 에하라에게 말을 걸어 탈의실로 유도했다. 마치다는 탈의실로 들어간 에하라의 뒤통수를 뭔가로 후려치고 윗도리 주머니에서 버스 열쇠를 빼앗았다. 운동화를 신고 창문을 넘어 밖으로 나가 곧장 버스를 향해 달렸다.

그런데 어떻게 불을 냈을까.

아마미야 일행이 주방에서 조리를 한 지 몇 시간이나 지나 있었다. 조리를 끝내고 난 뒤 원생들과 마치다는 주방에 들어가지 않았다. 아니면 화재가 우연히 일어났다는 걸까.

"마치다 군, 도대체 어떻게 불을 낸 거야?"

이소가이 역시 아마미야와 같은 의문을 품고 있었다.

마치다는 지도를 좌석에 내던지고 크게 기지개를 켰다.

"내가 히루미한테 시비 거는 사이에 뭔가 한 거지?" 이소가이가 다시 물었다.

역시 계획적인 것이었구나. 음식을 접시에 담고 있을 때 마치다가 이소가이에게 뭔가 귓속말을 했었다.

"딱히. 단지 둘둘 만 신문지를 기름에 적셔서 쓰레기통에 버렸을 뿐이다."

"그뿐이라고?"

"그래. 기름은 원래 산소에 닿으면 산화반응을 일으키지. 그때 열이 발생하는데 그 열이 축적되면 고온 상태가 돼서 자연히 발화하기도 해. 물론 조건이 갖추어지지 않으면 발화하지 않지만."

"조건…?"

그 물음에 마치다가 아마미야를 향했다. 입가에 미소를 띠고 있다. 설명한들 알아먹겠냐, 하고 말하는 것 같았다.

"조건은 산소, 온도, 밀도다. 종이를 기름에 적셔서 산소와 접촉 면적을 늘리고, 쓰레기봉투를 밀봉하면 열이 축적돼 고온이 되지."

그러고 보니 조리 후 마치다는 직원에게 "뒷정리를 해 놓겠습니다" 하고 말하고, 쓰레기봉투를 묶었다.

"그리고 오늘의 후텁지근한 날씨 —— 자연발화를 일으켜도 이상할 것 없다고 예상했다."

솔직히 마치다의 설명은 알아듣기가 힘들었다.

"단 그 조건이 갖추어져도 반드시 자연발화 한다는 보장은 없어. 가령 발화한다 해도 시간이 얼마나 걸릴지 알 수 없지. 어쩌면 내일 아침에 발화했을지도 모른다는 뜻이다."

하늘에 운을 맡길 뿐이다——라는 말이 그런 뜻이었다니.

"그런데 만약 불이 나지 않았더라면 어쩌려고 했어? 오늘 탈주는 포기했으려나?" 이소가이가 물었다.

"그 시간대에 불이 나지 않았다면 네가 말한 플랜B로 변경할 수밖에." 마치다가 바지 주머니에서 소형 얼음송곳을 꺼냈다.

이 녀석, 어느 틈에——.

"할머니를 인질 삼으려면 이걸로 충분하다. 가장 거동이 편해 보이는 할머니를 붙들고 있었거든."

씩 웃는 마치다의 입가를 보고 온몸에 소름이 끼쳤다.

어쩌면 마치다를 잘못 보고 있었는지도 모른다.

자신의 연기에 속아서 상냥함을 보이고 마는 허술한 남자라고 생각했지만, 실은 엄청나게 냉혹한 녀석일지도 몰랐다.

"이제 네가 나설 차례다. 어쨌거나 우리는 빈털터리니까. 가능하면 이런 건 쓰고 싶지 않다." 마치다가 그렇게 말하고 얼음송곳을 바닥에 버렸다.

"좋아. 옛날에 아지트였던 가게로 가 보자. 마스터인 데쓰 씨한테 부탁하면 분명히 도와줄 거야."

"얼마나 걸리지?"

"차로 20분쯤?"

"저기 산길로 들어가 줘." 마치다가 손가락으로 가리켰다.

"버리고 가게?"

"그래."

산길로 접어들어 잠시 달린 후 버스를 세웠다. 마치다와 이소가이가 버스에서 내린다. 문득 시선을 멈추니 발치에 얼음송곳이 뒹굴고 있었다. 아마미야는 두 사람이 보고 있지 않다는 것을 확인하고 재빨리 얼음송곳을 주워 주머니에 넣었다.

버스에서 내리자 사방은 어둑어둑했다. 빽빽이 우거진 나무들이 기분 나쁜 소리를 냈다. 빗방울이 뚝뚝 떨어졌다.

"걸어가면 시간이 꽤 걸리는데." 이소가이가 말했다.

"이런 걸 타는 것보다는 훨씬 낫지." 마치다가 버스 차체를 두드렸다.

멀리서 사이렌 소리가 들려왔다.

"서두르자." 이소가이가 걸음을 옮겼다.

아마미야는 마치다의 뒷모습을 보면서 이제 어떻게 할지 생각했다. 설마 이대로 이소가이와 계속 함께하지는 않을 것이다. 가게에서 돈을 조달하면 이소가이와 헤어져 마치다와 둘이서 행동해야 한다. 그리고 마치다가 빈틈을 보이면 미카에게 연락을 하자. 빈틈을 보이지 않는다면 완력으로라도 마치다를——.

"그러고 보니 네 어머니는 어디 병원에 입원했지?" 마치다가 뒤를 돌아 물었다.

대답이 궁했다. 이소가이가 지금부터 어디로 갈지 모르기 때문이다. 자칫 가까운 장소로 답해서 따라오면 곤란하다.

"몰라… 그래서… 누나한테 연락해야 해…."

"멀지 않아야 할 텐데." 마치다가 그렇게 말하고 앞을 향했다.

산길을 걷는 도중 비가 세차게 쏟아졌다. 아마미야 일행은 흠뻑 젖은 채 산길을 빠져나가 길거리로 들어섰다. 최대한 사람들 눈에 띄지 않는 길로만 다니는 것 같았다. 하지만 경찰에 발각되지 않을까 싶어 심장이 울렁거렸다. 딱히 경찰이 무서운 것은 아니다. 계획이 실패로 끝나 무로이를 실망시키는 것이 무서울 뿐이다.

18

나이토는 주방 안의 재를 보면서 절망감에 휩싸여 있었다.

설마── 그 셋이서 탈주를 도모하다니.

도대체 왜… 왜 그런 어리석은 짓을… 생각할수록 분노가 치밀어 올랐다.

주모자는 마치다 아니면 이소가이, 아니 아마도 마치다일 것이다. 화재를 어떻게 일으켰는지는 몰라도 이런 방법을 생각해 낼 만한 사람은 마치다밖에 없다.

오늘 하루 마치다가 보인 미소는 전부 이 탈주를 위한 연기였던 걸까. 마음속에서 분노가 치밀어 올랐다. 탈주한 세 명 때문만은 아니다. 자신의 허술함과 빈틈 때문이기도 하다.

"나이토 선생님."

시오야가 부르는 소리에 뒤를 돌았다.

"나머지는 경찰에 맡기고 우리는 일단 돌아가도록 하죠." 시오야가 힘없이 말했다.

아까지 경찰의 사정 청취를 받았다. 경찰은 지금 탈주한 세 사람을 찾고 있다.

"하지만…."

"저 녀석들을 계속 내버려 둘 수도 없는 노릇이니까요."

식당에는 아직 다른 원생들이 남아 있었다.

초췌해진 시오야의 얼굴을 보고 있기가 괴로웠다. 자신과 마찬가지로 아니, 자신보다 더 이 사건에 충격을 받았을 것이다.

"좀 더… 조금만 더 여기 있으면 안 되겠습니까." 나이토는 부탁했다. 자신이 여기 남는다 해도 그 세 사람을 잡는 데 도움이 되리란 생각은 하지 않는다. 그러나 도저히 이대로 가만히 있을 수가 없었다.

"알겠습니다. 원장님께는 제가 보고하도록 하죠."

"불편한 역할을 떠넘겨서 죄송합니다." 나이토는 머리를 숙였다.

"아닙니다… 한 명은 남는 편이 낫겠죠. 무슨 일이 생기면 바로 연락해 주십시오."

"알겠습니다."

"그 녀석들… 아니…." 시오야가 말끝을 흐렸다.

무슨 말이 하고 싶은지 알 수 있었다. 그 세 명이 더 많은 죄를 짓기 전에 잡혔으면 좋겠다는 바람이리라. 교도관 모두 같은 것을 바랐다.

"다들, 돌아간다ㅡ."

시오야가 식당에 있던 원생들을 정렬시키고 밖으로 나갔다. 그의 뒷모습을 지켜보던 나이토는 현기증이 나서 의자에 기대앉았다. 그러고는 머리를 감싸 쥐었다.

자신이 지금껏 마치다에게 품었던 생각은 대체 무엇이었을까. 그 녀석에게는 자신의 마음이 전혀 가닿지 못했다. 결국 바꿀 수는 없는 것인가. 사람의 마음을 올바른 방향으로 이끈다는 것은 처음부터 자만에 불과했던 것일까.

버스 안에서 멀리 날아가는 새를 바라보던 마치다의 옆얼굴이 뇌리에 되살아났다.

너는 그저 벗어나고 싶었던 거냐? 그동안 살아온 사회의 뒷골목으로 돌아갈 작정이냐? 그곳에 진정한 자유가 있을 리 없건만.

"이봐, 선생 양반."

누군가 자신을 부르는 소리에 나이토는 고개를 들었다.

휠체어에 앉은 노인이 다가오고 있었다. 식사할 때 이소가이를 빤히 쳐다보던 노인이었다.

"무슨 일이십니까…." 나이토는 노인에게 물었다.

"그 녀석은… 무슨 나쁜 짓을 했길래 소년원에 들어왔나?"

"그 녀석이라뇨?"

"탈주한 녀석 중 한 명 말일세. 키가 크고 마른…."

"이소가이 말입니까?"

나이토가 묻자 노인은 고개를 끄덕였다.

"죄송하지만, 사생활에 관한 것은 말씀드릴 수가 없습니다."

"그렇구먼." 노인이 휠체어를 천천히 반대 방향으로 돌려 문 쪽으로 향했다.

"저, 어르신⋯ 이소가이를 아십니까?"

나이토가 묻자 휠체어가 멈췄다. 노인이 나이토에게 고개를 돌렸다.

"한때는 손주처럼 생각하기도 했지. 한동네 살았는데, 우리 손자와 같은 반 친구라 우리 집에도 자주 놀러 왔었네."

"그랬군요⋯."

"가정환경이 좀 복잡한 아이라, 마음 편히 있을 만한 곳이 우리 집밖에 없었는지도 모르지. 우리 집이 빵집을 했는데, 그 녀석이 손자와 함께 자주 가게를 봐 주었네. 귀여웠지. 그 무렵은 친손자처럼 생각했는데. 그랬는데⋯." 노인이 탄식을 했다.

그 이야기를 듣고 이소가이에게 보내던 날카로운 시선이 이해되었다. 손자처럼 귀여워하던 아이가 죄를 짓고 소년원에 들어왔다는 사실을 알게 된다면 ─ .

"충격이셨습니까?"

"말도 못하지⋯ 그런데 말일세, 그 녀석한테만 화가 나는 게 아니라, 왠지 나 자신한테도 화가 나지 않겠나?"

"어째서입니까?"

"초등학생 때 있었던 일인데, 빵집을 봐 주던 어느 날 녀석이 손자와 함께 가게 돈을 슬쩍하고 말았지. 그걸 알고 나는 손자의 뺨을 냅다 갈겨 주었네. 그런데 함께 있던 그 녀석은 혼내지 못했어. 남의 집 아이라는 마음이 앞섰던 게지. 내 손자처럼 귀여워했지만 마음 한구석에서는…. 우리 손자는 됨됨이가 나빠서 말일세, 그런 일이 있고 나서도 그 녀석과 어울려서 폭주족에 들어가질 않나, 하여튼 나쁜 길로 빠졌지…. 그래도 손자한테는 나쁜 짓을 하면 항상 야단쳐 주는 사람이 주변에 있었으니, 지금이야 착실하게 살고 있네."

"그때 때려 주지 못한 것을…."

줄곧 후회했던 것이다.

"어쩌면 뭔가 달라졌을지도 모르겠다고… 그런 생각이 들더군." 노인이 쓸쓸하게 중얼거렸다.

"이소가이를 만나면 제가 대신 때려 주겠습니다." 나이토는 미소를 지었다.

"그래, 그렇게 해 주게. 그럼 쉽게나."

노인이 가볍게 머리를 숙이고 문 쪽으로 향했다.

이소가이뿐만 아니라 마치다와 아마미야도 정신이 번쩍 들도록 때려 주고 싶었다. 아직 때려 줄 수 있을 만큼 가까이 있기를 바랐다.

빨리 ── 한시라도 빨리 ── 세 사람을 찾아내야 한다.

세 사람이 중대한 죄를 범하면 자신의 손이 닿지 않는 먼 곳으로 끌려갈 가능성도 있다.

그렇게 생각하자 걷잡을 수 없이 초조해졌다. 동시에 한 가지 생각이 머릿속을 스쳤다.

"죄송합니다만!"

나이토가 외치자 노인이 깜짝 놀란 듯이 뒤를 돌아봤다.

"손자분께 연락 좀 부탁드리겠습니다!" 나이토는 의자에서 일어나 노인을 향해 달려갔다.

19

"여기야 — ."

이소가이가 당장에라도 허물어질 듯한 잡거빌딩을 가리켰다.

붉은 녹이 슨 철 계단을 올라 3층에 도착했다. 문 앞에 해골 장식이 된 '와일드 블러드'라는 간판이 달려 있었다. 누가 봐도 폭주족 취향의 외관이었다.

이소가이가 손잡이를 잡고 문을 열려고 했지만 닫혀 있었다. 똑똑 노크를 해 봐도 대답이 없다.

"9시 오픈이라고 쓰여 있어." 마치다가 간판을 가리켰다.

"개점 시간이 바뀌었나."

"이제 어쩔 거지? 학생복 차림의 도령들이 이런 데 있다가는 의심받을 텐데."

"괜찮아. 야, 아마미야, 잠깐 따라와." 이소가이가 턱짓을 하고 계단을 내려갔다.

거들먹거리기는 — 되는대로 행동하는 어리석은 자식을 순순히 따라온 것을 후회했다.

1층까지 내려간 이소가이가 길바닥에 뒹구는 큼직한 돌을 주웠다.

"어깨 좀 빌려 줘."

전봇대를 기어올라 3층 베란다로 건너뛰려는 모양이다. 주위를 두리번거리며 이소가이를 목말을 태웠다. 이소가이가 아마미야의 어깨를 발판 삼아 전봇대 손잡이를 잡고 위로 올라갔다. 그가 전봇대에서 베란다로 점프했다. 발이 미끄러져서 떨어지길 바랐지만 그렇게 되지는 않았다. 유리 깨지는 소리가 들리고 다시 계단을 올랐다.

3층에 도착하니 마치다가 열린 문으로 들어가던 참이었다. 아마미야도 가게 안으로 들어갔다. 카운터와 테이블석 두 군데가 있고 중앙에 당구대가 놓여 있다. 이소가이가 카운터를 뛰어넘어 안으로 들어갔다. 몸을 굽혀 안을 뒤지는 것 같았다.

"돈은 없네."

그렇게 말하면서 카운터 위로 캔 맥주 세 개를 올려놓았다.

"여기서 두 시간만 마스터를 기다리자."

"우유 있나?" 마치다가 카운터 의자에 걸터앉아 물었다.

"맥주 싫어해?"

"여기 있는 한 한시도 방심할 수 없어. 안 그래?"

"그러네."

이소가이가 잔에 우유를 따라 마치다 앞에 놓았다. 이소가이는 콜라를 마시기로 한 모양이다. 몇 달 만에 본 술에 침이 꼴깍 넘어갔지만 아마미야 역시 콜라로 아쉬움을 달랠 수밖에 없었다.

"전화… 걸어도 되려나…."

아마미야의 말에 이소가이가 카운터 안쪽 벽을 가리켰다. 벽에 전화기가 걸려 있다.

이 녀석들 앞에서 누나에게 전화를 해야 하다니. 혀를 차고 싶은 것을 꾹 참으면서 카운터 안으로 들어가 수화기를 들었다. 미카의 휴대폰에 전화를 걸었지만 좀처럼 받지 않았다. 열 번째 신호음에서야 "여보세요…" 하고 경계하는 듯한 미카의 목소리가 들려왔다.

"여보세요… 누나? 나야! 가즈마!"

놀란 듯했다. 전화기 앞에서 입을 딱 벌리고 있을 미카의 얼굴이 떠올랐다.

──가즈마? 정말 가즈마 맞아…?

"응… 나야, 누나….

──어떻게. 어떻게 전화를 걸 수가 있어?! 무슨 일 있는 거야?

마치다와 이소가이가 자신을 주시하고 있다.

"응… 나… 오늘… 거기서 도망쳤어."

──도망쳤다니, 소년원을 탈주했다고?

"화내지 마! 엄마를 꼭 만나고 싶었단 말이야. 엄마도 내가 보고 싶다고 했잖아. 나… 지금 도망 중이야. 엄마 꼭 만나고 싶어서….

'화내지 마'라는 말은 미카와의 암호로, '예측하지 못한 사태'를 뜻한다.

──알겠어. 가즈마… 지금 어디야?

카운터 위에 놓인 가게 명함이 눈에 들어왔다. 주소와 전화번호가 적혀 있다. 그러나 이 시점에서 주소를 알리기가 망설여졌다. 미카에게 가게의 주소를 알리면 마치다가 자신을 두고 가 버릴지도 모른다. 누나가

온다면 자신이 따라갈 필요는 없다면서.

"응… 엄마는 닛코에 있는 마에다 병원에… 전화번호도 알려 줄래?"

아마미야는 혼자 연기를 하면서 근처에 있던 종이에 병원명과 적당한 주소를 히라가나로 적었다. 확인을 위해 전화번호를 복창하는 척하고 이 가게의 전화번호를 말했다.

──거기 있구나?

"응…."

눈물을 닦으면서 전화를 끊었다. 전화번호로 주소지를 금방 알아낼 수 있을 것이다. 이제 조직의 동료가 이곳에 오려면 시간이 얼마나 걸릴지, 그때까지 마치다를 붙잡아 둘 수 있을지가 관건이다.

여차하면 ──. 아마미야는 주머니에 손을 넣어 날카로운 송곳 끝의 감촉을 확인했다.

20

니시무라 베이커리는 양로원에서 차로 15분 거리에 있었다.

나이토는 양로원 직원에게 빌린 경차를 가게 앞에 세웠다. 마침 폐점 시간인 모양이었다. 셔터가 반쯤 내려가 있고 비를 맞으며 간판을 가게 안으로 들여 넣는 청년이 보였다.

저 청년이 니시무라 료이치구나 ──.

탈주한 녀석들은 돈이 한 푼도 없을 터였다. 나이토는 그들이 계속 달아나기 위해서는 이소가이가 옛날 이 동네에 살았을 때의 지인이나 동창을 찾아갈 가능성이 있다고 판단했다.

"저, 실례합니다."

나이토가 차에서 내려 우산을 받치고 청년에게 다가갔다.

"니시무라 료이치 씨입니까?"

"네… 할아버지가 말씀하신 나이토 씨인가요?" 료이치가 하던 일을 멈추고 나이토를 쳐다봤다.

"그렇습니다. 갑자기 찾아뵈어 죄송합니다."

"이소가 도망쳤느니 어쨌느니 하던데… 어떻게 된 일이에요? 할아버지가 하도 횡설수설하는 바람에." 료이치가 난감한 듯이 말했다.

"이소가이 군은 할아버지가 계신 양로원에서 원외 활동 중에 탈주했습니다. 다른 원생 둘과 함께."

"원외 활동… 탈주라니…." 료이치는 아직 사태 파악이 되지 않는 모양이었다.

"이소가이 군은 소년원에서 지냅니다."

"소년원이라고요?" 료이치가 눈을 동그랗게 뜨고 되물었다.

"저는 그곳의 교도관입니다. 이소가이 군은 중학교 때까지 이 동네에 살았다던데요."

나이토가 묻자 료이치가 고개를 끄덕였다.

"이소가이 군이 의지할 만한 지인이나 들를 만한 곳이 있으면 가르쳐 주십시오."

"잠깐만 기다려 주세요."

료이치가 젖은 간판을 걸레로 닦고 가게 안으로 들였다. 그대로 안으로 들어가더니 잠시 후 조리복을 벗은 티셔츠 차림으로 나왔다. 손에 휴대폰과 지도를 갖고 있었다.

"아버지한테 말씀드리고 왔으니 같이 다니도록 해요."

"고맙습니다. 차에 타시죠."

료이치를 조수석으로 안내했다.

"솔직히 딱히 생각나는 곳은 거의 없어요. 중학교 때 동창이나 공통 친구는 몇 명 있지만, 이소가 그 녀석들을 찾아갈지 여부는 잘 모르겠어요. 이 동네를 뜨고 나서는 연락도 안 하고 지낸 것 같거든요…."

"상관없습니다. 우선 생각나는 사람을 가르쳐 주십시오."

나이토는 시동을 걸고 차를 출발시켰다.

경찰이 이 부근 일대를 수색하고 있을 터였다. 운 좋게도 제 손으로 이소가이 일행을 발견할 거라는 기대는 하지 않는다. 다만 가만히 있을 수가 없었을 뿐이다.

료이치의 안내로 근처 공영 빌라 단지로 향했다. 이소가이가 중학교 때까지 살았던 빌라 단지인데, 그곳에 동창이 살고 있을 거라는 이야기였다.

"그 녀석은… 왜 소년원 같은 델 들어갔어요?"

나이토는 료이치를 흘끗 쳐다봤다. 표정이 어두웠다.

"미안하지만 밝힐 수 없습니다."

"사생활 보호인가요?"

"그렇습니다."

그뿐만이 아니었다. 노인의 이야기에 따르면 료이치와 이소가이는 둘도 없는 친구 사이인 듯했다. 게다가 노인도 이소가이를 친손자처럼 귀여워했다. 그런 사람들에게 이소가이가 사람을 죽음에 이르게 했다고는 도저히 말할 수가 없었다.

"이소가이 군과 무척 친했던 모양이구나." 나이토는 답답한 분위기를 조금이나마 풀어 보고자 화제를 바꾸었다.

"네… 초등학교랑 중학교 때 학교도 같고, 같은 반인 경우가 많았거든요. 서로 낙오자라는 점에서도 마음이 잘 맞았어요. 게다가 할아버지도 이소를 예뻐하셨고요."

"둘이서 가게를 자주 도왔다고 하던데."

노인에게 들은 이야기를 하자 료이치가 다소 복잡한 표정을 지었다. 철없던 시절의 나쁜 짓을 떠올리는 걸지도 모른다.

노인이 말했듯이 이소가이의 가정환경은 복잡했다.

부모님은 이소가이가 어렸을 때 이혼했다. 아버지가 생활능력이 없어서 어머니가 이소가이를 거두었지만, 결국 어머니도 혼자 키우지 못해 오빠 부부에게 맡겼다고 한다. 이소가이는 외삼촌 집에서 눈칫밥을 먹으며 열다섯 살까지 이 동네에서 살았다. 재혼으로 인해 생활에 여유가 생긴 어머니는 아들을 도쿄로 불러들여 함께 살았지만, 이소가이는 새아버지와 갈등이 심해져 갓 입학한 고등학교를 중퇴하고 가출을 하고 말았다.

"이소가이 군과 마지막으로 만난 것이 언제지?" 나이토가 물었다.

"1년쯤 전이었나. 오랜만에 전화가 걸려 와서 도쿄에서 만났거든요. 신수가 훤해 보였어요."

가출한 이소가이는 한동안 숙식이 제공되는 곳에서 일을 했지만 오래가지 못했다. 그 후 동료들과 절도나 공갈 등의 범죄에 발을 들이게 되었다.

"짭짤한 일이 있다면서 같이하자고 하더라고요… 저는 이미 가게를 돕고 있어서 거절했어요. 실은 저도 그 얼마 전까지는 나쁜 짓만 하고 다녔거든요. 툭하면 경찰서에 끌려가고 분류 심사원에 들어간 적도 있어요. 기껏 입학한 고등학교까지 때려치우고… 넌너리가 날 법도 한데 아버지랑 어머니, 할아버지는 변함없이 저를….''

"주변에 훌륭한 어른들도 계시고, 자네는 인복이 많군."

"맞아요, 인복이 많죠. 그래서 1년 전에 그 녀석을 만났을 때 뭐라도 말했어야 했다고… 좀 후회하고 있어요.''

그러나 그렇게 생각해 주는 친구가 있는 이소가이도 인복이 있다는 생각이 들었다.

양로원을 막 나왔을 때 노인이 나이토를 불러 세웠다. 이소가이가 소년원을 나오면 자신이 기반을 다져 놓은 빵집을 료이치와 함께 도우라고 전해 줄 것을 부탁했다.

어떻게든 그들을 찾아내고 싶었다. 그들이 또 다른 과오를 범하기 전에 반드시 찾아내야 한다. 그러나 과거의 동창이나 동료들을 찾아가도 이소가이 일행과 접촉한 흔적은 보이지 않았다.

"짐작 가는 이소 친구는 이 정도예요. 별로 친하지 않았던 동창들도 있긴 한데… 그 녀석들을 찾아가려면 집에 가서 졸업 앨범을 봐야 해요."

"부탁해도 될까?"

아무리 낮은 가능성이라도 지금은 매달릴 수밖에 없다. 나이토는 료이치의 집을 향해 차를 움직였다.

전방에 폭음을 내며 어지럽게 질주하는 오토바이 무리가 있었다. 폭주족이었다. 그들 탓에 앞에 가는 차량의 흐름이 나빠졌다. 나이토는 가슴이 답답하고 짜증이 치밀었다.

"지금 이렇게 옆에서 보면 멋있지도 않은데 말이에요." 료이치가 쓴웃음을 지었다.

"자네도 가입했었다지?"

"네… 아까 그 녀석도 원래 폭주족 멤버였어요."

아까 방문한 청년을 말하는 것이다. 지금은 부동산에서 영업을 담당한다는 그 청년은 도저히 폭주족으로는 보이지 않을 만큼 상쾌한 미소를 짓고 있었다.

"앗…!"

뭔가 떠올랐는지 료이치가 소리를 질렀다.

"폭주족이었을 무렵에 아지트 삼던 바가 있어요. 몇 년간 안 가 봐서 아직도 있는지는 모르겠지만…."

"가 보자."

21

아마미야는 시간이 흐르기만을 초조하게 기다리며 깨진 유리창에 시선을 두었다. 빗소리가 요란하게 들려온다.

어둑어둑한 실내를 둘러보니 이소가이가 카운터 안에서 안절부절못하고 돌아다녔다. 마치다는 테이블석에 기대앉아 눈을 감고 있었다. 멀리서 사이렌 소리가 들려와 이소가이가 흠칫 놀라 창문 쪽을 쳐다봤다. 마치다는 미동조차 하지 않았다.

"마치다 군, 깨어 있어?" 이소가이가 안달이 나서 물었다.

"그래."

"차분하네."

"허둥대 봐야 소용없잖아. 그 마스터인지 뭔지가 오기 전까지는 아무것도 할 수 없고."

"그렇긴 한데… 내가 이 근처에 살았다는 걸 교도관은 알고 있을 테니 시간이 지날수록 경찰이 이 부근으로 모여드는 게 아닐까 걱정돼 미치겠어…."

아마미야는 여기서 기다리는 것에 이의는 없었다. 모든 수단은 써 놓았다. 이제 조직이 오기만을 기다리면 된다. 얼마나 더 기다려야 할까.

아마미야는 벽시계를 확인했다. 8시 반을 지난 참이었다. 미카에게 전화를 건 지 두 시간이 경과했다.

"마치다 군은 여길 나가면 어떻게 할 거야?" 이소가이가 물었다.

"이 녀석을 어머니가 입원한 병원까지 데려갈 거다." 마치다가 아마미야에게 눈길을 주었다.

"그다음은?" 이소가이가 다시 물었다.

"글쎄…."

마치다가 시선을 돌렸다. 먼 곳을 바라보고 있다.

오자와 미노루를 찾겠거니 싶어 아마미야는 속으로 비웃었다.

너한테 그럴 자유는 없어 —.

이제 조금만 더 있으면 조직에 붙잡혀서 네 머리를 무로이에게 바쳐야 할 거다. 그걸로 내 임무는 끝난다. 이런 거지 같은 생활과 작별하고 꿈에 그리던 조직의 간부 자리에 오른다.

"넌 어쩔 거지?" 잠시 후 마치다가 이소가이를 쳐다보며 물었다.

"원래 있던 아야세로 돌아갈 거야. 빨리 나쓰미를 만나고 싶어. 만나서 사과할 거야. 그런 다음… 자수할 거야."

"자수?"

마치다의 말에 이소가이가 고개를 끄덕였다.

"이제 지긋지긋해. 나 자신한테 말이야. 나쓰미가 일을 당한 건 나 때문이야."

아마미야에게는 아무래도 좋을 이야기였지만 마치다는 진지한 얼굴로 이소가이를 보고 있었다.

"나는 계속 도망치기만 했어. 가정환경이 나쁘고… 나 같은 건 뭘 해도 아무도 인정해 주지 않는다고… 그래서 나쁜 짓이든 뭐든 해서 보란 듯이 살아가겠다고. 그런 생각으로 도망쳐 왔어. 그런데 마음이 맞는 동료나 듣기 좋은 말을 해 주는 사람은 결국 도피처밖에 되지 않더라. 그곳에 밝은 빛 따위는 없어. 나한테 밝은 빛을 보여 주는 사람은 모질어도 쓴소리를 해 주거나 꾸짖어 주는 사람이야. 나쓰미도 그랬어. 고등학교 때부터 사귀었는데, 학교를 때려치운 뒤에도 줄곧 내 걱정을 해 줬어. 중퇴했어도 얼마든지 다시 시작할 수 있으니까 자격증을 따면 어떻겠느냐고, 또 급여가 적어도 취직해서 성실히 일해야 한다고… 그때는 그 녀석의 잔소리가 어찌나 귀찮던지. 그런데… 다 날 생각해서 한 말이었어… 이제 와서 깨닫다니 나도 참 바보다. 지금껏 소중한 사람들을 배신해 왔지만, 이제 나는 새로 태어나고 싶어. 이런 나라도 아직 늦지 않았다는 생각이 들어…."

눈물을 흘리면서 호소하는 이소야비에게 박수를 보내고 싶은 심정이었다. 이렇게 우스꽝스러운 광경을 보는 것은 오랜만이었다. 너처럼 어중간한 녀석에게는 어차피 빛을 볼 기회 따위 주어지지 않는다. 이 세상에 빛을 누리는 인간은 한정되어 있다. 양지 바른 세계에서 엘리트가 될 만한 인간과, 어둠의 세계에서 엘리트가 될 만한 인간── 둘 중 하나일 수밖에 없다.

나는 어둠의 세계에서 빛을 잡을 것이다. 그것도 머지않아.

"물론 경찰한테 붙잡혀도 마치다 군하고 이 녀석 이야기는 절대로 입밖에 내지 않을 거야."

가게 밖에서 무슨 소리가 나기에 셋이 동시에 문 쪽을 쳐다봤다. 귀를 기울이자 열쇠 구멍에 뭔가 끼워 넣는 소리가 들렸다.

조직에서 온 사람일까, 아니면….

아마미야는 조직 사람이길 빌면서 문을 쳐다보고 있었다.

찰칵, 잠금장치가 풀리고 문이 열렸다. 가게 안으로 발을 내딛던 남자가 흠칫 놀라 멈춰 섰다. 수염으로 뒤덮인 얼굴에 덩치가 큰 남자였다. 티셔츠 위로 불거져 나온 팔에는 서양풍 문신이 새겨져 있었다.

"뭐냐, 네놈들은." 남자가 도끼눈을 뜨고 노려보면서 말했다.

"데쓰 씨… 오랜만이에요."

이소가이의 목소리에 남자가 카운터를 향했다.

"누구냐… 여기서 뭐 하는 거냐?" 이소가이를 봐도 남자의 경계심은 사그라질 줄을 몰랐다.

"나라고요, 나. 이소예요. 블랙 버드 멤버였던."

"이소가이…?"

그럼에도 남자의 날카로운 시선은 변함없었다. 의심의 눈초리로 가게 안을 둘러보더니 깨진 유리창에 시선이 멈췄다.

"네놈들, 뭐 하는 짓들이냐. 남의 가게에 쥐새끼처럼 숨어들어서."

"데쓰 씨, 죄송해요. 데쓰 씨의 도움이 꼭 필요해서…."

"도움?"

"돈을 조금만 빌려주세요. 물론 반드시 갚을게요. 저 창문도 변상할 테니 부탁 좀 드려요." 이소가이가 머리를 숙이고 간원했다.

분위기는 험악했다. 마치다는 의자에 앉은 채 이소가이와 남자를 가만히 보고 있었다. 아마미야는 일단 상황을 지켜보기로 했다.

가게 사람이 먼저 올 가능성도 물론 생각했지만 가급적 피하고 싶은 사태였다. 이 상황에서는 조직 사람도 가게 안으로 쉽게 들어오지 못할 것이다. 아니, 그 조직이 어떤 조직인데. 필요하면 어떤 엄청난 짓을 저지를지도 모른다.

"수상한데? 네놈들 무슨 짓을 한 거냐?"

"탈주해서 도망치고 있는 중이에요."

"탈주?"

"소년원을… 데쓰 씨한테는 절대로 폐 끼치지 않을 테니 돈을… 돈을 좀 빌려주세요."

"거절한다. 그런 짓에 협력할 수는 없지. 여기서 당장 나가." 남자가 내뱉었다.

"제발 부탁드려요."

이소가이가 머리를 숙이고 부탁하는데도 남자는 주머니에서 휴대폰을 꺼냈다.

"경찰에 신고한다?"

남자가 그렇게 말하고 버튼에 손가락을 댄 순간, 이소가이가 카운터에서 뛰어나왔다. 이소가이가 식칼을 들이대자 남자의 표정이 굳었다.

"데쓰 씨, 죄송해요. 이러고 싶지는 않았는데… 지금 붙잡히면 절대로 안 돼요."

그럼에도 남자는 단념하지 않는 듯했다. 가만히 틈을 엿보면서 이소가이를 노려보고 있었다.

"야, 아마미야! 데쓰 씨를 붙잡고 있어!"

여기서 좀 더 시간을 벌고 싶지만 경찰에 신고하는 것만큼은 막아야 한다. 아마미야는 의자에서 일어나 남자에게 걸어갔다. 남자가 위협적인 눈길로 아마미야를 쳐다봤다. 아마미야와 비슷할 정도로 큰 키에 탄탄한 체격을 하고 있었다. 식칼을 들이댔는데도 기가 꺾이지 않는 것으로 보아 완력에 자신이 있는 게 틀림없었다.

남자가 아마미야에게 덤벼든 순간, 남자의 등 뒤로 돌아 팔꿈치로 뒤

통수를 가격했다. 일격을 맞고 바닥에 쓰러진 남자를 보고 이소가이는 어안이 벙벙한 모양이었다. 그러나 곧바로 쭈그려 앉아서 남자의 주머니에서 지갑을 꺼냈다.

"마치다 군, 빨리 가자."

지폐를 움켜쥐고 마치다를 재촉해 가게를 나섰다.

"뭘 꾸물거리는 거야."

밖에서 들려오는 소리에 아마미야도 문 쪽으로 향하다가 문득 멈춰 섰다. 남자가 쥐고 있던 휴대폰을 주머니에 찔러 넣고 나서 가게를 뛰쳐 나갔다.

이소가이와 마치다를 쫓아 건물 계단을 내려갔다. 억수같이 쏟아지는 비를 맞으며 골목길을 달렸다. 눈부신 빛이 닥쳐왔다. 승합차가 달려오더니 아마미야 일행의 옆을 지나갔다. 바로 뒤에서 급브레이크 소리가 울렸다. 뒤돌아보자 문이 열리고 양복 차림의 사내들이 뛰쳐나왔다. 아마미야 일행을 쫓아온다.

경찰인가——?

아니, 조직 사람이다. 제길—— 1분만 빨리 오지.

"마치다 군… 같이 가…!"

아마미야는 소리쳤지만, 마치다도 이소가이도 소리가 들리지 않는지 전력으로 달릴 뿐이었다. 뒤에서 사내들의 노성이 들려왔다. 하지만 지금은 저 두 사람을 따라가는 수밖에 없다.

반대쪽 보도를 달리는 세 사람의 모습을 발견하고 나이토는 브레이크를 밟았다.

"왜 그러세요?" 조수석의 료이치가 놀라서 물었다.

"아니."

나이토는 고개를 뒤로 돌려 그들을 응시했다. 틀림없다. 이소가이와 마치다와 아마미야다. 달려가는 그들의 뒤를 양복 차림의 남자 세 명이 쫓고 있었다. 나이토는 차를 유턴시켜 반대쪽 차도로 달렸다. 잠시 달렸으나 마치다 일행의 모습은 없었다. 골목길로 도망쳐 들어갔을지도 모른다. 골목길로 접어든 곳에 아까 마치다 일행을 뒤쫓았던 세 명의 남자가 있었다.

나이토는 차를 세우고 남자들 곁으로 향했다. 료이치도 따라왔다.

남자들은 흠뻑 젖은 채 사방을 살피고 있었다. 양복을 입었는데도 한눈에 건장한 체격임을 알아볼 수 있었다.

"틀림없이 아마미야와 마치다. 무슨 수를 써서든 찾아내!"

마치다 일행을 수색 중인 경찰관인 모양이다.

"저, 죄송합니다만, 마치다 일행은….”

나이토가 한 남자에게 말을 건넸다.

"네놈은 뭐냐." 남자가 매섭게 노려보며 말했다.

"실례했습니다. 그들이 입소한 소년원의 교도관인 나이토라고 합니다."

나이토가 대답한 순간 남자의 안색이 흙빛으로 변했다.

"아아… 그렇습니까. 이거 실례했습니다."

남자는 더 대꾸할 말이 없는지 아까 기합을 넣었던 한 남자 쪽을 쳐다봤다.

"무슨 일이냐?" 그 남자가 나이토를 뚫어지게 보면서 다가왔다.

건장한 체격의 남자들 중에서도 유독 위압감이 느껴졌다. 상사인 모양이다.

"그들의… 소년원 교도관이라고 합니다."

남자가 난감한 얼굴로 상사에게 설명했다.

"저희 불찰로 폐를 끼쳐드려 죄송합니다. 아까 뒤쫓던 소년들이 마치다와 이소가이와 아마미야가 맞습니까?"

"네… 교도관님은 여기서 뭘 하고 계신 겁니까?" 남자가 나이토의 거동을 살피듯이 물었다.

"도움이 되지는 않겠지만, 도저히 가만히 있을 수가 없어서 저 나름대로 그들을 찾으려고…."

쓸데없이 나서지 말라고 일갈할 줄 알았건만 남자는 "그렇습니까" 하고 표정을 누그러뜨렸다.

"저는 도치기서(署)의 미쓰이라고 합니다. 책임감이 크시겠지만 너무 지나친 행동은 삼가 주시기 바랍니다."

"알고 있습니다…."

"만에 하나 그들을 발견하더라도 직접 잡으려 하지 마시고 저한테 연락해 주십시오."

자신을 미쓰이라고 밝힌 남자가 휴대폰 번호를 알려 주었다.

"다시 신고하지 말고 이쪽 번호로."

"알겠습니다."

미쓰이는 가볍게 웃은 뒤 "간다" 하고 다른 두 사람을 재촉해 골목길을 달렸다.

"형사들… 권총을 갖고 있더라고요." 료이치가 중얼거렸다.

나이토도 양복 사이로 엿보인 권총집을 보고 알고 있었다. 휴대만 할 뿐 소년들을 향해 사용하지는 않을 기라 생각하지만 그럼에도 초조함이 밀려들었다.

"이 부근에는 좁은 골목길하고 뒤쪽에 산이 있으니 걸어서 찾는 게 나을 것 같아요."

료이치가 제안했다.

"그렇겠군… 그럼 나눠서 찾도록 하지. 한데 아까 형사도 말했듯이 이 소가이를 발견하더라도 혼자 힘으로 잡을 생각은 말도록."

"알고 있어요. 아까 그 형사님한테 연락하면 되는 거죠?"

나이토는 형사의 휴대폰 번호를 료이치에게 알려 주고 그와 헤어졌다. 이 부근의 지리는 전혀 모르지만 어쨌든 힘닿는 데까지 뛰어다니는 수밖에 없다고 자신의 몸을 채찍질했다.

23

아마미야는 산속을 달려 내려가며 뒤를 돌아봤다. 조직 사람은 완전히 따돌린 것 같았다. 가게를 나와서부터 아마미야는 쉬지 않고 달렸다. 앞에 가는 두 사람을 쫓기 위해 안간힘을 쏟았다.

어쨌든 경찰로부터 도망쳐야 한다. 그다음 이소가이와 헤어지는 것이다. 그럼 어떻게든 될 거라 생각했다. 자신에게는 완력과 아까 그 남자로부터 빼앗은 휴대폰이 있다.

"어디로 가는 거야!" 마치다가 앞에서 달려가는 이소가이에게 물었다.

"거의 다 왔어! 이제 이 임산도로만 가로지르면⋯."

이소가이가 뒤를 돌아보며 외쳤다.

그 순간 눈부신 빛이 이소가이의 몸을 감쌌다. 그의 모습이 사라졌다. 이어서 급브레이크의 굉음이 사방에 울려 퍼졌다.

"이소가이──!" 마치다가 소리 지르며 임산도로로 달려 나갔다.

아마미야도 속도를 올려 마치다를 뒤따랐다.

임산도로에 이소가이가 쓰러져 있었다. 조금 앞에 트럭이 정차해 있다. 아마미야가 가까이 가 봤지만 이소가이는 꿈쩍도 하지 않았다. 트럭 바퀴에 말려 들어갔는지 양팔이 비정상적인 방향으로 휘어 있었다. 비에 젖어 마치 낡은 걸레처럼 널브러져 있었다.

마치다는 곧장 바닥에 무릎을 꿇고 이소가이의 맥을 짚었다. "정신 차려!" 하고 이소가이 위로 올라타 인공호흡을 하기 시작했다.

트럭에서 남자가 나와 가까이 다가왔다. 머리에 수건을 둘러맨 중년 남자는 몸을 벌벌 떨면서 허둥거리고 있었다.

"그 소년이 갑자기 튀어나온 거야⋯."

"시끄러워! 빨리 구급차를 불러!" 인공호흡을 하던 마치다가 남자를 올려다보며 고함을 쳤다.

"나 휴대폰 안 갖고 있는데… 공중전화나 민가를 찾아볼게."

그는 울 것 같은 얼굴로 어디론가 달려갔다. 트럭에는 시동이 걸린 채였다.

"이소가이, 정신 차려! 죽지 마!"

마치다가 무서운 얼굴로 호소했다.

"마치다 군… 마치다 군… 빨리 가야…."

아마미야가 말을 걸어도 마치다의 귀에는 들리지 않았다. 죽기 살기로 인공호흡을 하고 있었다.

이런 데 서서 오도 가도 못할 수는 없다. 구급차나 경찰이 오면 모든 계획은 수포로 돌아간다. 빨리 어떻게든 해야 하는데….

아마미야는 트럭에 눈길을 돌렸다.

여기서 마치다를 제압해서 저 트럭으로 도망가면 그만이다. 적당한 곳에서 트럭을 버리고 휴대폰으로 미카에게 연락하면 된다.

저항을 하면 약간의 폭력을 휘둘러도 상관없다. 손발 한두 개쯤 부러져도 무로이는 아무 소리 안 할 것이다. 무로이는 이 녀석의 머리만 있으면 될 테니.

아마미야는 발소리를 죽인 채 마치다의 등 뒤로 천천히 다가갔다. 세차게 오르내리는 목덜미에 손을 뻗으려 한 순간.

"아마미야——!"

24

나이토는 교도관실 모니터를 쳐다보고 있었다.

독방 안에서 아마미야가 고개를 숙이고 계속 울고 있었다.

또 다른 모니터로 눈을 돌리자 책상 앞에 앉아 아무렇지도 않은 얼굴로 책을 읽는 마치다의 모습이 있었다. 그런 사건을 일으킨 장본인이건만 반성의 빛이 전혀 보이지 않는다.

이곳 소년원 사상 초유의 불상사다──.

마치다와 아마미야에게는 우선 20일간의 근신 처분을 선고하고 독방에 집어넣었다. 그러나 사안이 중대하다. 앞으로 열릴 심리에 따라 더 무거운 처분을 내려야 할지도 모른다.

다시 소년원에 끌려온 아마미야는 뭘 물어도 그저 "죄송해요… 잘못했어요…" 하고 울기만 할 뿐이었다.

마치다에게 사정을 묻자 자신이 모든 계획을 세우고 아마미야와 이소가이를 꾀었다고 담담히 밝혔다. 확실히 양로원에서의 화재 등 마치다가 어느 정도는 계획을 세웠을 것이다. 그러나 마치다가 진짜 주모자일까 하는 의문이 가슴속에서 사라지지 않았다.

"이소가이! 정신 차려! 죽지 마── 죽지 말라고──!"

구급차가 도착할 때까지 필사적으로 이소가이에게 인공호흡을 하고 있던 마치다의 모습이 뇌리에 되살아났다. 마치다가 주모자였다면, 그저 자신이 도망치고 싶었던 거라면 사고를 당한 이소가이를 내버려 두고 떠났을 수도 있지 않을까. 게다가….

나이토는 그때 임산도로에 서 있던 아마미야를 불렀을 때를 머릿속에 떠올렸다. 자신을 돌아본 아마미야의 얼굴이 잊히지가 않는다. 증오에 찬 눈빛으로 나이토를 노려봤던 것이다. 지금껏 한 번도 본 적 없는 아마미야의 또 다른 얼굴이 또렷이 떠올랐다.

인공호흡 중인 마치다를 향해 다가갈 때 뒤에서 어떤 기척을 느꼈다. 확실히 본 것은 아니지만, 나중에 조사해 보니 근처 풀숲에 얼음송곳과, 그들이 숨어들었던 바 마스터의 휴대폰이 떨어져 있었다.

아마미야가 버린 장면을 확실히 목격한 것은 아니다. 그러나 자신을 포함해 교도관들이 아마미야를 잘못 보고 있었던 게 아닐까 하는 의심을 떨칠 수가 없었다.

넌 도대체 누구냐——.

모니터 속에서 흐느껴 우는 아마미야를 향해 물었다.

나이토는 주머니에서 휴대폰을 꺼냈다. 한 번 더 미쓰이에게 전화를 걸어 봤다. 그러나 역시 연결되지 않는다.

마치다 일행을 발견했을 때 나이토는 미쓰이라는 남자에게 연락을 넣지 않았다. 마치다 일행에게 도주할 낌새가 보이지 않은 데다 구급차와 거의 동시에 경찰차가 도착했기 때문이다. 마치다 일행과 함께 경찰서로 동행한 나이토는 도치기서 형사 중에 미쓰이라는 남자가 존재하지 않는다는 것을 알게 되었다. 심지어 수색에 가담한 경찰관 중 마치다 일행과 맞닥뜨린 사람도 없었다고 했다.

가슴에 권총 같은 것을 품은 건장한 남자들.

아무래도 불온한 그림자를 느낄 수밖에 없었다.

"나이토 선생, 슬슬 시작할까요?" 구마다가 말했다.

자리에서 일어나 별실로 들어가자 이미 원장과 다른 교도관들이 앉아 있었다. 마치다와 아마미야의 향후 처우에 대해 회의를 하기로 한 것이다.

"역시 마치다 히로시를 다루기에는 우리가 역부족이었던 걸까요?" 원장이 입을 열었다.

범죄 성향이 강한 마치다는 특별소년원의 전원도 염두에 두고 있다. 어쨌든 마치다와 아마미야를 같은 소년원에 둘 수도 없는 노릇이리라.

"나이토 선생, 담당 교도관으로서 의견 있습니까?" 구마다가 나이토에게 발언권을 넘겼다.

"그럼 말씀드리겠습니다…."

나이토는 그 자리에 있는 모두를 훑어보며 일어섰다.

25

도대체 언제까지 이 짓을 하라는 거야. 아마미야는 몸 깊은 곳에서 치밀어 오르는 분함과 짜증을 이를 악물고 참았다.

거의 다 왔는데. 간부 자리가 바로 코앞에 와 있었는데.

눈앞에 있는 책상을 있는 힘껏 벽에 내던져서 분풀이하고 싶지만, 카메라로 24시간 감시를 당하는 이 방에서는 그조차 불가능했다.

자신은 계속 나약한 아마미야 가즈마를 연기해야 한다. 다음 기회를 위해. 그렇다, 아직 기회는 있다.

이번 일로 무로이를 실망시켰을지도 모른다. 하지만 아직 끝나지 않았다. 자신은 마치다의 마음을 쥐고 있다. 아직 무로이에게 필요한 인간인 것이다.

그렇지 않으면 속세의 생활을 버리고 살인이라는 전과의 위험까지 무릅쓰고 이런 데 기어 들어온 의미가 없지 않은가.

"아마미야, 들어가다."

나이토의 목소리가 들려 아마미야는 고개를 들었다. 나이토가 눈앞에 서서 아마미야를 뚫어지게 내려다보고 있었다.

"선생님… 죄송해요… 잘못했어요… 다시는 안 그럴게요….." 눈물샘을 활짝 열고 나이토를 올려다봤다.

"여기서 나간다. 지금 당장 채비를 하도록." 나이토가 억양 없는 목소리로 말했다.

"여기서 나가다뇨… 근신은… 끝난 거예요?"

"아니. 넌 지바 현에 있는 소년원으로 전원된다."

전원——?

"마치다 군은… 마치다 군은 어떻게 되는데요…?"

가장 신경 쓰이는 것을 물었다.

"마치다는 이대로 여기서 교정교육을 받는다."

그 말을 듣는 순간 눈동자 가득 고여 있던 눈물이 단숨에 말랐다.

나이토의 얼굴을 쳐다봤다. 그가 뭔가 할 말이 있는 듯한 시선을 보내왔다.

"어서 서두르도록."

나이토가 차갑게 말하더니 독방에서 나갔다.

26

"마치다, 들어간다."

시오야가 문을 열어 주어 나이토는 독방에 들어갔다.

책상 앞에서 책을 읽던 마치다가 흘끗 나이토를 봤다. 이내 관심이 없다는 듯 시선을 책으로 되돌렸다.

"여길 봐라." 나이토가 말했다.

"또 설교인가?"

마치다는 여전히 책에 시선을 고정한 채였다. 나이토가 책상 위로 학생복을 던지자 그제야 자신을 봤다.

"지금부터 외출한다. 바로 채비하도록."

복도에서 마치다가 옷을 갈아입고 나오기를 기다렸다. 잠시 후 학생복을 입은 마치다가 귀찮아하는 표정으로 나왔다.

"어딜 가는데?"

그 질문에는 대답하지 않은 채 마치다를 데리고 고사 기숙사를 나섰다. 소년원 대문 바로 앞에 정차한 차로 향했다. 운전석 문 밖에서 스즈모토 교도관이 기다리고 있었다.

나이토는 차에 타기 전에 마치다의 양손에 수갑을 채우고 허리를 결박했다. 마치다를 뒷좌석에 태우고 나이토는 그 옆에 앉았다. 스즈모토가 시동을 걸어 차를 출발시켰다.

"대체 어디 가는데?" 마치다가 의심의 눈초리로 물었다.

"곧 알게 된다."

30분쯤 달리자 커다란 건물이 보였다. 이소가이가 입원한 병원이었다.

나이토는 사흘 전에 이소가이를 만났다. 간신히 의식을 되찾았다는 소식을 듣고 달려간 것이다.

하고 싶은 말은 많았다. 전하고 싶은 말도 많았다.

료이치의 할아버지를 대신해 이소가이를 때려 주고 싶었다. 그리고 소년원을 나오면 료이치와 함께 빵집에서 일하라는 할아버지의 말을 전하고 싶었다. 그러나 결국 모두 하지 못했다. 내내 입을 꾹 다물고 멍하니 있는 이소가이를 지켜볼 수밖에 없었다. 돌아가려는데 이소가이가 마치다를 만나고 싶다고 불쑥 내뱉었다.

병원 주차장에 들어서 차가 멈추자 나이토는 주머니에서 수갑 열쇠를 꺼냈다. 마치다의 손목을 잡았다.

"괜찮을까요?" 스즈모토가 뒷좌석을 향해 말했다.

"둘이나 있으니 괜찮을 겁니다."

수갑과 포승을 풀고 차에서 내렸다. 마치다를 양옆에서 꽉 붙드는 자세로 병원에 들어갔다. 복도를 걸어가 병실 앞에서 노크했다.

"나이토다. 들어간다."

"저는 밖에서 기다리겠습니다."

스즈모토의 말에 고개를 끄덕인 나이토가 문을 열었다. 마치다의 어깨에 손을 얹고 병실 안으로 재촉했다.

다음 순간, 손바닥에 작은 떨림이 느껴졌다. 눈앞의 광경에 충격을 받았으리라. 마치다가 숨을 멈추는 것이 전해져 왔다.

이소가이는 상반신을 조금 일으킨 자세로 침대에 누워 있었다. 이불 밖으로 나온 양팔에는 팔꿈치 밑부분이 없고 붕대가 둘둘 감겨 있었다. 무슨 이유로 탈주를 도모했는지는 모르지만 이소가이는 엄청난 대가를 치르고 말았다.

"마치다 군….'

전에 만났을 때는 허공을 바라보는 듯해서 감정을 살필 수가 없었는데 오늘은 마치다의 얼굴을 보고 조금이나마 표정이 달라졌다.

긴 침묵이 이어졌다.

마치다도 지금 이소가이의 모습을 보고 무슨 말을 해야 할지 모르는 것이리라.

"마치다 군… 마치다 군이 날 살려 줬다던데?"

이소가이가 마치다를 바라보며 말했다.

"고맙다고… 인사해야 하는 건가? 그런데 말이야, 눈을 떴을 때, 이 모습을 봤을 때는 솔직히 마치다 군을 원망했어. 이런 꼴이라면 차라리 죽는 게 낫겠다 싶었거든. 왜 죽게 내버려 두지 않았어…?"

"원망하려고 날 불렀나?" 마치다가 이소가이를 빤히 쳐다보며 말했다.

"그럴지도 몰라… 누군가한테 이 감정을 쏟아 내고 싶었어. 난 이제 나쓰미를 안을 수가 없어. 성실히 일하고 싶어도 취직은커녕… 난 이제 영원히 빛을 보지 못해. 그럼 그때 차라리 죽는 게 낫겠다 싶었어…."

이소가이가 마치다에게 보란 듯이 없어진 양팔을 흔들어 보였다.

마치다는 아무 말도 없었다. 그저 이소가이를 물끄러미 쳐다보기만 했다.

"그런데… 그런데 지금은 살짝 고마운 마음도 들어. 목숨이 붙어 있는 한 내가 상처 입힌 사람들한테 사과할 수 있으니까. 모든 건 자업자득이야. 난 사람들한테 상처를 너무 많이 줬어. 나쓰미뿐만 아니라 나한테 맞아 죽은 회사원과 그 사람의 가족들까지. 그런 당연한 사실을 이제야 깨달았어. 앞으로 내 인생에는 빛 따위는 없을지 몰라도… 마치다 군… 마치다 군은 빛을 발견했으면 좋겠어. 나처럼 되기 전에. 마치다 군이 발견한 빛을 나한테도 들려 줘. 그게 날 살린 마치다 군의 의무야."

이소가이의 눈에서 눈물이 흘러내렸다. 눈물을 손으로 닦지도 못한 채 오열을 끅끅 삼켰다.

나이토는 마치다의 옆얼굴을 살폈다. 이소가이를 바라보는 표정은 변함이 없다. 그러나 마치다의 눈을 바라보는 사이 신기한 감정이 울컥 복받쳐 올랐다.

몇 번이나 배신당했다. 그리 쉽게 믿을 수는 없는 노릇이다. 이런 감정을 품는 자신은 허술할지도 모른다.

하지만 그 눈빛을 보고 이소가이가 흘린 눈물이 마치다의 메마른 가슴에 스며들었음을 나이토는 확신했다.

"너, 언젠가 이런 말을 했지. 나하고 함께 일하고 싶다고."

이소가이가 눈물을 흘리면서 고개를 주억거렸다.

"생각해 보지." 마치다는 그렇게 말하고 병실을 나갔다.

주차장으로 돌아갈 때까지 세 사람은 한마디도 하지 않았다. 차에 도착하자 마치다가 양손을 내밀었다.

"필요 없을 테지."

나이토는 스즈모토에게 고개를 끄덕여 보이고 수갑을 채우지 않은 채 마치다를 뒷좌석에 앉혔다.

소년원으로 돌아가는 차 안에서 마치다는 줄곧 창밖을 바라봤다. 어느덧 창밖은 전원 풍경으로 바뀌었다. 저 너머로 산줄기가 펼쳐져 있었다. 달리는 차 앞을 커다란 새가 가로질러 날아갔다.

"엄청나게 크네요. 무슨 새일까."

운전 중이던 스즈모토가 혼잣말처럼 내뱉었다.

"저건 왕새매라고 하는 수릿과의 철새다…." 마치다가 중얼거렸다.

산을 향해 유연히 날아가는 새의 모습을 언제까지나 바라보았다.

제2장

1

2교시 수업을 마치고 카페테리아로 갔다. 창가 자리에 동아리 멤버들이 모여 있었다. 멤버 다섯 명이 숙소 팸플릿을 비교해 보면서 의견을 교환하고 있었다.

"오래 기다렸지?"

다메이 준이 말을 건네자 모두가 일제히 "어서 와" 하고 말했다.

"같이 여름 합숙 숙소를 고르고 있었어."

나쓰카와 쇼코가 활짝 웃으며 말했다.

오늘 쇼코는 흰 원피스에 연두색 여름 카디건을 걸쳤다. 창문에서 쏟아지는 포근한 햇살을 받아 평소보다 더 빛나 보였다.

다메이는 쇼코의 대각선 자리에 앉아 홍차 음료를 마셨다.

"역시 여름엔 가루이자와(나가노 현에 위치한 휴양지) 아니면 바다지."

"그런데 가루이자와하고 바다는 해마다 가던 곳이라 좀 질리는데. 가끔은 색다른 것도 해 보고 싶지 않아?"

"그럼 군마의 미나카미에서 래프팅은 어때? 제트코스터 같아서 재밌거든."

"난 무서운 거 못 타는데."

다메이는 이야기를 들으며 팸플릿과 쇼코의 얼굴을 번갈아 보았다.

"다메이 군은 어디가 좋을 것 같아?"

갑작스러운 쇼코의 질문에 다메이는 입을 우물거렸다.

"올해 신입 부원은 다메이 군 혼자잖아. 다메이 군의 의견을 존중해야지."

"아니… 난 어디든 좋아."

다메이가 애매하게 말하자 쇼코가 "앗, 그렇지" 하고 소리 높이며 동료들을 둘러봤다.

"언젠가 동아리 부장이 될 때를 위해서 이번 합숙은 다메이 군한테 기획을 맡겨 보면 어떨까?"

쇼코의 제안에 그 자리에 있던 모두가 "그거 좋은데", "아무래도 차세대를 담당할 에이스니까" 하고 멋대로 밀어붙이려 했다.

"아니, 그래도… 난 이제 막 들어와서 동아리에 대해 잘 알지도 못하는데."

다메이는 난감해하며 손사래를 쳤다.

"괜찮아. 우리 동아리는 재미있는 일이라면 뭐든 환영이거든. 예산은 한 명당 3만 엔 내에서 뭔가 재미있는 걸 기획해 봐. 나도 여러모로 도와줄게."

쇼코가 그런 눈으로 쳐다보면 거절할 수가 없다.

"내가 노는 덴 영 젬병이라 모두가 즐거워할 만한 기획을 짜낼 수 있을지 모르겠지만… 뭐, 나쓰카와가 도와준다면야…."

다메이는 곤란한 표정을 지으며 말했지만 싫지만은 않았다.

이번 일을 핑계 삼아 쇼코와 자주 연락하면 더 친해질 수도 있지 않을까 하는 기대감에서였다.

이 동아리는 활동을 가리지 않는 동아리다. 스포츠나 이벤트, 술자리 등 즐거운 일이라면 뭐든지 다 하는 유연한 동아리인데 지금의 다메이에게는 그런 가벼움이 묘하게 편안했다.

작년까지의 숨 막힐 듯한 대학 생활과는 완전히 다르다.

다메이는 올해 한 사립대학 경제학부에서 이곳 도쿄(東協)대학 이공학부로 학교를 옮겼다. 고민을 거듭한 끝에 거의 자포자기하는 심정으로 내린 결정이었다.

다메이의 아버지인 미쓰히코는 대기업 드럭스토어 체인 '다메이드럭'의 사장이다. 다메이드럭은 원래 할아버지가 운영하던 다메이 약국이라는 작은 가게였다. 할아버지의 뒤를 이은 아버지가 회사명을 다메이드럭으로 바꾸고 뛰어난 장사 수완을 발휘해 순식간에 점포를 확대한 것이다. 독특한 CM으로 세간의 화제를 불러일으키는 한편, 상품 구색은 물론 전략적으로 기존의 약국 개념을 바꾸어 현재 전국에 5백여 개 점포를 갖춘 회사로 키웠다. 학교를 비롯해 어디를 가도 지인 중에 다메이드럭을 모르는 사람은 한 명도 없었다.

다메이는 어렸을 때부터 회사를 성장시킨 아버지를 존경했다. 동시에 극심한 압박감에 노출된 채 살아왔다. 장남인 자신이 언젠가 아버지의 회사를 물려받아야 한다고 생각했기 때문이다.

어려서부터 공부를 별로 좋아하지 않았지만 아버지의 기대에 부응하기 위해 다메이 나름대로 노력했다. 1년 재수하고 겨우 사립대 경제학부에 입학해 언젠가 올 날을 대비해 경영을 공부했다. 즐거운 캠퍼스 라이프를 누릴 여유 따위는 없었다. 대학 공부를 따라가는 것만으로 벅찼다.

집에 돌아가면 아버지에게 후계자 수업을 받아야 했다. 자신이 과연 사장 역할을 감당해 낼 수 있을까, 2천 5백여 명의 종업원을 제대로 지킬 수 있을까 하는 압박감에 짓눌릴 것 같으면서도 죽기 살기로 매달렸다. 그러나 작년 여름 아버지에게 불려 가 그 말을 들었다.

"너한테는 미안하지만, 장차 회사는 아키라에게 맡길 생각이다."

아키라는 다메이보다 한 살 어린 남동생이다. 확실히 아키라는 다메이와 달리 어려서부터 공부를 잘했다. 일류 대학인 게이세이대학 경제학부에도 작년에 한 번에 붙었다.

"너는 경영에 소질이 없다고 판단했다. 적성에 맞지 않는 일을 맡기는 것은 너한테는 물론 회사에도 불행한 일이다."

딱히 장남이라고 해서 반드시 사장이 될 수 있다는 생각은 하지 않았다. 아키라가 더 경영에 소질이 있다면 자신이 사장이 되지 못하더라도 어쩔 수 없다고 생각한다. 다만 가망이 없음을 판단하기에는 너무 이르지 않은가. 지금보다 더 노력할 테니 경쟁을 허락해 달라고요──.

그러나 다메이는 그 말을 입 밖에 내지 못했다.

"대학을 졸업해서 우리 회사에 들어와도 상관은 없다. 앞으로 자회사의 사장이나 이사가 되어 아키라를 도와주면 고맙겠구나."

아버지로서 인정을 베푼 셈이었겠지만 다메이 입장에서는 엄청난 굴욕이었다. 동생보다 열등하다는 사실을 눈앞에 들이민 것이나 다름없었다. 아버지의 회사에 있는 한 죽을 때까지 그런 순간을 되풀이할 것이다.

다메이는 고민 끝에 다니던 대학을 그만두고 다른 길을 택했다.

다메이한테도 자존심이라는 게 있어서 저택 같은 널찍한 집을 뛰쳐나와 연립주택에서 혼자 살기 시작했다. 이공학부를 선택한 이유는 딱히 없었다. 어렸을 때부터 왠지 기계 만지는 걸 좋아했던 것과, 경영이나 경제와는 완전히 무관한 공부를 하고 싶었기 때문이다.

실의를 안고 새 출발을 했지만 나쁘기만 한 것은 아니었다.

입학한 지 얼마 되지 않아 캠퍼스를 거닐고 있는데 우연히 쇼코가 걸어오는 것을 발견했다.

쇼코는 고등학교 동창이다. 말이 동창이지 같은 반이었던 적이 없기에 한 번도 말을 섞은 적이 없었다. 쇼코는 뛰어난 외모 때문에 전교 남학생들의 동경의 대상이었다. 물론 다메이도 그중 하나였다.

말을 걸어 볼까 긴장하면서 걷고 있는데 뜻밖에도 쇼코가 먼저 말을 걸어왔다. 다메이가 자신을 아느냐 물었더니, "화장품은 늘 다메이드럭에서 사는걸" 하고 웃더니 같이 있던 친구들에게 다메이를 소개했다.

그리고 그 자리에서 쇼코가 활동한다는 동아리의 가입 권유를 받았다. 거절할 이유가 없었다. 다메이는 냉큼 가입신청서를 썼다.

기대라는 무거운 짐을 벗어 버리고 여태껏 얻지 못했던 즐거운 학생 생활을 누리자고 자신을 납득시켰다. 앞으로 새로운 4년이 시작된다. 졸업 후 어떻게 할지는 전혀 생각하지 않았다. 이공학부라면 제조 회사로 취직하는 경우가 많다지만 가능하면 취직이 아니라 제 힘으로 창업하고 싶다는 바람이 마음속에 있었다.

너는 경영에 소질이 없다고 판단했다—.

그 말을 내뱉은 아버지와 아키라 앞에 보란 듯이 성공하여 나타나고 싶었다. 드럭스토어는 지금 있는 상품을 유통할 뿐이지 않은가. 자신은 새로운 뭔가를 발견해서 그것을 세상에 널리 알리고 싶었다.

그 바람은 다메이의 마지막 오기였다.

"이제 곧 3교시가 시작될 텐데…."

동아리 멤버들이 하나둘 자리를 떴다. 남은 사람은 다메이와 쇼코 둘뿐이었다.

"나쓰카와, 3교시는?" 다메이가 물었다.

"오늘은 수업이 없어. 집에 가면 돼."

쇼코가 팸플릿에서 시선을 떼며 길고 검은 머리를 쓸어 올렸다.

이건 기회가 아닐까.

"그럼 다른 약속 없으면… 나하고 여행사 같은 데 돌면서 합숙 기획이나 짜지 않을래?"

"그래, 좋아." 쇼코가 미소를 머금고 일어났다.

다메이도 힘차게 일어나 쇼코와 함께 출구로 향했다.

그 시절 동경의 대상이었던 쇼코와 단둘이 외출을 한다. 여행사를 다 돌면 함께 기획을 하자는 명목으로 식사라도 권해 볼까.

어느 가게가 좋을까 생각하고 있는데 쇼코가 식권 자판기 근처에 서서 테이블석을 바라보고 있었다.

"왜 그래?"

"저 사람… 그 마치다 히로시 씨 아니야?"

다메이는 떠들썩한 가운데 홀로 동그마니 앉아 카레를 먹고 있는 남자를 쳐다봤다.

마치다 히로시.

"다메이 군도 요전번 술자리에서 미즈키 선배한테 이야기 들었지?"

지난주 동아리 술자리에서 졸업생 선배인 미즈키를 소개받았다.

미즈키는 이공학부 다카가키 교수의 연구실에 재적된 대학원생으로, 최근 연구실을 드나들기 시작한 1학년생에 대해 흥분하며 이야기를 했다.

그 마치다라는 학생은 1학년인데도 불구하고 다카가키 교수가 혀를 내두를 만큼 수재라는 것이었다. 연구실의 대학원생들과도 대등한 대화가 가능하며 아니, 그 이상의 지식을 갖고 있는 것 같다면서 미즈키는 반쯤 두려워하는 표정까지 띠고 이야기했다.

다메이는 말도 안 된다고 생각하면서 마치다라는 학생의 나이를 물었다. 1학년에도 다양한 연령이 있다. 다른 학교에서 오랫동안 공부한 뒤 자신처럼 편입을 했다면 대학원생과 동등한 지식을 가졌다 해도 이상할 것은 없었다.

마치다는 다메이보다 한 살 어린 스무 살이라고 했다.

아무튼 지금은 그게 중요한 것이 아니었다. 빨리 여행사에 가 보자고 하려는데 쇼코가 마치다를 향해 걸어가고 있었다.

"나쓰카와…"

하는 수 없이 쇼코를 따라갔다.

"마치다 씨 맞죠?"

쇼코가 테이블 앞에 서서 말을 건네자 마치다가 천천히 고개를 들었다. 전체적으로 앳된 얼굴이긴 하지만 눈빛만은 어른스럽다고 할까 묘하게 서늘했다.

"식사 중에 미안해요. 나는 나쓰카와 쇼코라고 해요. 혹시 마치다 씨, 벌써 동아리에 가입했나요?" 마치다의 시선에 겁내지도 않고 쇼코가 물었다.

마치다는 관심 없다는 얼굴로 다시 카레를 먹기 시작했다.

"미즈키 선배 알죠? 그 선배도 우리 동아리 출신이거든요. 선배가 마치다 씨 이야기를 하더라고요."

쇼코가 가방에서 전단지를 꺼냈다.

"미즈키…."

카레를 다 먹은 마치다가 고개를 들더니 물을 마셨다.

"네. 다카가키 교수님 연구실에 있는 대학원생 미즈키 가나코 선배 말이에요."

마치다가 "아아…" 하고 가볍게 반응했다.

"당장 정하지 않아도 되니 전단지만이라도 봐 주세요. 다 같이 신나게 활동하는 동아리랍니다."

쇼코가 미소를 띠면서 마치다의 눈앞에 전단지를 내밀었다.

"미안하지만 관심 없어."

마치다는 쇼코가 건넨 전단지를 테이블 위에 두고는 카레 접시가 놓인 쟁반을 들고 일어섰다.

뭐야, 이 태도는——.

"잘난 척하기는."

다메이는 마치다의 뒷모습을 지켜보면서 작게 내뱉었다.

어쩐지 아키라와 분위기가 비슷한 구석도 못마땅했다.

"그러게. 왠지 쿨하네…."

그 말에 놀라 다메이가 쇼코를 쳐다봤다. 쇼코가 아련한 눈빛으로 카페테리아에서 나가는 마치다의 뒷모습을 지켜보고 있었다.

2

갑자기 무슨 소리가 들려 마에하라 에쓰코는 기계를 멈췄다.

반쯤 닫힌 셔터 밑으로 마치다 히로시가 들어왔다.

"어서 와. 오늘은 늦었네?"

에쓰코는 손으로 인중의 땀을 닦으면서 마치다에게 갔다. 자신을 보며 미소 짓는 마치다를 보니 살짝 흐뭇해졌다.

"뭐지…?" 마치다가 왜 그러느냐는 표정으로 물었다.

"아니, 히로시 군도 웃는구나 싶어서. 꽤 매력 있는데?"

히로시와 알고 지낸 지 1년이 지났지만 처음 보는 얼굴이었다.

"그런 얼굴을 하고 있으니까."

그 말뜻을 알아듣지 못한 채 에쓰코는 근처에 비스듬히 세워 놓은 스테인리스 판에 자신의 얼굴을 비춰 보았다. 인중에 시커먼 기름이 묻어서 꼭 콧수염 같았다.

"어머, 근사한 청년 앞에서 이게 웬 망신이람."

에쓰코는 웃었다.

"도와주지."

마치다가 상의를 벗고 티셔츠 차림을 했다.

"오늘은 괜찮아." 에쓰코는 목장갑을 손에 든 마치다에게 말했다.

"밤늦게까지 아저씨를 혹사시켰다가 과로사하면 어쩌려고."

마치다가 안쪽에서 작업하는 도쿠야마에게 눈길을 주더니 발칙하게 말했다. 솔직하지 못한 것은 여전했다.

"도쿠야마 씨가 먼저 손주한테 줄 생일 선물을 사야 한다면서 잔업 좀 시켜 달라고 하셨는걸. 그보다 히로시 군한테는 따로 부탁할 게 있어."

그녀의 말에 히로시가 에쓰코를 쳐다봤다.

"가에데 공부 좀 봐 주면 안 될까? 요전번에 학교에 상담하러 갔었는데, 지금 성적으로는 쇼유학원은커녕 어떤 고등학교도 힘들다고 하시더라. 히로시 군이라면 왠지 어떻게든 해 줄 것 같아서."

"남을 가르치는 것은 질색인데." 마치다가 퉁명스럽게 말했다.

"그런 소리 말고. 반찬 하나 더 늘려 줄게."

물론 반찬 하나에 마음이 움직였을 리는 없겠지만 마치다는 잠시 생각한 뒤 고개를 끄덕였다. 목장갑을 도로 놓고 상의를 걸쳤다.

"냄비에 카레 있으니까 데워서 가에데랑 같이 먹어."

에쓰코는 고개를 끄덕이면서 셔터 밑을 지나가는 마치다의 뒷모습을 지켜봤다.

3

마에하라 가에데는 아이스크림을 먹고 있었다. 편의점에서 다쿠야와 겐고와 유타가 나왔다.

"가에데, 같이 가자."

다쿠야가 편의점 앞에 세워 둔 오토바이를 가리키며 말했다.

"아—, 또 짭새한테 쫓기기는 싫은데."

가에데는 다쿠야의 오토바이를 보면서 고개를 절레절레 흔들었다. 개조한 오토바이에는 온갖 장식물이 어지럽게 달려 있었다.

"그럼 노래방에라도 가자."

"돈 없어."

"하게 해 주면 내가 낼게."

"나 그렇게 싸지 않거든."

가에데는 발끈했다. 하지만 완전히 거절할 생각은 없었다.

다쿠야는 가에데가 다니는 중학교의 졸업생이다. 지금은 학교에 다니는지 일을 하는지 잘 모르지만, 밤중에 동네를 어슬렁거리다 자주 마주친 것을 계기로 자연스럽게 친해졌다.

"어디 근사한 데 데려가는 거면 같이 가 줄게."

"근사한 데라니?"

"얼마 전 가마타에 생긴 새 클럽 말이야."

"클럽이라. 하여튼 비싸게 군다니까." 다쿠야가 투덜거렸다.

"어쩔 거야?"

"그 대신 친구도 불러. 남자 셋에 여자 하나는 짝이 안 맞잖아."

"물어볼게."

가에데는 휴대폰으로 친구들에게 전화를 걸어 봤다. 도모미와 지사토가 나오겠다고 해서 가마타 역 앞에서 만날 약속을 하고 전화를 끊었다.

"집에 가서 오토바이 두고 갈 테니까 일단 가에데, 너도 타."

다쿠야가 헬멧을 내밀었다.

헬멧을 쓰려는데 갑자기 뒤에서 어깨를 붙잡혔다. 깜짝 놀라 뒤를 돌아보았다.

"집에 가자."

마치다가 가에데의 손에서 헬멧을 낚아채 다쿠야에게 던졌다. 그러고는 가에데의 팔을 홱 잡아당겼다.

"이거 놔, 뭐 하는 짓이야!"

가에데가 마치다의 손을 뿌리치며 소리쳤다.

"지금부터 밥 먹고 공부할 거다." 마치다가 억양 없는 소리로 말했다.

"당신이 뭔데 나한테 이래라저래라 명령이야?"

"내가 아니라 사장님 명령이다."

"너 뭐 하는 놈이야? 가에데가 싫다잖아."

잠시 어리벙벙하니 상황을 살피던 다쿠야도 가세했다.

"그냥 객식구다." 마치다가 다쿠야를 흘긋 쳐다봤다.

"객식구…? 아무래도 좋지만 이봐, 객식구 씨, 다치기 전에 썩 물러가는 편이 좋을 텐데."

다쿠야 일행이 오토바이에서 내려 마치다를 에워쌌다.

"엄마한테 들키면 혼나니까 살살해."

다쿠야 일행은 무력 투쟁파로 유명한 폭주족에 소속되어 있다. 셋이서 마음먹고 마치다에게 덤벼들면 큰일 날 것이 분명했다.

"걱정 마. 살짝 본때만 보여 줄 거야."

마치다는 한 발씩 다가오는 다쿠야 일행을 태연한 얼굴로 쳐다봤다. 마치다의 눈빛을 보는 사이 왠지 등골이 오싹해졌다. 다쿠야 일행도 가에데와 똑같은 감각을 느낀 듯했다. 손을 대지도 떼지도 못한 채 서 있기만 했다.

마치다와 다쿠야 일행 사이에 긴박한 공기가 흘렀다.

"알겠어. 귀찮아 죽겠네! 집에 가면 될 거 아냐." 가에데는 숨 막힐 듯한 긴박감을 견디지 못해 소리쳐 말했다.

"야, 집에 가다니…." 다쿠야가 말했다.

"그럼 어떡해? 다음에 놀자."

"그래. 알겠어. 그럼 다음에 봐."

다쿠야 일행은 가에데를 억지로 붙잡으려 하지도 않고 오토바이를 타고 가 버렸다.

집에 가는 길에 도모미와 지사토에게 전화를 걸어 사과했다. 전화를 끊고 나니 문득 옆을 걷는 마치다에게 눈길이 갔다.

도대체 마치다라는 이 남자는 어떤 사람일까.

마치다가 우리 집에 온 것은 1년쯤 전이었다. 아버지 친구인 나이토 아저씨의 부탁으로 사람을 맡게 되었다고, 엄마가 갑자기 통보하는 바람에 가에데는 무척 놀랐다. 지금 우리 집에는 남을 맡아 줄 만한 여유가 없다는 것을 알고 있었기 때문이다.

5년 전 공장을 경영하던 아빠가 뇌내출혈로 돌아가신 뒤 그동안 전업주부였던 엄마가 죽기 살기로 일을 배워서 공장을 꾸려 나가고 있다. 할아버지 대부터 이어 온 공장인지라 아빠의 유지를 이어 어떻게든 계속 경영하고 싶다는 것이 엄마의 마음이었다.

그러나 몇 년간 계속된 불경기 여파로 공장 경영이 상당히 어려워진 모양이었다. 2년 전에는 일곱이있던 종업원도 할아버지 대부터 일해 온 도쿠야마 아저씨만 유일하게 남기고 모두 퇴직시켰다. 그런 상황에서 어째서 객식구를 들인다는 것인지 이상하기 짝이 없었다.

마치다는 직원 기숙사로 사용하던 집의 2층에 살게 되었고 공장 일을 시작했다. 그의 일솜씨에 엄마와 도쿠야마 아저씨는 늘 놀라움을 금치 못했다. 엄마가 3년에 걸쳐 익힌 일을 마치다는 불과 보름도 안 돼서 익힌 것이다.

그로부터 얼마 후 마치다는 대학에 가게 되었다.

도대체 누가 그 학비를 감당하는지 모르지만 혹시라도 우리 집에서 낸다면 참으로 황당한 일이 아닐 수 없다.

엄마는 가에데에게 공장을 이어받게 하기 위해 쇼유학원이라는 공업고등학교에 입학시키려 하지만, 정작 본인은 고등학교에 갈 생각이 없었다. 최근 5년간 엄마의 고생을 누구보다 가까이서 지켜봤기에 공장을 물려받고 싶은 생각은 조금도 들지 않았다.

공부에도 취미가 없으니 중학교를 졸업하면 취직할 생각이었다.

공장을 접어도 모녀가 둘이서 일하면 생활해 나갈 수 있을 것이다. 엄마도 군이 그런 힘든 일을 무리해서 계속할 필요가 없다. 엄마가 포기할 수 있게끔 자신이 결정적인 역할을 하면 되는 것이다.

그나저나 도대체 어떤 경위로 마치다를 맡게 되었는지 알 길은 없지만 가에데는 마치다를 처음 대면했을 때부터 그가 어려웠다.

감정이 결핍된 차가운 표정과 이따금 보이는 싸늘한 눈초리가.

비록 공부는 조금 잘할지언정 아빠와 도쿠야마 아저씨에게서 느꼈던 인간적인 매력은 느껴지지 않았다.

아빠가 돌아가신 뒤 엄마가 얼마나 고생했는지 잘 알고 있기에 지금껏 착한 딸로 살았지만 마치다의 존재가 영 거슬려서 점점 밤에 나다니게 되었다.

"공부하라고 자꾸 잔소리하는데, 도대체 뭘 위해서 공부를 해야 하는 건데?" 가에데는 홧김에 마치다에게 물었다.

"글쎄, 나도 몰라." 마치다가 쌀쌀맞게 대답했다.

그날 밤은 도무지 잠이 오지 않았다.

벌써 몇 시간째 침대에 누워 어둑어둑한 천장을 쳐다보고 있다. 마침 바로 위층은 마치다가 쓰는 방이었다.

편의점에서 있었던 일이 머릿속을 떠나지 않았다.

그때 자신보다 체격이 훨씬 건장한 남자 셋이 위협을 가했는데도 마치다는 얼굴색 하나 변하지 않았다. 오히려 센 완력이 자랑인 다쿠야가 마치다의 눈빛에 완전히 기가 꺾인 것을 알 수 있었다.

마치다의 얼어붙은 듯한 싸늘한 눈빛에.

마치다는 가에데에게 공부를 가르친 후 자기 방으로 올라갔다. 가에데는 부루퉁해져서 침대에 누웠다. 천장을 노려보는 사이 어떤 것을 깨달았다. 1년 가까이 여기 사는데도 지금까지 마치다의 방에서 소리다운 소리가 들린 적이 없었다. 텔레비전 소리나 발소리는 물론 침대가 삐걱거리는 소리조차 들려온 적이 없다.

마치다는 방에서 어떤 시간을 보내고 있을까. 그런 상상을 하다 보니 어쩐지 기분이 나빠져서 잠이 들지 못한 것이었다.

가에데에게 마치다는 마치 유령 같은 존재였다.

침대 곁에 놓은 휴대폰 화면을 보니 벌써 새벽 1시가 지났다. 그런데도 눈이 말똥말똥했다.

가에데는 오렌지 주스라도 마실까 해서 부엌으로 향했다.

부엌에서 불빛이 새어 나오고 있었다. 엄마가 아직 안 자는 모양이었다. 부엌 안을 슬쩍 살펴보니 엄마가 식탁 앞에 앉아 전표 정리를 하고 있었다. 지친 얼굴로 한숨을 쉬고 볼펜을 쥔 손으로 머리를 긁적였다. 자랑삼던 갈색머리가 흐트러져 있었다.

나도 아직 여자니까 멋도 좀 부려야지, 하면서 3년 전부터 머리를 갈색으로 염색했지만, 공장 일로 고생이 끊이지 않아 점점 늘어난 흰머리를 감추기 위해서라는 것을 가에데는 알고 있었다.

"왜 나왔어?"

인기척을 느꼈는지 엄마가 고개를 들었다.

"그냥 잠이 안 와서."

"벌써 1시가 넘었어. 빨리 자야지."

엄마의 잔소리를 흘려듣고 가에데는 냉장고로 가서 종이팩에 든 오렌지 주스를 집었다. 컵에 따라 한 모금 마셨다.

"히로시 군한테 공부 잘 배웠어?"

엄마의 질문에 고개를 끄덕이는 둥 마는 둥 했다.

"요전번 상담 때도 선생님이 그러셨잖아. 지금 성적으로는 쇼유학원은커녕 어떤 고등학교도 힘들다고. 게다가 조퇴도 많다던데… 도대체 왜 그러니? 엄마가 공장에만 매달린다고 딴짓하는 거야? 옛날에는 공부 잘했잖아." 엄마가 계산기를 두드리며 말했다.

잔소리를 듣는 것은 괴로웠지만 속내를 털어놓기에는 좋은 기회라고 생각했다.

"학교는 시시해." 가에데의 말에 엄마가 손을 멈추었다.

"쇼유학원에 가기 싫어서 그러는 거면 강요는 안 할게. 너 가고 싶은 학교에 가."

"고등학교 갈 생각 없어." 딱 잘라 말하자 엄마가 한숨을 토했다.

"그럼 고등학교 안 가고 어쩌겠다는 거야?"

"일할래."

"일이라니… 무슨 소리야?"

"선배가 가와사키에 있는 요양원에서 일하는데. 졸업하면 거기 취직할 거야."

"너처럼 참을성 없는 애가 어떻게 간병인을 한다는 거니?"

"벌써 정했어." 가에데는 오기가 나서 말했다.

"어쨌든…." 엄마가 속상하다는 듯 가에데의 말을 가로막았다.

"겨울방학까지 표준점수를 지금보다 15는 올려야지, 안 그러면 갈 수 있는 데가 뻔하잖아. 못 올리겠다면 친구하고 외출도 금지할 거고 용돈도 안 줄 거야. 넌 마음만 먹으면 할 수 있는 아이잖니."

그래서 안 하겠다는 건데——.

"앞으로 하루에 최소한 두 시간은 히로시 군한테 공부를 배워. 엄마가 부탁해 둘게."

그 남자와 하루에 두 시간이나 같이 있으라니 말도 안 된다.

"왜 그런 녀석을 맡은 거야?"

엄마를 빤히 쳐다보며 묻자 엄마가 또 그 얘기냐는 표정으로 어깨를 으쓱했다.

"지금 우리 집에 그럴 여유가 어디 있어? 왜 그런 생판 남을 돌봐야 하는 건데? 나이토 아저씨가 부탁하면 무조건 들어줘야 하는 이유라도 있어?"

"그런 거 아니야. 그리고 우리가 히로시 군한테 도움을 받았으면 받았지, 돌보고 있지는 않잖아."

"그 사람, 도대체 뭐야? 뭔가 정상이 아니야. 괜히 섬뜩하단 말이야."

"어떻게 그런 말을 입에 담니!" 엄마가 천장을 흘끗 보면서 작게 나무랐다.

"무슨 사정이 있어서 맡았는지는 몰라도 아무튼 1층에는 못 들어오게 해. 나도 다 큰 여자라고."

가에데는 싱크대에 컵을 내동댕이치듯 놓고 방으로 향했다.

"얘, 가에데——."

엄마가 부르는 소리에 뒤를 돌았다.

"태어나서 한 번도 학교에 가 보지 못한 생활을 상상할 수 있겠니?"

무슨 뜻으로 묻는지 알 수가 없었다.

"상상할 수 있을 리 없잖아. 왜?"

"그냥 물어본 거야." 엄마는 다시 전표로 시선을 떨어뜨렸다.

4

나이토는 관사를 나오기 전에 가즈야의 영정에 선향을 올렸다.

눈을 감고 손을 모은 채 약간의 죄악감을 곱씹었다.

자신의 아이는 5년 전 오토바이 사고로 목숨을 잃은 가즈야 한 명이다. 그 사실은 마음속에서도 절대로 변하지 않는다.

나이토는 소년원에 있는 수많은 소년들의 성장을 지켜봤다. 그것이 일이었다. 다만 어떤 소년의 성장한 모습이 보고 싶어서 저도 모르게 마음이 들떠 있음을 깨달았을 때 아들에 대한 죄악감이 문득 피어올랐다.

시계를 확인하니 아직 10시밖에 안 되었다.

마에하라 에쓰코에게는 3시쯤 방문하겠다고 했으니 너무 이른 시각이긴 하지만 나이토는 선향 불이 꺼지기를 기다렸다가 관사를 나서기로 했다. 관사를 나서자 소년원의 펜스 안쪽에서 소년들의 구령 소리가 들렸다. 문득 정문 앞에서 발걸음을 멈췄다.

1년 전 마치다 히로시와 함께 이 문을 나섰을 때의 기억이 뇌리를 스쳤다. 그때도 마치다는 변함없이 차가운 표정을 하고 있었다. 그러나 나이토는 마치다의 반듯한 시선을 보고, 앞으로 사회에 나간다는 것에 대한 두려움과 불안과 그리고 약간의 희망을 감지했다.

버스로 우쓰노미야 역에 가서 신칸센을 갈아타고 도쿄로 향했다.

마치다를 거두어 준 에쓰코에게 정말 감사하고 있다. 에쓰코는 나이토의 친구의 아내다.

마에하라 마사히코와는 어렸을 때부터 친구였다. 초등학교, 중학교를 같이 다니고 사이가 좋았을 뿐 아니라 나이토가 부모의 일 때문에 오모리를 떠난 후에도 연락을 주고받았다. 나이토가 법무교도관이 되어 가나가와 현내의 소년원에 배속되자 집이 가까워진 것도 있어서 두 집안의 식구가 다 같이 어울렸다.

사고로 가즈야를 잃었을 때 비탄에 잠긴 나이토와 아내 시즈에를 누구보다 위로해 준 것이 마에하라 부부였다.

그런 마사히코도 가즈야와 같은 해에 떠나고 말았다.

에쓰코는 강인한 여성이다. 전에는 어딘지 모르게 얌전하고 선이 가는 인상이었지만 마사히코가 떠난 뒤로는 남편의 유지를 이어 공장을 지탱하기 위해, 그리고 외동딸을 지키기 위해 열심이다. 그런 그녀의 모습을 볼 때마다 언제까지고 가즈야의 죽음에서 벗어나지 못하고 있는 자신이 부끄러워졌다.

마치다의 출원이 다가올수록 나이토의 내면에 큰 고민이 싹트기 시작했다. 마치다에게는 신원 인수인이 될 만한 사람이 없었기 때문이다. 일단 어머니가 있기는 하지만 신원 인수인이 될 수 있을 리가 없었다.

소년원을 나온 후 갈 곳 없는 아이들을 수용하는 갱생보호시설도 있지만 가능하면 그곳에는 보내고 싶지 않았다.

마치다가 따뜻하고도 엄격한 가정 분위기 속에서 새로운 사회생활을 시작하길 바랐다.

그런 의미에서 에쓰코야말로 적임자가 아닐까 싶었다.

에쓰코는 마치다의 어머니와 같은 세대. 부모의 정을 모르고 자란 마치다에게 에쓰코가 지닌 강인함과 상냥함이야말로 그를 갱생시키는 데 꼭 필요한 요소라고 판단했다.

그러나 그것은 나이토 혼자만의 바람이었다. 마에하라가(家)에는 생판 남을 돌볼 여유가 없다는 것쯤은 쉽게 짐작할 수 있었다.

나이토는 거절당할 각오로 에쓰코에게 마치다의 모든 것을 털어놓고 상담했다. 뜻밖에도 에쓰코는 마치다를 거두어 주겠다고 선뜻 승낙했다.

오모리 역에 도착한 것은 1시 전이었다. 소년 시절을 보낸 마을을 산책하면서 적당히 시간을 때우기로 하고 걷기 시작했다.

잠시 거리를 배회하며 상점가를 걷고 있는데, "나이토 씨" 하고 뒤에서 자신을 부르는 소리가 났다.

뒤돌아보니 에쓰코가 서 있었다.

"이런 데서 뭐 하세요?"

"너무 일찍 도착해서 그냥 돌아다니고 있었습니다." 나이토는 열없이 웃으며 변명했다.

"그럼 연락을 하시죠. 조금이라도 빨리 만나고 싶으신 거죠?"

에쓰코와 함께 마에하라가로 향했다. 도중에 있는 마에하라 제작소의 공장 셔터가 반쯤 열려 있었다.

"오늘도 일을 하십니까?"

일요일은 쉬는 날이라고 들어서 오늘 찾아오기로 한 것이었건만.

"아뇨. 히로시 군이 개인적으로 작업을 하고 있거든요."

"개인적으로요…?"

에쓰코가 셔터 밑을 지나 공장으로 들어갔다. 나이토도 뒤를 따랐다. 어두침침한 공장 안쪽에서 마치다가 뭔가 작업을 하고 있었다.

"히로시 군, 나이토 선생님 오셨어."

에쓰코의 말에 마치다가 기계를 멈추고 나이토를 흘끗 봤다.

"지금, 바빠."

여전히 퉁명스러운 말투였다.

마치다는 이내 시선을 되돌리고 다시 기계를 작동했다. 나이토가 왔든 말든 개의치 않고 작업에 몰두했다.

"뭘 하는 겁니까?" 나이토가 에쓰코에게 물었다.

"저도 잘 모르지만 공장이 끝난 후나 쉬는 날을 이용해서 의수를 만드나 보더라고요."

"의수를요?"

"네. 제 손으로 재료를 모아 와서 이것저것 해 보는 것 같은데… 왜 그런 걸 만드는지 의문이에요."

나이토는 금방 알았다.

"일부러 먼 데서 만나러 와 주셨잖니. 같이 케이크라도…."

"아뇨."

나이토가 손으로 제지했다.

"그냥 두시죠. 실은 에쓰코 씨와 할 이야기도 있고 말입니다."

"그런가요…?"

공장을 나와 에쓰코와 둘이서 마에하라가로 향했다.

거실로 안내되어 곧바로 마사히코의 불단에 선향을 올렸다. 눈을 뜨
니 마침 에쓰코가 쟁반에 커피와 케이크를 담아 가져오던 참이었다. 나
이토는 마사히코의 영전을 바라보며 일어선 뒤 에쓰코와 마주 앉았다.

"나이토 씨를 만나서 그이도 좋아하네요." 에쓰코가 후후 웃었다.

"성가신 일만 부탁하고 자주 찾아뵙지 못해 죄송할 따름입니다."

"아니에요. 괜찮아요. 일 바쁘시죠?"

"네, 뭐… 그런데 가에데는?"

"어디 놀러 갔나 봐요. 요즘엔 엄마 말도 안 듣고, 반항기인가. 열다섯
살은 정말 어려운 나이네요…."

말하고 나서 에쓰코가 겸연쩍은 표정을 지었다.

가즈야를 떠올린 모양이다.

"죄송해요…." 에쓰코가 작게 말했다.

"신경 쓰지 마십시오. 그래도 우리… 아니, 절 반면교사 삼으시면 됩
니다."

두 사람 사이에 잠시 침묵이 흘렀다.

"마치다가 폐를 끼치고 있지는 않습니까?"

나이토가 커피를 한 모금 마시고 화제를 바꾸었다.

"폐라니요… 솔직히 말해서 엄청나게 도움 받고 있어요. 대학에 다니기 시작한 후부터는 일하는 시간이 줄기는 했지만, 그래도 우리 같은 영세기업에는 고마운 존재랍니다."

"마치다가 대학에 입학했다는 소식을 듣고 저도 깜짝 놀랐습니다. 그 녀석이 가고 싶다고 말하던가요?"

"그게… 도쿄대학 교수님이 강하게 권유하셨거든요."

에쓰코의 이야기에 따르면 도쿄대학 이공학부 다카가키 교수가 마에하라 제작소에 실험용으로 사용할 장치의 제작을 발주한 것이 계기였다고 한다.

그 당시 공장 일을 돕고 있던 마치다가 장치 도면을 잠시 살펴보더니 그 자리에서 다카가키 교수에게 이 계산대로는 장치가 제대로 기능하지 않을 테니 다시 계산하는 편이 좋겠다고 진언했다고 한다. 처음에는 다카가키 교수도 아르바이트 공원(工員)에 불과한 마치다의 말을 진지하게 받아들이지 않았다고 한다. 그런데 연구실로 돌아가서 다시 계산해 봤더니 마치다의 말대로 착오가 있었던 모양이다.

에쓰코가 전문용어를 섞어 가며 얼마나 굉장한 일인지 역설했지만 이공계가 아닌 나이토로서는 당최 알아들을 수가 없었다.

다만 마치다가, 대학교수가 경악할 만한 능력을 갖추었다는 것만은 이해할 수 있었다.

며칠 후 공장에 찾아온 다카가키 교수가 에쓰코에게 마치다를 대학에 보내야 한다고 강력히 권했다고 한다. 당초 마치다는 대학 진학에 전혀 관심을 보이지 않았으나 다카가키 교수의 끈질긴 설득에 못 이겨 마지못해 입학시험을 치르기로 한 것이다. 좋은 성적으로 합격한 마치다는 장학금을 받고 대학에 다니고 있다.

"나이토 씨가 히로시 군의 이야기를 해 주셨을 때는 솔직히 도저히 믿기지가 않았어요. 그런데… 히로시 군은 의무교육조차 받지 않았잖아요."

나이토는 고개를 끄덕였다.

호적도 없이 학교에도 가지 못한 마치다는 소년원에 들어온 지 불과 1년 남짓한 기간에 의무교육 기간인 9년 동안 배워야 할 지식을 습득했을 뿐만 아니라, 대학 입시 자격이 주어지는 고졸 검정고시까지 합격했다.

"제 친구가 근처 도서관에서 일하는데요, 히로시 군이 매일같이 책을 다섯 권씩 빌린다는 거예요. 책 표지만 보고 반납하는 특이한 아이라면서 웃지 뭐예요."

에쓰코가 웃기에 덩달아 나이토도 웃었다.

그러나 마치다는 책을 모조리 훑어봤을 것이다.

"그런데 마치다는 매일 어떤 생활을 하고 있습니까? 생활면이나 교우 관계에서 달라진 점은…."

다시 범죄에 발을 들이지는 않았는지가 가장 걱정되었다.

"달라졌다면 전부 달라졌죠. 그건 나이토 씨도 잘 아실 거예요. 그래도 걱정할 만한 일은 지금으로서는 아무것도 없어요. 대학에 갔다가 돌아오면 우리 공장 일을 돕고, 그리고 남은 시간에는 방에서 계속 독서를 하는 것 같아요."

"장래에 관해서는…."

"글쎄요, 잘 모르겠어요… 그런 이야기는 전혀 하지 않거든요. 워낙 능력이 출중하니 취직자리 찾느라 고생할 일은 없겠죠. 하긴, 협조성이라는 면에서는 또 모르지만요." 에쓰코가 의미심장한 미소를 머금었다.

"동감입니다."

"한 가지 걱정되는 건 평범한 생활을 하는 것 같으면서도 그렇지 않다는 거예요."

"평범한 생활이 아니라고요…?"

"그렇잖아요. 보통 대학에 가면 동아리며 술자리며 재미있는 일이 많잖아요. 친구를 사귀거나 연애를 하기도 하고. 그런 거에 전혀 관심이 없다는 점이 제 유일한 걱정거리예요. 하루에 책을 다섯 권 읽는 것이 취미라니 역시 이상하잖아요."

"하지만 이렇게 생각할 수도 있지 않겠습니까. 친구나 연인이 생기면 언젠가 자신이 상처 입을지도 모른다고요."

어떤 생활을 하든 마치다가 사람을 죽였다는 사실은 지울 수가 없다.

"그럴지도 모르지만… 나이토 씨, 히로시 군이 정말 사람을 죽였나요?"

에쓰코가 물끄러미 바라보는 시선에 나이토는 고개를 끄덕였다.

"매일 히로시 군을 대하다 보면 도저히 믿기지가 않아요."

나이토가 그 사실을 부정해 주었으면 하는, 매달리는 듯한 눈빛이었다.

"그는 사람을 죽였습니다. 이건 지울 수 없는 사실입니다. 다만 인간은 바뀔 수 있다는 것이 제 생각이기도 합니다. 바뀌기 위해서는 주변 사람들의 의지가 매우 중요합니다. 부디 앞으로도 마치다를 잘 부탁합니다."

나이토는 이제 그만 가 봐야겠다며 인사를 하고 일어섰다.

"가시는 길에 공장에 들러 보시면 어떨까요?"

"네, 그러겠습니다."

나이토는 장지문을 열다가 눈앞에 서 있는 여자아이를 보고 흠칫 놀랐다.

"가, 가에데, 오랜만이구나."

나이토가 말을 건네도 가에데는 굳은 표정으로 입을 다물고 있었다. 혹시 조금 전 마치다의 이야기를 들었으면 어쩌나 싶어 불안해졌다.

"가에데, 제대로 인사해야지."

에쓰코도 어쩐지 당혹스러운 표정을 띠고 있었다.

"안녕하세요."

가에데가 감정이 깃들지 않은 목소리로 말하더니 복도를 달려 방으로 들어갔다.

나이토는 난처하게 되었다며 에쓰코를 바라봤다. 잠시 얼굴을 마주 보고 있었지만, 에쓰코가 "괜찮아요" 하고 작게 고개를 끄덕였다.

나이토는 일단 셔터를 노크해 소리를 내고 나서 공장 안으로 들어갔다. 그런데도 마치다는 나이토가 들어왔는지도 모른 채 기계 앞에서 작업을 하고 있었다. 기계의 진동음 때문에 노크 소리가 들리지 않은 모양이다. 나이토는 이따금 이마의 땀을 닦아 가며 제작에 몰두하는 마치다를 보면서 천천히 다가갔다.

바로 앞까지 가자 작업대 위에 놓인 두 개의 의수가 보였다.

그쪽 방면은 워낙 생소해서 잘 모르지만 아마추어가 만든 것치고는 상당히 정교해 보이는 의수였다.

"이소가이 것인가."

마치다가 고개를 들어 자신을 봤다.

대답은 없다. 그러나 어쩔 수 없군, 하는 표정으로 기계를 멈췄다.

"혼자 만들었나? 제법 훌륭한데."

"여기 있는 설비와 재료로는 이 정도가 한계다." 마치다가 조금 분한 표정으로 말했다.

"이소가이를 만났나 보군."

"안 되나?"

"아니…."

이번에 만나면 다양한 이야기를 하려고 이것저것 생각해 두었지만 막상 마치다가 눈앞에 있으니 좀처럼 할 말이 떠오르지 않았다.

"여기 있는 사람들한테 폐 끼치지 말거라."

억지로 말을 쥐어짜 냈더니 그만 교도관의 말버릇이 나오고 말았다.

"폐…를 끼치는 건 오히려 여기 사람들이다. 꼬마의 시중을 떠맡았거든."

마치다의 표정이 조금 웃는 것처럼 보였다.

"너한테는 그런 역할이 어울릴지도."

아무 생각 없이 한 말이었지만 동시에 찜찜한 일이 떠오르고 말았다.

아마미야 가즈마—.

그를 떠올릴 때마다 나이토는 정체 모를 불안감에 시달린다.

마치다 일행과 탈주를 꾀했을 때 보인 그 표정. 그리고 그날 밤 맞닥뜨린 남자들의 존재. 그 남자들은 형사를 사칭했을 뿐만 아니라 권총 같은 것을 품은 채 마치다 일행을 찾아다녔다.

마치다 일행을 붙잡은 뒤 나이토의 판단으로 아마미야는 다른 소년원으로 전원하게 되었다. 전원한 소년원에서의 아마미야의 상황을 들은 나이토는 자신의 불길한 예감이 적중했음을 확신했다.

도치기 현의 소년원에 들어왔을 때 아마미야는 지능지수 57의 경도 지적장애로 진단되었다. 죄상인 살인에 대해서도 마음 약한 아마미야가 나쁜 동료의 꾐에 빠져 일으킨 사건이라는 것이 대부분의 견해였다. 실제로 자신 역시 줄곧 그런 줄로만 알았다.

그러나 전원한 소년원에서 아마미야는 180도로 돌변해 난폭해졌으며 지적장애라는 판단도 의심스럽다는 보고를 받았다. 그렇다면 아마미야가 지적장애를 가장해 자신의 본성을 속이고 소년원에 들어왔다는 이야기가 된다.

그런데 무엇 때문에 그래야만 했을까.

짚이는 바는 한 가지뿐이다. 미노루라는 청년──.

그 당시 마치다의 심금에 유일하게 가닿을 수 있었던 인물이다.

어쩌면 아마미야는 마치다에게 접근해 탈주시키기 위해 자신을 미노루처럼 꾸미고 사람을 죽여 소년원에 들어온 것은 아닐까.

너무나 터무니없는 생각이라 곧바로 부정했다.

사건을 일으키고 소년원에 송치된다 해도 어디로 갈지는 당사자가 정할 수 없기 때문이다. 게다가 지적장애를 가장한다 해도 그리 간단한 일이 아니다. 아무리 지능지수를 측정하는 테스트에서 속일 수 있었다

해도 사건을 일으키고 가정법원에 송치되면 조사관이 가정과 학교 등을 방문해 그 인물에 관한 조사를 하기 때문이다. 이런 조사를 속이려면 주도면밀한 준비가 필요할 터이다.

하지만 그 후에도 이 건에 관해 조사한 나이토는 믿기지 않는 사실과 맞닥뜨렸다.

아마미야가 입소한 시기에 전국의 중등소년원에 경도의 지적장애가 있는 아마미야와 체격이 비슷한 소년들이 열 명 가까이 들어왔다는 사실이다. 지나친 생각이라고 여기고 싶었다. 그러나 한 번 들러붙은 불안은 쉽게 씻을 수가 없었다.

마치다의 주위에는 자신의 상상을 훌쩍 뛰어넘는 끝없는 어둠이 도사리고 있는 게 아닐까 하고——.

"아마미야와는 만나고 있나?" 나이토는 작심하고 물어봤다.

"아마미야? 연락처도 모르는데 어떻게 만나겠어? 그러고 보니 지금쯤 어떻게 지내려나." 마치다가 중얼거렸다.

5

"이소가이 씨."

여자의 목소리가 들려 이소가이는 창밖을 보고 있던 시선을 문 쪽으로 향했다.

간병인 지하루가 서 있었다.

"이소가이 씨, 손님이 왔어요."

그 말을 듣고 마음에 먹구름이 끼었다. 원래 자신의 마음에 맑은 날은 없지만.

"돌려보내 줘."

자신을 찾아오는 사람은 한 명밖에 없다.

"어째서요? 일부러 와 줬는데. 텔레비전만 보지 말고 가끔은 사람과 이야기도 해야죠."

"오지랖이야."

"돌려보낼 거면 직접 말씀하세요. 그쯤은 할 수 있잖아요."

"아아, 알겠어." 이소가이는 귀찮아져서 일어섰다.

병실을 나와 지하루와 함께 1층에 있는 식당으로 향했다.

"잠깐 소변 좀 보고." 이소가이는 화장실 앞에 멈춰 서서 지하루에게 눈짓을 했다.

"나중에 후쿠토미 씨한테 부탁하세요."

후쿠토미는 할망구 간병인이다.

"쌀 것 같단 말이야."

"기저귀 찼으니 괜찮잖아요. 그리고 전처럼 이상한 거 부탁하면 곤란하다고요."

지하루에게 딱 잘라 거절당해 하는 수 없이 다시 걸었다.

식당에 들어가자 의자에 앉은 마치다가 보였다. 마치다도 이소가이를 알아본 것 같았다.

"잘 있었나?"

마치다의 말에는 대답하지 않고 지하루가 뒤로 당겨 준 의자에 앉았다.

"물 마시고 싶은데."

지하루가 "네네" 하고 웃고는 주방으로 갔다.

마치다가 종이봉투에서 의수를 꺼내 이소가이 앞에 두었다.

"설마, 진짜 만들어 온 거야?"

이소가이가 어이없어하며 말하자 마치다가 의수를 쳐다보며 희미하게 미소 지었다.

"대학생이라더니 어지간히 한가한가 봐."

"그렇지 뭐." 이소가이의 비아냥을 마치다가 가볍게 받아넘겼다.

한 달쯤 전에 어떻게 알아냈는지 몰라도 갑작스레 마치다가 찾아왔다. 마치다는 이소가이를 만나자마자 의수를 만들고 싶으니 사이즈를 재게 해 달라고 했다.

지금 뭘 하느냐고 물었더니 도쿄대학 이공학부 학생이라고 대답했다. 소년원에서 마치다와 알고 지낸 것은 석 달에 불과하지만 무서우리만치 똑똑하다는 것은 충분히 알고 있었다. 고졸 검정고시에 합격해서 대학에 들어갔겠구나 싶었다. 그러나 동시에 옛날의 마치다를 알고 있는 자신의 입장에서는 마치다가 제대로 된 생활을 하고 있다는 것이 도저히 이해가 가지 않았다.

"이거, 움직이는 거예요?"

어느새 물을 가져온 지하루가 흥분한 얼굴로 의수를 보고 있었다.

"이건 근전의수라는 거다."

"근전의수?" 이소가이가 되물었다.

"근육이 수축할 때 발생하는 표면 근전위를 스위치로 해서 내장된 모터로, 쥐고, 잡고, 펴고, 감싸는 등의 손의 움직임을 재현할 수 있어."

여전히 기계처럼 억양 없는 말투로 설명했다.

"끼어 봐 줘."

"먼저 물을 마셔야겠어. 손을 빌리지 않으면 물도 못 마시거든."

지하루가 잊고 있었다는 듯이 이소가이 앞에 컵을 두었다. 이소가이는 상체를 앞으로 기울어 컵에 꽂은 빨대로 물을 마셨다.

마치다가 일어나더니 이소가이 옆으로 다가와 좌우 팔꿈치에 의수를 장착했다. 이런 게 정말 움직일까 싶어 수상쩍어하며 좌우 의수를 쳐다봤다.

"마음을 집중하고 예전에 했던 것처럼 손을 쥐는 동작을 해 봐."

이소가이는 바보 같은 짓이라고 생각하면서도 그의 말대로 손을 쥐라고 머릿속으로 되뇌었다. 작은 모터음과 함께 의수의 손가락이 움직인 것을 보고 순간 놀라고 말았다.

"굉장해!"

지하루의 환성에 이소가이는 놀라움을 감추고 마치다를 쳐다봤다.

마치다는 이소가이가 아닌 의수를 보고 있었다. 당장에라도 집어삼킬 듯한 표정이었다.

"이번에는 펴 봐."

마치다의 말대로 이소가이는 머릿속으로 되뇌었다. 의수의 손가락이 점점 펴졌다. 이소가이는 의수를 눈앞에 놓인 컵으로 뻗었다. 어느새 의수의 손끝에 의식을 집중시키고 있었다. 의수가 컵을 잡았다. 그대로 천천히 컵을 들어 올렸다. 조금만 더. 거의 다 왔다. 그러나 입으로 가져가는 도중에 의수에서 컵이 쑥 빠졌다.

테이블 위로 컵이 깨지는 소리와 함께 잠시나마 가슴속에 있었던 고양감도 산산조각이 났다.

"좀 더 훈련이 필요하겠군. 익숙해지면 숟가락을 쥐거나 수도꼭지를 틀 수도 있어."

마치다는 그렇게 말하면서도 만족스러운 표정이었다.

"장난감이네."

이소가이의 말에 마치다가 화들짝 놀라 쳐다봤다.

"넌 천재인데도 결국 이 정도밖에 못 만드는구나." 최대한 가시 돋친 말투로 말했다.

"이건 시작품(試作品)이다. 다음에 올 때는 개량해서 오지. 미흡한 부분을 알려 줘."

마치다가 배낭에서 펜과 수첩을 꺼내 메모할 준비를 했다.

"이런 시시한 걸 만들 바에는 차라리 다른 데 시간을 쓰지 그래? 그게 훨씬 가치 있을 텐데. 걸리적거리니까 당장 빼 줬으면 좋겠는데." 이소가이가 내뱉었다.

"이소가이 씨, 이렇게 만들어 와 주었는데 말이 너무…."

지하루의 말을 가로막듯이 이소가이는 테이블에 의수를 내리쳤다.

"갑갑해 죽겠다고!"

눈앞의 남자의 얼굴을 보고 있자니 왠지 모르겠지만 짜증이 나서 견딜 수가 없었다.

"빨리 빼 달라고!"

마치다가 일어나서 의수에 손을 뻗었다. 의수가 벗겨진 순간 이소가이는 냉큼 일어났다. 가슴속에 휘감기는 짜증에서 도망치듯 문으로 향했다.

6

공장 앞을 지나가는데 반쯤 열린 셔터 틈새로 불빛이 새어 나왔다. 도쿠야마 겐지로는 손목시계를 확인했다. 이제 곧 밤 11시다. 오늘은 일찍 퇴근했는데 혹시 사장님이 남아서 일을 하고 있는 걸까.

신경이 쓰여서 공장으로 들어갔다. 기계 소리는 나지 않았지만 안쪽에 인기척이 있었다. 가까이 가니 마치다 히로시가 작업대 위를 물끄러미 쳐다보면서 팔짱을 끼고 서 있었다.

"밤늦게까지 뭘 하는가?"

도쿠야마가 묻자 마치다가 놀란 듯이 고개를 돌렸다.

"사장님에게 허가는 받았어."

여전히 영문 모를 대답을 한다.

"그걸 묻는 게 아니잖은가."

도쿠야마는 더 가까이 가서 작업대를 살펴봤다. 의수가 놓여 있다. 그러고 보니 마치다는 한 달쯤 전부터 일하는 틈틈이 뭔가를 하고 있었다.

"자네가 만들었나?" 도쿠야마는 의수 하나를 손에 들면서 물었다.

“그래.”

“근전의수로군.”

도쿠야마의 말에 마치다는 그걸 어떻게 아느냐고, 의외라는 눈빛을 보였다.

“내 계산대로라면 더 매끄럽게 움직여야 하는데, 잘 풀리지 않는군.” 마치다가 그렇게 말하고 작업대 위의 도면을 쳐다봤다.

“누구 의수인가?”

“그냥 아는 사람.”

“그냥 아는 사람을 위해 이런 걸 만든다고?”

“안 되나?” 마치다가 성가시다는 눈빛으로 말했다.

“사장님이 11시에는 문을 닫으라고 했다.”

시간이 없으니 빨리 나가라는 표정이었다.

“계산이나 논리만으로는 움직이지 않는 것도 있지.”

의수를 내려놓고 등을 돌리자, “그럼 —” 하는 소리가 들렸다.

“그럴 때는 어떻게 하면 좋지?” 마치다가 이해할 수 없다는 눈빛으로 물었다.

“글쎄. 여러 방면으로 시도해 보는 수밖에 없을 테지.”

“대답이 되지 않는군. 적당한 말로 방해하지 마.”

“자네는 이 기계와 똑같아.”

마치다 앞에 있는 가장 최신 기계를 손으로 탕탕 치면서 말했다.

“치지 마. 사장님한테 혼난다.”

“버튼으로 숫자를 입력하면 10분의 1밀리미터 단위로 정밀하게 움직이지. 우수하긴 해도 영 재미가 없는 녀석이야."

"무슨 말이 하고 싶은 거지?" 마치다가 짜증스럽게 물었다.

"내가 이 공장에서 일하기 시작했을 무렵에는 당연히 이런 우수한 기계는 없었지. 한데 그 무렵이 일하기는 훨씬 즐거웠네. 소재 하나하나와 마주하면서 전부 자신의 느낌과 경험으로 뒷받침된 감각에 의지할 수밖에 없었지. 그걸 잡아내기까지는 실패의 연속이라 나도 초대 사장님께 욕먹고 얻어맞는 게 일이었지. 그래서 잘 풀렸을 때는 달성감을 느꼈는지도 모르겠군. 인간관계와도 조금 비슷한 것 같네."

마지막 말에 마치다의 눈이 어렴풋이 반응했다.

"그렇잖은가. 계산이나 논리만으로는 사람의 마음은 움직이지 않아. 마찬가지네. 내가 몸과 마음을 다 쏟지 않으면 소재도 대답해 주지 않아."

"의미를 모르겠군." 마치다가 도쿠야마를 쳐다보며 말했다.

"가끔은 술자리에도 참석하라고. 그럼 조금은 알게 될지도."

도쿠야마는 마치다의 어깨를 두드리고 셔터 쪽으로 향했다.

7

"저기, 가에데. 집에 가야 하는 거 아냐?"

게임 오버가 된 시점에 도모미가 물었다.

가에데는 시계를 봤다. 이제 곧 밤 10시가 된다. 휴대폰을 꺼내 확인하니 엄마에게서 전화와 문자가 여러 건 와 있었다. 계속 진동으로 설정해 놓고 무시하고 있었다. 용건은 안 봐도 뻔했다.

오늘 하굣길에 도모미네 집에 들러서 여태껏 비디오게임을 하며 놀았다.

"괜찮아, 괜찮아." 가에데는 휴대폰을 집어넣으며 대답했다.

"진짜? 너희 엄마, 되게 엄하잖아. 전화는 좀 하지?"

"괜찮다니까."

엄마가 걱정하리라는 것은 충분히 알고 있다. 하지만 철저하게 걱정을 끼치기로 결심했다.

그것이 항의의 표시라는 걸 엄마도 알 것이다.

엄마는 그동안 중요한 사실을 가에데에게 숨겨 왔다. 마치다는 여기 오기 전까지 소년원에 있었다고 한다. 게다가 사람을 죽인 죄로.

그것을 듣고서도 놀랍기보다는 오히려 납득했다.

다쿠야 일행과 기 싸움을 벌였을 때 보인 얼어붙을 듯 싸늘한 시선. 그걸 보면 마치다가 제대로 된 인간이 아니라는 것쯤은 열다섯 살 먹은 자신도 금방 알 수 있었다.

가에데가 가장 믿기지 않았던 것은 살인자라는 사실을 알면서도 엄마가 마치다를 집에 들였다는 것이다. 중학생이나 되는 딸자식이 있는데 가에데의 몸 따위는 안중에도 없는 걸까.

가에데에 대한 배신밖에 되지 않는다. 실컷 걱정을 끼칠 것이다.

"그럼 밖에 놀러 가지 않을래?" 도모미가 제안했다.

"너네 엄마, 오늘은 야근이야?"

가에데의 물음에 도모미가 고개를 끄덕였다.

"응. 그래서 밥값 받아 놨거든." 도모미가 주머니에서 천 엔짜리 두 장을 꺼내고 웃었다.

도모미도 가에데처럼 엄마밖에 없다. 그것 때문만은 아니지만 반에서 가장 친한 사이다. 도모미의 엄마는 근처 종합병원에서 간호사로 일한다.

외출 준비를 하고 있는데 휴대폰이 울렸다. 착신 화면을 보고 넌더리가 났다.

"엄마네."

"우리 집에서 자고 갈 거면 엄마한테 말씀드려. 혹시 뭐라고 하시면 우리 집에서 같이 공부한다고 대답하면 되잖아. 나 바꿔 줘, 내가 말씀드릴게."

도모미의 설득에 가에데는 하는 수 없이 전화를 받았다.

"가에데! 너, 지금 어디야!"

예상대로 전화를 받자마자 엄마가 소리를 빽 질렀다.

"도모미네야. 오늘 여기서 자고 갈 거야. 내일 바로 학교 갈게."

"무슨 소리를 하는 거니? 엄마가 허락할 것 같아? 당장 데리러 갈 테니 그리 알아. 도모미네 집이라고?"

"와도 소용없어. 지금 놀러 나갈 거거든." 가에데는 코웃음을 치며 말했다.

"말이 되는 소리를 해. 열다섯이나 먹은 여자아이가 이런 시간에 돌아다니면 위험하잖니. 당장 데리러 갈 테니 꼼짝 말고 기다려!"

"살인자가 있는 집보다 밖에서 노는 게 훨씬 안전하잖아!" 그렇게 내뱉고 전화를 끊었다.

역 앞 오락실에 갔더니 다쿠야 일행이 있었다.

다쿠야는 늘 달고 다니는 겐고와 유타와 함께였다. 잠시 도모미와 함께 다섯이서 게임을 즐겼다.

"가에데 왜 그렇게 풀이 죽었어? 무슨 일이야?" 다쿠야가 걱정스레 물었다.

다쿠야의 얼굴을 보고 있었더니 쌓아 두었던 감정이 터질 것만 같았다.

"실은 의논할 게 있는데…." 가에데는 고개를 숙였다.

"의논이라고? 웬일로 기특한 소리를 다 하네."

"밖에서 얘기하자."

다쿠야를 데리고 오락실 밖으로 나왔다. 자판기에서 주스를 뽑아 서서 마셨다.

"의논이라니, 뭔데?"

"그저께 편의점 앞에 찾아온 남자 말이야."

"아, 그 객식구라는 녀석?"

마치다의 이야기를 꺼내자마자 다쿠야가 언짢은 표정을 지었다.

"나… 그 남자가 싫어. 우리 집에서 내쫓고 싶어. 좋은 방법 없을까?"

"왠지 재수 없다고 해야 하나, 기분 나쁜 녀석이었어. 그런데 너네 집에서 쫓아내는 거라면 내가 어떻게 할 수 있는 일이 아닌데."

"예를 들어…."

속에서 울컥 치밀어 온 생각에 두려워진 가에데는 거기서 말을 끊었다.

"예를 들어… 뭐?"

자신은 언제부터 그런 무시무시한 생각을 하는 사람이 되어 버린 걸까. 하지만 그만큼 마치다를 혐오한다. 마치다가 언젠가 자신이나 자신의 소중한 사람들에게 재앙을 가져오는 존재가 될까 봐 불길한 예감에 견딜 수가 없었다.

"누군가 그 녀석한테 뜨거운 맛을 보여 줬으면 좋겠어. 병원에 실려 가기만 하면…."

가에데의 말에 다쿠야는 흠칫 놀라는 표정을 지었다.

"무서운 소리를 다 하네. …그런데 이왕이면 오래 입원시켜야지, 안 그러면 의미가 없잖아." 다쿠야가 곧바로 씩 웃었다.

"그러게. 퇴원해서 곧바로 같은 봉변을 또 당하면…."

"이 동네와는 궁합이 안 맞는다는 걸 깨닫고 오모리를 떠나려 할지도 모르지."

"그렇게 된다면 최곤데." 가에데는 고개를 끄덕였다.

"그런데 네가 그렇게까지 싫어하는 줄은 몰랐네. 무슨 특별한 이유라도 있어?"

"그냥 싫어."

마치다가 살인자라는 것은 알리지 않기로 했다. 사람을 죽였다는 걸 알면 아무리 폭주족으로 유명한 다쿠야라 할지라도 겁에 질려 주춤할지도 모른다.

게다가 마치다가 그리 쉽게 당할 것 같지가 않았다. 어쩌면 다쿠야가 도리어 당할지도 모른다. 하지만 그렇게 되면 마치다는 다시 경찰에 붙잡힌다. 이걸로 엄마도 정신을 차릴 것이다.

"보수는 뭔데?" 다쿠야가 물었다.

"보수라니… 나한테 그런 큰돈이 어디 있다고."

"그럼 하게 해 줘." 다쿠야가 몸을 비비적거리며 말했다.

이제 와서 물러설 수도 없는 노릇이라 가에데는 조그맣게 고개를 끄덕였다.

"진짜? 결정됐으니 우리도 준비 좀 해야겠는데. 기대하라고."

다쿠야가 히죽히죽 웃으며 말했다.

8

공원 벤치에 앉아 울타리 너머를 보고 있는데 에리카가 중년 남자와 팔짱을 끼고 걸어오는 것이 보였다. 두 사람은 쥐 죽은 듯 조용한 밤길을 네온사인을 향해 말없이 걷고 있었다.

아마미야 가즈마는 피우던 담배를 땅바닥에 버리고 일어났다. 공원을 나와서 에리카와 중년 남자의 뒤로 천천히 다가갔다. 눈앞에는 러브호텔의 네온사인이 깜빡인다.

"에리카."

이름을 부르자 두 사람의 등이 움찔하는 동시에 뒤를 돌았다.

"쇼, 어떻게 여길…." 에리카가 아마미야를 보고 겁먹은 듯 말했다.

"지금 그게 중요한 게 아니잖아. 옆에 있는 자식은 누구야!"

중년 남자는 아마미야를 보고 얼어붙은 듯이 딱 멈춰 섰다.

"이 계집애가! 나 몰래 바람을 피워?"

아마미야가 에리카의 뺨 언저리에 주먹을 날렸다. 동시에 에리카가 땅바닥에 쓰러졌다.

"자, 잠깐…."

중년 남자가 신음하며 땅에 쓰러진 에리카를 봤다. 고개를 든 에리카의 코 주변에 붉은 것이 잔뜩 묻어 있었다.

"오, 오해입니다. 저, 저희는 아직 아무것도… 아무것도…."

에리카의 얼굴에 묻은 끈적끈적한 피를 보고 중년 남자가 몸을 덜덜 떨면서 필사적으로 변명했다.

"아저씨. 이 으슥한 곳을 내 여자하고 찰싹 붙어서 걸었으면서 오해는 무슨 오해! 얘기 좀 해야겠는데. 넌 집에 가면 실컷 두들겨 줄 테니까 거기서 기다려!"

에리카를 향해 거칠게 내뱉고는 중년 남자의 어깨에 손을 올리고 공원으로 데려갔다.

"이 사달을 어떻게 수습할 거야?" 중년 남자를 공중화장실 벽에 밀어붙이고 협박을 했다.

"봐, 봐주세요. 전화방에서 알게 되었을 뿐 정말 아무것도…."

아마미야는 중년 남자의 명치에 주먹을 날렸다. 남자의 허리가 앞으로 꺾였다. 아마미야는 남자의 몸을 지탱하면서 양복 상의와 바지 주머니를 더듬었다. 상의 안주머니에 들어 있던 지갑을 꺼내 지폐를 빼냈다.

명함지갑에서 남자의 명함과 다른 명함 몇 장을 꺼내 주머니에 찔러 넣었다.

"수업료다."

귓전에 대고 속삭인 다음 지탱하던 손을 놓자 중년 남자가 바닥에 쓰러졌다.

문 열리는 소리가 났다. 카운터 앞에 앉아 있던 아마미야는 문 쪽으로 시선을 던졌다.

가슴이 푹 파인 붉은 드레스 차림의 요염한 여자가 들어왔다. 이 술집에 어울리지 않는 손님의 출현에 사람들이 술렁거렸다.

여자는 아마미야의 자리에서 네 좌석 정도 떨어진 곳에 앉아 바텐더에게 마르가리타를 주문했다. 여자가 힐끗 아마미야를 봤다. 칵테일을 마시는 동안에도 이따금 시선을 던져 왔다.

보기 드문 섹시한 여자라고 생각하고 있는데 화장실에 갔던 에리카가 돌아왔다.

"오늘 연기는 좀 오버스럽더라." 에리카가 럼주 스트레이트를 맛있게 머금으며 말했다.

"난 오버하지 않았는데."

"얼굴이 알려지기 전에 슬슬 이케부쿠로에서 떠나는 게 좋지 않을까?"

에리카와 이야기를 하면서도 여자가 신경 쓰였다. 몇몇 남자들이 말을 걸었지만 여자는 제대로 상대해 주지 않았다. 이곳은 거친 사람들이 주로 이용하는 술집이지만 신기하게도 다들 얌전히 물러났다.

온몸에서 발산하는 분위기에서 범상치 않은 여자임을 느꼈으리라. 아마미야도 그렇게 느꼈다. 어디 조직 두목의 여자인가—.

여자가 일어서더니 천천히 다가왔다. 아마미야와 에리카 뒤에서 걸음을 멈추었다. 여자가 카운터에 팔꿈치를 대고 아마미야에게 얼굴을 들이밀었다.

"당신, 뭐야?" 에리카가 여자에게 신경질적으로 말했다.

그런데도 여자는 그 자리에서 움직이지 않고 아마미야를 빤히 쳐다봤다.

이 여자, 뭐야—.

"이런 시시한 여자랑 짜고 미인계로 일당이나 벌다니. 결국 보잘것없는 양아치로 돌아갔네."

여자의 목소리를 듣고 심장이 튀어나올 뻔했다.

누나—.

생김새는 완전히 달라졌지만 틀림없다.

"무로이 씨가 널 부르는데 올래?" 미카가 야릇한 미소를 띠고 말했다.

아마미야는 미카의 눈을 보면서 할 말을 잃었다. 갈수록 복잡한 감정이 가슴속에서 치밀어 올랐다. 가장 큰 감정은 오랜만에 누나를 만났다는 반가움이 아니라 분노였다.

그러나 아마미야보다 옆에 앉은 에리카가 먼저 감정을 분출했다.

"당신, 지금 뭐라고 지껄였어? 시시한 여자라니 무슨 뜻이야!"

에리카가 분을 참지 못해 미카의 팔을 붙잡았다. 그러나 곧바로 미카에게 손목을 잡혀 비틀리고 말았다.

"아얏! 놔, 놓으란 말이야!"

카운터 앞에서 몸을 뒤틀며 아파하는 에리카를 미카는 태연한 얼굴로 쳐다봤다.

"어이, 누나! 놔 줘!"

아마미야가 말리자 미카가 에리카의 손목을 놨다.

"누나라니…."

의자에서 쓰러질 뻔한 에리카가 중얼거렸다. 그 자세 그대로 미카의 등을 쏘아보고 있다.

"어, 내 누나야… 미안한데 둘이서 얘기 좀 할게."

아마미야는 지갑에서 1만 엔짜리 지폐를 두 장 꺼내 에리카에게 내밀었다.

"어디 가서 마시고 있어. 얘기 끝나면 전화할게."

에리카는 2만 엔을 받아 들고 미카의 옆얼굴을 흘겨본 뒤 가게를 나갔다.

"오늘 밤도 에코다의 낡은 빌라로 돌아갈 셈이야?"

자신들이 어디에 사는지도 이미 조사한 모양이었다.

"그래. 낡았든 어쨌든 나한테는 유일한 집이니까." 아마미야는 내뱉듯이 대답했다.

2년 전 탈주에 실패한 아마미야는 도치기 현에서 지바 현에 있는 소년원으로 전원되었다. 그 후 미카는 한 번도 면회를 오지 않았다. 심지어 출원할 때 신원 인수인을 부탁하려 했더니 행방조차 묘연해졌다.

아마미야가 뼈아픈 실수를 범한 것은 사실이다. 마치다의 탈주 임무에 실패해서 무로이의 신뢰를 잃었음은 쉽게 짐작이 갔다.

하지만 그럼에도 미카만은 자기편인 줄 알았다. 유일한 가족이건만, 그런 미카마저 자신을 버렸다는 사실에 씻을 수 없는 분노를 느꼈다.

소년원을 나와 갈 곳이 없던 아마미야는 갱생보호시설이라는 곳에 들어갔다. 규칙밖에 없는 따분한 시설이었다. 시설 생활을 견디지 못해 뛰쳐나온 아마미야는 무로이의 소식에 늘어가기 전에 어울린 적이 있는 에리카의 집에 들어가 신세를 졌다.

"이제 와서 무슨 볼일이 있다고." 아마미야가 쌀쌀맞게 말했다.

"말했잖아. 무로이 씨가 널 불러서 온 거야."

미카를 쳐다봤다. 찬찬히 뜯어봐도 자신의 누나라고는 믿기지 않을 만큼 얼굴과 전체적인 인상이 달라져 있었다. 눈만은 아마미야가 알고 있는 누나의 모습이 희미하게나마 남아 있었다.

무로이의 명령으로 전신 성형이라도 한 걸까. 마치 옷 갈아입히기 인형. 아니 무로이의 꼭두각시 인형이다. 미카의 눈을 빤히 쳐다보고 있자니 동정 같은 감정이 흘러넘칠 것 같았다.

"면회 못 간 것 때문에 토라졌구나. 여전히 응석꾸러기네."

미카가 아마미야의 손을 이끌고 주위에 사람이 없는 테이블석으로 이동했다. 서로 마주 앉자 핸드백에서 담배를 꺼냈다. 다이아인지 반짝이는 것으로 장식된 비싸 보이는 라이터로 불을 붙인다.

"누나는 아직 내 가족인가? 아니면 조직 사람? 무로이 씨가 부른다는 건 가족으로 만나러 왔다는 소리는 아니네." 아마미야는 나직하게 물었다.

"둘 다야."

미카가 희미한 연기를 내뱉고 대답했다.

"면회에 가고 싶었어. 그런데 새 지령이 떨어져서 도저히 시간이 안 났어."

"자취까지 감추다니 무슨 속셈이야? 나한테 연락도 없이."

"한동안 가즈마, 너하고 접촉할 수가 없었어. 아마미야 미카라는 존재를 지워야 했거든. 알잖아, 너도 조직에 있었으면. 지금 난 아마미야 미카가 아니라 '가하라 교코'라는 여자야. 아마미야 미카라는 여자는 사라졌어."

도대체 무로이는 미카에게 무슨 짓을 시킨 걸까. 알고 싶었지만 무얼 묻든 대답해 주지 않을 것이 뻔했다.

"그 사람이 날 부른다니… 혹시 무슨 심판 같은 건가?"

무로이는 실수를 용납하지 않는다. 그리고 배신자를 결코 내버려 두지 않는다. 무로이의 명령을 거역하거나 배신한 자에게는 피의 심판이 기다린다. '필요 없는 인간'으로 어둠 속에 묻힌다.

아마미야는 무로이를 배신하지 않았다. 임무를 수행하기 위해 최선을 다했다. 단지 운이 나빴을 뿐이다. 그러나 무로이가 어떻게 생각할지는 모른다. 조직 내의 사정을 알고 있는 인간을 그냥 내버려 둘 리가 없다.

"누나가 만나러 오면 두말 않고 따라갈 줄 알았나 보지? 따라가면 그걸로 끝, 두 번 다시 속세의 공기를 마시지 못하겠지. 바다에 가라앉히기라도 하겠다는 건가." 비아냥을 담아 말하면서 미카의 반응을 살폈다.

"네 말대로 배신자에게는 피의 심판이 기다려. 네가 배신자라면 이 자리에서 내가 심판을 내리겠지. 그런데 넌 배신자가 아니야. 무로이 씨는 아직 널 높이 평가하고 있어. 너한테 맡기고 싶은 일이 있어서 부른 거야."

어디까지 믿어야 할지 판단이 서지 않았다. 그러나 미카의 눈빛에 언뜻 쓸쓸한 기색이 스친 것을 놓치지 않았다.

친동생을 죽일 작정으로 조직에 팔아넘길 만큼 가족의 연을 싹둑 잘랐을 리가 없다. 아니, 그렇게 생각하고 싶은 걸지도 모른다.

"무로이 씨는 이 사회를 바로잡기 위해 목숨을 걸었어. 우리도 모든 걸 내던지고 일하고 있고. 미인계같이 하찮은 일이나 하는 널 보고 있기가 괴로워. 다시 조직을 위해, 이상적인 사회를 만들기 위해 우리 동지가 되어 줘."

이 사회를 바로잡기 위해 목숨을 걸었다.

전에는 아마미야도 그렇게 생각했다.

무로이는 사회에서 뒤처진 약자를 위해 범죄라는 수단을 이용해 이 세상을 바른 방향으로 인도하려 한다고 믿어 의심치 않았다.

그러나 지금은 모르겠다.

"알겠어. 일단 무로이 씨를 만나서 이야기를 들어 보지. 그런데 싫으면 거절할 거야. 그때는 에코다의 빌라까지 바래다 줘. 누나로서 약속해 줘."

"알겠어. 약속할게."

계산을 마치고 둘이서 술집을 나왔다. 미카가 휴대폰을 꺼내 어딘가로 전화를 걸었다. 번화가를 지나 큰길로 향했다.

"널 데리러 오지 않았더라면 이런 곳에는 두 번 다시 발을 들이지 않았을 거야."

번화가의 현란한 네온사인 불빛을 받으며 미카가 중얼거렸다.

옛날 일을 떠올리는 모양이었다. 불과 몇 년 전만 해도 미카는 이 근처 타임당 7천 엔짜리 윤락업소에서 일했다. 그 무렵 가게 종업원도, 손님도 지금의 미카와 마주쳐도 아무도 알아보지 못할 것이다.

무로이를 알고 지낸 지 몇 년 만에 땅바닥에 납죽 엎드렸던 비참한 유충이 화려한 나비가 되었다.

하지만 그것이 진정한 행복일까.

미카에게 그리고 자신에게 진정한 행복일까.

큰길로 나가자 검은색 고급 차가 눈앞에 멈춰 섰다. 운전사가 나와 뒷좌석 문을 열어 주었다. 미카가 올라타자 아마미야도 옆에 앉았다.

흘러가는 경치와 함께 잠시 미카의 옆얼굴을 바라봤다.

"왜…?" 미카가 고개를 돌려 아마미야를 봤다.

"누나는… 누나는 지금 행복해?"

묻지 않을 수가 없었다.

아마미야의 물음에 미카는 잠시 잠자코 있었다. 이윽고 고개를 끄덕였다.

"행복해. 그 사람을 만나서 누군가한테 필요한 존재가 되는 행복을 처음 알았어. 그 전까지는 나를 필요로 하는 사람이 아무도 없었거든…."

그렇지 않다. 아마미야는 줄곧 미카를 필요로 했다. 정말 미카를 필요로 하는 사람은 무로이가 아니라 자신이다. 그러나 그 생각을 입 밖에 낼 수는 없었다.

잠시 후 차가 지하 주차장으로 들어갔다.

"내려."

아마미야는 차에서 내려 미카를 따라 엘리베이터를 탔다. 미카가 엘리베이터 조작반에 열쇠를 끼우고 최상층 버튼을 눌렀다.

문이 열리자 간접조명뿐인 어둑어둑한 방이 눈앞에 나타났다.

아마미야가 엘리베이터를 내림과 동시에 창문에 펼쳐진 야경을 보고 서 있던 그림자가 이쪽으로 고개를 돌렸다.

"실례했습니다."

미카의 말에 무로이로부터 시선을 돌리자 벽 쪽 소파에 앉아 있는 젊은 여자를 발견했다.

"아니, 괜찮다."

무로이가 그렇게 말하고 소파 쪽으로 눈짓을 하자 젊은 여자가 일어나 걸어 나왔다.

"조심히 가거라."

무로이가 말을 건네자 여자가 뒤돌아 고개를 끄덕였다. 여자는 아마미야 일행을 보고 목례를 한 뒤 엘리베이터에 올라탔다. 아마미야와 같은 또래로 보였는데 아무래도 특혜를 받은 간부인 모양이다.

"오랜만이구나."

무로이가 걸어오면서 말했다.

자신을 응시하는 눈빛이 드러났다. 웃는 것처럼 보였다.

"둘이서 이야기하고 싶은데. 자리를 비켜 주겠나?"

"아래층에 있을 테니 무슨 일 생기면 불러 주십시오."

미카가 무로이에게 끈적한 미소를 남기고 돌아나갔다.

"앉지."

그의 말에 소파로 걸어갔다. 아마미야는 앉았지만 무로이는 곁에 있는 거대한 수조 앞에 선 채로 아마미야를 응시하고 있다.

"그동안 고생 많았다."

상상도 못한 위로의 말에 약간 당황했다.

"간부가 될 기회는 놓치고 말았지만요."

비아냥대는 것밖에 떠오르지 않았다.

"뼈아픈 실수였지. 자네한테도 나한테도. 그때 나는 히로시가 당장 갖고 싶었어. 무슨 수를 써서든 그를 되찾고 싶었지."

관계없다고 생각하면서도 무로이에게 그런 말을 하도록 만든 마치다에 대한 질투심이 다시 고개를 들었다.

"이제 와서 나한테 무슨 용건입니까? 실수를 범한 인간은 조직에서 해고일 텐데요."

"자네가 보낸 편지를 계속 읽었다."

편지. 소년원에서 미카에게 보낸 편지를 말하는 것이다.

편지에는 한 방을 쓴 마치다에 관한 이야기를 자연스럽게 적었다. 소년원에서의 일상생활이나 사소한 이야기, 마치다가 공부를 가르쳐 주었다는 것 등이다.

"친구로 여겨졌던 모양이더군." 무로이가 말했다.

"네. 감쪽같이 속아 넘어갔으니까요."

멍청한 녀석이었다. 석 달 가까이 함께 생활했지만 무로이가 왜 그렇게까지 마치다에게 집착하는지 여전히 이해가 가지 않는다.

"그 녀석은 지금 뭘 하고 있습니까? 당신이라면 그쯤은 파악하고 있 겠죠."

아마미야가 묻자 무로이는 천천히 수조로 향했다.

"그는 지금 대학생이다."

의외였다. 소년원 시절의 마치다는 대학에 관심조차 없는 유형으로 보였다.

그러나 그 말을 듣고 조금은 안도했다. 이러니저러니 해도 그 녀석도 평범한 인간이라는 뜻이다. 조직에 들어와서 뒷골목 세계에서 사회를 움직일 만한 그릇이 아닌 것이다.

"새로운 환경 속에서 다양한 경험을 하는 것 같더군."

무로이는 수조 속에서 헤엄치는 열대어를 바라보고 있었다.

"자네한테 다음 임무를 맡기고 싶은데."

"또 마치다와 친구가 되라는 말은 아니겠죠."

"일주일 전에 오자와 미노루로 여겨지는 남자를 봤다는 정보가 있었 다. 지저분한 옷차림으로 우에노 주변을 어슬렁거렸다던데. 머리와 수 염이 아무렇게나 자라 있어서 옛날 모습이 거의 남아 있지 않은 탓에 그때는 확신을 못했다고 하더군."

"설마 오자와 미노루를 찾으라는 소리는…."

무로이가 고개를 끄덕였다.

"왜 납니까?"

"찾기만 할 뿐이면 누구든 가능하지. 찾아내서 오자와 미노루와 친구 가 되어야 한다. 자네가 히로시를 잘 알고 있으니 적임일 테지."

"언젠가 히로시를 조직에 들이기 위해서입니까?"

무로이는 질문에는 답하지 않은 채 수조로 시선을 던졌다.

"녀석을 곁에 두고 싶다면서 왜 뜸 들이고 있는 겁니까? 당장 납치하면 될 텐데요."

"지금은 이렇게 구경하는 것만으로 즐겁거든."

열대어의 성장을 즐기듯 마치다를 지켜보는 걸까. 아니면 더 인간적인 감정일까. 어느 쪽이든 무로이의 눈빛에서 뒤틀린 마음이 느껴졌다.

"어떤가? 해 주겠나?"

무로이가 아마미야에게 시선을 되돌리며 물었다.

"물론 성공하는 날에는 간부 자리를 약속하지."

"한 가지 조건이 있습니다." 아마미야는 긴장하면서 말했다.

조건을 내걸면 어떤 반응을 보일지 두려웠지만 무로이는 왠지 재미있어 하는 눈빛으로 아마미야를 쳐다봤다.

"그 임무를 완수하면 누나를 해방시켜 주십시오."

"해방?"

"네. 당신이 마치다에게 집착하듯 내가 가장 원하는 것은 유일한 혈육인 누나입니다. 미카를 평범한 여자로 되돌려 주십시오."

아무리 겉모습이 아름다워졌을지언정 아마미야에게 지금의 미카는 누덕누덕 꿰어 맨 인형에 불과했다. 가족인 미카를 반드시 되찾고 싶었다. 어느 한 쪽이 죽기 전에.

"그녀를 구속할 의도는 없는데."

"나도 안다고요!" 아마미야가 소리쳤다.

아까 무로이를 향하던 미카의 시선에서 모든 것을 알 수 있었다. 미카는 무로이에게 흠뻑 빠졌다. 마음 깊이 사랑하고 있다.

따라서 어떤 임무가 주어지든 무로이를 따르는 것이다. 진짜 자신을 버리고서라도. 설령 자신의 마음이 보상받지 못한다 해도.

모든 것은 아마미야가 조직에 들어온 것을 계기로 이렇게 되어 버렸다.

"당신이 끊어 줬으면 합니다."

뚫어지게 쳐다보자 무로이는 잠시 생각에 잠긴 표정을 했다.

"그녀는 자네가 생각하는 것보다 훨씬 중요한 일을 맡고 있다."

"그것도 압니다. 하지만 난 그 이상을 할 겁니다. 당신이 신이라면 나는 첫 번째 사도가 되겠습니다. 반드시 해낼 겁니다. 내 손과 발과 모든 걸 당신에게 바치겠단 말입니다."

무로이는 아마미야를 물끄러미 쳐다봤다.

"알겠다. 임무에 필요한 것은 아래층에서 준비시키도록 하지."

아마미야는 무로이에게 머리를 숙이고 엘리베이터로 향했다.

"가즈마─."

자신을 부르는 소리에 뒤를 돌았다.

"조금은 재미있는 남자가 되었군."

무로이가 입가에 미소를 지었다.

처음으로 가즈마라고 불렸다는 것을 생각하면서 엘리베이터에 올라탔다.

9

학교가 끝나고 집에 왔을 때 거실에 인기척이 있었다.

"가에데, 어서 오렴. 잠깐 이리로 와."

이 시간이면 공장에 있어야 할 엄마가 집에 있었다.

가에데는 엄마의 말을 들은 척도 않고 거실 옆을 지나 방으로 들어갔다. 곧바로 방문을 잠갔다. 잠시 후 노크 소리가 들렸다.

"가에데, 나와. 어제 일로 화낼 생각 없어. 그냥 얘기가 하고 싶어서 그래. 너도 엄마한테 할 얘기 있잖아."

바라던 바다. 할 말이 산더미처럼 쌓여 있다.

"옷 갈아입고 갈게." 가에데는 대답하고 숨을 크게 내쉬었다.

방에서 나가 거실 장지문을 열자 좌탁 앞에 앉아 있던 엄마가 고개를 들었다.

"거기 앉아." 엄마가 웃으면서 맞은편을 가리켰다.

가에데는 언짢은 표정을 유지한 채 엄마의 눈앞에 앉았다.

엄마는 좀처럼 입을 열지 않았다. 방금 전까지만 해도 할 말이 많았건만, 신기하게도 가에데 역시 말을 찾고 있었다. 잠시 서로를 물끄러미 쳐다봤다.

"너한테 비밀로 해 두었던 게 있어. 이미 알고 있겠지만." 엄마가 드디어 말을 꺼냈다.

"그 녀석이 살인자라는 거?" 가에데는 엄마의 시선을 피해 천장을 올려다봤다.

"너한테 말 안 한 건 미안하게 생각해."

"나한테 말 안 한 거 말고, 그런 녀석을 집에 들였다는 거 자체가 나쁘다는 거야! 왜 살인자를 맡아 줘야 하는데?"

"엄마는 살인을 긍정하는 게 아니야. 그래서 네가 히로시 군한테 혐오감을 품어도 어쩔 수 없다고 생각해."

"그럼 왜 그러는 건데! 왜 그런 녀석을!"

"엄마하고 조금 닮았다고 생각했거든."

엄마의 말에 어안이 벙벙했다. 무슨 뜻일까.

"오해하지 마. 엄마는 살인이나 세상에 폐가 될 만한 일은 안 했으니까."

엄마가 주머니에서 종이 한 장을 꺼내 내밀었다.

신문 기사를 복사해서 접어 둔 종이였다.

"도서관에 있는 축쇄판을 복사한 거라 읽기 불편할 거야."

'무호적으로 18년. 살인 용의로 체포된 소년, 의무교육조차 받지 않은 채 성장'이라는 표제어가 눈에 들어왔다.

가에데는 고개를 들어 엄마를 쳐다봤다.

"히로시 군 이야기야." 엄마가 고개를 끄덕였다.

"호적이 없다는 게 무슨 뜻이야?"

기사를 대강 읽어 봤지만 무슨 뜻인지 잘 이해가 가지 않았다.

"이 사회에 존재하지 않는다는 뜻이야."

"어떻게 그런 일이…."

"부모가 출생신고를 안 했던 모양이야. 학교 보낼 돈도 아깝다면서…."

태어나서 한 번도 학교에 가 보지 못한 생활을——.

며칠 전 엄마가 했던 말이 떠올랐다.

"히로시 군에게 엄마가 있었다는데 심하게 학대를 당했나 봐. 열네 살때 가출해서 경찰에 붙잡힌 열여덟 살까지 4년간을 혼자 살아왔대… 어떤 시간을 보냈을지."

열네 살이라면 가에데보다 한 살 어린 나이였다.

태어나서 한 번도 학교에 가지 못하고 그 나이 때부터 혼자 살아왔다니 도저히 상상이 가지 않았다. 하지만….

"그렇다고 사람을 죽여도 되는 건 아니잖아." 가에데는 엄마에게 강력히 말했다.

"그래. 네 말이 맞아. 살인은 용서받지 못할 일이야."

엄마는 순순히 가에데의 주장을 인정했다. 그러나 표정에는 '그래도…' 하는 생각이 엿보였다.

"엄마하고 닮았다는 건… 무슨 뜻이야?" 가에데는 엄마의 눈을 쳐다보며 물었다.

"넌 외할머니, 외할아버지를 만난 적이 없잖니."

가에데는 고개를 끄덕였다.

친할머니와 친할아버지는 몇 년 전까지 이 집에서 함께 살았다. 엄마의 부모님에 대해 몇 번인가 물어본 적은 있지만 그때마다 엄마가 적당히 얼버무렸던 기억이 난다.

"엄마는 말이지, 태어나서 얼마간은 호적이 없었어."

"무슨 뜻이야?!"

"엄마는 한 살 무렵에 시설 앞에 혼자 남겨졌어. 그래, 버려진 아이였지. 애당초 생년월일 같은 것도 몰라서 지금 정확히 몇 살인지도 몰라."

엄마가 후후 하고 웃었지만 쓸쓸한 웃음이었다.

"그 후 중학교를 졸업할 때까지 시설에서 자랐어."

"시설을 나와서는?"

"빌라에서 혼자 살면서 웨이트리스 일을 했어. 네 아빠가 거기 손님으로 와서 만나게 된 거야."

엄마가 좌탁 옆의 불단으로 시선을 향했다. 아빠, 할아버지, 할머니의 유영이 놓여 있다.

"네 아빠와 결혼한 덕분에 엄마가 바뀔 수 있었어. 엄마는 어른이 될 때까지 사람을 믿지 않았거든. 제 핏줄도 믿지 못하니 당연하잖아. 아무도 믿을 수 없다고, 나는 평생 혼자 살아야 한다고 생각했어. 그런데 네 아빠와 할아버지, 할머니가 그런 내 완고한 마음을 바꿔 주었지. 그리고 하나 더, 널 낳은 것도 큰 계기가 되었어."

엄마가 자신을 물끄러미 바라봤다.

"널 임신했을 때는 솔직히 엄청나게 고민했어. 나 같은 인간이 애정을 갖고 아이를 제대로 키울 수 있을까 하고. 지금의 엄마는 어떠니? 널 충분히 사랑해 주고 있니?"

가에데가 고개를 끄덕이자 이번에는 생긋 미소를 지었다.

"인간은 누구나 바뀔 수 있다는 그런 뻔한 소리를 하려는 게 아니야. 바뀔 수 없는 사람도 분명히 있겠지. 아니, 그런 사람이 훨씬 많을지도 몰라. 그런데 말이지, 엄마는 인생에서 딱 한 번만, 한 명뿐이라도 좋으니 제 힘으로 바꿀 수 있는 기회를 주고 싶어. 내가 네 아빠와 할아버지, 할머니, 그리고 너한테 받은 것과 똑같은 기회를 누군가에게 주고 싶었단다…."

가에데는 할 말을 잃었다.

엄마의 마음이 조금은 전해졌지만 너무나 충격적인 이야기라서 마음은 잘 정리되지 않았다.

가에데는 말없이 일어나 방으로 돌아갔다.

침대에 누운 순간 왠지 눈물이 흘러넘쳤다.

왜 눈물이 나올까 생각하는 사이에 깨달았다. 가에데는 그동안 공장에서 일하는 엄마를 안쓰럽게 여겼다. 할아버지가 세운 공장을 아빠가 돌아가신 뒤 이어받아야 하는 엄마가 불쌍하게만 느껴졌지만, 엄마 입장에서는 전혀 부담스럽거나 고생스럽지 않았다는 것을 알게 되어 기뻤는지도 모른다.

휴대폰 진동음이 울렸다. 다쿠야한테서 문자가 온 것이었다. 문자에는 '지난번 그 일, 오늘 결행한다'라고 쓰여 있었다.

다쿠야의 문자를 본 순간 당황했다. 마치다를 습격해 달라고 부탁한 것은 자신이지만 설마 이렇게 빨리 움직일 줄은 몰랐다.

물론 마치다에 대한 혐오감은 지금도 여전하다. 엄마의 이야기를 들었다고 해서 금방 없어질 만한 것이 아니었다. 하지만 마치다를 습격해 달라는 어제의 결의가 조금은 주춤거리고 있음을 깨달았다.

'오늘 결행한다니 어떻게?'

우선 다쿠야에게 답장을 보냈다.

'그 일로 가에데, 너도 협조해 줘야 돼. 지금 나올 수 있어?'

협조, 라는 단어를 보고 덜컥 겁이 났다.

하지만 자신이 부탁해 놓고서 이대로 도망갈 수도 없는 노릇이다.

'알겠어.'

근처 편의점에서 만나기로 하고 가에데는 방에서 나왔다.

엄마에게 들키지 않도록 복도를 살금살금 걸었다. 거실과 부엌을 슬쩍 살폈더니 엄마는 보이지 않았다. 가에데와 이야기한 뒤 공장으로 돌아간 듯하다.

좌탁 위에 놓인 종이가 눈에 들어왔다. 아까 그 신문 기사의 복사본이다.

엄마는 인생에서 딱 한 번만, 한 명뿐이라도 좋으니 제 힘으로 바뀔 수 있는 기회를 주고 싶어 —.

엄마의 말이 떠올랐지만 가에데는 종이를 구깃구깃 뭉쳐서 청바지 주머니에 찔러 넣었다.

편의점으로 갔다. 그 앞에서 담배를 피우고 있던 다쿠야가 "왔어?" 하고 손을 흔들었다.

"오늘 결행한다고…?" 가에데는 주저하면서 입을 열었다.

"그래. 널 위해서 어제 곧바로 폭주족 동료들한테 연락했어. 열 명이나 모았다니까." 다쿠야가 히죽 웃었다.

진심으로 마치다를 덮칠 작정인 것이다.

"그런데… 나한테 협조를 하라니… 대체 뭘?"

"동료는 다 모았고 준비도 완벽한데, 어디서 그 녀석을 덮치면 좋을지 모르겠더라고. 난 그 녀석에 대해 아무것도 모르잖아. 어디서라면 덮칠 기회가 생길지 너한테 물어보려고."

하지만 가에데 역시 마치다의 하루 일과를 잘 알고 있는 것은 아니었다. 대학 강의가 있는 날은 대체로 저녁 6시쯤에는 집에 돌아온다는 것밖에 알지 못한다. 그것을 다쿠야에게 알렸다.

"밤에 어디 놀러 나가지는 않고?"

"거의 안 나가." 가에데는 고개를 가로저었다.

마치다는 학교에 갈 때와 공장을 도울 때 이외에는 거의 2층 자기 방에 틀어박혀 있는 것 같았다.

"난감하네. 오모리 역에서 너네 집까지는 습격할 기회가 없는데." 다쿠야가 한숨을 토했다.

그의 말대로 오모리 역에서 가에데의 집이나 공장으로 가는 길에는 사람들 눈이 너무 많다.

"저기, 일단…."

마치다를 덮치는 일은 연기하자고 말하려는 순간 다쿠야가 "그렇지" 하고 가에데를 쳐다봤다.

"이렇게 된 이상 그 녀석을 불러내는 수밖에 없겠네."

"불러낸다고?" 가에데는 불길한 예감에 되물었다.

"우리는 어디 사람들 없는 데서 대기하고 있을 테니까, 네가 그 녀석을 거기로 불러내기만 하면 돼."

"그런 짓을 했다가는…."

가에데가 마치다의 습격을 계획했다는 것을 들켜 버리지 않는가.

"네가 관여되었다는 게 들통나면 안 되는 거야?"

가에데는 고개를 끄덕였다.

"비겁하기는." 다쿠야가 코웃음을 치며 말했다.

굳이 말해 주지 않아도 스스로 알고 있었다.

제 손을 더럽히지 않고 자신과 전혀 상관없는 곳에서 마치다라는 존재가 사라져 없어지면 좋겠다고, 자기 입맛대로만 생각했다.

"생각해 봐. 우리가 그 녀석을 병원에 실려 갈 정도로 두드려 팼다고 해서, 그 녀석이 너네 집에서 나간다는 보장은 없잖아. 자기가 왜 호되게 당했는지 그 의미를 알아야지. 안 그래?"

다쿠야의 말이 맞다. 가에데가 혐오한다는 것을 드러내지 않으면, 그 사실을 마치다가 스스로 눈치채지 못하면 아무리 봉변을 당해도 집에서 나갈 일은 없을 것이다.

"안심해. 너하고 우리에 관한 건 경찰이든 누구한테든 고자질은 꿈도 못 꿀 만큼 단단히 협박해 둘 테니."

경찰과 엄마한테 들키지만 않으면 되는 걸까.

가에데의 마음을 알았을 때 마치다는 어떤 표정을 지을까. 그 시선에 견딜 수 있을까.

"좀 더…."

생각할 시간을 줘 ─.

"뭘 망설이고 있어? 우리도 별로 한가하지 않다고. 동료들을 모은 내 체면도 생각해야지. 그 녀석이 싫어서 미치겠는 거 아니었어?"

냉소를 머금은 다쿠야에게 고개를 끄덕여 보이자 몸이 가늘게 떨렸다.

다쿠야가 무서운 것 이상으로 자신이 무서워서였을지도 모른다.

"그럼 우리는 늘 가던 공원에서 대기할게. 거기라면 좀 시끄러워져도 아무도 알아차리지 못할 거야."

오이 경마장 옆에 있는 공원을 말하는 것이리라. 연못도 있는 상당히 넓은 공원으로, 다쿠야 일행은 거기서 곧잘 소란을 일으키는 모양이다. 동네 불량소년의 아지트가 되어서인지 밤이 되면 지나는 사람이 거의 없다.

"그럼 오늘 밤을 즐기자고."

다쿠야는 가에데의 어깨를 툭 치더니 오토바이를 타고 가 버렸다.

가에데는 어떻게 하면 좋을지 모른 채 집을 향해 걸어갔다.

공장 앞을 지날 때 셔터 틈새로 불빛이 새어 나왔다. 살짝 안을 살펴 보니 일하고 있는 엄마의 모습이 보였다.

"가에데——."

인기척을 느낀 엄마가 가에데를 불렀다.

"이거 끝나면 집에 가서 저녁 차려 줄게. 조금만 기다려." 엄마는 이마 의 땀을 닦더니 눈앞의 기계로 시선을 되돌렸다.

안쪽에서는 도쿠야마 아저씨가 작업을 하고 있을 뿐 마치다의 모습 은 보이지 않았다.

가에데는 아무 말 없이 공장에서 벗어났다. 집 앞에 도착해서 2층을 올려다봤다. 마치다의 방에서 불빛이 새어 나온다.

엄마는 인생에서 딱 한 번만, 한 명뿐이라도 좋으니 제 힘으로 바뀔 수 있는 기회를 주고 싶어——.

엄마는 마치다를 바꾸고 싶은 것이리라. 자신처럼 불우한 환경에서 자란 마치다가 변화하기를 진심으로 바라고 있다.

엄마의 그 마음을 전혀 이해하지 못하는 것은 아니다. 하지만 논리로는 설명되지 않는 어떤 지점에서 그 마음을 도저히 받아들일 수가 없었다.

마치다를 습격해서 여기서 내쫓는 것이 옳다고는 생각하지 않는다. 가능하면 그런 짓은 하고 싶지 않다. 하지만 이대로라면 마치다라는 존재를 용납할 수도, 무시할 수도 없을 것 같았다.

가에데는 2층으로 이어지는 계단을 올라갔다. 문을 열고 복도를 나아갔다. 마치다의 방 앞에서 걸음을 멈추고 결심하며 노크를 했다.

"뭐야."

노크를 여러 번 한 끝에야 마치다의 목소리가 들렸다.

"나…."

가에데가 말하자 문이 천천히 열렸다.

"무슨 일이지?"

마치다가 의외라는 눈빛으로 쳐다보기에 가에데는 살짝 시선을 피했다.

"공부하다 모르는 부분이 나왔나?"

"어디 좀 같이 가자." 가에데는 마치다가 거절하지 못하게끔 강하게 쳐다보며 말했다.

마치다는 순간 의아해하는 표정을 지었지만 곧 승낙했다.

"준비 좀 할게. 밖에서 기다려." 마치다는 그렇게 말하고 문을 닫았다.

집 밖에서 기다리고 있는데 상의를 걸친 마치다가 2층에서 내려왔다.

"어디 가는 거지?"

마치다의 물음에 가에데는 "이쪽"이라고만 답하고 걷기 시작했다.

다쿠야 일행이 기다리는 공원은 여기서 도보로 15분쯤 걸린다. 그러나 곧장 거기로 갈 생각은 없다. 마치다의 대답에 따라 되돌아갈 생각도 있었다.

흘끗 마치다를 보니 밤의 산책을 즐기듯 가에데의 뒤를 따라오고 있었다. 여유로운 얼굴이었다.

"그쪽한테 묻고 싶은 게 있어." 가에데는 걸으면서 입을 열었다.

"뭔데."

"왜 사람을 죽였어?"

가에데의 말에도 마치다의 표정은 거의 바뀌지 않았다.

"살기 위해서다." 마치다가 자신을 쳐다보며 말했다.

마치다의 말과 싸늘한 시선에 등골이 오싹해졌다.

"자기가 살기 위해서 남을 죽였다는 거야?"

"그래." 마치다가 선뜻 대답했다.

사람을 죽였다는 것에 아무런 죄악감도 느끼지 않는 표정이었다.

"너와 달리 태어났을 때부터 살기 위해 필요한 것들이 갖추어진 환경이 아니었거든."

마치다는 호적도 없이, 열네 살부터 열여덟 살까지는 혼자 살았다고 한다. 가에데와 달리 부모에게 사랑받지 못한 채 살아왔다는 사실에 다소나마 동정심이 일었지만 그의 말투가 신경에 거슬렸다.

"살기 위해 무슨 짓이든 해 왔다. 그중 한 가지에 불과해."

"앞으로도 그렇게 살 작정이야?" 가에데는 물었다.

"그럴지도…."

그 대답을 듣자 가슴속의 망설임이 싹 가셨다.

다쿠야 일행이 기다리는 공원으로 향했다. 마치다는 묵묵히 가에데의 뒤를 따라왔지만 공원 안으로 들어가자 과연 수상쩍다는 듯 가에데를 힐끔거렸다. 그러나 잠자코 걸었다.

광장으로 나갔다. 희미한 가로등에 비친 사람 그림자가 있었다. 손에 야구 배트며 몽둥이를 든 남자들이 다가온다.

그러나 마치다의 얼굴에 놀라는 기색은 없었다. 이 광경을 예상했다는 듯 가에데를 보고 싸늘한 미소를 머금었다.

"뒤는 우리한테 맡겨."

다쿠야 일행이 야구 배트를 휘두르면서 마치다에게 다가갔다. 많은 남자들에게 둘러싸여도 마치다는 동요한 기색이 없었다. 태연한 얼굴로 자신을 둘러싸는 남자들을 바라볼 뿐이었다.

"잘난 척하지 말란 말이야!"

다쿠야가 야구 배트를 높이 쳐들고 마치다를 향해 달려든 순간, 가에데는 눈을 가렸다. 수많은 남자들의 고함 소리가 귀에 울려 퍼졌다.

두려워진 가에데는 그 자리에서 도망쳐 나왔다. 공원에서 나와 왔던 길을 되돌아 달렸다. 자신은 나쁘지 않다, 자신은 나쁘지 않다며 몇 번이나 마음속으로 되뇌며 집으로 향했다.

"가에데, 왜 그러니?"

엄마의 목소리에 가에데는 정신이 번쩍 들어 엄마를 쳐다봤다.

"한 술도 못 뜨고 있잖니."

"미안. 입맛이 없어…." 가에데는 손에 든 젓가락을 내려놓았다.

"괜찮아? 안색이 창백하네…."

"응. 좀 피곤해서 그래."

가에데는 시계를 봤다. 9시가 되던 참이었다. 그로부터 두 시간 이상
흘렀으나 마치다가 방으로 돌아온 기척은 없었다. 분명히 다쿠야 일행
도 사정을 봐주면서 혼내 주었을 거라고 자신을 타일렀다. 살짝 혼내면
서 이 집에서 나가도록 협박했을 뿐이리라.

게다가 마치다가 나쁜 것이다. 자신의 죄를 전혀 반성하지 않는 태도
를 취한 그 남자가 나쁜 것이다. 그렇다. 죽임을 당한 사람이 느낀 고통
을 다소나마 받아야 한다. 자신은 틀리지 않았다. 옳은 일을 했다고는
생각하지 않지만 그리 심한 일을 한 것도 아니다.

"그만 자야겠어…."

일어서려는데 전화벨이 울렸다. 가에데는 전화기 쪽으로 시선을 돌
렸다.

"여보세요… 마에하라입니다." 엄마가 전화를 받았다.

"무슨 말씀이시죠?"

점점 험악해지는 엄마의 표정을 보면서 불길한 예감이 고개를 쳐들
었다.

"알겠습니다. 바로 가겠습니다…."

전화를 끊고 엄마가 가에데를 쳐다봤다.

엄마의 눈을 직시하지 못한 채 약간 시선을 틀었다.

"히로시 군이 다쳐서 병원에 실려 갔다는구나…." 엄마가 불안한 목소리로 말했다.

"다치다니… 어떻게…."

"자세한 건 몰라. 그런데 꽤 심하게 다쳤나 봐. 지금 병원에 갔다 올게." 엄마는 그렇게 말한 뒤 나갈 채비를 하기 시작했다.

집에서 혼자 기다리는 동안 불안에 짓눌릴 것만 같았다.

마치다는 어디를 얼마큼 다쳤을까.

야구 배트로 얻어맞은 부상이라면 상해사건으로 경찰이 조사를 할지도 모른다. 다쿠야 일행이 경찰에 붙잡혔거나 마치다의 입에서 가에데가 사건에 관여했다는 이야기가 나왔을지도 모른다.

아니, 적어도 엄마한테는 말했을 것이 분명하다.

가에데가 마치다를 덮치라고 시킨 것을 알게 된다면 엄마가 얼마나 슬퍼할까.

몇 시간 전까지 미처 그 생각을 하지 못한 자신이 원망스러웠다.

휴대폰 수신음이 울리자 몸이 움찔 경직되었다.

다쿠야의 친구인 유타였다.

가에데는 튀어 오를 듯한 기세로 전화를 받았다.

"여보세요… 아까 병원에서 전화 왔었는데 그 녀석이 실려 갔대. 대체 얼마나 때린 거야?"

"얼마나라니… 제법 너덜너덜하게 패 줬는데."

"왜 그렇게까지! 경찰이 냄새를 맡기라도 하면…."

"어쩔 수 없잖아. 우리가 달려들었더니 그놈이 다쿠야한테 돌진했다고. 리더인 걸 눈치챘는지 어쨌는지는 몰라도, 우리한테 얻어터지면서도 다쿠야만 붙잡고 마구 패더라니까. 게다가 얼굴에는 손 하나 안 대고 배만 계속 공격하는 거야. 우리가 그놈을 때려눕히면서까지 떼어 내려 안간힘을 썼는데, 그런데도 그놈이 웃으면서 다쿠야를 두드려 팼단 말이야. 어찌어찌 그놈을 떼어 놨는데, 다쿠야도 일어서지 못할 만큼 박살이 나서 완전히 겁먹었어. 그런 섬뜩한 남자가 근처에 있는 너하고는 이제 어울리고 싶지 않대… 그렇게 알아, 그럼."

유타가 거기까지 말하고 전화를 끊어 버렸다.

유타 이야기에 따르면 마치다는 심한 부상을 입은 듯했다.

갑자기 손안에서 진동이 울리는 바람에 놀라 주저앉을 뻔했다.

엄마였다. 이번에는 계속 울려대는 휴대폰을 보면서 선뜻 받지 못하고 있었다. 지금 마치다의 상황을 알게 되는 것이 두려웠다.

"여보세요…." 가에데는 주저하면서도 전화를 받았다.

"가에데ㅡ."

엄마는 그렇게만 말하고 좀처럼 다음 말을 잇지 못했다.

"그 사람은…." 가에데는 가까스로 목소리를 쥐어짰다.

"심하게 다치긴 했어도 목숨에 지장은 없다는구나… 길에 쓰러져 있는 걸 누가 발견해서 병원에 실려 왔대."

"그래…." 그 말밖에 할 수가 없었다.

"사건성이 있다면서 경찰에서도 와 있는데…."

엄마는 아직 못 들은 모양이지만 그것도 시간문제이리라.

"나…."

"아무것도 기억을 못하나 봐."

가에데의 말을 지우듯이 엄마가 말했다.

"어?"

"히로시 군… 왜 자기가 다쳤는지, 무슨 일이 있었는지 전혀 기억이 안 난대. 머리를 다쳐서 어쩌면 기억장애일지도 모른다는구나."

과연 그럴까. 혹시 가에데를 감싸려고… 아니, 마치다는 그런 사람이 아니다. 그저 기억에 일시적인 혼란이 왔을지도 모른다.

"그래서 너한테 부탁이 있는데… 히로시 군, 검사하려면 당분간 입원해야 하거든. 갈아입을 옷 좀 가져다주지 않을래? 거실 수납장 맨 위 서랍에 히로시 방의 여벌 열쇠가 들어 있으니까, 잠옷하고 추리닝 같은 것 좀 챙겨 와."

가고 싶지 않지만 거절할 수도 없을 것 같았다.

"알겠어…."

"밤이 늦었으니까 콜택시 부르고."

전화를 끊고 거실로 가서 수납장에서 마치다의 방 열쇠를 찾았다. 열쇠를 손에 들고 일단 집 밖으로 나가 2층으로 올라갔다.

마치다 방의 살풍경한 실내를 둘러봤다. 책상과 의자와 파이프 침대뿐인 간소한 방이었다.

마치 언젠가 TV 프로그램에서 본 교도소의 독방 같았다.

가에데는 옷장을 열었다. 여기도 간소하기는 마찬가지라 가방 하나와 의류 몇 장이 들어 있을 뿐이었다. 가방 속에 옷가지를 적당히 쑤셔 넣었다.

마치다와 얼굴을 마주하고 싶지는 않았다. 짐을 가져가서 엄마한테 건네고 바로 돌아올 생각이다.

가방을 끌어안고 일어선 순간 책상 위에 쌓인 책이 눈에 들어왔다. 딱 한 권, 책등에 도서관 스티커가 붙어 있지 않은 책이 있었다.

가까이 가서 보니《전국 장애인 시설 일람》이라는 책이었다.

왜 이런 걸 갖고 있을까 의문이 들어 책장을 넘겼다. 전국의 시설 이름과 주소가 쓰여 있고, 군데군데 가위표가 쳐 있다. 마지막 장에 사진 한 장이 끼워져 있었다.

그 사진을 보고 가슴속에서 섬뜩함이 치밀어 올랐다.

남자가 찍힌 사진이었다. 이십 대 초반으로 보이는 남자인데, 얼굴이 온통 상처투성이에 우는 것처럼 보였다.

이 사진은 대체 뭘까. 섬뜩함을 느낌과 동시에 이 사진 속 남자가 궁금해서 견딜 수가 없었다.

가에데는 책을 되돌려놓고 서랍을 열었다. 문구류에 섞여 디스크 한 장이 있었다.

이건 또 뭐야. 가에데는 끓어오르는 호기심을 억누르지 못하고 디스크를 집어들었다.

디스크에는 아무것도 쓰여 있지 않았다. 영화 같은 것을 녹화한 DVD일까. 아니면 음악이 들어 있는 CD일까. 이내 그 생각을 부정했다. 마치다가 영화나 음악에 관심이 있다니 상상도 할 수 없다. 그 이전에 이 방에는 텔레비전은커녕 컴퓨터나 CD플레이어도 없다.

아무렴 어떤가 싶어 디스크를 제자리에 놓으려 했다. 그런데 아까 본 사진 속 남자의 모습이 뇌리에 박혀 손을 뗄 수가 없었다.

남의 물건을 멋대로 보면 안 된다는 것을 알면서도 신경이 쓰여 어쩔 수 없었다.

가에데는 가방과 디스크를 들고 방을 나와 1층으로 돌아갔다. 자신의 방에 들어가 노트북을 열고 전원을 켰다.

아빠가 사용하던 노트북이라 꽤나 구형 모델이었다. 엄마는 컴퓨터에 서툴러서 지금은 가에데가 쓰고 있다.

가에데는 노트북 트레이를 열어 디스크를 넣었다. 이 속에 뭐가 들어 있을지 마른침을 삼키며 화면을 주시했다.

잠시 후 DVD 소프트웨어가 기동되었다. 재생 버튼을 클릭하자 노트북 스피커에서 남자의 울음소리가 들려왔다.

" ── 간단한 이야기잖아. 네 손으로 이 녀석을 죽이라는 거지. 거기 선반에 칼이 있어."

울음소리에 섞여 들려온 남자 목소리에 가슴이 철렁했다.

창 크기를 최대로 키우자 어둑어둑한 가운데 이쪽을 쳐다보는 남자의 모습이 뚜렷이 떠올랐다.

마치다 ── .

지금보다 명백히 어린 얼굴에 머리 모양도 다르지만 화면 속에 있는 사람은 틀림없는 마치다였다.

"딱히 칼로 하지 않아도 돼. 여기 있는 쇠 파이프로 두들겨 패든 목을 조르든 방법이야 아무렴 어때. 무로이 씨 명령이라 어쩔 수 없으니까 뒤처리는 도와줄게."

"왜 그런 짓을⋯."

"테스트야. 무로이 씨한테 충성을 다할지 어떨지."

화면이 흔들리며 이동했다. 줌이 되면서 바닥에 웅크려 오열을 터뜨리고 있는 몸집이 큰 남자의 모습이 보였다.

책에 끼워져 있던 사진 속 남자임을 알아본 순간, 다시 화면이 마치다로 이동했다. 어딘가의 창고 안에서 촬영한 듯했다.

이 영상은 도대체 뭘까⋯.

마치다는 카메라를 뚫어져라 쏘아보고 있다.

화면 속에 감도는 심상치 않은 분위기에 가에데는 이대로 계속 보기를 주저했다.

마우스를 움직여 정지 버튼 쪽으로 가져갔다.

"이 녀석이 죽는다고 해서 네 인생이 뭐 달라지냐? 무로이 씨는 나약한 인간은 원하지 않는다고. 자, 어서 죽여. 이 녀석을 죽이면 널 동지로 인정해 줄게."

남자의 냉랭한 목소리가 계속되었다. 가에데는 화면에 못 박힌 채 정지 버튼을 누르지 못하고 있었다.

이 영상은 뭐지? 아까부터 이 남자가 입에 담고 있는 위험한 말은 도대체 뭐야.

분명히 마치다는 연기자 지망생이었을 것이다. 동료끼리 독립 영화라도 만든 것이다.

그렇게라도 믿으려 했지만 심장은 갈수록 요동칠 뿐이었다.

"여기서 이 녀석을 죽이지 않으면 무로이 씨한테 넌 배신자야. 평생 도망 다닐 수 있을 거라는 생각은 아예 접어라."

화면 속 마치다는 말없이 카메라를 응시하고 있었다.

"뭘 꾸물거려? 어서 해치우라고!"

잠시 후 마치다가 카메라를 향해 걸어왔다. 오른손에 뭔가를 들고 있다. 자세히 보니 칼이었다. 희미한 빛을 내뿜는 칼을 움켜쥐고 마치다가 바닥에 웅크려 있는 남자의 바로 위에 섰다. 설마──.

이거 혹시 마치다가 사람을 죽였을 때의 영상이 아닐까.

가에데는 참지 못하고 화면을 일시 정지했다. 청바지 주머니에 찔러 넣었던 종이를 꺼내 신문 기사를 재빨리 훑어봤다. 기사에 실린 사건이 있었다는 날짜와, 화면 아래에 있는 날짜를 번갈아 보고 가에데의 심장이 터질듯 튀어 올랐다.

같은 날짜다──. 마치다는 지금부터 어린아이처럼 흐느껴 우는 저 남자를 죽일 것이다.

신문 기사에는 다툼 끝에 일어난 사건이라고 쓰여 있다. 하지만 이 영상을 본 이상 도저히 그렇게 생각되지 않았다. 무저항으로 울고 있는 남자를 죽인 것이다.

가에데가 왜 사람을 죽였느냐고 물었을 때 마치다는 살기 위해서라고 싸늘하게 대답했다.

살기 위해 무슨 짓이든 해 왔다. 사람을 죽인 것도 그중 한 가지에 불과하다고 태연히 말한 마치다의 얼굴을 떠올렸다.

도저히 영상을 계속 볼 수가 없었다. 이대로 다음 장면을 봐 버리면 자신은 틀림없이 마치다를 용서할 수 없게 되리라.

아니, 봐야 한다——.

마음속에서 또 다른 자신이 강하게 주장했다.

설령 앞으로 견딜 수 없는 광경을 목격한다 해도 마치다가 얼마나 지독한 짓을 저질렀는지 이 두 눈으로 똑똑히 확인해야 한다.

그리고 마치다가 얼마나 위험한 인간인지를 알리기 위해 이 영상을 엄마한테 보여 줘야 한다.

마치다의 기억이 돌아와서 경찰이 이번 사건을 알게 되면 가에데는 그에 상응하는 벌을 받게 될 것이다. 하지만 엄마는 가에데가 한 짓이 반드시 틀리지만은 않았다는 걸 알아줄 것이다.

마치다가 범한 죄는 엄마가 상상하는 것만큼 간단한 일이 아니다. 소년원에 들어갔다고 해서 용서받을 수준이 아니다. 엄마를 일깨우기 위해 가에데가 마치다를 습격할 계획을 세웠다는 것을 알아줄 것이 틀림없다.

가에데는 그 자리에서 심호흡을 한 뒤 천천히 마우스를 움직였다.

화면 속 마치다가 바닥에 웅크려 있는 남자에게 다가갔다. 남자가 고개를 들었다. 울면서 뭐라고 호소하는 것 같았다.

카메라가 마치다에게 접근했다. 마치다는 싸늘한 눈초리로 남자를 내려다보고 있었다.

가에데가 가장 싫어하는, 온기라고는 전혀 느껴지지 않는 싸늘한 눈초리다.

마치다가 칼을 움켜쥔 채 동작을 멈췄다. 다음 순간, 마치다가 뒤돌아서 칼끝을 카메라로 향하는 바람에 가에데는 놀라서 그만 몸을 뒤로 뺐다.

"차 키 내놔." 마치다가 말했다.

"진심으로 하는 말이냐?"

카메라를 들고 있는 남자가 웃었다.

"진심이다."

마치다가 칼을 쥐지 않은 왼손을 화면 쪽으로 내밀었다.

카메라를 뚫어지려라 응시하는 마치다와 눈이 마주쳤다. 이런 눈빛은 처음 본다. 당장에라도 폭발할 듯한 강한 눈빛이었다.

"어쩔 수 없네…."

쇠붙이가 스치는 소리가 들렸다. 카메라를 든 남자가 바닥에 열쇠를 던진 모양이다. 열쇠를 주우려고 마치다가 허리를 숙인 순간 그가 갖고 있던 칼이 날아갔다. 동시에 쾅 하는 충격음이 들리고 화면의 위치가 바뀌었다.

카메라를 든 남자가 칼을 쥔 마치다의 손에 발차기를 날리면서 동시에 카메라를 바닥에 떨어뜨린 듯했다.

화면의 절반은 바닥을, 나머지 절반은 창고의 벽을 비추었다.

마치다는 어떻게 되었을까.

화면을 샅샅이 살펴봤지만 마치다의 모습도, 카메라를 들었던 남자의 모습도 보이지 않았다. 다만 벽에 떠오른 두 개의 그림자가 이리저리 뒤섞이고 있었다. 몸이 삐걱대는 소리와 구타당해서 괴로워하는 소리가 들린다. 두 사람의 모습은 화면에 비치지 않았지만 마치다가 압도적으로 당하고 있음을 소리와 그림자로 알 수 있었다. 이윽고 그림자 하나가 막대 같은 것을 쥐었다.

"안 그래도 꼴 보기 싫었는데 잘됐네. 무로이 씨한테 혼날지도 모르지만, 마지막으로 그 잘난 머리통을 박살 내 주지."

마치다가 아닌 다른 남자의 목소리가 들리고 벽에 비친 그림자가 막대를 높이 쳐들었다. 그때 또 하나의 그림자가 포개어졌다. 남자의 신음 소리와 함께 한순간에 그림자가 사라졌다.

대체 무슨 일이 일어난 거지?

"히로시 짱… 히로시 짱…."

남자의 울음소리가 울려 퍼졌다.

화면 속에서 누군가가 일어서는 기척이 있었다.

"여보세요…."

작은 목소리가 들렸다. 누군가와 통화하는 것 같았지만 확실히 알아들을 수가 없었다. 가에데는 볼륨을 최대로 올리고 노트북의 작은 스피커에 귀를 가까이 댔다.

"무로이 씨… 거래를 제안합니다. 나는 이제부터 경찰에 신고할 겁니다. 나와 미노루는 이제 내버려 두십시오. 그렇게 해 준다면 경찰서에 가서도 무로이 씨와 조직에 관해서는 물론, 지금까지 한 모든 일을 함구하겠습니다."

남자의 울음소리에 섞여 마치다의 목소리가 들렸다.

"――아닙니다. 하지만… 당신을 따르지는 못하겠습니다… 그럴지도 모릅니다…."

잠시 후 화면이 움직였다. 순간 피투성이인 마치다의 얼굴이 비치고 곧바로 화면이 시커멓게 변했다.

가에데는 시커먼 화면에 시선을 고정한 채 움직이지 못하고 있었다. 너무 충격적인 영상을 본 직후라 숨도 제대로 쉴 수가 없었다.

휴대폰이 울렸다. 갑작스러운 소리에 놀라 튀어 오를 뻔했다.

"여보세요…." 가에데는 호흡을 가다듬고 전화를 받았다.

"엄만데, 준비는 다 됐니…? 아직 못 올 것 같니?"

"다 챙겨 놨으니까 이제 택시 불러서 갈게."

엄마의 전화를 끊고 택시 회사에 연락해 차를 불렀다.

노트북에서 DVD 디스크를 꺼낸 다음 거실에 둔 가방을 가지고 마치다의 방으로 갔다.

디스크를 원래 자리로 되돌리고 집 앞에서 택시를 기다렸다.

도착한 택시를 타고 마치다가 치료 중인 병원으로 향했다.

마치다는 도대체 어떤 사람일까.

아까부터 그 생각만 하고 있다.

여기서 이 녀석을 죽이지 않으면 무로이 씨한테 넌 배신자야——.

무로이라는 사람은 정체가 뭘까.

나와 미노루는 이제 내버려 두십시오. 그렇게 해 준다면 경찰서에 가서도 무로이 씨와 조직에 관해서는 물론, 지금까지 한 모든 일을 함구하겠습니다——.

그 사진 속 남자가 미노루일 것이다. 마치다는 경찰에 붙잡힐 때까지 도대체 어떤 세계에서 살아왔을까.

가에데는 청바지 주머니에서 다시 신문 기사 복사본을 꺼냈다.

기사에 따르면 피해자는 다테 쇼헤이라는 스물세 살 남자로, 체포된 소년은 그날 다테로부터 일을 소개해 주겠다는 말을 듣고 사이타마 현에 있는 공장에 따라갔지만, 돈을 빼앗길 뻔해서 싸우다가 가지고 있던 칼로 찔렀다고 진술했다고 쓰여 있다.

그러나 그 영상이 사건을 찍은 것이라면 기사에 나온 내용과 전혀 맞지가 않다. 영상대로라면 마치다는 미노루라는 인물을 구하기 위해 다테라는 남자를 죽인 것이 된다.

아니, 그뿐만이 아니다. 영상만 가지고는 딱 잘라 말할 수 없지만 어쩌면 다테를 죽인 사람은 마치다가 아닐지도 모른다.

그렇다면 어째서 남의 죄를 뒤집어쓰고 경찰에 붙잡힌 걸까.

미노루──.

히로시 짱… 히로시 짱… 하고 내내 훌쩍이던 몸집이 큰 남자.

그 남자를 구하기 위해 칼끝을 겨누던 마치다의 눈빛이 떠올랐다.

처음으로 마치다의 인간적인 면을 본 듯한 기분이었다.

밤의 병원은 휑하니 고요했다. 대합실 불빛은 반은 꺼진 상태고 접수대에도 사람은 없었다.

가에데는 불안한 마음으로 접수대에 가서 사람을 불러 봤다. 안쪽에서 여성 직원이 나왔다.

"아까 여기로 실려 온 마치다 히로시라는 사람은 어디에…."

"마치다 씨 가족분이세요?" 여성이 서류를 훑으면서 물었다.

"네, 뭐⋯." 일단 그렇게 대답해 두었다.

"마치다 씨는 205호실입니다."

가에데는 가볍게 인사하고 2층으로 향했다. 복도를 따라 걷는데 205호실 문이 열려 있었다.

엄마를 불러내려고 안을 살펴봤더니 침대 위에 상체를 일으킨 마치나가 눈에 들어와 몸이 경직됐다. 마치다는 양복 차림의 남성 두 명과 이야기를 하고 있었는데 머리에 붕대를 감고 얼굴에는 온통 멍과 상처 투성이였다. 왼손에도 붕대가 둘둘 감겨 있고 삼각건으로 고정되어 있었다.

"가에데——."

벽 쪽에서 걱정스러운 눈길로 그 모습을 지켜보던 엄마가 가에데를 알아차리고 불렀다.

"그럼 그 사이 일은 아무것도 기억이 나지 않습니까?" 양복 차림의 남성이 마치다에게 물었다.

"네⋯ 전혀⋯ 왜 그런 곳에 쓰러져 있었는지⋯."

"난감하군⋯ 목격자도 없고 단서도⋯."

양복 차림의 남성끼리 얼굴을 마주 봤다. 형사인 듯했다.

"오, 가에데. 어쩐 일로?"

마치다와 눈이 마주치자 심장이 튀어나올 것 같았다.

"히로시 군이 갈아입을 옷을 가져오라고 했거든." 엄마가 말했다.

"그래? 미안하군."

엄마가 가에데를 손짓해 불렀다. 두 형사도 가에데에게 시선을 쏟았다.

병실에 들어가고 싶지 않았지만 괜히 의심받을 만한 행동을 해서는 안 된다. 엄마 곁으로 가서 가방을 건넸다.

"그 전에 있었던 일은 어떻습니까? 당신이 쓰러진 건 집에서 멀리 떨어진 곳이었는데, 왜 그런 곳에 갔는지도 기억나지 않습니까?" 남성이 마치다에게 시선을 되돌리고 물었다.

"네, 전혀 기억나지 않습니다. 아마 더워서 바람을 쐬려고 산책하러 간 게 아닐까 싶습니다."

"그렇습니까… 뭐든 생각나면 연락 주십시오."

두 형사는 왠지 불만스러운 표정으로 그 말을 남기고 병실을 나갔다.

"가에데… 일단 입원 수속을 해야 하니까 여기서 잠깐 기다릴래?"

엄마도 병실에서 나가고 불편한 침묵이 흘렀다.

"정말 아무것도 기억 안 나?"

가에데의 질문에 마치다는 고개를 이쪽으로 천천히 돌리고 "그래…" 하고 끄덕였다.

가에데는 믿을 수 없다는 생각에 마치다의 얼굴을 빤히 쳐다봤다. 그러나 그 말이 사실인지 거짓인지는 알 수 없었다.

"며칠 입원해서 검사를 받아야 한다던데 아마 금방 돌아갈 수 있을 거다. 그럼 다시 공부를 봐줄 테니 각오해 둬."

가에데는 마치다를 보면서 작게 고개를 끄덕였다.

"어쨌든 크게 다치지 않아 천만다행이야…"

택시를 타자 엄마가 안도의 한숨을 쉬면서 말했다.

"저기, 엄마…."

가에데가 부르자 엄마는 "응…?" 하고 돌아봤다.

그 영상에 관해 일러둬야 하지 않을까 싶었지만 말이 나오지 않았다.
마치다가 일으켰다고 알려진 사건은 엄마가 생각하는 것과는 다르다.
어쩌면 마치다는 사람을 죽이지 않았을 수도 있지만 설령 그렇다 해도
마치다의 주변에는 엄마가 상상도 못할 무시무시한 그림자가 있을지도
모른다.

그 일들을 알게 되면 엄마는 어떻게 나올까.

마치다 주변에 무시무시한 범죄 조직의 그림자가 아른거린다 할지라
도 엄마는 갱생의 기회를 주기 위해 그를 집에 두려 할까.

아니, 그 영상을 보면 아무리 엄마라도 마치다와의 인연을 끊을지도
모른다.

"아니… 어쨌든 다행이야." 가에데는 창밖으로 시선을 돌렸다.

왜 엄마에게 말하지 않았을까. 엄마에게 알리면 마치다를 집에서 내
쫓을 수도 있는데.

가에데는 창밖에 내려앉은 땅거미를 보면서 영상 속 마치다의 모습
을 몇 번이고 떠올렸다.

10

마에하라 에쓰코는 창가에 꽃병을 두고 침대로 눈길을 주었다.

그는 왜 자고 있을 때마저 이토록 괴로운 얼굴을 하는 걸까.

에쓰코는 침대에 잠든 마치다 히로시를 바라보면서 그가 지금까지 걸어온 길을 상상하려 했다.

그러나 아무리 상상하려 애써도 알 수 없었다. 에쓰코는 남들보다 쓰라린 기억을 많이 갖고 있는데도 도무지 상상할 수조차 없었다.

고통스러운 신음이 멎고 잠시 후 마치다가 천천히 눈을 떴다.

순간 부드러운 눈빛을 보였지만 잠시뿐이었다. 이내 평소의 굳은 표정으로 돌아왔다.

"와 있었군. 공장 일이 바쁠 텐데?" 마치다가 차갑게 말했다.

"이렇게 크게 다쳤는데 당연히 걱정돼서 왔지."

"별로 대단한 부상도 아니다. 공장에는 금방 복귀할 수 있어."

"그런 말이 아니라…"

"한 가지 궁금한 게 있다." 마치다가 그렇게 말하고 에쓰코를 쳐다봤다.

"뭔데?"

"왜 나 같은 인간을 거두어 줬지? 내가 무슨 짓을 해서 소년원에 들어갔는지 알고 있을 텐데?"

에쓰코는 마치다를 마주 보며 고개를 끄덕였다.

"히로시 군을 만나기 전에 나이토 씨가 말해 줬어."

"그럼 왜?"

"왜 그런 걸 묻니?"

마치다는 아무런 대답도 하지 않았다.

"나이토 씨가 히로시 군에 대해 말해 줬을 때는 솔직히 조금 망설였어. 가에데도 어느덧 숙녀 티가 나고 말이지.”

“아….” 마치다가 뭔가 떠올랐다는 듯 중얼거렸다.

“네가 범한 죄에 관해서는… 평생토록 속죄하는 마음으로 살아야 한다고 생각해.”

마치다에게 처음으로 엄격한 말을 내뱉었지만 그는 시선을 피하지 않았다. 그렇다고 고개를 끄덕이지도 않았다.

“나이토 씨에게 히로시 군의 이야기를 들었을 때 어쩌면 날 닮았을지도 모른다고 생각했어.”

“…닮았다고?” 마치다가 의아해하며 물었다.

“난 갓난아기 때 시설 앞에 버려졌단다.”

의외였는지 마치다의 눈이 희미하게 반응했다.

“히로시 군과 마찬가지로 나도 호적이 없던 시절이 있었어. 애초에 부모가 없었기 때문에 히로시 군처럼 심한 학대를 받지는 않았지만, 그래도 여러모로 힘들었지. 시설에서의 생활도, 시설을 나온 이후의 생활도… 일이 잘 풀리지 않을 때마다 내 환경을 원망하고, 날 편견의 눈으로 보는 주변 사람들을 증오했어. 딱 지금의 히로시 군 나이 정도까지 주변에 있는 온갖 것들을 증오하면서 살았단다….”

“어떻게….” 거기서 말을 끊었다.

아마도 어떻게 변하게 되었는지 묻고 싶은 것이리라.

“사람과의 만남이 날 바꿔 주었단다. 남편과 그의 부모님이 내 완고한 마음을 열어 주었지. 어째서 널 거두었는지 이제 알겠지?”

“당신은 괜찮을지 몰라도 가에데는 아닐 텐데?”

"솔직히… 별로 좋은 감정은 아니었던 것 같구나. 그런데 신기하게도 사람의 마음은 조금씩 변하게 마련인가 봐. 무슨 일이 있었는지는 몰라도….”

"무슨…?" 영문을 모르겠다는 듯 마치다가 물었다.

"저거, 가에데가 사 오더니 나한테 들려 보내던데.”

에쓰코는 창가에 둔 꽃을 가리켰다.

마치다는 잠자코 꽃을 바라봤다.

"직접 병문안을 가라고 말했는데… 부끄러운가.”

노크 소리가 나고 간호사가 들어왔다.

"안녕하세요. 지금부터 검사를 하겠습니다.”

"나는 그럼 일이 있어서 그만 가야겠구나.”

"그래….” 마치다가 무뚝뚝하게 대답했다.

"빨리 집에 왔으면 좋겠구나.”

에쓰코는 미소를 지어 보인 후 병실을 나갔다.

11

다메이 준은 신주쿠 역 남쪽 출구 개찰구를 나와 서둘러 버스 터미널을 찾았다.

이제 곧 버스가 출발할 시간이다. 늦잠을 잔 것은 아니다. 옷을 고르느라 시간 가는 줄을 몰랐다.

안내판을 보니 계단을 내려가면 버스 승차장이 있다고 한다. 터미널로 들어가자 버스 앞에 서 있는 나쓰카와 쇼코가 보였다. 쇼코도 다메이를 알아봤는지 눈이 마주친 순간 환하게 웃었다.

"다메이 군, 빨리빨리."

손을 흔드는 쇼코를 향해 다메이는 달음박질쳤다.

동아리 멤버들은 벌써 다 모여 있었다. 이번 합숙에는 다메이를 포함해 남자 네 명 여자 네 명, 총 여덟 명이 참가했다.

"이야, 간사가 지각을 다 하네?" 멤버들이 웃음을 터뜨렸다.

"죄송합니다. 이제 탈까요?"

다메이는 머리를 긁적이며 버스에 올랐다. 차표를 꺼내 확인하며 좌석에 앉았다.

"여기, 앉아도 돼?" 쇼코가 다메이 옆자리를 가리키며 물었다.

"물론."

다메이는 쇼코의 웃는 얼굴을 보고 기분이 날아갈 것 같았다.

지난 한 달 동안 합숙 준비로 힘들었지만 덕분에 쇼코와 친해졌다. 그간의 고생을 보상받은 기분이었다.

"결국 마지막엔 죄다 다메이 군한테 맡겼네, 미안해."

버스가 출발하자 쇼코가 다메이를 보면서 두 손을 모았다.

"아니야. 나쓰카와도 여러모로 수고했어, 고마워. 마지막엔 나 혼자 결정해 버렸는데, 다들 재미있게 보냈으면 좋겠다."

"합숙으로 나스(도치기 현에 위치한 휴양지)에 가는 건 처음이라 다들 기대하던데?"

"그럼 다행인데…."

말은 그렇게 하면서도 내심 자신이 있었다. 그 별장형 독채 펜션은 엄청나게 좋은 곳이기 때문이다.

다메이와 쇼코는 학교 강의가 끝나고 집에 가는 길이나 쉬는 날을 이용해 여행사를 돌았지만, 좀처럼 괜찮은 합숙소를 찾을 수가 없었다. 예산은 한 명당 3만 엔 이내이고 3박이다. 교통비와 식대, 테니스 등의 여가 활동비를 감안하면 1박에 5천 엔쯤 되는 숙소를 찾아야 했다. 그 예산 내에서 생각하면 숙소마다 썩 만족스럽지 않은 곳이라 쉽게 결정할 수가 없었다.

아니, 진심을 말하면 쉽게 결정하고 싶지가 않았다. 이번 일은 쇼코와 친해질 수 있는 기회였다. 쇼코와 최대한 오래 같이 있고 싶은 마음이 다메이의 결정을 더디게 만들었다.

쇼코와 약속을 잡고 여행사를 돌고 난 후 둘이서 식사를 하며 이런저런 이야기를 나누었다. 다메이에게는 더없이 행복한 시간이었다. 그 덕분에 쇼코에 대해 많은 것을 알게 되었다. 그중 가장 큰 수확은 쇼코에게는 지금 사귀는 남자가 없음을 알게 된 것이다.

다메이가 "더 좋은 곳이 있어" 하고 결정을 미루는 사이, 예산 내의 숙소는 점점 다른 예약이 차 버려서 더 이상 예약이 불가능한 상황에까지 이르렀다.

"어떡하지…? 멤버들한테 뭐라고 말하면 좋을까."

낙담하는 쇼코를 보고 다메이는 책임감을 느꼈다.

"내가 어떻게든 할 테니까 나한테 맡겨."

다메이는 쇼코를 안심시킨 뒤 어떻게든 예산 내의 숙소를 찾으려고 혼자서 여행사 여기저기를 뛰어다녔다. 그러나 역시 숙소를 찾을 수가 없었다. 꼴사납지만 솔직하게 사과할 수밖에 없다는 생각을 하고 있는데 최후의 수단이 떠올랐다.

그것은 죽어도 쓰고 싶지 않은 방법이었지만 상황이 이렇게 된 이상 어쩔 수가 없었다.

다메이는 나스에 있는 별장형 독채 펜션에 전화를 걸었다. 옛날에 가족끼리 자주 가던 곳이었다. 다메이는 자신의 이름을 밝히고 지배인과 통화를 했다. 어렵겠지만 어떻게든 예산 내에서 숙소를 예약할 수 없겠느냐고 부탁하자 지배인이 선뜻 승낙해 주었다.

그 펜션이라면 가장 저렴한 방도 제법 수준이 높다. 쇼코의 수영복 차림을 볼 수 있을지도 모른다며 남몰래 기대했다.

"저건가?"

선두를 걷던 스도가 눈앞의 건물을 가리키며 물었다.

프런트와 레스토랑이 갖추어진 본관 건물이었다. 본관 뒤에 펼쳐진 광대한 부지 안에 수십 동에 달하는 펜션이 있다.

"맞아요. 펜션 외에도 테니스 코트와 수영장도 있고요. 좀 멀리 가면 승마장도 나오거든요. 그리고 마당에서 바비큐도 가능해서 오늘은 바비큐를 할까 하는데 어떤가요?"

다메이의 설명에 모두가 환호성을 질렀다.

"무지하게 좋은 곳이네."

"다메이 군, 굉장해."

"과연 차세대를 담당할 에이스."

저마다 입을 모아 칭찬과 환호를 해 주었다. 아침에 지각한 일은 이걸로 퉁쳐진 모양이다.

쑥스러워하며 쇼코를 보니 듬직하다는 눈길로 다메이를 보는 것 같았다.

"오늘부터 3박 예약한 다메이입니다."

프런트에 가서 접수를 했다.

지배인인 마키타를 불러서 감사를 표해야 할까 싶었지만 그 자리에서는 망설여졌다.

이번 예약은 아버지 이름을 이용했다는 떳떳지 못한 마음이 있다. 동아리 동료들에게 알리고 싶지 않았다. 특히 쇼코는 다메이 본인의 힘으로 이 숙소를 예약했다고 생각하길 바랐다.

나중에 몰래 인사하면 된다는 생각에 일단 열쇠를 건네받았다.

남녀로 나뉘어 각각의 펜션에 들어갔다. 밖에서 봤을 때는 몰랐지만 안으로 들어간 뒤 다메이는 경악했다.

1박에 한 명당 5천 엔짜리 방이므로 한데 섞여 자야 할 방인 줄 알았건만, 방의 넓이와 비치된 가구를 보고 예전에 가족끼리 묵었던 스위트룸이라는 것을 깨달았다.

"방을 잘못 들어온 거 아냐?"

다른 세 사람은 다메이보다 더 깜짝 놀랐다.

"프런트에 한번 물어볼게요."

다메이는 방에 있는 전화기로 프런트에 연락했다.

"아까 체크인한 다메이입니다만… 방 타입을 잘못 배정해 주신 것 같은데요."

"아뇨, 마키타 지배인님이 스위트룸 두 군데, 3박으로 잡으라고 하셨습니다만." 전화를 받은 여성이 대답했다.

"예산을 1박에 한 명당 5천 엔밖에 마련할 수가 없는데요…." 다메이는 작게 말했다.

"네. 그렇게 들었습니다."

다메이는 머리를 싸쥐면서 전화를 끊었다.

"아무래도 더블 부킹이 있었나 봐요. 우리는 이 방을 써도 된다고 하네요."

"우와. 이게 웬 횡재야."

다메이의 변명에 납득했는지 다들 방 안을 돌아다니며 구경했다.

"방 보고 깜짝 놀랐다니까 ─."

바비큐가 시작되자 다들 그 이야기로 한창 열을 올렸다.

"그런데 올해 이렇게 좋은 경험을 해 버리면 내년부터는…."

"분명히 올해의 행운은 다메이 군의 평소 행실 덕분이야." 쇼코가 다메이의 얼굴을 보고 말했다.

그렇게까지 말하니 과연 민망스러웠다.

"내일은 다들 뭐 할 거예요?" 다메이는 화제를 바꾸려고 모두에게 물었다.

"아까 수영장을 봤는데 굉장히 크더라."

"좋아, 그럼 내일은 수영이나 할까."

"난 수영은 좀 그런데."

쇼코의 말에 다메이가 반응했다.

"왜? 수영복 안 가져왔어?"

다메이가 묻자 쇼코가 고개를 끄덕였다.

"어렸을 때 화상을 입어서 어깨에 큰 화상 자국이 있거든. 그래서…."

"그럼 좀 멀리 나가서 승마를 해 볼까?"

안타까워하며 그렇게 말하자 쇼코가 웃는 얼굴로 끄덕였다.

"어? 뭐지?"

스도의 목소리에 다메이는 뒤를 돌았다. 종업원 몇 명이 쟁반 같은 것을 들고 다가오고 있었다. 맨 앞은 마키타 지배인이었다.

"여러분, 즐거운 시간 보내고 계십니까." 코앞까지 온 마키타가 웃는 얼굴로 말했다.

종업원이 계속해서 테이블 위로 쟁반을 날랐다. 고급 고기와 해산물, 샴페인 등을 모두가 어안이 벙벙해져서 쳐다봤다.

"저는 지배인인 마키타입니다. 이번에 저희 펜션을 이용해 주셔서 감사합니다. 준 님께 늘 신세를 지고 있는지라 약소하게나마 서비스를 준비해 봤습니다. 모쪼록 입맛에 맞으셨으면 좋겠습니다."

"고마워요." 다메이는 동료들에게서 얼굴을 돌리고 말했다.

"준 님, 그런데 내일 말입니다만…."

마키타가 뭔가 말하려 했지만 다메이는 "알겠으니까" 하고 반 강제로 입을 막고 되돌려 보냈다.

　마키타와 종업원들이 떠나고 다메이는 한숨을 쉬었다. 뒤돌아보니 모두의 시선이 자신을 향해 있었다.

　"준 님이라니…?"

　누가 먼저랄 것도 없이 물었지만 다메이는 우두커니 서 있기만 하고 아무 말도 하지 못했다.

　"혹시 아버지한테 부탁드린 거야?" 쇼코가 물었다.

　그러나 쇼코의 표정에는 다메이에 대한 경멸이나 낙담의 기색이 전혀 없었다.

　"아버지라니?"

　다시 누군가가 물었다.

　"실은… 다메이 군 아버지가 다메이드럭 사장님이셔."

　쇼코의 말에 모두가 놀라서 탄성을 질렀다.

　"원래는 이번에 숙소를 잡기가 너무 어려워서 올해 합숙은 포기해야 하는 거 아닐까 싶은 상황이었거든. 그랬더니 다메이 군이 자기가 어떻게든 할 테니까 맡겨 달라는 거야… 우리를 위해서 아버지한테 부탁드린 거 맞지?"

　쇼코의 얼굴에는 다메이에 대한 감사의 마음이 깃들어 있었다. 하지만 쇼코의 그런 얼굴을 봐도 지금은 가슴이 설레지 않았다. 심경이 복잡할 따름이었다.

　"다메이드럭이라면 그 다메이드럭?"

　"다메이 군, 재벌집 도련님이었구나."

"장차 다메이드럭의 사장님이라. 대박인데."

다들 한마디씩 거들었다. 그 말이 조롱이나 멸시가 아닌 순수한 놀라움이라는 걸 알면서도 신경에 거슬렸다.

"아니. 그게 아니야…" 다메이는 고개를 푹 숙이고서 가로저었다.

"다메이 군 아버지 정말 대단하시다."

그런데도 동아리 동료들의 놀라움과 선망의 말은 끊이지 않았다.

"아니야. 아버지한테 부탁하지 않았다고!" 다메이는 고개를 들어 정색하고 말했다.

거친 말투에 놀랐는지 일제히 조용해졌다. 동료들의 황당하다는 눈빛에 다메이는 당혹스러워하며 머리를 긁었다.

"아니… 물론 이 펜션은 옛날에 가족끼리 자주 오던 곳이에요. 알아보는 숙소마다 예약이 안 돼서 어떻게 할까 생각하던 차에 여기가 떠올라서… 밑져야 본전이라는 심정으로 연락해 본 거예요. 하지만 아버지한테는 부탁하지 않았고, 여길 예약할 때도 아버지의 이름은 한 글자도 언급하지 않았다고요."

그것은 완전히 거짓은 아니었다. 이곳에 연락했을 때도 다메이는 자신의 이름을 대고 지배인인 마키타와 통화했다. 아버지 이름은 일절 말하지 않았다. 하지만 지배인이 자신의 이름을 기억하고 있으리라는 계산 하에 행동한 것은 맞다.

"그럼 여기 지배인이 멋대로 신경을 썼다는 거네." 스도가 테이블 위의 호화로운 식재료를 바라보면서 말했다.

"네, 그렇게 된 거예요. 물론 한 명당 1박에 5천 엔밖에 못 낸다고 분명히 말해 뒀어요."

"이걸 어쩌나… 1박에 5천 엔밖에 못 내는데 이런 대접을 받아도 되려나."

스도의 말에 동조하듯 모두가 다메이를 쳐다봤다.

이런 사태만은 피하고 싶었다. 그동안 대등했던 동료들이건만 일단 이런 일이 생기면 앞으로 다메이를 저절로 의식하게 된다. 이 펜션을 선택한 탓에 즐거워야 할 합숙이 엉망이 될 지경이었다.

"뭐… 모처럼의 호의를 거절할 수도 없으니 이번에는 고맙게 받도록 하죠." 다메이는 하는 수 없이 그 자리를 수습하듯 말했다.

"그렇게 해요. 그런데 다들, 앞으로 약이나 화장품을 살 때는 반드시 다메이드럭을 이용해 주세요."

쇼코의 말에 모두 웃음을 터뜨렸다. 그것을 계기로 다시 화기애애한 분위기로 돌아가 바비큐를 시작했다.

"그나저나 기절초풍하는지 알았네. 나는 그 집을 본 이상 네가 대기업 도련님이라는 게 도저히 믿기지가 않아."

다메이와 동갑인 세토가 맥주를 마시며 말했다.

지난달 동아리 술자리 때 집이 먼 세토가 막차가 끊겨서 자신의 집에 재워 준 일이 있다.

"무슨 뜻이야?" 흥미가 동했는지 동료 중 한 명이 물었다.

"네 평짜리 원룸에 욕실도 없고 화장실은 공동인 빌라. 재워 준 사람한테 이런 말 하긴 좀 그렇지만 요즘 세상에 그렇게 낡아 빠진 집이 아직도 있구나 싶어 깜짝 놀랐다고."

"다메이 군, 어디 사는데?"

"이타바시요." 다메이가 대답했다.

"어? 다메이 군의 본가, 덴엔초후 아니었어?"

쇼코의 말에 다메이는 살짝 놀랐다. 지금껏 쇼코에게 본가 이야기를 한 적은 없었다. 어떻게 알고 있을까.

"고등학교 때는 반이 달라서 이야기를 나눈 적은 없었는데, 학교에 소문이 쫙 퍼졌거든. 덴엔초후의 초호화 대저택에 산다고." 다메이의 의문을 눈치챘다는 듯이 쇼코가 설명했다.

"올해부터 본가를 나와서 혼자 살기 시작했거든."

"그나저나 덴엔초후의 대저택에서 이타바시의 낡은 빌라라니… 대체 왜?" 스도가 왜 그런 짓을 하냐는 듯이 물었다.

"뭐… 이런저런 사정이 있어서."

다메이가 말끝을 흐렸다. 그런데 그것이 되레 모두의 호기심을 자극한 모양이었다.

"그리고 보니 다메이 군은 다른 대학에서 우리 학교로 편입해 왔지? 전에 다니던 학교가…."

"센세이대학 경제학부였어요."

사이타마 현에 있는 별로 유명하지 않은 대학이다.

"작년까지는 아버지 회사를 물려받을 작정으로 경제와 경영 공부를 했지만… 그만뒀거든요."

어느 정도까지는 이야기를 해 줘야 이 화제에서 벗어날 수 있겠다 싶어 다메이는 단념하고 말하기로 했다.

"그만뒀다니?"

모두가 먹고 마시던 손을 멈추고 다메이를 주목했다.

"다메이드럭을 물려받지 않기로 한 거죠."

다메이의 대답에 모두가 놀란 표정으로 "어째서?" 하고 입을 모아 물었다.

"이유가 하나는 아니지만… 뭐, 간단히 말해 부모가 깔아 놓은 레일에 얹혀 가기가 싫다고나 할까요." 다메이는 저도 모르게 거짓말을 했다.

사실은 어렸을 때부터 아버지 회사를 물려받기만을 생각하며 살아왔다. 압박감 속에서 살아가는 것은 싫었지만 아버지 회사를 물려받는 것 자체는 싫지 않았다.

단지 자신에게 그럴 능력이 없었을 뿐이지만 그런 말을 입 밖에 내고 싶지는 않았다.

"난 장남이라 어렸을 때부터 아버지 회사를 물려받는 걸 전제로 살아왔어요. 아버지도 그걸 바라셨고 나도 열심히 노력해 왔고요. 그런데 어느 순간 문득 의문이 들더군요."

"의문…?" 쇼코가 물었다.

"그래. 다메이드럭은 원래 할아버지가 하시던 작은 약국이었는데, 아버지가 당신 힘으로 회사를 크게 키우셨거든. 아버지가 깔아 놓은 레일에 얹혀 가는 인생이 과연 괜찮을까 싶었어. 그런 인생이 즐거울까 하는 의문이 들어서…."

"그 마음을 전혀 모르는 건 아닌데… 그래도 역시 아깝다. 다른 것도 아니고 천하의 다메이드럭이잖아. 나 같으면 무조건 뒤를 이었을 텐데.

아버지도 네가 회사를 물려받기를 바라셨을 거 아냐?"

"뭐… 그래도 이미 결정한걸요."

"그래서 본가를 나왔구나." 스도가 이유를 알겠다는 듯이 말했다.

"아버지 회사를 물려받지도 않는데 본가에서 여유 부리며 살 수도 없는 노릇이라."

"아무리 그래도… 너무 아깝다."

스도의 말에 모두가 고개를 크게 끄덕거렸다.

"낡은 빌라 생활도 꽤 즐거워요. 왠지 나 자신이 제로로 돌아간 것 같거든요. 제로가 되면 되레 앞으로 얼마든지 다양한 일을 시작할 수 있잖아요."

결코 마음속에 그런 긍정적인 생각만 가득한 것은 아니었다.

하지만 그렇게 생각하지 않으면 앞으로의 인생이 불안해서 견딜 수가 없었다.

이런 자신이 앞으로 아버지의 힘을 일절 빌리지 않고 과연 무얼 해나갈 수 있단 말인가.

"그래서… 다메이 군은 앞으로 뭘 할 생각이야?" 쇼코가 물었다.

제법 날카로운 지적이었다.

"솔직히… 지금은 아직 아무것도. 그동안 줄곧 회사를 물려받는다는 생각만 해서 일단 다양한 걸 해 보고 싶어. 그런데 결국에는 창업을 할 생각이야. 뭔가 세상에 도움이 되는 걸 발견해서 그걸 내 힘으로 보급하고 싶어."

궁여지책이었지만 그 방법이 아니면 아버지와 아키라에게 대갚음할 수가 없다.

"왠지 부러운걸."

쇼코가 눈부시다는 듯이 다메이를 보고 있었다.

"난 아무 생각이 없거든. 그런 큰 꿈이나 목표 같은 게 없어. 어디든 좋으니 빨리 취직자리가 정해졌으면 좋겠다고만… 그런 것만 생각하는데. 다메이 군의 이야기를 들었더니 나 자신이 보잘것없는 인간처럼 느껴졌어."

"그렇지 않아." 다메이는 고개를 가로저었다.

"그래, 나쓰카와. 사람들은 대부분 너랑 똑같다고. 꿈이나 목표를 가지는 것도 좋지만 당장의 현실을 사는 것도 중요해. 시게무라처럼 되면 큰일이잖아."

스도가 시게무라라는 이름을 언급하자 동료들이 실소를 터뜨렸다.

시게무라가 누굴까. 동료들의 반응으로 보아 다메이를 제외하고는 다들 알고 있는 듯했다.

"시게무라 씨가 누군데…?" 다메이가 물었다.

"다메이 군은 만난 적이 없겠구나. 우리 동아리의 옛날 멤버인데 좀 별난 남자야."

"별나기보다는 괴짜에 가깝죠."

누군가 그렇게 말했다.

"괴짜라니… 대체 어떤 사람이길래." 그런 말까지 듣는 사람이라니 흥미가 생겼다.

"시게무라 가즈히코라고 내 입학 동기야. 같은 시스템공학과라 옛날에는 자주 어울렸는데. 이 동아리도 같이 가입했고."

"스도 선배의 입학 동기라면 4학년인가요?"

"아니, 녀석은 아직 1학년이야. 3년 유급했거든. 머리는 결코 나쁘지 않은 녀석인데…." 스도가 호들갑스럽게 한숨을 토했다.

"누가 뭐라 해도 시스템공학과의 에디슨이니까요."

세토가 끼어들자 여기저기서 폭소가 터져 나왔다.

"에디슨보다는 닥터에 가깝지. 닥터 시게무라 —— 뭐, 일확천금을 꿈꾸며 희한한 발명에 몰두한다는 뜻이지만."

"발명이라…."

"아는 사이가 되면 자기 방에 데려가서 온갖 발명품을 자랑하고 싶어 하거든. 그런데 하나같이 허탈한 것들이라…."

주위 동료들도 "맞아, 맞아…" 하고 끄덕이면서 시게무라가 보여 준 쓸모없는 발명품 이야기에 열을 올렸다.

"처음에는 그런 녀석이 아니었는데… 언젠가부터 공부도 내팽개치더니, 자기는 반드시 사람한테 도움이 되는 대발명을 한다나 뭐라나. 왠지 세상과 동떨어진 녀석이었지. 그런 연유로 차츰 동아리에서도 멀어졌고."

시게무라 가즈히코.

동아리에 얼굴을 내밀지 않게 되었다고 하니 아마도 자신과 관련될 일은 없으리라.

"뭐, 큰 꿈이나 목표를 가지는 건 좋은데…."

스도가 거기까지 말하고 다메이의 어깨를 툭 쳤다.

꿈같은 이야기만 하는 다메이를 타이를 작정인지는 몰라도 그런 괴짜와 똑같은 취급을 받고 싶지는 않았다.

이튿날 쇼코 일행과 승마를 하고 돌아오면서 본관 앞을 지나는데 차 한 대가 눈에 들어왔다.

설마 싶으면서도 붉은 포르쉐 911 카레라에 다가갔다.

"이 차, 굉장하다…." 뒤에서 걸어오던 쇼코가 부럽다는 듯이 말했다.

다메이는 번호판을 보고 암담한 기분이 되었다. 아키라가 대학 입학 축하 선물로 받은 차였다.

남녀의 목소리가 들려와 다메이는 본관 쪽으로 시선을 돌렸다. 본관에서 나온 아키라와 눈이 마주쳤다. 아키라는 제 또래 남자와 아름다운 여성 두 명과 함께 있었다.

"형…."

아키라가 다메이를 알아보고 입가에 미소를 띠면서 걸어왔다. 어쩐지 자신을 무시하는 이 표정이 옛날부터 마음에 안 들었다.

"이런 데를 다 오고 어쩐 일이야?" 아키라가 차 문을 열면서 물었다.

"엇. 그쪽이 그 유명한 아키라네 형?"

아키라 옆에 있던 경박해 보이는 남자가 말하자 여성 둘이 쿡쿡 웃기 시작했다.

"다메이 군의 동생인가요? 반가워요. 나쓰카와 쇼코라고 해요." 쇼코가 아키라 일행에게 인사했다.

"처음 뵙겠습니다. 동생인 아키라입니다. 잘 부탁합니다."

아키라는 다메이에게는 늘 아니꼬운 태도를 보이지만 다른 사람들에게는 깍듯하다.

"형의 여자친구인가요?"

아키라의 물음에 쇼코가 살짝 당황한 표정을 지었다.

"아니야." 다메이가 대신 부인했다.

"어쩐지. 형한테는 아까워 보이더라니." 아키라가 다메이만 알아차리게끔 코웃음을 쳤다.

"다메이 군과 같은 대학을 다니고 있고 어제부터 동아리 합숙 중이에요. 오늘 밤에 여기서 캠프파이어를 할 건데, 괜찮으면 같이 할래요?"

갑작스러운 쇼코의 제안에 다메이는 당황했다.

"아니… 우리끼리 정하는 건 좀… 다른 멤버들한테도 물어봐야지." 다메이는 어떻게든 막으려 했다.

"캠프파이어는 사람이 많을수록 재미있잖아. 다들 찬성해 줄 거야. 그런데 동생 쪽이 불편하려나."

아키라는 낯가림이 심한 편이라 거절할 줄 알았는데, "어떡하나…" 하고 다메이를 살피면서 재고 있다.

갑작스러운 제안에 허둥대는 다메이의 모습이 고소한 것이리라.

"그럼 참석해도 될까요?" 아키라가 비웃음을 띠면서 말했다.

그날 밤 아키라 일행과 함께 캠프파이어에 둘러앉게 되었다.

처음에는 경계하는 눈치였던 아키라도 차츰 동아리 멤버들에게 마음을 열었는지 지금은 즐겁게 술을 마시고 있다.

그러나 다메이는 아키라의 모습이 아른거릴 때마다 기분이 처져서 전혀 즐기지 못하고 있었다.

"사양 말고 많이들 들어요."

쇼코가 아키라 일행 쪽으로 음식을 가져가는 것이 보였다.

누구와도 금방 친해지는 싹싹함과 명랑함이 쇼코의 매력이긴 하지만 오늘만큼은 그 매력이 원망스러웠다.

"다들 학생이에요?" 쇼코가 아키라 일행에게 물었다.

"저희는 같은 대학에 다니는데, 얘들은 모델이에요."

아키라가 여성지 이름을 대자 쇼코를 비롯한 여자들이 "란 짱하고 유짱이다!" 하고 호들갑을 떨었다.

"아키라 군하고 친구는 어디 대학 다녀?" 스도가 물었다.

"게이세이대학 경제학부예요."

아키라가 시원스레 말하자 주변에서 탄성이 일었다.

도쿄대학도 상당히 수준 높은 대학이지만 게이세이대학은 일본 대학 중에서도 최상위에 속한다.

"그나저나 두 사람 다 엄청난 차를 타던데. 당연히 직접 구입한 건 아니겠지?"

아키라는 포르쉐 911 카레라, 친구는 BMW를 갖고 있었다.

스도의 말투에는 부러움과 약간의 비아냥이 담겨 있는 듯했다.

"네. 게이세이대학 경제학부에 합격하면 선물 받기로 계약을 했거든요."

"계약… 약속이 아니고?"

"부모님이 원하는 대학에 들어가는 것도 저한테는 일의 하나거든요. 그래서 약속이 아니라 계약이에요."

"일이라면… 장차 다메이드럭에서 일하는구나?"

아키라는 미소를 머금으면서 그 질문에는 대답하지 않았다.

"아키라는 다메이드럭의 차기 사장이거든요." 대신 옆에 있던 친구가 거들었다.

"아직 스무 살인데 벌써 정해지다니."

"아직 스무 살이긴 해도 20년간 기대를 받아 왔으니까요."

"형제끼리도 타입이 다르네."

"타입이요?"

스도의 말에 아키라가 고개를 갸웃하고 물었다.

"그래… 네 형은 아버지가 만든 회사라는 레일에 그냥 얹혀 가는 게 싫어서 다메이드럭을 물려받지 않기로 했잖아. 너와 달리 풍요로운 생활을 버리고 부모 힘에 의존하지 않고 제로부터 자기 힘으로 뭔가를 시작하려 해. 어느 쪽이 좋고 나쁘고를 떠나서."

스도는 아키라의 건방진 말투에 괘씸함을 느꼈을 것이다. 그러나 이 자리에서 아키라에게 그 말만은 하지 않길 바랐다.

스도의 말에 아키라의 표정이 험악해졌다. 순간 벌컥 화를 내는가 싶었는데 친구들을 쓱 둘러보고 웃기 시작했다.

"형이 그런 말을 하던가요?"

가소롭다는 듯 친구들과 자지러지게 웃었다.

"내가 뭐 이상한 소리라도 했나?" 스도가 불쾌하게 말했다.

제발 더 이상 아무 말도 하지 않길 바랐다. 두 사람의 대화가 이어지는 동안 이 자리에서 당장에라도 도망치고 싶었다.

"형과는 타입이 다른 게 아니라 역량이 다를 뿐이에요."

아키라가 내뱉은 말로 그 자리의 분위기가 단숨에 얼어붙은 듯했다. 적어도 다메이는 캠프파이어의 불꽃을 바라보며 등줄기가 서늘해진 것을 느꼈다.

주위를 둘러보니 다들 할 말을 찾지 못한 듯 불편한 침묵이 흐르고 있었다. 형제간의 일이니 다메이가 어떻게든 수습해야 할 것이다.

정말이지 그렇다니까 하고 우스갯소리로 넘기면 되겠지만 지금의 자신에게는 그럴 여유가 없었다.

"역량이라니… 아무리 형제라도 말이 너무 심한 거 아닌가?" 스도가 불쾌한 얼굴로 아키라를 쳐다봤다.

"확실히 우리는 게이세이만큼 수준 높은 대학은 아닐지 몰라도…." 세토가 불씨를 보태듯이 말했다.

동아리 멤버들과 아키라 일행 사이에 메우기 힘든 골이 생기고 말았다.

"딱히 대학을 운운한 게 아니에요. 도쿄대학은 훌륭한 학교라고 생각해요. 하지만 제가 한 말 때문에 기분이 나빴다면 죄송합니다. 그럴 의도는 없었어요."

아키라가 사과할 의향으로 머리를 가볍게 숙였다.

"다만 저도 친구와 여자친구 앞에서 응석받이 도련님 취급을 당하니 납득이 안 간다고 해야 하나… 형, 형이라면 내 기분 알지?"

아키라가 심술궂은 시선으로 자신을 쳐다봤다.

"아키라… 이제 그만하지? 물론 네 말이 맞아. 넌 나와 달리 역량이 뛰어나지." 다메이는 애써 웃으며 말했다.

더 이상 상처가 깊어지기 전에 어떻게든 이 자리를 마무리 짓고 싶었다.

"스도 씨는 아까 형이 아버지 회사라는 레일에 그냥 얹혀 가는 게 싫어서 자기가 먼저 회사를 물려받지 않기로 했다고 말했죠."

그러나 아키라는 이 이야기를 끝맺을 의향이 없는 것 같았다. 옛날부터 그랬다. 납득되지 않는 일이 있으면 끝까지 이치를 따졌다. 상대방을 굴복시킬 때까지 만족하지 않았다. 그로 인해 상대가 아무리 상처받는다 할지라도. 그런 냉철함은 아버지에게 물려받았는지도 모른다.

"그런 거였어?" 아키라가 냉담한 눈길을 보내며 물었다.

모두의 시선도 자신에게 쏠렸지만 다메이는 아무런 대답도 하지 못했다.

"장차 내 밑에서 일하기 싫었을 뿐이잖아."

아키라의 말이 날카로운 가시가 되어 가슴을 찔렀다.

몸에서 핏기가 가시는 것 같았다. 어떤 태도를 취해야 할지, 무슨 말을 해야 할지 몰라 그저 의미도 없이 웃었다.

"그렇지 않아." 간신히 그렇게 대답했다.

"그래? 아버지가 형은 기업의 수장이 될 수 없다고 쐐기를 박아서 열받아서 도망친 거 아니었나?"

"그렇지 않아. 아버지 회사에서 일한다는 선택 외에 내 가능성을 시험해 보고 싶었어." 힘주어 말하며 최소한의 저항을 표시했다.

"그럼 자기 힘으로 제로부터 뭔가를 시작하려 한다던데 대체 뭘 할 작정일까. 형한테 그런 각오가 정말 있나? 풍요로운 생활을 버리고 부모 힘을 의존하지 않는다면서… 지금도 엄마한테 생활비 받고 있잖아."

그만둬. 제발 그만——.

마음속으로 제발 그만두라고 간청했지만 아키라는 공격의 고삐를 늦추려 하지 않았다.

"형의 행동은 이도 저도 아니야. 내가 아까 말한 역량이라는 건 딱히 대학을 겨냥한 게 아니었어. 아마도 여기 있는 사람들은 어떤 목적이나 목표가 있어서 지금의 학교에 들어왔겠지. 하지만 형은 달라. 그냥 도망쳤을 뿐이야. 압박감에서 달아나고 노력하는 것에서 도망치고…."

"그만둬!" 다메이는 양손으로 귀를 막고 소리쳤다.

그렇다. 모든 것은 아키라의 말대로다. 자신은 도망치고 있다.

자기 힘으로 제로부터 뭔가를 시작하고 싶다는 말도 어차피 허세에 지나지 않았다.

아키라가 말하지 않아도 자신이 가장 잘 알고 있다. 아키라의 주장은 지당하다. 아키라는 어렸을 때부터 노력해 왔다. 적어도 다메이보다는 열심히 공부했으리라. 아버지에게 인정받기 위해.

따라서 아무것도 모르는 스도에게 마냥 응석받이 취급을 받아 용납할 수 없었을 것이다. 그 마음을 모르는 것은 아니다. 하지만 다메이의 못난 모습을 굳이 들출 필요도 없지 않은가. 이런 데서 끄집어낼 필요는 없지 않은가.

잔혹하다. 잔혹하기 짝이 없다.

동아리 멤버들이 어찌해야 할지 모르겠다는 표정으로 다메이를 바라봤다.

가여워하는 눈빛으로 자신을 보고 있던 쇼코와 눈이 마주쳤다.

다메이는 더 이상 견디지 못하고 그 자리에서 뛰쳐나갔다.

문 여는 소리가 들렸다.

다메이는 이불 속에 파고든 채 숨을 죽이고 자는 척을 했다. 아마도 세 명 모두 방으로 돌아왔겠지만 다메이를 배려해서인지 아무도 입을 열지 않았다. 텔레비전 소리와 캔 맥주를 따서 마시는 소리만 들렸다.

이대로 정말 잠이 들면 편할 텐데 영 잠이 오지 않았다. 정말이지 숨 막히는 시간이었다. 잠시 후 텔레비전 소리가 사라졌다. 방도 어두워진 것 같았다.

근처에서 규칙적인 숨소리와 코 고는 소리가 들리는 듯하여 다메이는 이불을 걷고 일어났다. 침대에 스도 일행이 자고 있다. 시계를 보니 아직 10시 전이었지만 딱히 할 일도 없고 자는 수밖에 없었으리라. 원래는 한창 즐겁게 흥청거릴 시간이건만 다메이와 아키라 탓에 엉망이 되고 말았다.

다메이는 바깥 공기를 쐬러 밖으로 나와 어둠 속을 정처 없이 걸었다. 그런 꼴사나운 모습을 보인 이상 앞으로 동료들을 대하기도 껄끄러울 것이다.

내일 다시 모두와 얼굴을 마주해야 한다고 생각하는 것만으로 기분이 우울해졌다. 지금이라도 도쿄로 돌아갈 수 있지 않을까. 편지라도 써놓고 가면 다들 걱정하지 않을 테고, 다메이의 마음도 헤아려 줄 것이 틀림없다. 가여워하는 눈빛으로 다메이를 바라보던 쇼코의 모습이 뇌리에 되살아났다.

즐거운 동아리지만 그만둬 버릴까.

"다메이 군——."

갑자기 자신을 부르는 소리에 다메이는 깜짝 놀라 뒤돌아보았다.

사방이 캄캄해서 바로 알아보지는 못했지만 자세히 보니 쇼코가 서 있었다.

지금 가장 만나고 싶지 않은 사람의 모습에 다메이는 동요했다.

"어, 어떻게…." 춥지도 않은데 목소리가 떨린다.

"다메이 군이 펜션에서 나가는 걸 봤거든. 그래서…."

쇼코도 그다음 말을 생각지 못한 듯 고개를 살짝 숙였다.

"그, 그래…." 다메이도 말을 잇지 못했다.

"미안해. 내가 마음대로 초대하는 바람에 불편한 상황이 되어 버렸어."

쇼코가 다메이를 바라보며 말하고 머리를 숙였다.

"딱히 나쓰카와, 네 탓은 아니야. 나야말로 우리 때문에 모두를 불편하게 했어. 모처럼 합숙까지 왔는데."

쇼코가 조금이나마 표정을 누그러뜨리고 거세게 고개를 저었다.

"그 후에 어떻게 됐어?" 다메이가 물었다.

"곧바로 끝났어."

"그랬구나. 괜히 엉뚱한 일로…."

"걱정 마."

쇼코의 말에 조금 안심했다. 그 후 아키라 일행과 동아리 멤버들 사이에 다툼이 일었을까 봐 걱정이 되었었다.

"그런데 우리한테 얻어먹기 싫다면서 식비하고 술값을 내고 갔어. 이런 말 하면 좀 그렇지만 다메이 군하고 달리 동생은 성격이 모진 것 같아."

그 말에 다메이는 쓴웃음을 지었다.

"그런 성격이 아니면 대기업의 경영자 자리를 감당해 낼 수가 없겠지."

다메이는 근처에 있는 벤치로 가서 걸터앉았다.

"다메이 군은 상냥하구나." 쇼코가 미소를 머금고 옆에 앉았다.

"그렇지 않아. 내 동생이지만 정말 재수 없는 놈이라고 생각해… 하지만 그 녀석 말이 거의 맞으니 어쩔 수 없어."

다메이는 작게 한숨을 내쉬었다.

이렇게까지 된 이상 허세를 부려도 소용없다.

"작년 이맘때… 아버지가 말씀하셨거든. 미안하지만 장차 회사는 아키라한테 맡길 생각이라고. 나는 경영에 소질이 없다고 판단하셨대. 적성에 맞지 않는 일을 맡기는 건 나한테는 물론 회사에도 불행한 일이라고."

거기까지 말한 뒤 어금니를 꽉 깨물었다.

1년이 지나도 그 당시의 원통함은 조금도 풀리지 않았다.

"어렸을 때부터 줄곧 다메이드럭을 물려받는 것만 생각하며 살아왔는데. 아버지 기대에 부응하도록 나름 열심히 노력했는데… 그런데 왜 이제 와서 그런 소리를 하느냐고 아버지를 증오했어. 하지만… 하지만 정말 그런 걸까 싶어. 마음 한구석으로는 이미 깨달았던 것 같아."

"뭘?" 쇼코가 물었다.

"그 녀석이 말한 대로 도망치기만 했다는 걸."

다메이는 쇼코에게 시선을 피하고 중얼거렸다.

"어렸을 때부터 다메이드럭을 물려받아야 한다는 압박감에서 벗어나고 싶었어. 노력하는 것에서 도망치고 싶었어. 아버지는 분명히 알아차리셨을 거야. 난 항상 편한 쪽으로 도망치는 인간이라는 걸… 그래서 아키라를 후계자로 지명하셨겠지. 나처럼 도망치기만 하는 인간이 창업을 한다거나 제로부터 뭔가를 시작한다고 말해도… 우스운 게 당연해. 하지만 그 정도 허풍을 떨지 않으면 나 자신이 너무 비참하고 한심스러워서 견딜 수가 없어."

이야기하는 동안 눈물이 넘칠 것 같았지만 가까스로 참았다.

왜 쇼코에게 이런 이야기를 쏟아 내는 걸까. 줄곧 마음속에 감춰 둔 한심한 감정을.

이내 다메이는 쇼코에게 이야기한 것을 후회하기 시작했다.

"허풍이면 좀 어때." 쇼코가 갑자기 활기차게 말했다.

다메이는 그 말뜻을 몰라 쇼코를 쳐다봤다.

"딱히 허풍이어도 괜찮잖아. 허풍에서 시작되는 일도 있어."

어리벙벙하니 쳐다보는 다메이에게 쇼코는 "안 그래?" 하고 동의를 구하듯 얼굴을 들이댔다.

"어제 말해 준 세상에 도움이 되는 발견을 해서 그걸 자기 힘으로 보급하고 싶다는… 그 마음이 완전히 거짓은 아닐 거 아냐."

"그야 뭐… 그렇지…." 쇼코와의 거리가 가까워진 탓에 쩔쩔매며 대답했다.

"나, 다메이 군의 이야기를 듣고 왠지 멋지다고 생각했는걸."

"그런데 그건 그저… 아버지와 아키라에 대한 고집에 불과할지도 몰라."

"그게 뭐 어때서? 뭔가를 시작할 때 반드시 숭고한 이유가 필요한 건 아니잖아. 분해서, 혹은 누군가에게 보란 듯이 성공하고 싶어서, 그런 이유로도 충분하잖아."

"하지만…."

쇼코의 말은 기뻤지만 한번 꺾인 자신감은 쉽사리 돌아오지 않았다.

"다메이 군은 노력하는 것에서 도망쳤다고 말했지만 노력이야 앞으로 해 나가면 되는 거잖아. 난 태어나서 죽을 때까지 평생토록 노력하는 사람은 없다고 생각해. 분명히 인생에서 죽을힘을 다해 노력해야 할 때가 몇 번인가 있고, 그때 제대로 노력한 사람이 성공하는 게 아닐까 싶어. 다메이 군이 정말 노력해야 할 때는 이제부터라고."

정말 그럴까. 지금까지 도망쳐 온 자신이라도 앞으로 열심히 노력하면 잃어버린 것을 만회할 수 있을까.

"그리고 아까 모진 성격이 아니면 대기업의 경영자 자리를 감당해 낼 수 없다고 말했지만, 난 그렇게 생각하지 않아."

"어째서?"

"일에는 모진 면도 필요할지 모르지만, 남을 배려하는 상냥함이 없는 사람이 수장인 회사에 자신의 소중한 시간과 장래를 맡기고 싶지는 않잖아."

듣고 보니 지당한 의견이다.

"다메이 군은 자신이 괴로울 때도 남을 먼저 배려할 줄 알잖아. 나는 그런 의미에서 동생보다 다메이 군이 더 좋은 경영자가 될 것 같아."

이 정도로 자신을 칭찬하고 기운을 북돋아 주는 쇼코야말로 어쩌면 수장으로서의 자질이 가장 뛰어날지도 모른다.

어느덧 아까까지 품었던 울울한 마음이 싹 가셨다.

내 힘으로 회사를 차리자. 그리고 언젠가 아버지와 아키라 앞에 보란 듯이 성공해서 나타나야겠다는 투지가 끓어올랐다.

그렇지만 다른 사람이 여태껏 발견하지 못한 '세상에 보급해야 할 무언가'를 과연 자신이 발견할 수 있을까. 그 점이 앞으로 해결해야 할 가장 큰 과제라는 생각이 들었다.

"어제 다메이 군의 이야기를 듣고 한 가시 생각한 게 있어. 다들 한마디씩 했던 시게무라 선배 말인데…."

"별나다거나 괴짜라고들 하던 발명가 분?"

"그래. 물론 좀… 아니, 굉장히 별난 사람이긴 한데. 그래도… 난 모두하고 의견이 좀 달라."

"무슨 뜻이야?"

"예전에 동아리 사람들하고 시게무라 선배네 연구실에 간 적이 있어. 말이 연구실이지 좁은 빌라 안의 방 한 칸이었는데. 다들 말했다시피 이런 걸 도대체 뭐에 쓰는 걸까 싶은 물건도 있었지만, 그중에는 재미있는 발명품도 있었거든. 아무도 생각해 내지 못한 참신한 발상의 물건이나 조금만 개량하면 상품으로 팔 수도 있지 않을까 하는 것도 있었고."

아무도 생각해 내지 못한 참신한 발상의 물건이나 조금만 개량하면 상품으로 팔 수도 있지 않을까 하는 것 ──.

"언젠가 반드시 사람에게 도움이 되는 대발명을 한다는 게 시게무라 선배의 입버릇인데…."

세상에 도움이 되는 걸 발견해서 그걸 내 힘으로 보급하고 싶어 ──.

"한 번 이야기를 해 보면 재미있지 않을까 싶었어."

"나하고?"

다메이가 묻자 달리 누가 있느냔 얼굴로 쇼코가 고개를 끄덕였다.

"다들 별나다거나 괴짜라고들 하는데 도대체 어떤 사람이야?" 다메이는 주저하면서 물었다.

"으음. 말로 설명하기엔 좀 어려운데. 다만 다메이 군도 분명히 지금껏 만난 적 없는 타입일 거야. 그만큼 개성적인 사람."

쇼코가 장난스럽게 웃었다.

12

밤거리를 걷고 있었다. 편의점에서 커다란 봉지를 안은 점원이 밖으로 나오는 것이 보였다.

아마미야 가즈마는 오른 다리를 질질 끌다시피 하면서 점원 뒤를 따라갔다. 점원은 편의점 뒤편에 놓인 대형 쓰레기통 앞에 서서, 남은 도시락류가 가득 담긴 봉지를 버리고 뚜껑을 덮었다.

뒤돌아 오는 점원과 눈이 마주쳤다. 아마도 아마미야 또래일 것이다. 점원은 아마미야를 보면서 입으로만 웃었다.

자신보다 더 밑바닥에 가까운 사람을 보고 한순간이나마 같잖은 우월감에 빠져 있는 것이다.

아마미야는 곧바로 점원의 존재를 무시하고 쓰레기통을 쳐다봤다.

아까 얼핏 본 바로는 오늘 밤은 오랜만에 제대로 된 밥 구경을 할 것 같았다.

다리를 질질 끌며 쓰레기통으로 향했다. 뚜껑을 열어 봉지를 꺼내려는 순간 근처에서 꽥! 고함 소리가 났다. 골목에 숨어 있던 노숙자들이 아마미야 쪽으로 들이닥쳤다.

아마미야는 노숙자들에게 봉지를 빼앗겼을 뿐만 아니라 땅바닥에 떠밀려 넘어졌다. 노숙자들이 너도나도 손을 뻗어 봉지 속에서 도시락을 뒤졌다. 아마미야는 간신히 일어나 자신도 봉지 속에서 도시락을 꺼내려 했지만, 이 오른손의 동작으로는 잘 되지가 않았다. 그사이 다른 노숙자들에게 치여서 다시 땅바닥에 밀쳐진 것도 모자라 온몸을 밟히고 말았다.

냅다 일어나서 후려갈기고 싶었지만 그럴 수도 없었다. 할 수 없이 그 자리에 자빠진 상태로 노숙자 무리가 떠나기를 기다렸다.

오늘 밤의 식량을 각각 손에 든 노숙자들이 드디어 떠나갔다.

아마미야는 느릿느릿 시간을 들여 일어나서 쓰레기통으로 갔다. 왼손을 뻗어 봉지를 뒤져 본다. 주먹밥이 딱 하나 남아 있었다.

오늘도 이것뿐인가.

아무래도 캐릭터 설정을 잘못한 것 같았다. 아마미야는 혀를 차고 봉지를 뜯었다. 주먹밥을 입에 쑤셔 넣고 다시 밤거리를 헤맸다.

거리를 오가는 사람들이 아마미야를 흘끗거렸다.

아마미야의 특징적인 걸음걸이가 거슬리는 걸까. 아니면 은근히 풍기는 아마미야의 냄새 때문일까. 어쨌든 지난 일주일 동안 자신의 연기가 제법 그럴싸해졌다는 뜻이리라.

아마미야의 이번 임무는 노숙자가 되는 것이었다. 아니, 정확히 말하면 노숙자로 살고 있을 오자와 미노루를 찾아내서 친구가 되는 것이다.

그러나 마치다 히로시를 따라 소년원에 들어갔을 때처럼 순수하게 하고 싶어서 지령을 받아들인 것이 아니다. 조직의 간부 자리에 전혀 관심이 없다고 하면 거짓말이겠지만, 옛날처럼 가슴 설레는 포상은 더 이상 아니었다. 그보다 누나인 미카를 무로이의 손에서 구하고 싶었다.

이 임무를 완수하면 무로이가 미카를 해방하겠다고 약속해 주었다. 아니, 해방이 아닌가. 무로이는 자신과 조직에 더 이상 필요 없는 존재로서 미카를 끊어 낼 것이다.

현재 무로이에게 빠진 미카는 충격을 받을 것임에 틀림없다. 그러나 그 편이 낫다고 아마미야는 굳게 믿었다.

옛날의 누나로 돌아오길 바랐다. 조직 사람이 아닌, 자신의 유일한 가족으로 돌아오길 바랐다.

그날 무로이의 지령을 받아들이고 아래층으로 가자 아무것도 모르는 미카가 기다리고 있었다.

"이번 임무에 필요한 것들이야."

미카가 책상 위에 디스크와 휴대폰, 그리고 낡은 손목시계를 두었다. 디스크는 예전 임무 때도 봤던 DVD일 것이다. 오자와 미노루를 몰래 촬영한 영상이다. 휴대폰이나 손목시계 속에는 아마미야의 위치를 감시하기 위해 분명 GPS가 내장되어 있을 것이다.

"이게 다야?"

빈정대며 말하자 미카는 "뭐가 더 필요한데?" 하고 쌀쌀맞게 대답했다.

예전 임무 때는 상당한 액수의 준비금이 마련되었지만 이번에는 노숙자로 변해 오자와 미노루를 찾으라는 것이니 미카의 말대로 이거면 충분했다.

"한동안 힘들겠지만 그래도 힘내. 가즈마, 너라면 분명히 해낼 수 있을 거야."

미카가 누나기 아닌 조직 동지로서 말했다.

"그래. 빨리 임무를 끝내고 누나를 데리러 올게."

미카는 무슨 소린지 모르겠다는 표정으로 아마미야를 바라봤다.

아마미야는 건물을 나와 에리카의 집으로 돌아가지 않고, 인터넷 카페에서 숙식하며 앞으로의 연기 계획을 짰다.

노숙자가 되는 것은 간단하다. 지금 당장에라도 가능하다. 그러나 자신처럼 젊은 청년이 노숙자 무리에 자연스럽게 섞여 들기는 의외로 어렵지 않을까 생각했다.

아마미야 또래라면 얼마든지까지는 아닐지언정 노숙자가 되지 않을 만큼은 일자리가 있다. 그럼에도 노숙자가 될 수밖에 없는 사정이 필요했다. 그리고 가능하면 사람들로부터 동정을 받기 쉬운 사정이어야 했다. 그러면 오자와 미노루의 정보도 쉽게 얻을 수 있을지도 몰랐다.

아마미야는 몇 가지 생각한 끝에 오른쪽 반신이 불편한 역을 설정하기로 했다. 그렇게 하면 젊은 아마미야가 일을 하지 못한 채 노숙자가 될 수밖에 없었다는 것도 사람들이 납득해 줄 터였다.

그러나 이 생각이 오산이었다. 노숙자 세계는 아마미야가 예상한 것보다 훨씬 무미건조하고 약육강식이었다. 이런 역할을 설정한 탓에 갖고 있던 짐은 빼앗기고 아까처럼 밥 구경도 제대로 못하는 등 힘겨운 나날이 이어졌다.

역할을 변경할까 싶었지만 자존심이 허락하지 않았다. 아마도 근처에서 조직 사람이 아마미야를 감시하고 있을 것이다. 이만한 일로 죽는 소리를 하며 역할을 바꾼다면 조직 내에서 비웃음을 사고 만다.

빨리 오자와 미노루를 찾아내서 이 일에서 벗어나고 싶었다.

그러나 지난 일주일간 우에노 주변을 돌아다니며 미친 듯이 찾았지만 발견은커녕 정보 하나 구하지 못했다.

우선 오늘 밤 잠자리를 찾으러 공원에 들어갔다. 잔디밭 위에 골판지 상자 여러 개가 널려 있었다. 상자 속에서 자기에는 거부감이 들어 아마미야는 벤치 위에 누웠다.

최근 며칠간 제대로 먹지도 못한 채 돌아다녔더니 머리가 빙빙 돌았다. 얼른 자려고 눈을 감았지만 배가 고파서 도무지 잠이 오질 않았다.

"여어, 형씨…."

남자 목소리에 눈을 떴다.

벤치에서 느릿느릿 일어나자 중년 남자가 눈앞에 서 있었다. 위아래로 추리닝을 입고 머리에 후드를 뒤집어썼다. 그 차림새와 튀어나온 앞니가 만화 속 생쥐인간을 연상시켰다.

"신참이네." 눈앞의 남자가 실쭉 웃었다.

아마미야는 남자가 자아내는 기이한 분위기에 한 걸음 물러나면서, "네에…" 하고 애매하게 대답했다.

"형씨, 어디서 왔어?"

남자가 아마미야에게 더 가까이 접근했다. 후드 속에서 뻗어 나온 시선이 끈적하게 휘감기는 것 같았다.

"어디서라니⋯." 아마미야는 뭐라 대답해야 할지 몰라 말끝을 흐렸다.

"형씨, 돈 있어?"

단순한 비렁뱅이인가——.

그렇다 쳐도 행색이 이런 자신에게까지 구걸을 하다니 노숙자 중에서도 제법 노련하구나 싶어 아마미야는 웃음이 나올 것 같았다. 아니면 진짜 입장에서 보면 아마미야는 아직 노숙자로 보이지 않는다는 걸까.

"미안하지만 한 푼도 없어. 돈 있으면 이런 데서 노숙할 리가 없잖아."

아마미야가 시큰둥하게 말했다.

"그럼 먹을 것은?"

"없어."

"술은? 담배는?" 남자는 포기하지 않고 연신 물었다.

"없다고!"

참으로 성가신 남자라는 생각에 역정을 내며 대답했다.

"그렇군⋯."

강한 거절이 통했는지 남자는 아쉬운 듯 땅을 쳐다봤다.

아마미야는 한숨을 쉬고 벤치에 앉았다.

"그럼 나가."

남자의 말에 "뭐?" 하고 고개를 들었다.

"아무것도 없으면 별 수 없지. 냉큼 나가."

남자가 아마미야에게 눈을 부라리며 내뱉었다.

이 남자가 대체 무슨 소리를 하는 거야——.

"이봐, 아저씨… 이 공원이 아저씨 것은 아니잖아. 나가라니, 대체 무슨 권리로 그런…."

"시끄러워. 권리고 나발이고 간에 여긴 우리 구역이야. 외지인이 묵으려면 합당한 예의라는 게 필요하다고. 돈도 밥도 술도 담배도 없는 주제에 어딜 비벼! 썩 꺼져!" 남자가 다짜고짜 지껄여댔다.

말도 안 되는 억지나 부리고. 사람 열 받게 하는 남자네——.

이런 남자는 원래 한주먹에 때려눕혀서 말귀를 알아듣도록 해야 하지만, 지금은 오른쪽 반신을 움직이지 못하는 연기를 하는 중이다. 게다가 이런 노숙자 녀석들에게는 제법 폭넓은 관계망이 구축되어 있을 터이다. 여기서 괜히 사건을 일으키면 앞으로 오자와 미노루의 수색에 지장이 생길지도 모른다.

"알겠어…."

후려갈기고 싶은 충동을 가까스로 참고 아마미야는 남자에게 등을 돌렸다. 오른 다리를 끌면서 공원 출구를 향해 걸어갔다.

어——?

분명히 걷고 있는데 출구가 조금도 가까워지지 않는다. 게다가 머리가 빙빙 돌면서 시야가 흐릿해진다.

도대체 어떻게… 된… 걸….

거기서 의식이 끊어졌다.

눈을 떴다. 어둠 속에 작은 불꽃 같은 것이 떠올라 있었다.

아마미야는 그것을 보려고 눈에 힘을 주었다. 가스풍로의 불꽃 같았다. 왼쪽 뺨에 썰렁한 감촉이 느껴졌다.

여기는….

기억을 떠올리려 하는데, "오오… 깨어났나 보군" 하는 남자 목소리가 들렸다.

얼굴을 들자 머리가 희끗희끗한 초로의 남자가 자신을 들여다보고 있었다.

"괜찮나…?" 백발의 남자가 뺨을 토닥이며 물었다.

아마미야는 고개를 끄덕이면서 천천히 상체를 일으켰다. 비닐 시트 위에 눕혀 주었던 모양이다. 휴대용 풍로에 올려진 냄비에서 김이 피어올랐다. 냄비를 둘러싸듯 앉아서 남자 여럿이 컵에 담긴 술 같은 것을 마시고 있었다.

"내가 어떻게…." 아마미야가 입을 연 순간, 머리에 후드를 뒤집어쓴 남자가 눈에 들어왔다. 아까 시비가 붙었던 남자다. 남자는 자신에게 등을 돌린 채 술을 마시고 있다.

"자네, 저기서 쓰러졌었네."

백발의 남자가 가리킨 방향에는 공원 출구가 있었다.

허기와 피로 때문에 출구로 향하는 도중 쓰러졌던 모양이다.

"고맙…습니다…." 아마미야는 일단 머리를 숙였다.

"그 말은 스기 씨한테 하게나. 그가 여기까지 업고 와 주었으니."

백발의 남자가 손으로 가리킴과 동시에 스기 씨라고 불린 추리닝 차림의 남자가 이쪽으로 돌아앉았다.

"저런 데서 객사하면 큰 민폐라고." 추리닝 남자는 그렇게 말하고 바로 얼굴을 돌렸다.

아마미야는 아까부터 풍겨 오는 먹음직스러운 냄새에 이끌려 풍로 위의 냄비를 쳐다봤다.

"그나저나 어째서…."

백발의 남자가 입을 연 순간 아마미야의 배가 꼬르륵거렸다. 난생처음 들어 보는 우렁찬 소리였다. 주변 남자들도 폭소를 터뜨렸다. 창피해서 고개를 살짝 숙였다.

"그런 거였군…."

백발의 남자가 아마미야에게 접시와 나무젓가락을 건네주었다.

"마침 라면을 끓인 참이네. 먹고 가게나."

"하지만 돈도 없고…." 아마미야는 추리닝 남자의 눈치를 살폈다.

"스기 씨 말대로 외지인을 죄다 환영하는 건 아니네. 한데 어려울 때는 서로 도와야 하지 않겠나. 그렇게 텃세 부리던 스기 씨도 일주일 전에는 외지인이었다니까."

백발의 남자가 말하자 주변 남자들도 "그래, 맞아" 하고 웃었다.

"시끄럽다. 내가 온 덕에 훨씬 맛있는 밥을 얻어먹게 되었으면서." 추리닝 남자가 항의하듯 말했다.

"듣고 보니 정말 그렇군. 게다가 스기 씨가 오고부터 이상한 패거리도 접근하지 않게 되었고."

"이상한 패거리요?" 아마미야가 물었다.

"그래. 별 이상한 사람이 다 있다니까. 장난으로 우리 상자에 불을 붙이거나 장난감 총을 쏘기도 하고….."

옆에서 이야기를 듣고 있던 수염이 덥수룩한 남자가 말했다.

"자네는 그런 사람이 아니란 것을 알았으니." 백발의 남자가 웃는 얼굴로 말하며 다시 접시를 권했다.

"그럼…."

아마미야는 후의를 받아들이기로 하고 왼손으로 접시와 나무젓가락을 건네받았다. 입을 써서 젓가락을 쪼개고 부랴부랴 냄비에 왼손을 뻗었다. 그러나 평소에 쓰던 손이 아닌 탓에 면이 잘 집어지지가 않았다. 그렇지 않아도 배가 고픈데 답답해 죽을 지경이었다.

갑자기 추리닝 남자가 아마미야의 접시를 빼앗았다. 말없이 접시에 면과 국물을 넉넉히 담더니 포크를 얹어 아마미야에게 내밀었다.

"고맙습니다…."

아마미야는 접시를 받아 눈앞에 두었다. 포크로 면을 돌돌 말아서 입으로 가져갔다. 상상했던 것보다 훨씬 맛있었다. 목이 메는데도 포크질을 멈출 수가 없었다.

"그렇게 허겁지겁 먹지 않아도 아무도 빼앗지 않는다."

추리닝 남자가 아마미야를 보면서 말했다. 후드 속의 표정이 조금 누그러진 것처럼 보였다.

"오른손은 어쩌다 그렇게 되었나?" 백발의 남자가 물었다.

"작년에 병을 앓아서… 그 후 계속….."

"낫는 겐가?"

아마미야는 고개를 가로저었다.

"그렇군… 그거 큰일일세. 아직 한창때인데."

"스물하나입니다."

"가족은?"

"없습니다."

"없다고?" 백발의 남자가 되물었다.

"네. 어렸을 때부터 시설에서 자라서…."

"지금도 시설에서 사는 겐가?"

"아뇨… 열여덟 살이 되면 시설에서 나와야 해서. 작년까지 건설 현장에서 먹고 자면서 막노동을 했지만요."

"병에 걸려 잘렸나 보군."

동정하는 눈길로 자신을 보는 백발의 남자에게 아마미야는 고개를 끄덕여 보였다.

"그런데 병에 걸린 거면, 구청에 말하면 어떻게든 해 주지 않나? 나라에서 보조금 같은 걸 주거나 어디 시설에 들어가게 하거나." 추리닝 남자가 말했다.

"어쩌면 그럴지도 모르지만, 단지…."

아마미야는 뜸을 들이듯 말을 끊었다.

"단지 뭐?"

예상대로 추리닝 남자가 궁금해 죽겠다는 듯 되물었다.

"입원하거나 시설에 들어가고 싶지 않았거든요. 거기서는 꼼짝 못하잖아요. 반드시 해야 하는 일이 있어서…."

주변 남자들의 시선이 아마미야에게 쏠렸다.

"뭔데, 그 해야 하는 일이….'

"사람을 찾고 있어요."

아마미야는 주머니에서 사진을 꺼내 모두가 볼 수 있도록 냄비 곁에 두었다.

"이 남자를 찾고 있거든요."

백발의 남자가 사진을 들어 올렸다.

"이름은 오자와 미노루라고 해요. 나이는 스물서너 살이고… 키는 180센티미터 이상에 체격이 꽤 커요."

"더 잘 보이는 사진은 없는가?" 사진을 보던 백발의 남자가 고개를 들었다.

감시 카메라 영상의 일부를 확대한 사진이라 물론 선명하지 않다. 그래도 수많은 영상 중에서 오자와 미노루의 특징을 가장 잘 나타내는 사진이었다.

"이것밖에 없어요."

"으음… 그 밖에 특징 같은 건 없나…." 백발의 남자가 생각에 잠긴 듯 낮게 신음했다.

"네, 있어요. 나이는 스물서너 살인데 지적장애인이라… 뭐랄까, 겉모습은 어른인데 하는 행동은 어린아이 같아요."

"이 부근에 있을지도 모른다는 건가?" 추리닝 남자가 물었다.

"네. 그를 알고 있는 사람으로부터 이 주변에서 닮은 사람을 봤다는 이야기를 들었거든요… 사진과는 달리 머리와 수염이 덥수룩하게 자라서 꾀죄죄한 차림으로 걷고 있었다고."

"노숙자가 되었다는 소린가."

"그 사람도 그가 맞는지 확신이 서지 않았다고 해요. 하지만 지푸라기라도 잡는 심정으로 며칠째 이 부근을 찾고 있어요."

남자들은 사진을 돌려 보면서 "본 적 없는데" 하고 고개를 갸웃했다. 추리닝 남자에게 사진이 돌아갔다. 잠시 사진을 집어삼킬 듯이 쳐다보더니 이내 아마미야를 응시했다.

"왜 이 남자를 찾는 거지? 너하고 무슨 관계이길래?" 추리닝 남자가 관심 있게 물었다.

"얘기하자면 길어지는데요…."

뜸을 들이면서 가장 관심을 가질 법한 스토리를 구상했다.

"괜찮다. 여기까지 들은 이상 신경이 쓰여서 들어야겠어. 안 그런가 들?" 주변 남자들에게 동의를 구했다.

"시설 안에서 절친이라 할 만큼 친한 친구가 있었어요. 히로시라는 아이인데…."

아무리 거짓이라 할지라도 그자를 친구로 등장시키고 싶지는 않았지만 오자와 미노루를 찾아낸 후의 일을 생각해서 그 이름을 이용하기로 했다.

"히로시도 불우한 가정에서 자라 시설에 들어올 때까지 길거리에서 살다시피 했다고 들었어요. 그 시절에 함께 지낸 사람이 이 사진 속 오자와 미노루예요. 미노루는 히로시보다 나이가 많지만 지적장애가 있어서 누가 형이고 누가 동생처럼 굴었는지 몰라도 아무튼 친형제처럼 서로 도우면서 몇 년간을 함께 살았죠."

그러나 어떤 사정으로 인해 히로시는 미노루와 생이별하게 되었다. 그 후 시설로 보내진 히로시는 아마미야를 만나 우정을 쌓았다.

"시설에서 평온히 살 수 있게 되었는데도 히로시는 늘 미노루를 걱정했어요. 절친인 제가 질투할 정도로 말이에요. 히로시는 반드시 미노루와 재회하고 싶다면서 시간이 날 때마다 그의 행방을 수소문했어요. 그런데 히로시가 교통사고를 당한 거예요. 병원에 달려가니 양손을 절단한 히로시가…."

아마미야는 거기서 감정을 잡았다. 복받치는 눈물을 참으려고 안간힘을 썼다.

"히로시는 다 죽어 가고 있었어요. 사경을 헤매면서 미노루… 미안…, 하고 헛소리를 하더니… 기적적으로 아주 잠깐 의식이 돌아왔을 때 저한테 부탁했어요. 미노루를 찾아 달라고… 그리고 자기 마음을 전해 달라고…."

아마미야는 이 시점에서 눈물샘을 폭발시켰다.

"미노루를 만난 적은 없어요. 하지만 절친의 소중한 사람은 저한테도 소중한 사람이에요. 시설을 나와서 그를 계속 찾아다녔어요. 그런데 병에 걸리는 바람에… 그럴 때 미노루를 닮은 사람이 이 부근에 있다는 소식을 들은 겁니다." 아마미야는 거기까지 말하고 왼손으로 눈물을 훔쳤다.

"그랬군. 우리도 사람들에게 물어보겠네. 어떤가들?"

백발의 남자가 말하자 주변 남자들도 "좋아" 하고 고개를 끄덕였다.

추리닝 남자의 눈이 충혈되어 있었다. 의외로 눈물이 헤픈 녀석인 걸까.

아무튼 첫 씨뿌리기는 성공한 듯했다.

골판지 상자를 밀어 올리자 눈부신 햇빛이 들어왔다.

아마미야는 밖으로 나가 가볍게 심호흡을 했다. 갑갑한 상자 속에 있느라 한껏 기지개를 켜고 싶었지만 참아야 했다. 자신이 들어 있던 상자를 내려다봤다. 어젯밤 잠자기 전에 그 추리닝 남자가 만들어 준 것이었다. 그동안 상자 속에서 자는 것에 거부감을 느꼈지만 막상 자 보니 나름대로 쾌적했다.

사방을 둘러봤다. 추리닝 남자와 어젯밤 만난 남자들의 모습은 없었다. 손목시계를 확인하니 아침 7시를 넘은 시각이었다. 다 같이 아침밥이라도 구하러 간 걸까.

아마미야는 벤치에 앉아 앞으로의 일을 생각했다.

어쨌든 어젯밤에 밥을 배불리 먹어 두어 느긋하게 쉴 수 있었다. 다만 그토록 열연한 보람도 없이 오자와 미노루의 정보를 전혀 얻지 못해 안타까울 따름이었다.

주머니에서 우에노가 속한 다이토 구의 지도를 꺼내 왼손만으로 펼쳤다.

다음은 어디를 찾을까──.

이렇게 찾아다녔는데 아무런 정보도 얻지 못했다는 것은 이미 다이토 구를 떠나서일지도 모른다. 좀 더 찾아보고 그때도 정보를 얻지 못한다면 그다음에는 다른 지역으로 가야 한다.

우선 아사쿠사 주변에 갈 생각으로 벤치에서 일어났을 때 추리닝 남자가 자전거를 밀면서 공원에 들어왔다.

자전거 앞뒤로는 큼직한 쓰레기봉투가 쌓여 있었다. 쓰레기봉투 속에는 빈 깡통이 들어 있는 듯했다.

"여어 — ." 추리닝 남자가 아마미야를 보고 말을 붙였다.

"어제는 고마웠습니다."

"잠자리는 어땠어?" 골판지 상자를 턱짓으로 물었다.

"쾌적했어요."

아마미야의 대답에 추리닝 남자는 "그렇지?" 하고 말하고는 자전거에 쌓인 쓰레기봉투를 내려 잔디밭으로 가져갔다.

"여러모로 신세 많이 졌습니다."

불쾌한 경험도 했지만 자연히 그 말이 나왔다. 아마미야가 인사를 하고 출구로 향하려는데, "어디 가?" 하고 뒤에서 질문이 날아왔다.

"이제 곧 밥시간인데."

그 말에 아마미야는 뒤를 돌았다.

"아무리 그래도 아침까지 얻어먹을 수는…" 아마미야는 주저했다.

"물론 공짜는 아니다. 너도 할 수 있는 일을 시킬 거야. 이 빈 깡통을 찌그러뜨리면 돼." 남자가 양손에 든 쓰레기봉투를 들어 올려 보였다.

"고맙습니다만… 그만 가야 해서요."

이런 데서 발목을 잡힐 수는 없다.

"어제 말한 남자를 찾으러 가는 건가? 앞으로 어쩔 작정이지?"

"작정은 딱히… 어쨌든 여기저기 돌아다니면서 사람들한테 닥치는 대로 물어보는 수밖에….”

“그런 몸으로 하루에 얼마나 돌아다닐 수 있겠나? 심지어 무일푼일 텐데. 미노루라는 남자를 찾기 전에 네놈이 먼저 죽을 수도 있다고. 좀 더 머리를 써.”

다소나마 좋은 인상을 받으려던 참에 그 말투 때문에 화가 나기 시작했다.

“여기서 일을 도우면 최소한의 밥과 잠자리를 얻을 수 있다.”

“하지만 그러면….”

사람을 찾을 수가 없지 않는가.

“무료 급식소에 가면 수백 명에 달하는 노숙자가 모인다. 바지런히 여러 군데의 무료 급식소를 돌다 보면 미노루라는 남자를 만날지도 모르고, 설령 만나지 못한다 해도 무슨 정보라도 얻을 수 있겠지. 적어도 무작정 돌아다니는 것보다는 훨씬 효율적이야. 그리 생각 안 하나?”

듣고 보니 남자의 말이 맞는 것 같았다. 초보 노숙자인 까닭에 무료 급식소라는 수단을 떠올리지 못했다.

“어때?” 남자가 물었다.

“그러네요….”

아마미야가 고개를 끄덕이자 남자가 뻐드렁니를 드러내고 웃었다.

아마미야는 오른 다리를 끌면서 남자에게 가까이 갔다.

남자는 봉투 속에서 빈 깡통을 꺼내더니 아마미야에게 망치를 건넸다. 돌층계에 나란히 앉아 남자와 함께 깡통을 찌그러뜨리기 시작했다. 잠시 후 남자가 후드를 벗었다. 드러난 옆얼굴을 흘깃 보고 묘한 기시감을 느꼈다.

어디선가 본 듯한 기분이 들었다. 기분 탓일까….

"저…." 아마미야가 말하자 남자가 고개를 돌렸다.

어디선가 만난 적이 없느냐고 물으려다가 그만두었다. 그 대신.

"일주일 전에는 당신도 외지인이었다고 하던데, 그 전까지는?"

"여기저기 떠돌아다녔다. 벌써 몇 년째 이런 생활이지. 뭐, 프로 노숙 자라고나 할까."

남자가 자조적으로 말했다.

"그러고 보니 여태 이름도 모르는군."

"가토 신지예요." 아마미야는 가명을 댔다.

"그럼 신지라고 부르면 되나?"

"네. 당신은… 스기 씨…."

"고스기다. 다들 스기 씨라고 부르더군."

고스기. 딱히 들은 기억이 없는 이름이다.

"미노루라는 녀석과 어서 만났으면 좋겠군. 뭐, 앞으로 잘 부탁한다."

고스기가 악수를 청해 왔다.

하마터면 오른손을 내밀 뻔했지만 순간적으로 손을 멈췄다.

"아아, 미안." 고스기가 이번에는 왼손을 내밀었다.

"저야말로 잘 부탁합니다."

이번에는 아마미야도 고스기의 손을 힘껏 움켜쥐었다.

13

귀를 기울이자 위층 문이 닫히는 소리가 희미하게 들렸다.

가에데는 침대에 놔두었던 모자를 깊이 눌러쓰고 서둘러 방을 나왔다. 2층에서 들리는 마치다의 발소리를 따라가듯 현관으로 향했다. 바깥으로 난 철 계단을 내려오는 발소리를 들으며 신발을 신었다.

철 계단 소리가 멈추자 잠시 기다렸다가 밖으로 나갔다. 조금 앞에 배낭을 한쪽 어깨에 메고 걸어가는 마치다의 뒷모습을 확인했다. 공장으로 가는 것 같았다. 들키지 않도록 조심스럽게 뒤를 따라갔다. 마치다가 공장에 들어가더니 곧바로 한 손에 큰 쇼핑백을 들고 나왔다. 역을 향해 걸어간다.

"가에데, 어디 가니?"

공장 앞을 지나가는데 엄마가 불러 세웠다.

아무리 변장을 했어도 엄마는 금방 알아본 모양이다.

"응, 그냥…."

"여름방학이라고 너무 놀기만 하면 안 돼."

늘 듣는 잔소리지만 오늘은 기분 탓인지 유독 기운이 없이 느껴졌다.

"조금 전까지 공부하다 나온 거야."

그것은 사실이었다. 그 사건이 있고 나서 가에데는 거의 놀러 나가지 않고 공부에 전념하고 있다. 다쿠야 일행과 마주칠까 봐 염려되는 것이 가장 큰 이유지만, 그와 동시에 마치다에 대해 더 알고 싶어서 공부를 배우면서 슬며시 관찰하고 있다.

아까도 모르는 부분이 있어서 마치다에게 물으러 가니, "지금 나가야 하니까 갔다 와서 가르쳐 줄게" 하고 쫓겨났다.

가에데는 방으로 돌아왔지만 마치다가 어디에 가는지 궁금해서 참을 수가 없었다. 미행을 들키지 않게끔 평소에 잘 입지 않는 스타일의 옷을 찾아서 갈아입었다. 그런데 엄마에게 이렇게 간단히 들키다니 더 조심할 필요가 있었다.

"그러니…."

한바탕 잔소리를 들을 줄 알았는데 엄마가 싱겁게 대답하더니 기계로 돌아섰다.

길거리에 마치다의 모습은 이미 없었다. 가에데는 마치다를 찾아 역으로 향했다. 잠시 걸었더니 다시 마치다의 뒷모습이 보였다. 약간 간격을 두면서 마치다를 따라 역으로 들어갔다.

마치다가 오모리 역에서 오미야행 게이힌토호쿠 선 열차에 올라타는 것을 보고 가에데도 옆 칸에 올라탔다. 옆 칸과 연결된 문으로 마치다를 살폈다.

마치다는 도대체 어떤 사람일까 ──. 방에 있던 DVD를 본 뒤 마치다라는 사람이 신경 쓰여 견딜 수가 없었다.

가에데는 문에 난 창 너머로 옆 칸에 앉아 있는 마치다를 바라봤다. 마치다가 가방에서 두꺼운 책을 꺼내 읽기 시작했다. 꼼짝 않고 책에 집중하나 싶었더니 약 20초 간격으로 다음 장을 넘겼다.

속독이라는 걸까. 아무리 그래도 저렇게 짧은 시간에 책에 쓰인 내용을 전부 이해할 수 있을 리가 없다. 주변 승객들도 그런 마치다의 모습이 신경 쓰이기 시작한 모양이다. 기이한 것이라도 구경하는 듯이 쳐다보거나 개중에는 킥킥 웃는 사람도 있었다.

자신에게 쏟아지는 시선에 아랑곳하지 않고 마치다는 책을 응시하면서 그저 책장을 넘겼다. 마치 컨베이어벨트를 따라 흘러오는 부품을 차례로 조립하는 로봇 같은 동작이다.

마치다를 바라보면서 나이토 아저씨가 집에 왔을 때 엿들은 이야기를 떠올렸다. 엄마의 이야기에 따르면 마치다는 도서관에서 매일같이 책을 다섯 권씩 빌린다고 했다. 분명히 책 표지만 보고 반납하러 오는 특이한 아이라며 도서관에서 일하는 엄마의 친구는 웃었다고 하지만, 눈앞의 광경을 보고 있자니 반드시 그렇다고만은 할 수 없다는 생각이 들었다.

호적이 없던 마치다는 의무교육조차 받지 못했다. 그런데도 소년원에서 지낸 불과 1년 만에 9년간 배워야 할 과정을 전부 이수하고, 심지어 대학 입시 자격도 취득했다고 한다. 웬만해서는 들어가기 힘들다는 도쿄대학 이공학부에도 단번에 합격했다. 도무지 믿어지지 않는 이야기지만 전부 사실이다.

마치다는 열네 살에 가출해서 체포될 때까지의 4년간 혼자 살아왔다고 한다. 호적도 갖지 못하고 사회적으로는 존재하지 않았던 마치다는 살아가기 위해 도대체 어떤 세계에 몸담았던 걸까. 아마도 가에데가 상상조차 못할 어둠의 세계가 아니었을까.

여기서 이 녀석을 죽이지 않으면 무로이 씨한테 넌 배신자야. 평생 도망 다닐 수 있을 거라는 생각은 아예 접어라——.

그 DVD 영상을 본 뒤 마치다와 다테라는 남자가 주고받았던 대화 내용이 귓가에서 떠날 줄을 몰랐다. 화면에 비친 무시무시한 광경이 머릿속에 각인되었다.

도대체 마치다는 어떤 무시무시한 사람들과 관여해 왔던 걸까.

마치다와 다테라는 남자가 언급한 '무로이'는 도대체 정체가 뭘까.

그리고 자신을 희생해서까지 지키려 한 미노루는 마치다에게 어떤 존재일까.

마치다라는 사람을 더 알고 싶지만 그를 알려고 하는 것은 정체 모를 무언가가 꿈틀거리는 어둠 속에 손을 집어넣는 것 같아서 두렵기도 했다.

그럼에도 알고 싶었다. 가장 궁금한 것은 마치다가 어둠의 세계에서 정말 손을 씻었는지 하는 것이었다.

"이번 역은 가와구치 ──."

안내 방송이 흘러나오자마자 마치다가 책을 덮어 배낭에 넣더니 선반에 둔 쇼핑백을 챙겼다.

가에데도 문으로 향했다. 열차를 내리자 인파에 섞여 들어 마치다의 뒤를 쫓았다. 계단을 올라 개찰구를 빠져나갔다.

너무 가까이 따라붙으면 들킬 위험이 있다. 그렇다고 너무 거리를 두면 놓칠지도 모른다. 사람을 미행하기가 이리도 어려운 것이었음을 실감하며 가에데는 마치다의 뒤를 따라갔다. 다행히 마치다는 전혀 신경쓰는 기색도 없이 앞만 보고 걸었다. 좌측에 높은 담이 이어지는 길을 걷고 있는데 마치다가 문 같은 곳으로 들어갔다.

가에데는 약간 빨리 걸으며 마치다가 들어간 장소로 향했다.

문 안에는 주차장이 있고 그 안쪽에 커다란 2층짜리 건물이 있었다. 무슨 시설 같았다. 마치다가 건물 안으로 들어갔다.

가에데는 문 옆에 내걸린 문패를 봤다. '중증 신체장애인 갱생원호시설'이라고 쓰여 있다. 신체에 장애가 있는 사람들을 위한 시설이라는 것은 금방 알 수 있었다. 그런데 마치다가 왜 이곳에 들어간 걸까. 영문을 알 수 없어 문패를 계속 쳐다보고 있는데 발소리가 들려와 고개를 돌렸다. 건물에서 나온 마치다가 이쪽으로 오고 있었다. 가에데는 순간 뒤돌아 마치다에게 등을 보였다.

들켰어 —.

그렇게 생각하며 허둥거리고 있는데 마치다는 아무 일도 없다는 듯이 가에데 옆을 지나 다시 길을 걸었다.

어 —?

들키지 않은 모양이다. 자신을 알아보지 못해 다행이라는 안도와 함께 이상하게도 쾌씸하다는 생각이 왈칵 치밀었다.

아무리 평소와 다르게 변장했기로서니 코앞에서 보고도 알아보지 못하다니. 그만큼 자신에게 관심이 없다는 걸까.

가에데는 마치다의 뒷모습을 원망스럽게 쳐다봤다.

아니, 지금 이럴 때가 아니다. 가에데는 곧바로 본래의 목적을 떠올리고 다시 마치다의 뒤를 따라갔다.

잠시 길을 걷고 있자니 왼쪽으로 울타리가 계속 이어졌다. 울타리 사이로 놀이 기구가 보였다. 공원이다. 마치다가 공원으로 들어간다.

가에데는 울타리 밖에 서서 틈새로 공원을 살폈다. 마치다가 바로 코

앞에 있는 벤치로 향했다. 벤치에는 한 남자가 앉아 있었는데 등을 보이고 있어서 얼굴은 보이지 않았다.

"이소가이." 마치다가 벤치의 남자를 불렀다.

그 남자가 마치다를 향해 고개를 돌렸다. 남자의 옆얼굴이 보였다. 험악한 표정으로 마치다를 노려보는 것 같았다.

저 남자는 대체 누구일까. 마치다의 친구일까.

가에데가 처음 알게 된 마치다의 교우 관계였다.

"새 시작품을 가져왔어. 바로 시험해 봤으면 하는데. 시설로 돌아가자." 마치다가 쇼핑백을 들어 보이며 말했다.

"갑갑하니까 오지 말라고 했잖아."

이소가이라고 불린 남자가 내뱉듯이 대꾸했다.

"그래. 그래서 최대한 갑갑함을 느끼지 않도록 개량해 왔다. 꽤 자신 있어."

"널 말하는 거야."

남자가 증오에 차서 말했지만 마치다는 그 말에 전혀 개의치 않았다.

"시험만 해 줘. 전보다 움직임이 더 매끄러워진 데다 상당히 세세한 동작도 가능할 거다."

마치다라는 사람은 누구와 대화하든 항상 저렇게 억양 없는 말투인 걸까.

"거 참, 끈질기네. 그럼 담배나 사 와."

"담배?"

"그래. 시설 안에서는 금연이거든. 맞은편 편의점에서 팔아. 사 오면 여기서 시험해 주지." 남자가 밖을 향해 턱짓을 했다.

"여기서 시험한다고?"

마치다가 조금 주저하듯 주위를 둘러봤다. 공원에는 많은 아이들이 뛰놀고 있었다.

시험이라니, 도대체 뭘 하려는 걸까.

"뭐 불만 있어?"

"알겠어."

마치다는 쇼핑백을 남자 옆에 두고 공원 출구로 향했다.

"세븐스타로 사 와. 알겠냐."

가에데는 마치다가 공원에서 나오기 전에 몸을 숨겼다. 울타리 밖을 걸어 벤치 정면이 보이는 장소를 찾았다. 벤치에 앉은 남자의 모습이 드러난 순간 가에데는 약간 뒷걸음질 쳤다.

티셔츠에서 뻗어 나온 양팔의 팔꿈치 밑부분이 없었다.

초조한 표정으로 공원 출구를 보고 있던 남자가 이쪽을 봤다. 순간 눈이 마주친 것 같아 가에데는 움찔했다. 그러나 남자는 가에데를 알아차리지 못했는지 다시 공원 출구로 고개를 돌렸다.

잠시 후 마치다가 공원에 들어왔다. 벤치 앞까지 오더니 쇼핑백에서 뭔가를 꺼냈다. 마네킹 손처럼 보였다. 아무래도 의수인 듯했다.

"정말 여기서 할 건가?" 마치다가 물었다.

"네 자랑거리잖아. 여기서 발표회 해 줄게."

남자가 될 대로 되라는 말투로 말하자 마치다는 남자의 양팔에 의수를 장착했다.

그러고 보니 마치다는 일이 끝난 뒤에도 공장에 남아 작업을 한다고 엄마가 말한 적이 있다. 저 의수를 만들었을지도 모른다.

공원에서 놀고 있던 아이들이 호기심 어린 눈으로 몰려들었다. 이제부터 무슨 일이 벌어질지 기대하며 벤치 주위를 둘러쌌다. 의수를 장착한 뒤 마치다가 남자 옆에 앉았다. 담뱃갑을 열어 담배 한 개비를 꺼내더니 남자에게 내밀었다.

남자는 왼쪽 의수를 들어 올리고 담배를 죽일 듯이 노려봤다. 이윽고 의수의 손가락이 천천히 움직였다.

"대박. 건담 같아!" 아이들이 함성을 질렀다.

그 말에 가에데도 무심코 몸을 앞으로 내밀었다. 울타리 틈새로 고개를 내밀어 의수의 움직임을 뚫어져라 쳐다봤다. 의수의 손가락이 가는 담배를 쥐었다. 남자가 천천히 의수를 들어 올려서 담배를 입에 물었다.

"누르는 타입이라면 라이터도 켤 수 있어." 마치다가 그렇게 말하고 남자의 오른손에 라이터를 쥐여 주었다.

남자가 이번에는 오른손을 들어 올리더니 꼼짝 않고 라이터를 쳐다봤다. 엄지손가락이 라이터 버튼을 눌렀다. 그러나 불은 붙지 않았다. 다시 한 번 같은 동작을 하자 라이터 불이 켜졌다.

가에데는 굉장해, 하고 하마터면 소리를 지를 뻔해서 순간 입을 막았다.

가에데 대신 아이들이 지르는 환호성 속에서 남자가 담배에 불을 붙였다. 한 모금을 맛있게 빨고 연기를 내뿜었다.

"어때." 마치다가 희미하게 표정을 누그러뜨리고 남자에게 물었다.

"글쎄…."

남자는 말을 끊고 다시 담배를 입에 물었다. 천천히 빨아들인 다음 마치다의 얼굴에 대고 연기를 훅 내뿜었다. 마치다가 눈이 매운지 얼굴을 찡그렸다.

"좀 더 파워가 있으면 좋겠는데. 눈앞의 빌어먹을 꼬맹이들 모가지를 꺾을 정도로."

남자는 천천히 아이들을 노려봤다. 아이들이 겁먹은 듯 달아나기 시작했다.

"그리고…."

남자는 마치다를 쳐다보면서 다시 라이터 불을 켰다. 그 불을 마치다의 얼굴에 가까이 대다가 눈앞에서 멈췄다.

마치다는 눈앞의 불꽃을 가만히 쳐다봤다.

남자가 라이터를 움직여서 담배를 쥔 왼쪽 의수로 가져갔다. 불꽃을 의수 손가락에 댔다. 잠시 후 의수 손가락에서 연기가 피어올랐다. 매캐한 냄새가 이쪽까지 풍겨 올 것만 같았다.

"아픔을 느끼게 해 줬으면 좋겠어…."

마치다는 남자의 말을 들으면서 눈앞에서 불타고 있는 의수를 물끄러미 쳐다봤다.

"그게 될 때까지 날 만나러 오지 마. 알겠냐."

마치다는 아무 대답도 없이 오른쪽 의수를 손으로 감쌌다. 의수에서 라이터를 떼어 놓고 왼쪽 의수의 불꽃을 손으로 쳐서 껐다.

"빼자."

마치다는 표정의 변화 없이 말하고는 남자의 양손에서 의수를 빼서 쇼핑백에 넣었다.

"또 오지."

벤치에서 일어선 마치다를 남자가 불러 세웠다.

"너 같은 천재라면 아픔이 느껴지는 의수도 당연히 만들 수 있겠지. 애초에… 네가 아픔이라는 걸 이해했을 때의 이야기지만."

비웃는 듯한 남자의 말을 마치다는 묵묵히 듣고 있었다.

"살기 위해 무슨 짓이든 해 왔잖아. 속죄라면 내가 아닌 다른 사람한테 하라고."

"이건 속죄가 아니다." 마치다가 말했다.

"하긴. 너한테는 그저 심심풀이겠네."

마치다는 남자로부터 시선을 피하고 출구 쪽으로 걸어갔다.

남자는 공원에서 나가는 마치다의 뒷모습을 울화통이 터질 듯이 노려봤다. 마치다의 모습이 사라지자 한숨을 쉬고 벤치에 깊이 기대앉았다.

저 두 사람은 대체 어떤 관계일까. 두 사람 사이에 명백히 험악한 분위기가 감돌았다. 적어도 남자 쪽은 마치다에게 노골적으로 적의를 드러냈다. 두 사람이 어떤 관계인지는 분명치 않지만 저 남자는 마치다 과거의 일부를 알고 있는 인물이다.

가에데는 공원 입구를 향해 걸어갔다. 안으로 들어가서 자연스러움을 가장한 채 벤치에 앉아 있는 남자의 모습을 살폈다. 남자는 다리를 뻗고 하늘을 보고 있었다.

공원에 들어온 것까지는 좋았지만 무슨 구실로 남자에게 말을 걸면 좋을지 몰랐다. 게다가 아까 그 태도로 보아 상당히 포악한 면이 있는 인물임을 알 수 있었다. 온몸에서 풍기는 위험한 분위기에 가에데는 말을 걸기를 주저하고 있었다.

남자가 벤치에서 일어섰다. 잠시 벤치 위를 쳐다보고 있다. 아마도 벤치에 방치된 담배와 라이터를 보는 것이리라. 담배를 집어 주면서 말을 걸어 볼까 싶었지만 접근할 용기가 나지 않았다.

남자는 단념한 듯 출구를 향해 걸었다. 그러나 곧바로 뭔가에 걸려 앞으로 고꾸라지고 말았다. 남자는 팔꿈치를 이용해 일어나려 했지만 쉽지가 않았다.

"괜찮으세요——?" 가에데는 남자 곁으로 다가갔다.

남자 앞에 쭈그려 앉아 양어깨를 들어서 일으켜 세우려 했다. 얼굴을 든 남자와 눈이 마주쳤다. 날카로운 시선에 순간 겁이 났지만 가까스로 남자를 일으켜 세웠다.

"너, 마치다하고 아는 사이야?"

남자가 노려보는 시선에 가위라도 눌린 듯이 온몸이 굳었다.

"저기서 계속 우릴 지켜보고 있었잖아."

눈치채고 있었다니.

"그 녀석은 둔해서 전혀 모르는 것 같았지만… 너, 대체 누구야?"

남자의 휘감기는 듯한 시선에 이대로 밀어뜨리고 도망치고 싶은 충동에 휩싸였다.

"그 사람하고 한집에서 살아요…." 가에데는 쥐어짜듯이 말했다.

"호오, 너처럼 어린 여자하고 말이지. 녀석이 대학 생활을 아주 즐겁게 하나 보네."

음흉한 미소를 머금고 가에데를 핥듯이 위아래로 쳐다봤다.

"그런 거 아니에요! 그 녀석은 그냥 객식구라고요." 가에데는 힘주어 말했다.

"그런데 나한테 무슨 용건이지? 마치다가 가고 나서 날 계속 살피고 있었잖아. 이 꼴이 그렇게 신기해?"

남자가 양팔을 팔랑팔랑 흔들면서 조소를 머금었다.

"아니… 그 사람에 대해 묻고 싶었을 뿐이에요." 가에데는 남자의 팔꿈치에서 시선을 거두며 말했다.

"그 사람… 마치다 말인가? 마치다의 뭐가 궁금한데?"

"그 사람이 1년쯤 전에 갑자기 우리 집에 왔어요. 엄마가 그 사람을 거두어서 2층에 살게 했거든요. 그런데… 그 사람이 어떤 인간인지 전혀 모르니까… 그래서…."

"마치다가 어떤 인간인지 궁금하다? 그렇다면 내가 적임자네. 알려 줄게. 녀석이 어떤 인간인지."

남자가 벤치를 향해 턱짓을 했지만 가에데는 머뭇거렸다.

"왜 그래? 궁금하다면서? 내가 잡아먹기라도 할까 봐? 이 꼴로는 불가능하다고."

남자가 자조하듯 말하고 벤치로 향했다.

가에데는 작게 한숨을 내쉬고 남자를 따라갔다.

"미안한데 담배 좀 피우게 해 줘." 남자가 벤치 위에 놓인 담배를 피해 걸터앉더니 말했다.

가에데는 하는 수 없이 담배를 하나 꺼내 남자의 입으로 가져갔다. 다음 순간 남자가 그 손끝을 날름 핥는 바람에 가에데는 남자의 뺨을 냅다 갈겼다. 놀란 남자가 정색한 얼굴을 했지만 이내 동요를 감추듯 껄껄웃었다.

"장난이야, 장난. 제법 성깔 있는 여자네. 그 녀석 얼굴을 봤더니 초조해져서. 미안해… 이제 안 그럴 테니 한 개비만 피우게 해 줘."

"또 그러면 라이터로 코를 지져 버릴 거야."

가에데는 그렇게 말한 뒤 남자 입에 담배를 물리고 라이터로 불을 붙였다. 남자는 한 모금 빨아들인 다음 담배를 문 채 연기를 내뿜었다.

입에서 담배를 빼 주자 남자가 의아한 눈길로 쳐다봤다.

"입에 문 채로는 말을 할 수가 없잖아요. 피우고 싶으면 말해요."

"그러게. 고마워."

남자는 아까처럼 다리를 쭉 뻗고 하늘을 올려다봤다.

"너… 이름이 뭐야?" 남자가 불쑥 물었다.

"가에데… 마에하라 가에데. 그쪽은요?"

"이소가이 하야토."

"이소가이 씨는 그 사람 친구예요?"

가에데가 묻자 이소가이가 쓴웃음을 머금었다.

"친구라… 나름 어울려 지내긴 했지만 친구는 아니야. 굳이 말하자면 지긋지긋한 인연이랄까."

"지긋지긋한 인연?"

"그래, 맞아. 녀석과는 같은 소년원에 있었어. 엇, 이 얘기는 하면 안 되는 거였나?" 이소가이가 살피는 듯이 쳐다봤다.

"알아요. 다테라는 사람을 죽여서 소년원에 들어갔잖아요. 신문에서 읽었어요."

"그런데도 네 엄마가 마치다를 거두었다는 거네. 녀석은 가족이 없다고 했는데 친척 같은 건가?"

"아뇨. 소년원 교도관인 나이토 아저씨가 아빠 친구였거든요. 아빠는 5년 전에 돌아가셨지만… 그래서…."

"나이토라…." 이소가이가 생각에 잠긴 듯이 말했다.

같은 소년원이었다면 당연히 나이토 아저씨를 알 것이다.

"그나저나 생판 남을… 게다가 그런 녀석을 거두다니, 네 엄마도 어지간히 별난 사람이네." 이소가이가 어이없다는 듯 말했다.

가에데 역시 그럴지도 모르겠다고 마음속으로 동의했다.

"아무튼 소년원을 나온 그 녀석은 잘살고 있다는 거네. 난 친부모한테까지 버림받고 시설에 처박혀 지내는데." 이소가이가 한 모금 더 피우고 싶다는 눈빛을 보냈다.

가에데는 이소가이의 입에 담배를 물렸다. 담배를 입에서 떼자 한숨을 쉬듯 연기를 토해 냈다.

"하긴… 당연한 결과인가. 어렸을 때부터 나쁜 짓만 골라 하고, 소년원까지 들어갔나 싶었는데 이런 꼴로 나왔으니. 버림받는 것도 당연하지." 이소가이가 먼 곳을 바라보며 자조적으로 말했다.

가에데는 티셔츠에서 뻗어 나온 이소가이의 팔 끝을 흘끗 봤다.

어쩌다 양팔을 잃었을까. 선천적인 걸까 싶었지만 양팔이 없으면 소년원에 갈 만한 죄를 짓지 못하는 게 아닐까 하고 생각했다. 가령 죄를 범했다 해도 마치다가 갔던 소년원과는 다른 시설에 들어갔을 것이다.

"마치다와 다른 동료하고 소년원을 탈주했어." 이소가이가 불쑥 말했다.

"탈주요?"

처음 듣는 이야기에 가에데는 이소가이의 옆얼굴을 쳐다봤다.

"꼭 만나야 할 사람이 있었거든. 그때 한 방을 썼던 마치다하고 아마 미야라는 녀석하고 셋이서 소년원을 탈주할 계획을 세웠지."

소년원 행사인 원외 교육으로 양로원을 방문했을 때 마치다가 작은 화재를 일으켜 셋이서 탈주했다는 이야기였다.

"도망치는 와중에 차에 치여서 이 모양이 됐어…." 이소가이가 고개를 들어 하늘을 우러러보는 자세를 취했다.

"그래서 그 사람이 이소가이 씨를 위해 의수를 만들어서 갖고 오는군요. 사고의 책임을 느끼고…."

사고 당시의 상황은 잘 모르지만 마치다에게 그런 감정이 있었다니 약간 의외였다.

"딱히 그 녀석 탓에 사고를 당한 건 아니야. 그리고 넌 한 가지 착각을 하고 있어."

무슨 뜻일까 싶어 가에데는 고개를 갸웃했다.

"그 녀석은 책임감 때문에 그런 장난감을 만드는 게 아니야. 그냥 자기 능력을 실감하고 싶어서 그럴 뿐이라고."

이소가이는 딱 잘라 말했지만 가에데는 정말 그뿐일까 하고 생각하고 싶어졌다.

"마치다는 분명히 범상치 않은 능력을 가졌어. 오랜 시간을 함께 지낸 건 아니지만 그 녀석의 능력은 지겹도록 경험했지. 책 한 페이지를 잠깐 쳐다봤을 뿐인데 그 내용을 전부 기억하는… 마치 컴퓨터 같은 뇌를 가졌거든. 하지만 그게 전부인 남자야. 소년원에 가기 전까지는 마치다의 그런 초연한 점을 동경하기도 했는데. 나보다 나이는 어려도 대단한 놈이라고 생각했거든. 그런데 소년원을 나와 이렇게 되고 나니 확실히 깨달았어."

뭘 깨달았다는 걸까── 가에데는 이소가이에게 알고 싶다는 눈길을 보냈다.

"마치다는 날 만나러 와도 기계 이야기밖에 하지 않아. 어떻게 하면 성능이 더 좋아질까, 그런 이야기뿐이지. 녀석의 마음에는 무언가 결핍되어 있어. 소중한 무언가가. 구제불능인 나조차 조금은 갖고 있는데 말이야… 따라서 녀석은 친구가 아닐뿐더러 될 수도 없어."

애초에… 네가 아픔이라는 걸 이해했을 때의 이야기지만──.

아까 마치다에게 내뱉었던 이소가이의 말을 떠올렸다.

마치다는 정말 아픔이라는 감정을 갖고 있지 않은 걸까. 사람에게 가장 중요하게 여겨지는 감정을….

"아까… 소년원에 가기 전까지라고 말했는데… 그 전부터 그 사람과 아는 사이였어요?" 가에데가 물었다.

"그래. 소년원에 가기 전에 보이스피싱 조직에서 같이 활동했거든. 녀석은 조직의 두뇌였고 나는 그냥 말단이었지만."

영상 속에서 마치다가 말한 조직은 보이스피싱 조직이었던 걸까.

"마치다가 죽인 다테라는 남자는 행동대장이었어. 살해당했다는 소식을 듣고도 동정심이 일지 않는 악당이었지만."

역시 그런 거였어——.

그렇다면 그 조직보다 더 높은 존재가 '무로이'라는 인물인가.

그러나 그것을 확인하기 위해 이소가이에게 '무로이'라는 이름을 밝히기가 꺼려졌다. 너무 깊이 파고들면 조직에서 위해를 가해 오지는 않을까 두려웠기 때문이다. 그럼에도 여기까지 왔는데 묻지 않을 수 없었다.

"그 사람 지인 중에… 혹시 무로이라는 사람을 알아요?"

가에데는 조심스럽게 그 이름을 입에 담았다. 그러나 이소가이의 반응은 시큰둥했다.

"무로이…? 그런 녀석은 모르겠는데."

이소가이의 표정으로 보아 속이는 것 같지는 않았다.

"그럼… 미노루라는 사람은요?"

"미노루는 마치다의 애완동물이야."

"애완동물이요?"

"그래. 지적장애가 있는데 늘 마치다를 졸졸 따라다녔어. 그래서 우리는 뒤에서 마치다의 애완동물이라고 수군거렸지."

"미노루라는 사람은 그 사람하고 어떻게 알게 된 거예요?"

"언제 알게 되었는지는 몰라도 이용하려고 꾀어냈을걸."

"이용하려고요…?"

"마치다가 미노루의 호적을 가로챘거든. 미노루는 호적이라는 걸 이해하지 못하겠지. 그걸 기회로 마치다는 미노루의 이름으로 살고 있었어."

그 이야기를 듣고 가에데는 엄청난 충격을 받았다.

"뭐, 일심동체 같은 거였지. 어느 한쪽이 없으면 사회에서 살아갈 수 없었으니. 그런데 진짜 호적을 손에 넣은 마치다한테 미노루는 더 이상 볼일이 없었나 봐. 소년원에서 재회했을 때 미노루 이야기를 물었더니 어디서 객사했을지도 모르겠다고 하더군."

그 영상에서는 마치다는 자신을 희생해서 미노루를 지키려 한 것처럼 보였다. 그러나 한편으로 미노루를 이용해서 살아왔다고 한다. 자신이 당한 것과 마찬가지로 미노루의 호적을 가로채 사회에서 말살한 것이다.

도대체 어느 쪽이 마치다의 진짜 모습일까.

이소가이의 이야기를 듣고 가에데는 마치다라는 사람을 점점 더 알 수 없게 되었다.

"넌 좋은 사람 같으니까 하나만 가르쳐 주지."

그 말에 가에데는 이소가이를 쳐다봤다.

"마치다… 아니, 우리 같은 인간한테 관여했다가는 괜히 좋은 꼴 못 봐. 되도록 조심하라고." 이소가이가 벤치에서 일어섰다.

출구를 향해 걸어가는 이소가이의 뒷모습을 바라보면서 한 가지 떠올라 그를 불러 세웠다.

"꼭 만나야 할 사람은 그 후 만났나요?"

이소가이는 조금 쓸쓸한 표정으로 고개를 가로저었다.

"아니… 천벌을 이중으로 받은 셈이지. 신은 정말 불공평하더군."

그렇게 중얼거리고 다시 걸어가는 이소가이의 뒷모습을 가에데는 얼마간 지켜봤다.

현관문을 열자 부엌에서 불빛이 새어 나왔다.

가에데는 신발을 벗고 안으로 들어갔다. 복도를 지나 부엌 안을 살짝 엿보니 엄마가 식탁에 앉아 있는 것이 보였다.

다녀왔습니다, 하고 말하려다가 가에데는 말을 삼켰다.

엄마가 지친 표정으로 장부 같은 것을 보고 있다. 요즘 들어 자주 눈에 띄는 광경이지만, 오늘따라 엄마가 평소보다 더 피곤해 보였다. 아픈 사람처럼 핼쑥한 얼굴로 장부를 보며 무거운 한숨을 내쉬었다.

뭔가 심상치 않은 분위기에 말도 못 건네고 있는데 엄마가 가에데를 알아차렸다.

"어서 와. 이제야 봤네."

엄마는 이내 웃는 얼굴을 보였지만 무리하고 있음을 가에데는 알 수 있었다.

"다녀왔습니다… 엄마, 어디 안 좋은 거 아냐?" 가에데는 부엌에 들어가 엄마에게 물었다.

"괜찮아. 좀 피곤해서 그래."

절대로 피곤해서만은 아닌 것처럼 보였지만 가에데는 더 이상 캐묻지 못했다.

"냄비에 카레 만들어 놨으니까 알아서 차려 먹을래? 엄마는 아직 해야 할 일이 있거든."

"나도 입맛이 없어서."

아까 이소가이의 이야기를 듣고 가에데도 몹시 피곤한 상태였다. 혼자서는 감당할 수 없는 것을 짊어진 기분이었지만, 당연히 엄마한테 털어놓을 수도 없는 노릇이었다.

"잠깐 공부하다가 엄마가 먹을 때 같이 먹을게." 가에데는 냉장고에서 종이팩에 든 오렌지 주스를 꺼내 컵에 따랐다.

"공부는 좀 어떠니?"

가에데가 부엌에서 나가려는데 엄마가 불러 세웠다.

"그런대로 괜찮은 것 같은데. 다다음 주에 모의고사 보니까, 쇼유학원 합격률이 얼마나 될지 판단할 수 있을 거야."

"꼭 쇼유학원이 아니어도 괜찮아."

엄마의 담백한 말투가 마음에 걸렸다.

전에도 엄마는 쇼유학원이 아닌 다른 고등학교에 가도 상관없다고 말했다. 그러나 말은 그렇게 해도 뉘앙스에서 내심 쇼유학원에 가기를 바라고 있음이 느껴졌다.

가에데가 마에하라 제작소를 물려받았으면 좋겠다──.

그런 엄마의 바람을 느꼈기 때문에 쇼유학원에 입학할 수 있도록 열심히 공부하고 있다. 하지만 방금 그 말투는 더 이상 그것을 바라지 않는 듯한 느낌이었다.

혹시 가에데가 아닌 머리 좋은 마치다에게 공장을 물려줄 생각인 걸까.

"왜 그런 말을 해? 나한테 공장을 물려주고 싶은 거 아니었어? 할아버지랑 아빠랑 엄마가 열심히 지켜 온 공장을 나한테 물려줄 생각이 아니었던 거야?"

지금껏 적극적으로 공장을 물려받고 싶다고 생각한 적은 없지만, 마치다 같은 외부인에게 가족의 역사인 공장을 맡긴다는 것에는 큰 거부감이 일었다.

가에데의 항의에 가까운 시선을 엄마는 잠자코 받아들였다. 이윽고 한숨을 내쉬고 맞은편 자리를 손으로 가리켰다.

"중요한 이야기가 있으니 거기 앉으렴."

엄마의 말에 가에데는 반항하는 기분으로 의자에 앉았다.

"며칠 전… 오랜 세월 거래해 온 회사가 한 군데 도산했어."

엄마가 장부를 덮고 가에데를 쳐다보며 말했다.

"우리는 그 회사의 발주로 대량의 부품을 만들고 있었는데, 도산하는 바람에 대금을 회수하지 못했어."

"혹시… 우리 공장도 위험하다는 거야?"

가에데의 물음에 엄마는 고개를 끄덕였다.

"가에데, 너도 알겠지만… 2년 전부터 우리도 빠듯하게 운영해 왔어. 지금까지 가까스로 버텨 왔지만 이번 일로 아무래도…."

"그 부품을 다른 회사에 팔 수는 없는 거야?"

엄마가 힘없이 고개를 가로저었다.

"세상에… 그럼 우리는 어떻게 되는데?"

"은행에 빚이 너무 많아서 새 융자를 바랄 수도 없어. 이대로 가다가는 도산하는 수밖에…." 엄마는 거기서 입을 다물었다.

"도산이라니… 그렇게 되면 공장은 어떻게 돼? 이 집은?" 가에데는 놀라서 닥치는 대로 물었다.

"도산하면 비워 줘야 해."

할아버지와 아빠, 엄마가 지금껏 지켜 온 공장이 없어진다. 가족 모두의 추억이 담긴 이 집이 사라져 버린다.

엄청난 충격에 말을 잃고 말았다. 엄마를 빤히 쳐다볼 수밖에 없었다.

"그렇게 심각한 얼굴 하지 마." 엄마가 상냥하게 말했다.

"괜찮아… 아무것도 걱정할 거 없어. 만약 공장이 없어진다 해도 엄마는 곧바로 새 일자리를 찾을 거야. 널 고등학교에 보내는 정도는 아무것도 아니야. 그리고 이렇게 큰 집은 못 빌리겠지만, 새로운 곳으로 이사하면 되지 뭐. 모녀기 둘이 사는데 이렇게 큰 십을 빌릴 필요도 없고 말이지." 가에데를 격려하듯 엄마가 밝게 말했다.

그러나 가에데를 격려하는 이상으로 그렇게 해서 자기 자신을 북돋우지 않으면 도저히 견딜 수 없으리라는 걸 알 수 있었다.

엄마에게 유일하다시피 한 가족의 추억이 배어든 공장과 집을 잃는다는 것에 가에데의 수십 배에 달하는 원통함을 이를 악물고 참고 있을 터였다.

엄마가 천장을 흘끗 올려다봤다.

"미안하지만 히로시 군도 여기서 나가야 하고. 하긴… 히로시 군이라면 일자리는 얼마든지 있을 테고… 내가 아는 사람 공장에 부탁해도 되지만…"

엄마는 이미 도산을 피할 수 없다고 포기한 듯했다.

왜 이렇게 마음이 우울한 걸까, 가에데는 신기했다.

자신이 나고 자란 집에서 나가야 한다는 것은 서운한 일임에 틀림없다. 할아버지와 아빠로부터 물려받은 공장을 제 손으로 닫아야 한다는 엄마의 원통함도 잘 안다. 하지만 그것들은 얼마 전까지만 해도 가에데가 바라던 일이 아닌가.

이렇게 고생하면서까지 공장을 계속할 필요는 없다고 줄곧 생각해 왔다. 엄마는 공장을 접고 새 직장에 취직하고, 가에데도 고등학교에 진학하지 않고 일하러 나가는 것이다. 얼마 전까지만 해도 그런 생활을 바랐다.

무엇보다 이 공장과 집이 없어지면 마치다와 함께 살지 않아도 된다.

우리 같은 인간한테 관여했다가는 괜히 좋은 꼴 못 봐——.

마치다라는 정체 모를 남자를 마에하라가에서 내쫓을 수 있는 것이다. 가에데가 바라 마지않던 생활이 시작된다는데 왜 이렇게 기분이 가라앉는 걸까.

엄마는 옆방으로 들어가 불단 앞에서 정좌를 하고 조용히 두 손을 모았다. 엄마가 아빠와 할아버지에게 무슨 말을 하는지 가에데는 쉽사리 상상할 수 있었다.

14

다메이 준은 시계를 확인하고 황급히 거울 앞에서 일어섰다.

머리를 매만지는 사이 시간이 훌쩍 지나 있었다. 아직 만족스러운 머리 스타일은 아니었지만 첫 데이트에 지각했다가는 점수가 완전히 깎일 것이다.

이불 위에 챙겨 놓은 아르마니 여름용 재킷을 걸쳤다.

부모에 대한 반항심에서 그동안 사 주신 옷을 대부분 본가에 두고 왔지만, 이 옷만은 무척 마음에 들었기에 가져왔었다. 그 당시 자신의 결단에 감사를 표한다.

어디서 데이트를 하는지는 몰라도 이 옷을 입고 가면 망신은 당하지 않을 것이다.

재빨리 신발을 신고 집에서 뛰쳐나가 역으로 향했다.

어젯밤 나쓰카와 쇼코가 문자로 오늘 스케줄을 물었나. 오늘은 오후부터 근처 편의점 아르바이트를 할 예정이었지만 당연히 아무 스케줄도 없다고 답신을 보냈다. 그러자 '내일 같이 외출하지 않을래?' 하는 대답이 돌아왔다.

쇼코와의 첫 데이트다. 어떤 하루가 될지 상상하다 보니 거의 잠을 이루지 못한 채 아침을 맞았다.

은행 ATM에서 얼마 안 되는 돈을 찾은 뒤 약속 장소인 신주쿠 알타(신주쿠의 랜드마크인 복합 쇼핑몰, 약속 장소로 많이 이용된다.) 앞으로 향했다. 쇼코의 모습이 보여 서둘러 뛰었다.

"늦어서 미안."

다메이는 웃는 얼굴의 쇼코에게 사과하면서 살짝 어리둥절해졌다.

늘 스커트 차림인 쇼코가 웬일로 청바지에 티셔츠, 그리고 스니커즈를 신은 캐주얼한 복장을 하고 머리에는 모자까지 썼다. 지금부터 바다나 캠프에라도 갈 듯한 차림이었다.

"그런 옷도 입는구나. 평소 복장이면 좋았을걸." 쇼코가 말했다.

"아니, 첫 데이트인 데다… 일단… 그런데 나쓰카와의 그 복장도 왠지 신선해서 좋아."

"갈까." 쇼코가 걷기 시작했다.

"어디 갈까?"

다메이는 물으면서 손잡을 타이밍을 쟀다.

"나한테 맡겨 줄래?"

다메이가 내민 손을 자연스럽게 피하며 쇼코가 역 안으로 들어갔다.

"어디 가는데?" 약간 실망하면서 물었다.

"도착하면 알게 되니까 기대하고 있어."

개찰구로 들어가 계단을 오른 다음 주오 선 열차를 탔다. 다카오행이라는 표시를 보고 혹시 등산을 하려나 싶었다. 그러나 열차가 오기쿠보역에 도착하자 쇼코는 "여기야" 하고 말하며 내렸다.

계속 도쿄에 살았지만 오기쿠보가 어떤 곳인지 잘 알지 못한다. 이 부근에 인기 있는 데이트 코스라도 있는 걸까.

"잠깐 편의점 들러도 될까?"

다메이의 의문과는 상관없이 쇼코가 역 앞 편의점에 들어갔다. 다메이도 따라 들어갔다. 쇼코는 편의점 안을 돌며 바구니에 마스크와 목장갑, 녹차 음료 세 병을 넣었다.

"이런 걸 어디에 쓰려고?" 계산대로 가는 쇼코에게 물었다.

"이제부터 필요해질 거야. 가 보면 알아."

도대체 어디로 갈 셈일까. 이 더운 날 밭에서 감자라도 캐려는 걸까. 뭐, 쇼코와 함께라면 그것도 나름 즐거울지 모르지만.

편의점에서 나온 쇼코는 메모와 지도를 꺼내 들고 상점가를 걸었다.

잠시 걸어서 주택가로 접어들었다.

"여기야." 한 단독주택 앞에서 쇼코가 멈춰 섰다.

"여기라니…."

쇼코의 시선을 따라간 다메이는 입이 딱 벌어졌다.

눈앞의 단독주택 마당은 담장 밖까지 넘칠 듯한 쓰레기로 가득했다. 냉장고, 세탁기, 텔레비전 같은 가전제품과 너덜너덜한 우산, 무엇에 쓰이는지 모를 플라스틱 상자 등 다양한 일용품이 금방이라도 무너져 내릴 듯이 위태롭게 쌓여 있었다. TV에 자주 나오던 쓰레기집이 따로 없었다. 아니, 지금껏 본 쓰레기집이 애교로 여겨질 만큼 눈앞의 광경은 참담하기 이를 데 없었다.

"놀랐어?"

그 목소리에 제정신이 들어 쇼코의 눈을 봤다.

"여기가 도대체…."

"시게무라 선배 연구실이야."

다메이는 다시 눈앞의 주택을 둘러봤다. 확실히 문 옆에 '시게무라'라는 문패가 걸려 있다.

여기가 괴짜 시게무라—— 아니, 닥터 시게무라의 집——.

"그런데 연구실은 빌라 안의 방 한 칸이라고 하지 않았어?"

"그랬지. 그저께 연락해 봤더니 1년 전에 본가로 돌아왔대. 예전 연구실이 비좁아져서."

"부모님도 같이 사셔?"

"글쎄, 그것까지는 모르겠어."

마당을 들여다봤지만 쓰레기에 파묻힌 탓에 어디가 현관인지도 보이지 않았다. 주택 2층을 살펴보니 감시 카메라 같은 것이 여러 대 설치되어 있다.

"예전 연구실도 정말 굉장했는데 여기로 옮기고 나서 스케일이 더 커졌네."

쇼코가 건물을 올려다보며 감탄했다는 듯 말했다.

"역시 가져오길 잘했어." 봉지에서 마스크와 목장갑을 꺼내 다메이에게 건넸다.

"설마, 저 안에 들어가라는 거야?"

"당연하지. 시게무라 선배의 발명품을 보려고 여기까지 왔는걸."

쇼코가 대문을 열고 안으로 들어간 순간, 경보음 같은 소리가 요란스럽게 울려 퍼졌다.

"뭐, 뭐야, 갑자기!" 다메이는 깜짝 놀라 사방을 둘러봤다.

"여기에도 트랩이 설치되어 있었네."

"트랩은 또 뭐야…"

"시게무라 선배는 좀, 아니… 무척 경계심이 강하거든. 거대한 조직이 자기를 감시해서 발명품을 훔치려고 한대. 예전 빌라에도 현관이랑 창문에 적외선 센서를 달았었어."

거대한 조직이 감시라니… 이런 쓰레기집에 관심을 가지는 건 TV 방송국이나 이웃 주민에게 민원을 받는 구청 직원쯤일 것이다.

"누구냐! 침입자가!"

고함이 들려왔다. 쓰레기 사이로 꾀죄죄한 흰옷 차림의 남자가 불쑥 튀어나왔다. 부스스한 머리에 우유병 바닥처럼 두꺼운 안경을 낀 남자가 걸어 나오며 눈을 부라렸다.

"시게무라 선배, 저 나쓰카와예요…."

남자가 쇼코를 본 순간 온유한 표정으로 바뀌었다.

"오오, 나쓰카와. 잘 왔어."

"이쪽은 전화로 얘기한 다메이 군이에요. 시게무라 선배의 발명품을 꼭 보고 싶다고…."

쇼코의 말에 시게무라가 다메이를 쳐다봤다. 그 순간 험악한 얼굴로 돌아오더니 다메이를 노려봤다.

"설마 CIA 끄나풀은 아니겠지?"

의심의 눈초리로 빤히 쳐다보는 시게무라 탓에 다메이는 몸이 움츠러들었다.

"아니에요. 같은 동아리 멤버예요. 그렇지?" 쇼코가 웃으면서 다메이에게 시선을 던졌다.

"네… 이공학부 1학년 다메이입니다. 잘 부탁합니다." 다메이는 당혹감을 감추지 못한 채 머리를 숙였다.

"제가 다메이 군한테 시게무라 선배 이야기를 했거든요. 다양하고 재미있는 발명을 하는 선배가 있다고요. 그랬더니 발명품을 꼭 보게 해 달라는 거예요."

그런 이야기를 한 기억은 없지만 하는 수 없이 고개를 끄덕였다.

"나쓰카와, 그건 아니지. 난 재미있는 발명을 하는 게 아니라, 인류에게 도움이 되는 발명을 하는 거라고."

시게무라가 우유병 바닥처럼 두꺼운 안경을 조금 들어 올리면서 말했다. 안경테가 부러졌는지 접착테이프가 둘둘 감겨 있었다.

"아 참, 그랬죠. 죄송해요." 쇼코가 황급히 사과했다.

"정말 CIA 끄나풀은 아닌 거지? 혹시 어디 기업에 고용된 스파이라거나."

시게무라가 핥는 듯한 시선으로 다메이를 바라봤다.

"아니에요… 아닙니다… 평범한 대학생이에요. 도저히 안 된다면 어쩔 수 없죠, 그만 실례하겠습니다."

다메이는 과장되게 손을 흔들었다. 안 된다고 하지 않아도 가능하면 지금 당장에라도 여기서 물러나고 싶은 심정이었다.

"원래 남자는 연구실에 출입 금지인데, 나쓰카와가 간절히 부탁하니 어쩔 수 없군. 자, 들어와."

다메이의 기대를 저버리고 시게무라가 문을 열어 주었다.

이 사람 정말 괜찮은 건가 싶어 쇼코에게 눈짓을 했다.

"고마워요."

쇼코가 시게무라에게 손을 내밀어 악수를 청했다. 시게무라가 기뻐하며 쇼코와 악수를 했다.

"다메이 군도."

쇼코의 재촉에 다메이도 하는 수 없이 오른손을 내밀었다.

"난 남자 알레르기라 웬만하면 접촉하고 싶지 않지만." 시게무라는 그렇게 말하면서 못 이긴 척 다메이와 악수를 했다.

쇼코가 목장갑을 끼기에 다메이도 따라했다. 시게무라와 쇼코를 따라 먼지가 흩날리는 쓰레기 속을 나아갔다.

하필이면 아르마니 정장을 입었을 때 이런 쓰레기 집적소 같은 곳을 헤매게 될 줄이야. 다메이는 최대한 옷에 쓰레기가 닿지 않도록 조심하며 앞으로 걸어갔다. 당장에라도 무너질 듯한 대형 폐기물 사이를 누비고 나아가자 드디어 현관문이 보였다. 안심한 것도 잠시, 시게무라와 함께 들어간 집 안에도 쓰레기가 수북이 쌓여 있었다.

"부모님도 같이 살고 계시나요?"

과연 신경이 쓰였는지 집 안으로 들어간 쇼코가 물었다.

"아니, 부모님은 은퇴하시고 가쓰우라로 이사 가셨어. 이해심 많은 부모님이라, 내가 연구에 전념할 수 있도록 이 집을 마음대로 써도 된다고 하셨어. 부모님이 살아 계시는 동안에 노벨상을 받아야 할 텐데."

"형제는 없어요?" 다메이는 쓰레기 더미를 나아가며 물었다.

"외동이야."

그걸 듣고 이웃 주민들에게 동정심이 일었다. 적어도 형제가 있으면 재산분할 때라도 이 쓰레기집이 없어질 가능성이 있었을 텐데.

복도를 지나 드디어 방에 도착했다. 대낮인데도 덧문을 꼭 닫아서 어둑어둑했다. 전등을 켜자 널찍한 거실 한가득 쓰레기며 잡동사니가 널려 있는 것이 보였다.

"뭔가 굉장한데요." 쇼코가 감탄을 섞어 말했다.

"그렇지? 지난 1년간 새롭게 107개의 발명품을 만들었거든."

시게무라가 잡동사니를 애정 어린 눈길로 돌아보며 대답했다.

"엇? 이게 발명품…."

다메이는 기가 막혀서 사방을 두리번거렸다. 아무리 봐도 그냥 잡동사니로 보였다. 잡동사니 속에서 위이잉 하고 모터 소리가 들렸다. 소리 나는 쪽을 쳐다보니 쓰레기에 파묻힌 강아지 얼굴이 보였다.

"도그! 잘 있었어?" 쇼코가 웃는 얼굴로 강아지 곁으로 갔다.

다메이도 덩달아 가까이 갔다. 소형 러닝머신 같은 것 위에서 강아지가 숨을 헐떡이며 제자리 달리기를 반복하고 있다. 기계 뒤에는 상자 같은 것이 달려 있었다.

"많이 컸구나."

쇼코가 머리를 쓰다듬지만 쇠사슬에 묶인 강아지는 그러거나 말거나 쇼코를 상대할 여유도 없이 죽기 살기로 제자리 달리기만 되풀이했다.

"도그도 새 집이 만족스러운가 봐. 전에는 빌라여서 짖는 소리가 밖에 새지 않도록 내가 발명한 마스크를 착용하고 있었거든."

"그러게요, 얼굴이 이렇게 생겼었군요." 쇼코가 천진하게 웃었다.

"이게 뭔데요…?" 다메이는 저도 모르게 물었다.

"자동 애견 산책기야. 매일 나가서 산책시켜 주고 싶은데 연구에 쫓기느라 시간이 나야 말이지. 그래서 이걸 만들어 줬더니 도그도 건강해졌는지 식욕이 왕성해졌어. 식비가 너무 많이 들어서 이번에는 적은 양으로 똑같은 영양가가 들어 있는 도그 푸드를 개발할까 생각 중이야."

건강이라니… 아무리 봐도 학대당하는 걸로만 보이는데.

컨베이어벨트 위에서 제자리 달리기를 하던 도그가 이제 지쳤다는 듯이 눈앞의 레버를 물었다. 그러자 컨베이어벨트가 멈췄다. 그뿐만 아니라 뒷부분의 뚜껑이 열리고 안에서 와이어에 감긴 비닐봉지가 나왔다. 봉지가 도그의 뒷다리 부근까지 와서 멈췄다. 도그는 한쪽 다리를 들고 그 봉지 속에 소변을 봤다. 용무를 마치고 다리를 내려놓자 상자 속에서 안개 같은 것이 나와 도그의 엉덩이를 겨냥하고 분사되었다.

"소취기도 달려 있어." 시게무라가 득의양양하게 입가를 일그러뜨렸다.

도그가 쇼코를 향해 짖었다. 그 순간 개 목걸이에 연결된 쇠사슬이 탁 풀리면서 도그가 쇼코에게 안겼다.

"굉장해요!" 쇼코가 도그의 몸을 쓰다듬으며 시게무라를 바라봤다.

확실히 장치로서는 꽤 훌륭할지 모르지만 과연 이런 걸 누가 갖고 싶어 하느냐가 큰 문제다.

"이것도 발명품인가요?"

다메이는 주둥이가 두 개 달린 주전자를 손에 들고 물었다.

"그래, 그건 속이 이중 구조로 되어 있어서 오른쪽 주둥이에서는 끓는 물이 나오고, 왼쪽 주둥이에서는 약간 미지근한 물이 나와."

"어떨 때 쓰는 건가요?"

"난 자주 인스턴트커피와 즉석 된장국을 같이 먹는데 그럴 때 편리하지. 커피는 뜨거운 걸 좋아하는데 된장국은 약간 미지근한 걸 좋아해서."

"주전자를 불에 올리고 조금 미지근할 때 된장국 그릇에 붓고, 끓기 시작하면 커피를 타면 될 텐데요…."

"너무 번거롭잖아. 무엇보다 그러면 내 취향에 맞는 온도로 같이 먹을 수가 없잖아!" 시게무라가 눈을 까뒤집고 성질을 부렸다.

"그렇긴 하네요…."

왜 이럴까 싶었지만 더 이상 기분이 상하지 않도록 그렇게 대답해 두었다. 애초에 커피와 된장국을 같이 먹을 때가 있을까 싶었지만 물론 그 말도 입 밖에 내지 않았다. 확실히 스도를 포함한 동아리 멤버들의 말처럼 허탈하기만 한 발명품이었다.

"어린아이가 있는 가정에는 좋을 것 같아요. 엄마는 뜨거운 차를 마시고 아이한테는 미지근한 걸 줄 때 말이에요."

쇼코가 거들자 시게무라의 기분이 다시 좋아졌다.

"그래그래, 과연 나쓰카와. 나도 그런 활용법을 생각했거든. 뭐, 계속서서 이야기하기도 그렇고, 자 앉아."

시게무라가 식탁을 가리켰다. 식탁 위에도 온갖 물건이 자리 잡고 있었다. 의자에 뽀얗게 쌓인 먼지를 보고 다메이는 앉기를 주저했다. 앉기 전에 손으로 의자를 쓱 훑었더니 목장갑이 새카맣게 변했다.

시게무라가 다메이와 쇼코의 눈앞에 빈 머그컵을 놓았다. 가령 고급 샴페인이 담겼다 해도 마시고 싶은 마음이라고는 전혀 안 들 만큼 때가 덕지덕지 묻어 있었다.

"너희도 마실 거지?"

시게무라가 식탁 위에 있는 알코올램프에 불을 붙였다. 삼각플라스크와 위에 놓인 비커 안에 뭔가 먹으면 큰일 날 것 같은 빛깔의 액체가 담겨 있다. 설마 저걸 대접할 생각은 아니겠지.

"그건 뭔가요?" 다메이는 조심스럽게 물었다.

"내가 브랜딩한 머리가 좋아지는 차야."

쇼코를 쳐다보니 시게무라 몰래 고개를 살짝 가로저었다.

그 표정을 보고 몹시 끔찍한 음료임을 알아차렸다.

"저희가 찾아뵌 건데 그런 귀중한 걸 대접받을 수는 없죠."

"에이, 사양할 것 없어…."

"아니에요, 저희가 먹을 음료를 사 왔거든요. 그러니 마음 쓰지 않으셔도 돼요. 여기, 시게무라 선배 것도 사 왔어요."

쇼코가 바로 봉지에서 녹차 음료를 꺼내서 나눠 주었다.

"정말 마음 쓰지 않으셔도 돼요. 저는 발명품을 구경한 것만으로도 충분히 감사하고 있어요. 정말 고마웠습니다."

이미 과거형으로 말하고 있다.

"저 두 가지는 심심풀이로 만들었을 뿐이야. 어쩔 수 없네, 차를 다 마시면 더 굉장한 걸 보여 주지. 원래 내 발명품을 죄다 보려면 일주일은 걸리겠지만."

그 말에 다메이는 몸서리가 쳐졌다.

이렇게 될 줄 알았으면 꾀부리지 말고 아르바이트에 힘쓸 것을 그랬다.

"다메이 군은 장차 기업가를 목표로 하고 있어요." 쇼코가 말했다.

"기업가?"

시게무라가 다메이를 쳐다봤다. 휘감기는 듯한 부담스러운 시선이었다.

"세상에 도움이 되는 걸 발견해서 그걸 자기 힘으로 보급하고 싶대요. 큰 꿈을 갖고 있죠."

"흐음. 기업가라…."

어쩐지 코웃음 치는 듯한 말투가 신경에 거슬렸다. 절대로 친구가 될 수 없는 타입이다.

"시게무라 선배도 자주 말씀하셨잖아요. 언젠가 반드시 사람한테 도움이 되는 대발명을 하겠다고요. 뭔가 뜻하는 바가 비슷한 것 같아서 서로 소개해 주고 싶었어요."

"미안하지만, 이 친구의 뜻인지 뭔가하고 똑같이 취급하면 곤란한데."

그 말에 열이 확 받아서 일어나려 한 순간 실내에 요란한 경보음이 울려 퍼졌다.

"또 침입자야? 잠깐 실례."

시게무라가 혀를 차며 방에서 나갔다.

"저기, 나쓰카와… 일부러 데려와 준 사람한테 이런 말 하긴 미안한데, 빨리 돌아가자. 여기 더 있다가는 기분이 나빠질 것 같아."

당장 이런 데서 나가서 쇼코와 영화라도 보러 가고 싶었다.

"오자마자 그러는 게 어디 있어. 모처럼 왔으니 더 많이 구경하고 가자." 쇼코가 미소 지으면서 말했다.

"아까 본 것들로 대충 감 잡았어. 나쓰카와는 좀 더 개량하면 상품으로 팔 만한 게 있지 않겠느냐고 말했지만, 내 생각에는 도저히 아닐 것 같아. 물론 참신한 발명일지도 모르지. 강아지용 러닝머신이나 뜨거운 커피와 미지근한 된장국을 동시에 만들어 내는 주전자라니… 그런 물건을 생각해 내는 사람이 또 어디 있겠어? 그런데 정말 그런 물건이 상품이 될 수 있다고 생각하는 거야?"

"다메이 군, 아까 시게무라 선배하고 악수했을 때 무슨 느낌 안 들었어?" 쇼코가 물었다.

"악수했을 때? 딱히 난 남자 알레르기가 아니라 아무것도 못 느꼈는데."

굳이 말하자면 오늘은 쇼코와 손잡을 수 있지 않을까 기대했는데 왜 이런 남자와 악수를 해야 하는지 신세가 서글퍼졌던 정도다.

"그래… 그럼 마지막으로 발명품 하나만 더 보고 돌아가자."

"어, 그렇게 하자. 여기서 나가면 어디로 갈까? 뭐 재미있는 영화라도 하려나."

"미안해. 이따 미즈키 선배하고 약속이 있어."

"아…." 다메이는 낙담의 한숨을 내뱉고 고개를 떨구었다.

"오래 기다렸지?"

그 목소리에 고개를 들자 시게무라가 방으로 들어오던 참이었다.

"누구였어요?"

쇼코의 물음에 시게무라가 머리를 절레절레 흔들었다.

"시청 환경과 녀석들. 마당에 둔 쓰레기를 처분하라네. 내 소중한 재료를 쓰레기 취급하다니 무례하기 짝이 없는 녀석들이야."

시게무라는 분이 풀리지 않는 모습으로 맞은편 의자에 앉았다. 비커 집게를 이용해 비커 속 액체를 컵에 능숙하게 따랐다.

"아, 그런데 무슨 이야기를 했더라…."

컵의 액체를 맛있게 마시더니 시게무라가 물었다.

"제 뜻과 똑같이 취급하면 곤란하다는 이야기였어요." 다메이는 못마땅한 기분으로 대답했다.

"아, 그렇지."

"시게무라 선배, 그 이야기는 이제 됐어요. 그런데 그 합성수지 말인데요, 지난번 찾아왔을 때보다 더 진전이 있었다면서요?"

"합성수지?" 다메이가 물었다.

"나쓰카와도 그렇게 생각해? 그런데 내가 원하는 수준에는 아직 한참 모자라. 좀 더 연구가 필요할 것 같아."

"지금 시점에서도 충분히 굉장한걸요. 다메이 군도 전혀 알아차리지 못했나 보고요."

자신이 전혀 알아차리지 못했다니 무슨 소리일까. 두 사람이 무슨 이야기를 하는지 당최 알아들을 수가 없었다.

"내가 전혀 알아차리지 못했다니, 무슨 소리야?" 다메이는 고개를 갸웃하며 물었다.

"시게무라 선배, 죄송하지만 다메이 군한테도 보여 주시면 안 될까요?"

쇼코가 머리를 숙이며 부탁하자 시게무라는 "어쩔 수 없지" 하고 왼손으로 오른손 손끝을 쥐었다. 그 순간 손가락 세 개가 톡 떨어지는 바람에 다메이는 기겁을 했다.

허둥대며 시게무라의 오른손가락을 쳐다봤다. 검지와 중지와 약지 세 개의 손가락이 첫 번째 마디부터 없었다.

"2년쯤 전에 실험을 하다가 난 사고로 손가락을 잃으셨죠."

쇼코의 말에 시게무라는 왠지 자랑스러운 미소를 머금고 고개를 끄덕였다.

의지(義指)였구나. 그런데 아까 악수했을 때에는 전혀 알아차리지 못했다.

"도대체 어떻게 만들어져 있어요…?"

더 자세히 보고 싶은 충동이 일었다.

시게무라가 의지 세 개를 올린 손바닥을 다메이에게 내밀었다. 의지에는 각각 손톱도 있고 지문도 있었다. 언뜻 봐서는 진짜로 잘못 볼 만큼 섬세하게 조형되어 있었다.

"내가 발명한 합성수지로 만들었지." 시게무라가 득의양양하게 말했다.

"만져 봐도 돼요?"

다메이의 물음에 시게무라가 고개를 끄덕였다.

목장갑을 벗이 근처 집동사니 위에 올려놓고, 시게무라의 손바닥에서 의지를 하나 집어 올렸다. 만진 순간 가슴속에서 놀라움이 번져 나갔다. 마치 진짜 손가락을 만진 듯 탄력이 느껴졌다. 그런데 손톱 부분은 딱딱하다. 또 의지의 안쪽은 바깥쪽의 탄력과 달리 뼈가 있는 듯한 단단함이 느껴졌다.

"이 손톱하고 안쪽 부분은 다른 합성수지를 쓴 건가요?"

"아니, 똑같은 합성수지로 가공했지. 가공 방법에 따라 단단하게도, 또 부드럽게도 할 수 있는데 바로 그게 이 합성수지의 특징 중 하나거든."

믿기지 않는 심정으로 의지를 하나하나 살펴보는 사이 문득 궁금해졌다.

"어떻게 착용하나요? 특수한 접착제 같은 걸로….."

의지에 관해 자세히 알지는 못하지만 이런 것을 착용하려면 용기 뚜껑처럼 끼워 넣어야 하는 줄 알았다. 그러나 이 의지에는 끼울 만한 구멍이 없다. 살짝 팬 곳이 있을 뿐이다.

"이 합성수지는 흡착성이 뛰어나거든. 피부에 들러붙으면 움직여도 쉽게 떨어지지 않아. 그게 두 번째 특징이야."

"설마…."

다메이는 당연히 거짓말일 거라 생각하고 웃었다.

"아직 미흡한 부분이 많아. 아무리 흡착성이 뛰어나도 손가락 하나만 큼의 무게에는 도저히 견딜 수가 없어. 하지만 이 정도 크기라면 문제없어. 이걸 끼고 컴퓨터 키보드를 쳐도 떨어질 염려가 없거든."

다메이가 반신반의하며 오른손가락 관절을 접고 의지를 붙여 봤다. 의지는 시게무라의 말대로 마치 접착제로 붙인 것처럼 착 달라붙었다. 손을 흔들었는데도 떨어지지 않았다.

"합성수지면 다양한 형태로 가공할 수도 있나요?"

"물론이지."

"예를 들면 얇은 시트 같은 형태도 가능한가요?"

"식은 죽 먹기지. 이 합성수지의 마지막 특징이 바로 땀을 배출시키는 투습성이거든. 얇은 시트 형태로 된 걸 오랫동안 붙이고 있어도 땀 때문에 짓무르지 않아."

"에이, 거짓말이죠?"

그런 합성수지는 들어 본 적이 없다.

순간 시게무라의 표정이 험악해졌다. 의자에서 벌떡 일어나더니 선반 서랍에서 뭔가를 꺼내 왔다.

"날 거짓말쟁이 취급하다니 서운한데. 그럼 직접 시험해 봐!" 시게무라가 다메이의 이마를 탁 쳤다.

어깨를 두드리는 손길에 다메이는 문득 고개를 돌렸다.

"괜찮아? 아까부터 넋이 나가 있는 것 같아." 쇼코가 전철 손잡이를 잡으면서 물었다.

"아…."

전철을 탄 뒤에도 계속 이마의 감촉에 정신이 팔려 있었다.

"그런데 아직도 붙어 있어?"

"응. 아주 찰싹 붙어 있어." 쇼코가 다메이의 얼굴을 보고 까르르 웃었다.

정면을 향하자 바로 앞자리에 앉은 교복 차림의 두 여학생도 다메이를 보고 키득거리고 있었다. 그런데 이마에 뭔가 붙어 있다는 위화감은 처음에만 느껴졌을 뿐 지금은 아무 느낌도 없다.

시게무라의 집에서 나왔을 때 쇼코에게 거울을 빌려 얼굴을 확인해 봤더니 이마에 합성수지로 된 혹 같은 것이 붙어 있었다.

이렇게 더운 날씨에 역까지 걸어오는 동안 땀 때문에 들뜨지도 않았다. 역시 접착제를 쓴 게 아닐까 싶어 떼어 봤더니 쉽게 떨어졌다. 다시 이마에 붙이자 착 달라붙었다.

땀 때문에 짓무르는 느낌도 없고 뭔가 붙이고 있다는 불쾌감도 없다. 지금도 믿기지 않지만 시게무라가 한 말은 전부 사실일지도 모른다.

그렇게 확신하자 온갖 상상의 나래가 펼쳐졌다. 이 합성수지에는 다양한 가능성이 있다. 가장 먼저 떠오른 것은 가발이었다. 어떤 형태로든 바꿀 수 있고 피부 흡착성과 투습성이 뛰어나다. 가발의 스킨이나 망에 안성맞춤이지 않은가.

그뿐만이 아니다.

시게무라처럼 신체 일부가 결손된 사람이나 화상과 심한 멍 자국 때문에 콤플렉스를 가진 사람들이 환영할 만한 상품을 만들 수도 있지 않을까.

그야말로 자신이 꿈꾸던, 세상에 도움이 되는 일이다.

"이번 역은 나카노——나카노 역입니다."

전철 안내 방송을 듣고 다메이가 쇼코를 쳐다봤다.

"미안해. 난 여기서 내릴게."

"갑자기 무슨 일이야?"

"시게무라 선배 집에 다시 가야겠어."

다메이는 조급한 마음을 억누르지 못해 문이 열리자마자 뛰쳐나갔다. 오기쿠보 역으로 되돌아가 시게무라의 집으로 내달렸다.

인간적으로는 별로 어울리고 싶지 않은 유형이지만 이 합성수지에는 완전히 마음을 빼앗겼다. 도대체 어떤 원리로 되어 있을까. 합성수지 이야기를 더 자세히 듣고 싶었다.

집 앞에 도착한 다메이는 초인종을 찾았다. 그러나 어디에도 보이지 않는다. 시게무라와 이야기를 하고 싶긴 하지만 다시 그 쓰레기 더미를 헤치고 집에 들어가려니 선뜻 내키지가 않았다. 가능하면 카페 같은 곳으로 불러내고 싶은 심정이었다.

"시게무라 선배——." 다메이는 집을 향해 목청껏 선배를 불렀다.

그러나 아무 반응도 없었다. 2층에 설치된 방범 카메라를 향해 손을 흔들어 봤지만 한참을 기다려도 나올 기미가 없었다.

쓰레기집 앞에서 서성대는 다메이를 사람들이 호기심 어린 눈길로 바라보며 지나갔다.

다메이는 단단히 결심하고 대문을 열어 안으로 들어갔다. 순식간에 요란스러운 경보음이 울리고 지나가던 사람이 놀란 표정으로 주시했다.

"또 누구냐!"

잠시 후 쓰레기 사이로 시게무라가 정색을 하고 뛰쳐나왔다.

"죄송해요… 초인종을 못 찾아서." 다메이가 머리를 긁적이며 말했다.

"뭐야, 너였어? 뭐 두고 간 거라도 있나?"

시게무라가 다메이의 얼굴을 보더니 흥미를 잃은 표정을 지었다.

"아뇨… 시게무라 선배와 좀 더 이야기를 나누고 싶어서 되돌아왔어요."

"나하고 이야기를?" 시게무라가 의아해하는 표정으로 쳐다봤다.

"출출하지 않으세요? 식사라도 하면서 선배의 발명품 이야기를 더 듣고 싶은데요. 물론 훌륭한 발명품을 보여 주신 답례로 제가 대접할게요."

다메이는 시게무라의 비위를 맞추려고 최대한 아첨을 떨었다.

"안타깝게도 나는 시커먼 사내놈과 함께 식사하는 취미는 없거든. 나쓰카와도 함께라면 또 모를까." 시게무라가 쇼코의 모습을 찾아 주위를 둘러봤다.

"나쓰카와는 친구와 약속이 있다면서 먼저 갔어요."

"그래? 그럼 잘 가."

시게무라가 더 볼 것도 없다는 듯 손을 가볍게 흔들고 집으로 돌아가려 했다.

"잠깐만이라도 좋으니 시간 좀 내 주실 순 없나요?" 다메이가 시게무라의 손을 붙잡고 늘어졌다.

"너한테 시간을 내 줄 만큼 난 한가하지 않아. 점심으로 카레를 먹고 나면 바로 연구를 해야 돼."

시게무라가 손을 뿌리침과 동시에 다메이의 배에서 꼬르륵 소리가 우렁차게 울렸다. 그러고 보니 아침부터 아무것도 먹지 않았다.

"아침부터 아무것도 안 먹었더니…."

다메이의 배 언저리를 빤히 쳐다보고 있는 시게무라에게 변명처럼 말했다.

"먹고 갈래?"

잠시 다메이를 쳐다보던 시게무라가 안경을 살짝 들어 올리며 물었다.

그 권유에 잠시 망설였다. 아까 집 안에서 봤던 컵처럼 더러운 접시에 담겨 나오면 아무리 맛있는 카레일지라도 식욕이 확 달아날 것 같았다. 그러나 여기서 거절하면 이야기는 끝나고 만다.

"저도 먹어도 돼요?"

"어쩔 수 없군. 들어와."

머리를 꾸벅 숙인 뒤 시게무라를 따라 현관으로 들어갔다.

쓰레기 더미를 헤치고 이야기를 하던 거실로 들어가자 고약한 냄새가 코를 찔렀다. 코를 싸쥐고 싶은 충동을 꾹꾹 누르며 실내를 둘러봤다. 아무래도 이 불길한 냄새는 부엌에서 풍겨 오는 듯했다.

"금방 데울 테니 거기 앉아서 기다려."

앉아서 기다리라는데도 불길한 예감 탓에 안절부절못하고 부엌으로 갔다.

"이게 카레인가요…?"

다메이는 냄비 속에 있는 강렬한 색의 액체를 보면서 물었다.

"그래. 내가 독자적으로 이것저것 섞어서 만든, 머리가 좋아지는 카레야."

액체가 보글보글 끓어오를수록 몸서리를 부추기는 냄새가 더 지독해졌다.

"이것저것이라니… 도대체 뭘 집어넣었는데요?" 다메이가 조심스럽게 물었다.

"비밀이야. 이것도 머지않아 상품화할 생각이거든."

"역시…."

사양하고 싶다.

"네가 모니터링을 해 줘야겠는데. 이 카레를 매일 먹고 성적이 얼마나 오르는지 실증하는 거지. 너도 지금보다 머리가 조금은 더 좋아질 테고 나도 상품화하기 위한 데이터를 수집할 수 있고. 좋은 아이디어인 것 같지?"

"네에…."

이 정체불명의 음식을 매일 먹는다면 머리가 좋아지기 전에 몸의 어딘가가 탈이 날 것 같았다.

"어때, 맛있어 보이지? 나는 하루에 한 끼는 꼭 이 카레를 먹고 있어."

시게무라가 밥솥을 열더니 희열에 찬 얼굴로 밥을 두 접시 퍼 담았다. 그 위에 냄비의 수수께끼 액체를 부어 다메이에게 내밀었다.

"고맙습니다…."

다메이는 한숨을 삼키며 접시를 받아 들고 테이블로 향했다.

마주 앉은 시게무라가 접시에 담긴 것 ── 일부러 카레라고 부르지 않음 ──을 게걸스럽게 먹기 시작했다.

보아하니 이 의식을 피해 갈 수는 없는 듯했다.

"잘 먹겠습니다…."

다메이가 숟가락을 쥐고 접시의 밥과 액체를 떴다. 그걸 입에 넣은 순간 끔찍한 무언가가 등골을 기어 다니는 듯한 감각에 사로잡혔다. 얼굴 주변에서 진동하는 악취 탓에 정신이 아득해질 지경이었다.

시게무라의 미각은 대체 어떻게 생겨 먹었단 말인가.

가급적 접시의 액체를 의식하지 않으려 애쓰며 기계적으로 입에 떠넣었다.

숟가락을 쥔 시게무라의 손이 눈에 들어왔다. 의지라는 걸 알고 보는데도 진짜 손가락과 구별이 되지 않을 만큼 자연스러웠다.

빨리 눈앞의 골칫덩이를 해치우고 시게무라와 이야기하고 싶었다.

"잘 먹었습니다…."

다메이는 접시의 밥과 액체를 꾸역꾸역 먹어 치운 뒤 숟가락을 놓고 머리를 숙였다.

당장에라도 화장실로 달려가고 싶었지만 차마 그럴 수는 없었다. 다메이는 억지로 웃으며 "맛있네요" 하고 배를 문질렀다.

"더 먹을래?"

"아뇨아뇨, 괜찮습니다. 엄청나게 맛있긴 한데 너무 많이 먹으면 저녁을 못 먹잖아요. 그리고 시게무라 선배와 빨리 이야기를 하고 싶거든요."

"아까도 말했지만 난 너하고 쓸데없는 이야기를 할 만큼 한가하지 않아. 설거지를 마치고 나면 얼른 갔으면 하는데." 시게무라가 접시를 쳐다보며 말했다.

"쓸데없는 이야기라니요, 아닙니다. 선배만큼은 아닐지 몰라도 저도 별로 한가하지 않거든요. 제 인생을 바꿀 수도 있는 중요한 일이라서 고민 끝에 이렇게 되돌아온 거라고요."

시게무라가 다메이를 잠시 쳐다봤다. 그러고는 접시를 들고 일어나 부엌으로 가서 카레를 다시 담아 테이블로 돌아왔다.

"나는 네 인생 따위에 전혀 관심이 없어. 굳이 이야기를 해야겠다면 내가 다 먹기 전까지 끝내. 내가 너한테 낼 수 있는 시간은 끽해야 그 정도야."

시게무라는 그렇게 말한 뒤 숟가락을 쥐고 다시 카레를 먹기 시작했다.

"이거 말인데요."

다메이가 이마에 붙어 있던 시트를 떼어 시게무라에게 내밀었다.

"아까 여기서 봤을 때는 솔직히 반신반의했는데 시게무라 선배 말이 맞았어요. 일단 피부에 붙여 놓으면 쉽게 떨어지지 않고, 투습성까지 있어서 계속 붙이고 있는데도 전혀 위화감이 없어요. 이건 확실히 굉장한 발명품이에요."

다메이가 진지하게 말하자 시게무라의 얼굴에 슬며시 뿌듯해하는 미소가 번졌다.

"이 합성수지는 도대체 어떻게 만든 건가요? 어떤 원리로 되어 있는지…."

"내가 미쳤어? 그걸 너한테 알려 주게?" 시게무라가 내뱉듯이 대꾸했다.

그 말투에 조금 짜증이 났지만 참아야 한다.

"그러게요… 당연합니다…. 그런데 이 합성수지를 보고 나서 관심이

마구 생기더라고요. 아니, 관심 정도가 아니라 정말 굉장한 발명품이라
는 생각에 진심으로 감동했어요."

"당연하지." 시게무라가 숟가락질을 해 가며 담담히 대답했다.

"이거 혹시 기업 같은 곳에 벌써 팔았나요?"

"아니."

아직 기업에 팔지 않았다는 것은 다메이에게도 기회가 있다는 소리다.

"어째서요? 이 정도 발명품이라면 분명히 팔아 달라고 달려들 기업이
있을 텐데요."

"이건 아직 완성품이 아니야. 게다가 내 소중한 발명품을 누군가에게
팔아넘길 생각은 없어."

"팔지 않으면 애써 발명한 물건이 세상에 보급되지 않잖아요."

"물론 이 발명품을 보이면 달려들 기업이 있겠지. 하지만 결국에는 발
명을 훔쳐서 지들 멋대로 사용할 거야. 어쩌면 내가 예상치도 못한 방식
으로 사용될지도 몰라."

"예상치도 못한 방식으로 사용되다니요…?"

"다이너마이트를 발명한 알프레드 노벨도, 핵에너지를 발명한 사람
들도 그게 머지않아 수많은 인간을 살육하는 병기로 사용될 줄은 꿈에
도 몰랐을 거 아냐."

물론 이 합성수지는 굉장한 발명이라 생각하지만 그 비유는 좀 오버
아닌가 싶었다.

"그리고 나한테는 거대한 권력에 맞설 만한 힘이 아직 없어. 내 능력
을 세상에 쉽게 노출할 수야 없지."

"거대한 권력이라니… 설마 CIA 말인가요?" 다메이가 미심쩍어하며 물었다.

"그것도 포함되기는 하지만 그뿐만이 아니야. 잘 들어, 너 같은 보통 사람은 이해하기 힘들겠지만 큰 힘에는 큰 책임이 따르는 법이거든." 시게무라가 다메이를 똑바로 쳐다보며 말했다.

"어디서 들어 본 것 같은 대사네요."

"피터 파커의 명언이지."

"피터 파커요?"

"피터 파커도 모른단 말이야?"

시게무라가 한탄스럽다는 듯이 한숨을 쉬었다.

"일명 스파이더맨이라고 하지."

"아아…."

그러고 보니 영화 스파이더맨을 봤을 때 그 대사를 읊은 것이 떠올라 다메이는 맥이 빠졌다.

"스파이더맨의 피터 파커, 배트맨의 브루스 웨인, 슈퍼맨의 클라크 켄트. 이들이 모두 자기 정체를 세상에 노출시켰다고 생각해? 전혀 아니라고. 나도 그들과 다를 바가 없어. 언젠가 수많은 사람들을 구하기 위해 여기서 밤낮으로 연구에 몰두하며 겉으로는 바보 같은 대학생을 연기하고 있는 거라고."

이야기가 완전히 샛길로 새고 있다. 어떻게든 궤도 수정을 해야 한다.

"시게무라 선배가 투철한 사명감을 갖고 연구하고 있다는 건 잘 알겠어요. 그래도 이 합성수지가 사람들에게 도움을 줄지언정 사람을 해치는 병기가 되지는 않을 거라 믿어요. 제가 여기로 돌아오는 길에 이런저런 생각을 해 봤는데요, 이 합성수지를 활용하면 지금까지 없었던 획기적인 물건을 만들 수 있을 것 같거든요. 그래요… 지금도 충분히 사람에게 도움을 주는 물건을 만들 수 있습니다. 그런 위대한 발명품을 이대로 방치하기에는 너무 아까워요.”

열의를 다해 호소하자 시게무라가 두 손으로 깍지를 끼고 끙 소리를 냈다.

“시게무라 선배… 저와 함께 이 합성수지를 활용해서 사람들에게 도움이 될 만한 상품을 만들어 보지 않으시겠어요?”

다메이의 과감한 제안에 시게무라의 표정에 약간 변화가 생겼다. 의중을 살피는 듯한 눈빛으로 다메이를 빤히 쳐다본다.

“아까 나쓰카와도 말했지만 제 목표는 회사를 세우는 겁니다. 단순히 돈을 벌 목적으로 회사를 세우는 게 아니라 뭔가 사람들에게 도움이 되는 걸 발견해서 세상에 보급하고 싶어요.”

“네가 회사를…?” 시게무라가 코웃음을 쳤다.

“허황된 목표라고 생각할지도 모르지만 저는 진심입니다. 줄곧 세상에 보급할 만한 게 없을까 찾아봤어요. 이 합성수지를 본 순간 그동안 제가 찾던 물건이라는 걸 단박에 알아차렸습니다.”

다메이는 여기 오는 길에 솟구친 아이디어를 시게무라에게 이야기해 봤다.

“어떤가요? 만약 이런 걸 상품화한다면 수많은 사람들의 생활에 분명히 도움이 될 겁니다.”

시게무라는 손깍지를 끼고 얼굴을 숙인 채 가만히 다메이의 이야기를 듣고 있었다. 이윽고 천천히 고개를 들었다.

"네가 말한 아이디어 나부랭이는 누구나 떠올릴 수 있는 거잖아."

"그럴지도 모르죠. 하지만 그렇기 때문에 많은 사람들이 필요로 하지 않을까 싶습니다."

"그런데, 네가 도대체 뭘 할 수 있다는 거지?"

시게무라의 질문에 다메이는 허를 찔렸다.

"아까부터 가만히 듣고 있었더니 멋대로 나불나불… 사람들에게 도움이 되고 싶다는 둥 뭐라는 둥 말은 그럴싸한데, 결국 내 발명품에 무임승차해서 돈벌이하려는 속셈 아닌가? 대관절 너 같은 인간이 회사를 세울 수나 있어?"

아무 말도 할 수 없었다.

"회사를 세운들 경영할 만한 능력은 있고?"

너는 경영에 소질이 없다고 판단했다——.

망연히 시게무라를 쳐다보면서 아버지가 한 말을 떠올렸다.

"내 발명품은 네 말을 보탤 것도 없이 원래 훌륭했어. 내게는 세상에 도움이 되는 발명을 해낼 수 있는 두뇌가 있지. 그런데 너한테는 뭐가 있지? 회사를 세울 수 있는 돈인가? 아니면 회사를 경영할 수 있는 자질이 있나? 그것도 아니면 인맥 같은 거? 보아하니 아무것도 갖고 있지 않은 것 같은데."

다메이는 잇따라 날아드는 굴욕적인 말을 되새겼다.

그의 말대로 지금은 가진 게 아무것도 없다. 하지만….

"왜 내가 아무것도 없는 사람의 농간에 놀아나야 하지? 같잖은 소리 좀 작작해."

"물론 시게무라 선배 말대로 지금의 저한테는 회사를 세울 자금과 경영의 자질, 그리고 인맥도 없어요. 하지만 열정만큼은 누구에게도 뒤지지 않을 자신이 있습니다."

다메이가 쥐어짜듯이 힘겹게 말하자 시게무라가 우스꽝스럽다는 듯 웃었다.

"열정이라… 제힘으로는 아무것도 못하고 쥐뿔 가진 것도 없는 무능한 사람일수록 그런 말을 입에 담는 법이지."

다메이는 분한 마음에 어금니를 악물었다.

뭐라 대꾸하고 싶었지만 지금의 자신으로서는 무슨 말을 해도 더 한심해질 뿐이라는 생각이 들었다.

"미안한데, 너의 쓸데없는 이야기에 어울려 줄 시간은 없어. 설거지 마치고 나면 얼른 돌아가."

시게무라는 그렇게 말한 뒤 벌떡 일어나 나가 버렸다.

"어디서 이상한 냄새가 나는데…."

그 말에 다메이는 정신을 차렸다. 테이블에 둘러앉은 대학 선배 미즈키 가나코가 다메이를 흘낏거리며 얼굴을 찌푸렸다.

"저한테서요?"

다메이가 셔츠 소매에 코를 갖다 대고 킁킁거렸다. 딱히 아무 냄새도 나지 않았다. 아무래도 시게무라의 집에 머무는 동안 후각이 완전히 마비된 것 같았다.

"대체 어디 갔다 왔길래 그런 냄새가 밴 거야?" 가나코가 새침하게 묻더니 아이스티를 마셨다.

"그게…."

다메이가 머리를 긁적이며 가나코 옆에 앉아 있는 쇼코에게 도움을 청했다.

쇼코는 가나코와 만나기 전에 옷을 갈아입었나 보다. 시게무라의 집에 찾아갔을 때 입었던 티셔츠와 청바지가 아닌 흰 원피스 차림이었다.

시게무라의 집을 나와 역으로 향하는 도중 쇼코에게 연락이 왔다. 가나코 선배와 만나 차를 마실 예정인데 같이 가면 어떻겠느냐는 것이었다.

"실은 시게무라 선배 집에 있다가 오는 길이에요."

쇼코의 말에 가나코가 눈을 동그랗게 뜨며 놀라워했다.

"뭐어?! 시게무라 선배 집이라니, 설마 그 시게무라?"

"맞아요."

"괴짜 시게무라의 집에 무슨 용건으로?"

괴짜 시게무라――.

하긴 가나코나 동아리 멤버들의 말대로 시게무라는 다메이가 이제껏 만나 본 적 없는 괴짜였다.

입 냄새가 일주일은 가시지 않을 듯한 카레를 억지로 먹어야 했다. CIA니 뭐니 거대 권력을 들먹이질 않나 급기야 스파이더맨까지 언급하는 등 당최 이해할 수 없는 망상을 상대해 준 결과 굴욕적인 말을 연달아 들어야 했다.

두 번 다시 보고 싶지 않다. 그 발명품만 몰랐더라면 분명히 그렇게 생각했을 것이다. 이 자리를 빌려 시게무라를 안줏거리 삼아 실컷 헐뜯으며 기분을 풀었을 것이다.

"시게무라 선배의 발명품을 구경했거든요." 쇼코가 대답했다.

"발명품…? 그런 허탈한 발명품을 봐서 뭐 하려고?"

"그런 것만 있는 건 아니었어요. 그치?"

쇼코가 쳐다보기에 다메이는 작게 고개를 끄덕였다.

"확실히… 딱 하나 굉장한 게 있더군요."

다메이의 말에도 가나코는 "거짓말" 하고 말하며 상대하려 들지 않았다.

"정말입니다. 물론 모두가 말하듯이 괴짜인 것 같았고 다른 발명품은 거의 시시했지만 그 발명품만큼은 진짜였어요."

"대체 무슨 발명품이었는데?"

가나코가 그제야 조금 관심이 생겼다는 듯 물었다.

"이겁니다."

다메이는 가나코에게 오른손을 내밀었다.

"이게 뭐야…."

가나코가 몸을 내밀어 다메이의 손등을 만졌다.

손등에는 시게무라에게 받은 혹처럼 생긴 시트가 붙어 있었다. 계속 이마에 붙이고 있으려니 창피해서 시게무라의 집을 다시 나왔을 때 손등에 붙였다.

"시게무라 선배가 발명한 합성수지예요."

"합성수지…?"

가나코가 시트의 혹을 콕콕 찔렀다.

"네. 가공 방법에 따라 형태와 강도를 자유자재로 바꿀 수 있다더군요. 게다가 접착제를 사용한 것도 아닌데 피부에 붙이면 쉽게 떨어지지 않아요. 심지어 투습성까지 갖추었죠."

"거짓말. 그런 합성수지는 들어 본 적 없는데."

"정말입니다. 정 못 믿겠으면 시험해 보세요."

다메이가 시트를 떼어 가나코의 손등에 붙였다. 가나코는 한동안 시트를 만지작거리거나 손을 흔들어서 다메이의 이야기가 진짜인지를 시험했다. 이내 가나코의 표정에 변화가 생겼다.

"정말 이걸 그 시게무라가…?"

그제야 다메이의 이야기가 믿기는지 가나코가 다시 물었다.

"그뿐만이 아닙니다."

다메이는 역 화장실에서 손을 씻으면서 이 합성수지의 또 하나의 특징을 알아차렸다.

시험 삼아 손등에 붙인 채 손을 씻었는데도 떨어지지 않았다. 물을 세게 틀었는데도 조금도 벗겨지지 않았다. 아마 이걸 붙인 채 수영장에서 헤엄을 쳐도 피부에서 떨어질 일은 없을 것이다.

그렇게 설명하자 가나코가 자리에서 일어나 화장실로 향했다. 잠시 후 그녀가 자기 손등을 뚫어지게 쳐다보며 돌아왔다.

"굉장해… 믿기지가 않아…."

가나코가 넋을 잃은 것처럼 말하면서 자리에 앉았다.

"그런데 그다음에 어떻게 됐어?" 쇼코가 흥미진진한 표정으로 물었다.

어쩌면 시게무라의 집에서 있었던 일이 궁금해서 다메이를 불렀는지도 모른다.

"무시당하고 끝났지 뭐."

네가 도대체 뭘 할 수 있다는 거지——?

시게무라에게 들은 말들을 쇼코와 가나코에게 들려주었다.

"그런 심한 소리까지 들었구나. 여전히 재수 없는 녀석이라니까." 가나코가 동정하며 말했다.

"듣고 보니 전부 사실이더군요."

시게무라의 말을 되새기면 기분이 언짢아지지만 여기 오는 동안 그것을 인정할 만큼 냉정을 되찾았다.

"인간성이야 어떻든 이런 걸 집에서 혼자 발명해 낸 시게무라 선배를 존경합니다. 이걸 활용해서 뭔가 굉장한 상품을 만들어야겠다는 생각이 절로 들만큼 매력적인 발명이에요. 하지만 시게무라 선배의 말대로 지금 저한테는 아무것도 없어요."

"정말 그럴까? 인맥이라면 있잖아. 스도한테 들었는데 너, 다메이드럭의 아들이라며? 이 합성수지로 의약품 같은 걸 만들면 다메이드럭에서…."

"다메이드럭에 기댈 생각은 없습니다." 다메이가 가나코의 말을 잘랐다.

아버지와 아키라를 의지할 생각은 없다. 원래 그 생각에서 시작해 회사를 세우기로 결심한 것이었다.

"그럼 이대로 포기할 거야?"

쇼코의 질문에 다메이는 고개를 가로저었다.

"아니, 쉽게 포기할 생각은 없어. 어떻게든 시계무라 선배한테 인정받도록 노력해야지."

말은 그렇게 했지만 어떻게 하면 좋을지 전혀 감이 오지 않았다.

"우선 창업하는 데 필요한 걸 공부할 거야. 시간은 좀 걸리겠지만…."

"그럼 다카가키 교수님께 의논 드려 봐."

가나코의 말에 다메이가 그녀를 쳐다봤다.

"다카가키 교수님이라면… 선배네 연구실 교수님 말인가요?"

"그래. 다카가키 교수님도 사업을 운영하고 계시고, 대학생이나 대학원생의 창업에도 여러모로 지원하고 계시거든. 어쩌면 도움을 주실지도 모르잖아."

다카가키 교수님이라.

다메이가 그 이름을 읊조리는 사이 가슴속에서 일단 멈췄던 톱니바퀴가 다시 움직이려는 것을 느꼈다.

15

"이봐, 형씨. 이 부근에서 이렇게 생긴 녀석을 보지 못했나?"

고스기가 한 사내에게 미노루의 사진을 보여 주면서 물었다.

"글쎄, 모르겠는데…."

사내는 사진을 제대로 보지도 않고 힘없이 대답했다.

"자세히 좀 봐 줘. 오자와 미노루라고 하는데 나이는 스물서너 살이고 체격이 제법 좋은 녀석이야." 고스기는 아랑곳없이 사내에게 사진을 건네며 다시 물었다.

"모른다니까! 배고파 죽겠는데 웬 사진을 자꾸 들이미는 거야."

사내가 넌더리를 내며 사진을 물리치더니 손에 든 플라스틱 용기를 자원봉사자에게 내밀었다. 사내는 카레를 받아 들고 성가시다는 눈빛으로 고스기를 노려본 뒤 가 버렸다.

아마미야는 공원 가장자리로 걸어가는 사내의 뒷모습을 눈으로 좇으며 한숨을 쉬었다.

고스기와 같이 다닌 지 닷새가 흘렀다. 이 근방에 무료 급식소가 운영될 때마다 찾아가서 미노루에 관해 묻고 다니지만 노숙자들의 반응은 아까 그 사내와 별반 다르지 않았다. 여기 모이는 사람은 남 일에 신경 쓸 만한 여력이 없는 사람들뿐인 것이다.

이러고 다닌다고 해서 정말 미노루를 발견할 수 있을까 하고 아마미야도 초조해지기 시작했다.

"자네는 본 적 없으려나? 이름이 오자와 미노루인데."

고스기는 포기할 줄도 모르고 이번에는 큰 냄비 앞에 서 있는 자원봉사자 청년에게 물었다.

"자원봉사자가 된 지 얼마 안 돼서 잘 모르겠는데요…." 청년이 사진을 보면서 고개를 가로저었다.

"여봐, 왜 새치기하고 난리야!"

뒤에 줄 서 있던 수염이 덥수룩한 남자가 발칵 성을 냈다.

"새치기하려던 건 아니고."

고스기가 대꾸하면서 그 남자에게 가까이 갔다.

"사람을 찾고 있는데, 혹시 이런 사람 못 봤나?"

수염이 덥수룩한 남자에게 사진을 내밀고 물었다.

"오자와 미노루라고 하는데… 제법 체격이 좋고 나이는 스물서너 살에… 나이에 비해 모자라다고 해야 하나 좀 어린아이 같은 녀석인데. 그렇지?"

고스기가 아마미야에게 시선을 날렸다.

"네… 지적장애를 안고 있어서 겉모습에 비해 말씨와 행동거지가 어린아이 같습니다. 혹시 그런 사람을 못 보셨나요?"

아마미야가 물었지만 그 남자는 "몰라" 하고 관심 없다는 듯 고개를 홱 돌렸다.

"나는 우에노에서 지내는 고스기라고 하네. 혹시 보게 되면 알려 줘. 사례는 톡톡히 하지."

고스기가 덧붙여 말하자 남자의 반응이 달라졌다.

"사례라니?"

"어디 보자. 이 남자를 찾아 주면 십만 엔을 주겠네. 꼭 그게 아니더라도 유익한 정보를 준다면 사케를 대짜로 한 병 선물하지."

"정말인가?"

수염이 덥수룩한 남자가 관심이 생겼는지 사진을 뚫어지게 봤다.

"이봐, 자네들은 본 적 없어?"

갑자기 주변에 있던 남자들에게 사진을 돌리며 적극적으로 나섰다.

그러나 그 자리에 있던 사람들은 다 본 적이 없다며 고개를 내저었다.

"뭐 알게 되면 나중에라도 알려 주게."

고스기는 남자들에게 그렇게 말한 뒤 아마미야를 향해 줄 뒤쪽을 가리켰다.

"신지, 우리도 슬슬 밥이나 먹을까?"

아마미야는 오른 다리를 끌면서 고스기와 함께 맨 뒷줄로 갔다.

"너무 낙심하지 마."

고스기가 아마미야의 어깨를 토닥였다.

"그나저나 다들 타산적이네요."

아마미야는 맨 앞에서 카레를 배식 받고 있는 수염이 덥수룩한 남자들을 보면서 말했다.

"그래. 이 부근 녀석들은 눈앞에 당근을 흔들어대지 않으면 절대로 협조하지 않지."

그 말에 아마미야는 고스기를 봤다.

"그런데 십만 엔을 어떻게…."

"걱정 마. 비록 노숙자 신세이긴 해도 그 정도 저축은 있으니." 고스기가 가볍게 웃었다.

아마미야는 카레를 받아 들고 고스기와 함께 공원 잔디밭으로 향했다. 잔디밭 위에 천천히 앉은 뒤 플라스틱 용기를 무릎 위에 올려놓았다. 오른손잡이인데도 왼손으로 숟가락을 쥐고 능숙하게 카레를 입에 떠 넣었다. 드디어 이 동작에 익숙해졌다.

"그나저나… 미노루를 찾아낸 다음에는 어쩔 작정인가?"

그 질문에 손을 멈추고 고스기를 쳐다봤다.

"어쩌긴 뭘 말이에요?" 아마미야가 되물었다.

"자네 친구였던 히로시라는 녀석은 미노루를 찾아서 어쩔 작정이었나 싶어서."

"그건…."

"필시 지적장애를 안고 있는 미노루를 돌봐주려고 했겠지. 미노루가 남들과 다른 탓에 히로시도 걱정이 되어서 필사적으로 찾은 거 아닌가?"

그 말을 듣고 소년원에서 본 광경이 머리를 스쳤다.

마치다 히로시는 툭하면 가위에 눌렸다.

미노루…미노루… 하고 헛소리를 하면서.

"그러게요…." 아마미야는 고개를 끄덕였다.

"한데 이런 말 하긴 좀 그렇지만… 자네 몸이 그 지경이면 미노루를 찾아낸다 해도 돌봐줄 수가 없을 텐데. 제 몸 하나 간신히 건사하고 있지 않나."

돌봐줄 생각은 없다. 무로이의 지령은 오자와 미노루를 찾아내서 친구가 되라는 것이었다. 아주 잠시 미노루의 마음을 휘어잡은 뒤 때가 되면 무로이에게 넘기면 그만이다.

"그럴지도 모르죠… 그래도 꼭 찾아내야 합니다. 뒷일은 찾고 나서 생각할게요."

지금은 마치다보다 미노루를 먼저 찾아내는 것이 급선무다.

"친구를 위해서인가…?"

고스기의 말에 아마미야는 "네" 하고 고개를 끄덕였다.

"그 히로시라는 녀석이 궁금해지는군."

"어째서죠?"

"내 주변에는 지금껏 눈앞의 당근에 걸려든 녀석밖에 없었지. 당근이 없으면 남을 위해 아무것도 하지 않는 인간뿐이었다. 아무리 친구라도 남을 위해 그렇게까지 하다니, 그 히로시라는 녀석이 제법 괜찮은 인간이었나 보군. 물론 남을 위해 노숙자가 되어서까지 사람을 찾는 자네도 충분히 괜찮은 녀석이지만."

고스기는 아마미야가 지어낸 마치다 히로시라는 인간에게 관심을 표하고 있지만 그에 관한 이야기는 설령 거짓으로라도 별로 하고 싶지 않았다.

"그렇게 따지면 스기 씨가 더…."

"내가 뭐?"

"생판 남인 저를 여러모로 돕고 있잖아요. 저한테는 당근도 없는데 말입니다."

"하긴. 내 앞에 아무것도 없다는 것은 처음부터 알고 있었다."

"그런데 왜…?"

아무리 아마미야가 지어낸 사연에 동정한다 해도 십만 엔이나 하는 거금을 선뜻 내놓을 정도로 도와주는 이유를 알 수가 없었다.

"글쎄다… 어쨌든 이미 배에 올라탔기 때문이지."

그 대답만으로는 도저히 납득이 가지 않았다. 아마미야는 고스기의 표정에서 진의를 살피려고 그를 빤히 쳐다봤다.

"아무렴 어떤가… 한데 어렸을 때부터 시설에서 자랐다고 했는데, 부모나 형제는?"

아마미야는 순간 미카의 얼굴이 떠올랐다.

"없습니다." 아마미야는 대답했다.

"부모도?"

"어머니는 저를 버리고 어떤 남자와 증발했어요."

그것은 사실이었다.

"아버지는?"

"아버지는 거의 기억나지 않습니다."

아마미야는 아버지를 전혀 기억하지 못하지만 누나인 미카는 조금이나마 기억이 있다고 한다.

온몸에 문신을 새긴 조폭이었던 모양이다. 그러나 고스기에게 아버지에 대한 것은 말하지 않았다.

"그렇군… 왠지 기분 나쁜 기억이라도 떠올리게 했나 보군."

아마미야의 표정에서 뭔가 느껴졌으리라. 고스기가 시선을 카레로 되돌리고 한술 뜨기 시작했다.

식사를 마친 뒤 아마미야와 고스기는 다시 공원에 남아 있는 노숙자들 곁을 돌아다니며 물었다.

"오늘은 이만 돌아가지."

대강 확인이 끝난 뒤 고스기가 일단 단념한 듯 출구로 향했다.

그는 공원 밖으로 나가 아까 세워 둔 자전거를 끌고 걷기 시작했다. 아마미야도 오른 다리를 끌면서 고스기 옆에서 따라갔다. 거처로 삼고 있는 공원으로 향하던 길에 고스기가 여러 차례 뒤를 돌아다보았다.

"자네… 무슨 골치 아픈 문제라도 떠안고 있나?" 고스기가 아마미야를 쳐다봤다.

"네?"

"아까부터 우리 뒤를 밟는 녀석이 있는 것 같은데. 설마 경찰서 신세를 질 만한 일을 한 건 아니겠지?"

고스기가 수상쩍은 눈빛을 보내왔다.

아마미야도 아까부터 눈치채고 있었다. 공원을 나선 뒤부터 조직 사람이 아마미야 일행을 미행하고 있었다.

나 참, 감시를 하려면 제대로 할 것이지.

"아뇨, 설마요…." 아마미야는 놀란 척을 하며 뒤를 돌아봤다.

그 순간 50미터쯤 뒤에서 걷고 있던 양복 차림의 사내가 골목으로 잽싸게 몸을 숨겼다.

고스기가 사거리에서 걸음을 멈추고 다시 뒤를 봤다.

"하긴… 기분 탓이겠지."

사내의 모습이 사라진 것을 확인하고 그렇게 말했다.

"그럼 난 깡통을 찾아볼 테니 먼저 공원으로 가 있어."

고스기가 자전거를 타고 공원이 아닌 방향으로 페달을 밟았다.

아마미야는 신호가 파란불로 바뀌자 오른 다리를 끌면서 걷기 시작했다. 자연스럽게 가게 유리창을 흘끗 보니 아까 그 사내가 골목에서 나와 다시 아마미야를 미행하는 것이 보였다.

아마미야는 서서히 길 왼쪽으로 접근했다. 몸을 획 날리듯이 골목길로 들어가 냅다 뛰었다. 골목에 있는 건물 사이로 몸을 숨기고 숨을 죽이고 있자 조급하게 뛰어오는 발소리가 들렸다.

눈앞에 사내의 모습이 나타난 순간 골목으로 뛰쳐나갔다. 사내가 뒤돌기 전에 팔로 그의 목을 감아 목조르기 기술을 걸었다.

"빌어먹을 놈! 감시하는 건 상관없는데 들키지 말고 제대로 하란 말이야."

아마미야는 사내의 귓전에 대고 말하면서 목을 계속 졸랐다.

"그리고 난 네 꼭두각시가 아니야. 우습게 보지 마!"

늘 감시를 당하다 보니 쌓였던 것이 터졌다. 사내가 죽기 살기로 아마미야의 팔을 쳤지만 그럴수록 아마미야는 더 세게 졸랐다. 괴로워서 몸부림치던 사내의 몸에서 힘이 쑥 빠졌다.

기절한 사내를 길바닥에 내버려 둔 채 아마미야는 다시 오른 다리를 질질 끌면서 걸어갔다.

주머니 속에서 휴대폰이 진동했다. 꺼내 보니 처음 보는 번호가 찍혀 있었다.

이 휴대폰에 연락할 만한 사람은 조직 사람뿐이다.

그러나 임무 중에 대놓고 전화를 걸 리가 없다. 아마미야는 정체를 숨기고 임무를 수행 중이다. 누가 어디서 지켜보고 있을지 모른다. 따라서 조직에서 전달 사항이 있을 때는 메일로 사진을 첨부하고 그 사진 속에 조직 사람만이 알 수 있는 암호를 숨겨 놓는 방식을 취하기로 했다.

도대체 누구일까.

"여보세요…." 아마미야가 작은 소리로 전화를 받았다.

"가즈마…?"

미카의 목소리가 들려 놀랐다.

"지금, 통화 괜찮아?"

미카의 질문에 아마미야는 상자를 밀어 올렸다. 고스기를 비롯해 동료들은 상자 속에서 자고 있는지 사방이 쥐 죽은 듯 조용했다.

"잠깐 기다려."

만일을 위해 상자에서 나와 공원 가장자리에 있는 1인용 화장실로 향했다. 화장실에 들어가 변기물을 내리며 귀에 휴대폰을 댔다.

"무슨 생각이야? 직접 전화를 걸다니 조직의 규칙을 어길 셈인가?"

"그래… 이 일이 발각되면 분명히 벌을 받겠지. 그런데 오늘 그 이야기를 들었더니 불안해서 가만히 있을 수가 없었어."

"무슨 이야기?"

아마미야는 다시 변기물을 내리며 웃었다.

"대체 왜 그랬어? 조직의 동지를 습격하다니 미쳤어? 그 사람, 병원에 실려 갔단 말이야."

적당히 봐줬는데도 병원 신세라니 나약하기 짝이 없는 녀석이다.

"미칠 것까지야. 그냥 녀석한테 일하는 방식 좀 알려 줬을 뿐인데. 녀석의 형편없는 미행 때문에 하마터면 내 계획이 어그러질 뻔했다고."

"꼭두각시는 또 뭔데?" 미카가 물었다.

"녀석이 그것까지 말했나 보군."

목조르기를 당하면서도 아마미야의 말을 기억해 내다니 정신력만큼은 썩 괜찮은 녀석이다.

"그 사람, 아직 의식이 없어." 미카가 심각하게 말했다.

"그래…?"

그렇다는 것은 그 사내의 몸 어딘가에… 하고 생각하다가 손목시계에 눈길이 갔다. GPS뿐 아니라 도청기까지 장치된 최신형인가.

참 지독하게도 신뢰받고 있구나 싶어 쓴웃음이 나왔다.

"설마 무로이 씨를 거역하려는 건 아니지? 가즈마, 네가 지금 무슨 생각을 하는지 알아야겠어." 미카가 걱정스럽게 물었다.

"누구인지 몰라도 충고 고마워. 그만 끊을게. 대장한테 내가 임무를 잘 수행하고 있다고 전해 줘."

아마미야는 그렇게 말한 뒤 미카의 말을 자르고 전화를 끊었다.

손목시계를 봤다.

과연 이 통화를 도청하고 있는 사람이 속아 줬을까.

아마미야에게 연락했다는 사실이 발각되면 미카는 조직에서 벌을 받게 될 것이 틀림없다. 아니면 미카가 아마미야에게 연락한 것은 자신의 의지가 아닌 무로이의 명령에 의한 것일까. 아마미야의 진의를 파악하고 조직을 배신할 가능성이 있는지 확인하기 위해.

그럴 리가 없다.

아마미야는 그 생각을 머리에서 떨쳐 냈다.

미카는 유일한 혈육이다. 자신을 속일 리가 없다.

그렇게 되뇌었지만 가슴속에서 꿈틀대는 불안을 말끔히 씻어 낼 수는 없었다.

지금의 미카는 조직에 아니, 무로이에게 완전히 세뇌된 상태다.

무로이는 아마미야가 이번 임무를 수행하면 미카를 조직에서 풀어 주겠다고 했지만 그 말을 어디까지 믿어야 할지 의문이다.

미노루를 찾아내 임무를 완수하면 조직에서는 아마미야에게 더 이상 볼일이 없을 것이다. 그뿐만 아니라 지금의 아마미야를 위험 분자로 간주하고 있을지도 모른다.

아마미야는 늘 무로이의 손바닥 안에 있다.

수조 속 물고기처럼 무로이의 눈앞에서 헤엄치다 그의 변덕 때문에 어떻게든 될 수 있는 존재다.

웃기고 있네.

이대로는 안 된다. 이대로 가다가는 미카를 자유롭게 하기는커녕 제 몸조차 언제 어떻게 될지 모른다.

미노루를 찾을 때까지 무슨 수를 내긴 해야 할 것이다.

갑자기 똑똑 노크 소리가 들렸다.

"이봐, 괜찮나?"

고스기의 목소리가 들려 아마미야는 화장실 문을 열었다.

"한참을 안 나오길래 저녁 먹은 게 잘못되었나 해서."

"괜찮습니다."

아마미야는 그렇게 대답한 뒤 상자가 있는 곳으로 돌아갔다.

"고스기 씨, 있는가?"

공원에서 깡통을 밟아 찌그러뜨리고 있는데 어제 무료 급식소에서 만난 수염이 덥수룩한 남자가 찾아왔다.

"혹시 미노루 소식을 알아낸 겁니까?"

아마미야가 일어나서 그 남자에게 가까이 갔다. 그러나 남자는 고스기를 불러오라고만 하고 입을 열지 않았다.

실제로 눈앞에 당근을 보여 주지 않으면 달리지 않는 말 같았다.

고스기는 조금 전까지 잔디밭에 있었지만 지금은 없다. 공원을 나간 모습은 보지 못했으니 어디 나무 그늘에라도 있는 모양이다.

나무가 무성한 곳으로 가지 인기척이 있었나.

아마미야는 스기 씨, 하고 부르려다 숨을 멈췄다.

고스기가 웃통을 벗은 채 수건으로 몸을 닦고 있었다. 등이 온통 화려한 용 문신으로 가득했다.

"저… 스기 씨." 정신을 가다듬고 고스기를 부르자 그가 뒤를 돌았다.

"무슨 일이지?"

문신을 보였는데도 표정에는 아무런 변화가 없었다.

"어제 무료 급식소에서 만난 사람이 찾아와서…."

그 말에 고스기가 "알겠다" 하고 추리닝을 입었다. 둘이서 잔디밭에 도착하자 상자로 만든 집 앞에 수염이 덥수룩한 남자가 서 있었다.

"뭐 알아낸 거라도 있나?" 고스기가 물었다.

"그날 이후 나도 여기저기 묻고 다니면서 겨우 그럴듯한 정보를 얻었지. 고생이 이만저만이 아니었네."

"일단 마시게."

고스기가 양동이에서 얼음물로 차갑게 한 캔 맥주를 하나 꺼냈다.

"도미 씨라는 노인이 어제 자네들이 말한 젊은이와 비슷한 자를 데리고 있었다더군. 어수룩하고 꾀죄죄한 젊은이를 데리고 다테이시 부근을 걷고 있었다던데." 남자가 캔 맥주를 시원하게 들이켜며 말했다.

"그 도미 씨라는 사람은 어디서 지내나?"

"요쓰기바시 부근에 판잣집을 지어서 지내나 보던데."

"고맙네. 우선 수고비로 받게." 고스기가 남자에게 맥주 네 캔을 건넸다.

"그럼 십만 엔은?"

"그자가 미노루가 맞으면 자네에게 사례금을 전달하지."

도미 씨의 판잣집은 금방 발견했다.

아라카와 강에 세워진 요쓰기바시 다리 아래 베니어합판으로 지어진 작은 판잣집이 있었다.

판잣집 앞에는 머리가 허리까지 내려오는 노인이 하천부지를 사방팔 방으로 뛰어다니는 검둥개를 보며 앉아 있었다.

"당신이 도미 씨인가?"

고스기가 묻자 노인이 고개를 끄덕였다.

"이 젊은이를 알고 있다던데?"

사진을 내밀자 노인이 주머니에서 안경테가 부러진 안경을 꺼내 얼굴을 가까이 댔다.

"이름은 오자와 미노루다."

"처음 듣는 이름이구먼." 노인이 고개를 가로저었다.

"당신하고 걸어가는 모습을 본 사람이 있어. 체격은 좋은데 정신연령이 어린아이 같은 녀석이지."

"아… 마나부 말인가."

"마나부?" 아마미야가 고스기와 얼굴을 마주 봤다.

"그래, 그렇게 말했지. 몸은 프로레슬러처럼 건장한데 정신은 영락없는 초등학생이었네."

"이 사진 속 남자가 맞습니까?" 아마미야의 물음에 노인이 사진을 빤히 쳐다봤다.

"닮은 것 같기도 하고. 한데 사진이 이렇게 흐릿해서야 알아보기가 영 힘들구먼."

"지금 어디에 있나?"

"일주일쯤 전에 홀쩍 사라졌네. 보름이나 재워 주고 먹여 줬는데 말도 없이 사라졌어."

"어디 갈 만한 곳에 대해 아무 말도 없었나?"

"글쎄… 한데 그 녀석을 거뒀을 때부터 누굴 찾고 있다는 소리를 하던데."

"찾고 있다는 사람의 이름이 혹시 히로시였습니까?" 아마미야가 물었다.

"음, 뭐였더라. 잊어버렸네…."

하천부지를 뛰어다니던 개가 달려와 아마미야 일행을 위협하듯 짖기 시작했다.

"돈! 짖지 마."

개는 노인의 말에도 아랑곳 않고 계속 짖어댔다. 이제 적의까지 드러내는 듯했다.

"마나부가 주워 왔네. 공짜 밥을 먹여 줘도 당최 따를 줄을 몰라. 자네들은 마나부를 찾고 있는 겐가?"

대답할 수가 없었다.

"만약 그 녀석을 만나면 전해 주게. 돈이 목 빠지게 기다리니 빨리 돌아오라고 말일세." 노인이 중얼거리듯이 말했다.

"유감이군."

판잣집을 뒤로 하고 고스기가 입을 열었다.

"아… 저는 이제부터 저기 있던 마나부라는 사람을 찾아볼까 해요."

"이름이 다른데도?"

경찰이나 무로이의 조직에서 자신을 쫓고 있음을 알아차리고 가명을 사용할 가능성도 있다.

"사정이 있어서 가명을 사용하는 걸지도 모르잖아요. 순전히 감이지만 그 사람이 미노루일 것 같다는 생각이 강하게 듭니다."

"그렇군…."

"그동안 정말 감사했습니다." 아마미야가 머리를 숙였다.

"나도 같이 가 주지. 하도 여기저기 떠돌아다녀서 길 안내에는 제격이거든."

"왜 그렇게까지…."

"지금의 거처도 슬슬 질리기 시작했고 게다가 소중한 사람을 찾는 자네가 조금은 부럽기도 하고."

"무슨 뜻입니까?"

"내게는 너하고 동갑인 아들이 있었지."

있었다고?

"어디선가 살아가고 있겠지만 찾고 싶어도 찾을 수가 없어. 내가 그런 삶을 살아왔거든. 그래서 적어도⋯."

그래서 아마미야에게 이렇게까지 친절을 베풀었단 말인가.

이 남자는 계속 써먹을 데가 있을 듯하다.

아마미야는 본심을 감춘 채 고스기에게 감사의 말을 하고 발걸음을 옮겼다.

16

옷을 갈아입고 나가니 마치다 히로시가 작업대 위의 의수를 뚫어지게 쳐다보고 있었다.

"이제 슬슬 문을 닫아야 하는데."

도쿠야마가 마치다 쪽으로 가면서 말했다.

그런데도 마치다는 작업대에서 시선을 떼지 않았다.

"아까부터 뭘 그렇게 노려보는 겐가?"

"아아⋯." 마치다가 불쑥 내뱉었다.

그러고 보니 그저께 오후 마치다가 의수를 가지러 공장에 왔었다. 웬일로 자신만만한 표정으로 나갔지만 돌아왔을 때는 평소의 무뚝뚝한 얼굴이었다.

"그저께 의수를 시험하러 간 거 아니었나? 지인의 반응은 어떻던가?"

"불만스러워 하더군."

"그랬군… 제법 정교하게 만든 것 같았는데."

"아픔을 느끼게 해 달라더군."

마치다의 말에 무심코 웃고 말았다.

"그것 참… 지인이 또 어려운 문제를 내 주었군."

"나라면 아픔이 느껴지는 의수도 당연히 만들 수 있지 않겠느냐며, 애초에 내가 아픔이라는 걸 이해했을 때의 이야기이긴 하다고 말하더군."

"호오." 도쿠야마는 그 말에 흥미가 솟았다.

"통증의 원리는 당연히 이해하고 있다. 통증이란 간단히 말해 전기신호다. 물리적 자극, 혹은 손상을 입은 곳에서 분비된 세로토닌이나 브래디키닌 등의 통증 생성 물질이 감각신경의 끝을 자극하면 전기가 발생하지. 그 전기신호가 신경을 거쳐 뇌에 도달하면 뇌가 아프다고 인식하는 거다. 그런데 이 원리를 의수에 어떻게 적용해야 할지 모르겠군."

"어려운 숙제를 받아 왔군 그래."

도쿠야마가 마치다의 말에 맞장구치며 말했다.

"그러게."

그렇게 중얼거린 뒤 마치다가 의수를 쇼핑백에 넣었다.

"같이 술 한잔하러 가세."

공장을 나가려 하는 마치다의 어깨에 손을 얹었다.

"미안하지만 할 일이 산더미다."

마치다가 그 손을 뿌리치고 걷기 시작했다.

"나 참… 집에 가서 공부하는 겐가? 무조건 퇴짜만 놓지 말고 가끔은 이 늙은이와 어울려 주기도 하게. 책에서보다 더 힌트가 될 만한 걸 발견할지 또 누가 알겠나?"

마치다가 걸음을 멈추고 뒤돌았다.

"좋아… 오늘 밤만이다."

소용없을 줄 알고 권해 봤건만 어지간히 막막했던 모양이다.

"그래… 어차피 그러려고 했네 자네와 술을 마시는 선 문명히 오늘이 마지막일 테지."

무슨 뜻이냐고 눈빛으로 묻는 마치다에게 공장 이야기는 하지 않았다. 그도 더 이상은 묻지 않았다.

공장의 불을 끄고 셔터를 내린 뒤 마치다를 상점가의 단골 선술집에 데려갔다.

가게로 들어가 주위에 손님이 없는 다다미방의 가장 안쪽 자리에 마주 앉았다. 마치다가 신기한 표정으로 주위를 둘러봤다.

"어머, 도쿠야마 씨… 손자분?"

여주인이 물수건을 가져오면서 물었다.

"무슨 그런 막말을. 내가 이렇게 큰 손자가 있을 만큼 늙어 보이나? 무엇보다 내 손자는 이렇게 귀염성 없는 녀석이 아닐세."

"제법 미남이네."

도쿠야마는 여주인의 말에 코웃음을 치고 아와모리(쌀로 담근 오키나와의 전통 소주)를 주문했다.

"이쪽은?"

여주인의 물음에 마치다가 "오렌지 주스" 하고 대답했다.

"자네, 술엔 젬병인가?"

"젬병이라니… 그게 뭐지?"

"술을 못 마시느냐는 말일세. 자네는 어려운 단어는 많이 알면서 그런 것도 모르나?"

"못 마시는 게 아니라 마실 필요가 없을 뿐이다."

"오늘은 마실 필요가 있어. 주인장, 이 녀석한테 맥주 좀 주시게." 도쿠야마가 여주인에게 말했다.

술이 나오자 형식적인 건배를 하고 아와모리를 마셨다.

"어떤가? 퇴근길에 마시는 술이라 더 달지 않나?" 맥주를 한 모금 마신 마치다에게 물었다.

"쓰고 맛이 없군…. 도대체 사람들이 왜 술이라면 혹해서 마시는지 도무지 이해가 안 되는군."

"왜 마시는가 하면… 기분이 좋아지거든. 때로는 객기도 부리고 싶고 괴로운 일을 잊고 싶어서 술을 마신다네…."

"술을 마시면 잊을 수 있나?" 마치다가 처음 알았다는 듯이 물었다.

"이걸 다섯 잔 정도 마시면 내일 아침까지는 잊을 수 있지."

도쿠야마가 마치다에게 아와모리를 주문해 주었다. 아와모리를 입에 댄 마치다가 맥주를 마셨을 때보다 한껏 인상을 찡그리고 "맛없어" 하고 투덜댔다.

"의수를 꽤 열심히 만들던데. 지난번에 자네는 그냥 아는 사람이라고 했지만, 그토록 고민하는 걸 보니 무척 소중한 사람이 아닐까 싶네만."

"딱히 소중한 사람은 아니다."

마치다가 아와모리를 머금었다. 맛없다고 했으면서 연신 홀짝이고 있다.

"소년원에 들어갔을 때 한방을 썼을 뿐이다."

"그렇군…."

"사장님에게 들어서 알고 있었나?" 마치다가 물었다.

도쿠야마가 놀라지 않기에 그렇게 추측한 모양이다.

"아니, 사장님은 아무 말도 하지 않았네. 그저 오갈 데 없는 청년을 맡게 되었다고만 했지…. 뭣 때문에 들어간 겐가?"

"살인."

아마도 그렇게 말하면 자신을 피하리라는 생각에 서슴없이 대답했을 것이다.

"놀라지 않는군." 마치다가 떠보듯이 말했다.

"딱히 놀랄 것도 없네… 무슨 사정이 있겠거니 짐작은 했지. 그자의 꿈을 꾸기도 하는 겐가?" 도쿠야마가 물었다.

"그자의 꿈…?" 마치다가 고개를 갸웃거렸다.

"그래. 죽게 한 녀석의 꿈 말일세. 아니… 딱히 설교하려는 건 아니야. 그럴 수 있는 입장도 아니고…."

"안 꾸는데." 마치다가 무뚝뚝하게 대답했다.

"나는 지금도 자주 꾼다네… 40년도 훨씬 지났는데 말일세. 아직도 내가 죽인 남자의 얼굴이 꿈에 나오더군."

도쿠야마는 그때 일을 떠올리며 술잔을 비웠다.

"무슨 소린지…."

"싸움의 연장이었지. 죽일 생각은 추호도 없었네. 집단취직으로 공장에서 일했는데, 상사가 내 고향 사투리를 무시하더니 교육을 제대로 못시킨 부모 때문에 자식이 일머리가 없는 것이라며 욕설을 퍼붓고 부모까지 들먹이더군. 욱해서 있는 힘껏 들이받았는데 급소를 다쳐서 죽고 말았어…."

도쿠야마는 거기까지 말한 뒤 잠시 이야기를 중단하고 술을 더 주문했다. 술이 나오자 일단 한 모금 마셨다.

"교도소에서 나와 취직자리를 알아봐도 전과자에게 제대로 된 취직자리가 있을 리 만무하지. 당연히 사건 이후 가족과도 소식이 끊겼네. 그럴 때 사정을 다 알면서도 거두어 준 사람이 초대 사장님이셨지. 자네 입장에서 봤을 때 지금의 사장님 같은 존재였네."

"그런 이야기를 하려고 술자리를 권한 건가?"

마치다가 쌀쌀맞게 말한 뒤 술을 홀짝였다.

도쿠야마가 무슨 말을 하려는지 알지 못해서 짜증이 난 듯했다.

"일단 듣게나. 그때부터 성실하게 일에 매진했네. 아내를 만나 결혼도 했지. 자식을 둘이나 얻고 행복한 나날을 보냈네. 한데 말일세, 행복을 느낀 만큼 생각지도 못한 데서 괴로움이 느껴지더군. 경찰에 붙잡혔을 때도, 교도소에 들어갔을 때도 그 남자의 꿈을 꾼 적이 없는데 말이야. 먼저 날 도발한 그 녀석 잘못이라며 사람을 죽였다는 죄책감도 거의 없었지. 그랬건만… 좋은 직장에 취직하고 결혼해서 자식까지 생기니 내게 행복이 찾아올 때마다 그자의 얼굴이 꿈에 나타나더군. 꿈에서

뿐만 아니라 아내와 자식들 얼굴을 보고 있을 때도 불현듯 그자의 얼굴이 머릿속을 스쳤지. 가슴을 찢는 고통과 함께 말일세⋯."

지금도 그 고통에 괴로워하며 살아가고 있다.

"고통이나 아픔이라는 건⋯ 자신이 어느 정도 행복하지 않으면 느끼지 못하는 걸지도 모르겠네. 자네는⋯ 여기가 찢기는 듯한 고통을 느낀 적이 있는가?" 도쿠야마가 가슴 언저리에 손을 대고 물었다.

"없다."

"그럼 그렇게 되도록 더더욱 행복해져야겠군."

"고통 따위 느끼고 싶지 않은데." 마치다가 코웃음을 치며 말했다.

"두려워할 것 없네. 그럴 때를 위해 이렇게 진통제가 있지 않은가." 도쿠야마가 술을 단숨에 들이켰다.

"어이없군. 그런 것 때문에 세상 놈들이 이런 맛없는 것에 돈을 지불한다는 건가?"

"모두가 다 그 때문에 술을 마시는 것은 아니네만⋯ 때로는 그런 효과도 있다는 말이네."

"대관절 행복이란 뭐지? 지금도 이렇게 살아 있다는 것⋯ 그게 내게는 전부다. 사사건건 고통을 느껴야 한다면 딱히 행복해지지 않아도 상관없다."

마치다가 그렇게 말하면서 시선을 돌렸다. 취기가 올랐는지 뭔가 생각에 잠겼는지는 모르겠으나 흔들리는 시선으로 가게 안을 둘러보기 시작했다.

"행복이 뭐냐고⋯? 사람에 따라 다르겠지. 진부한 대답이지만 나한테는 가족이네. 소중한 가족이 생기면 사고방식이 백팔십도 달라지게 마련이야. 자네한테도 언젠가 그런 날이 올 테니 알게 되겠지….”

마치다가 다시 정면을 향했다.

“그런 게 행복이라면 나와는 평생 인연이 없겠군. 가족 따위 갖고 싶지도 않고.”

“오갈 데가 없다고 들었네만… 시설 같은 곳에서 자란 겐가?”

“시설에 맡길 만큼 머리가 돌아갔다면 그나마 나았을 테지. 나는 호적도 없이 열네 살 무렵까지 개나 고양이처럼 길러졌거든.”

“호적도 없이?” 도쿠야마가 놀라서 되물었다.

“그래. 나를 낳은 여자는 약물에 빠져서 아이를 학교 보낼 돈도 아까웠던 모양이다. 그 여자의 기둥서방을 칼로 찌르고 집을 뛰쳐나왔지. 이제 알겠나? 내가 상상할 수 있는 가족은 그런 거다.”

“그 후 소년원에 들어가기 전까지는?”

“혼자 살았다.”

“그렇군….” 도쿠야마가 한숨을 내쉬었다.

마치다는 예상한 것보다 훨씬 깊은 상처를 입은 듯했다.

“자네한테는 가족이 혐오스러운 존재일 수도 있겠네만 그래서 더 알았으면 하네…. 가족은 제 손으로 만들 수 있어. 마음먹기에 따라 얼마든지 따뜻하고 둘도 없이 소중한 것으로 만들 수 있네. 아마도 자네와 마주 앉아 이야기하는 것은 이번이 마지막일 테니 말하겠네만… 행복을 거부해서는 안 되네. 어쩌면 의수의 그 친구에게 마음의 빚을 지고 있을지도 모르겠네만, 자네 자신이 행복해지지 않으면 그 친구도 행복하게 해 줄 수 없다는 것이 이 늙은이의 생각이네."

마치다가 도쿠야마를 노려보면서 술을 단숨에 들이켰다.

17

쾅 하는 큰 소리가 울려 가에데는 천장을 올려다봤다.

마치다 히로시가 돌아온 듯한데 평소와 달리 요란스러웠다.

가에데는 이상해서 2층으로 올라갔다. 문을 열고 현관에 들어섰지만 마치다의 신발이 없었다. 복도 끝을 보니 그의 방문이 열려 있고 불빛이 새어 나왔다. 가에데는 신발을 벗고 마치다의 방으로 향했다.

문 너머의 광경을 본 순간 깜짝 놀랐다.

마치다가 신발을 신은 채 방바닥에 대자로 뻗어 있었기 때문이다. 머리를 이리저리 흔들며 끙끙 앓는 소리까지 냈다.

"뭐 하는 거야?" 가에데가 수상쩍어하며 물었다.

"보면 알잖아. 자고 있어." 그렇게 대답하더니 눈을 감았다.

아무래도 취한 듯했다.

"취했어?"

"그래…." 마치다가 눈을 감은 채 대답했다.

"당신도 술 마실 때가 다 있네."

"도쿠야마 영감한테 속아서 마셨어. 너야말로 이 시간에 뭐지? 공부할 시간도 아닐 텐데."

"쾅 하고 큰 소리가 나길래 걱정이 돼서…."

"미안하군."

"실은 할 이야기도 있고 해서."

"이야기…?" 마치다가 눈을 뜨고 되물었다.

"그런데 지금은 그럴 때가 아닌 것 같네. 물 가져다줄까?"

"부탁할게. 머리가 빙글빙글 돌아서 속이 메슥거려." 마치다가 괴로운지 얼굴을 찡그렸다.

가에데는 1층으로 돌아가 냉장고에서 페트병에 든 생수를 꺼내 마치다의 방으로 갔다. 그런데 없다. 마치다의 방 옆에 있는 화장실에서 구토하는 소리가 들렸다. 잠시 기다리자 그가 화장실에서 나왔다. 조금 전에 비하면 조금은 편해 보였다.

생수를 내밀자 마치다가 꿀꺽꿀꺽 남김없이 마셨다.

"그래서… 무슨 이야기지?" 마치다가 가에데를 쳐다보며 물었다.

"오늘이 아니어도 되는데."

마치다에게 이런 이야기를 해도 될지 여전히 망설여졌다.

"그런데… 오늘이 아니면 아예 안 할지도 몰라… 오늘의 나는 좀 이상하거든."

"빨리 이야기해. 괜히 사장님이 봤다가는 이상한 오해를 받을지도 몰라."

"우리 회사, 도산할 것 같대." 가에데는 결심하고 털어놓은 뒤 고개를 숙였다.

"도산? 잘됐네."

그 말에 가에데는 고개를 다시 들었다.

"왜 잘된 건데?"

"공장을 이어받을 필요가 없고 쇼유학원에 진학하지 않아도 되니까. 네가 원하던 고등학교 생활을 즐길 수 있게 되었잖아. 게다가… 공장과 이 집에서 손을 뗀다는 것은 나도 여기서 나가야 한다는 거고. 해피엔딩 아닌가?"

"공장을 구할 방법이 없을까?"

"얼마 전까지만 해도 공장을 이어받기 싫다고 했으면서."

"하지만 우리 공장을 남기고 싶어. 할아버지랑 아빠랑 엄마가 여태껏 열심히 지켜 온 소중한 장소니까."

가에데가 호소하는데도 마치다는 관심이 없다는 듯 침대에 누워 버렸다.

"당신한테 이런 이야기를 해도 될까 수없이 고민했어. 당신한테 부탁할 입장이 아니라는 것도 알아. 날 이기적이라고 생각할지도 모르지만… 의논할 사람이 당신밖에 없어."

"나하고는 관계없는 일이야."

그 말을 듣고 촉촉이 배어나던 눈물이 쏙 들어갔다. 마치다가 싸늘한 눈으로 가에데를 바라보고 있었다.

"공장이 없어지든 말든 나하고는 관계없어. 다른 곳으로 가서 새 일을 찾으면 그만이다."

"엄마한테 감사하는 마음도 없어? 당신을 거두고 진짜 가족처럼 소중히 여겼단 말이야. 그런 엄마가 지금 어려운 상황에 처했는데 아무것도 안 느껴져…?"

"내가 원해서 온 게 아니야. 사장님과 나이토 교도관이 멋대로 정한 거지. 게다가 나는 이런 생활에 애착도 없고." 마치다가 태연하게 말했다.

"너무해… 어떻게 그런 말을…."

"어쨌든 내가 할 수 있는 건 아무것도 없다. 너도 쓸데없는 생각 말고 앞으로 자유롭고 즐거운 고교 생활에나 신경 써라."

가에데가 마치다를 쏘아보며 입술을 깨물었다.

솔직히 마치다에게 부탁해 봤자 그도 아무것도 할 수 없다는 것쯤은 알고 있었다. 공장이 도산 위기를 넘길 만큼 마치다가 큰돈을 갖고 있으리라는 기대는 하지도 않았고 아무리 머리가 좋다 해도 상황을 바꿀 만한 비책을 강구해 내는 것 역시 대학생인 그에게 불가능하다는 것쯤은 충분히 알고 있었다.

그저 이야기를 들어 주길 바랐다.

그리고 서로 고민을 나누며 지금의 생활이 없어지는 것을 아쉬워하길 바랐을 뿐이다.

"이제 그만 자야겠는데."

마치다가 나가라고 손짓을 했다.

"역시 이야기하는 게 아니었어!"

가에데가 방에서 나와 문이 부서져라 쾅 닫았다.

"엄마, 잘 잤어——?"

엄마는 싱크대 앞에 서 있었다.

"그래, 너도 잘 잤니…? 어제 밤늦게 나가는 것 같던데, 어디 갔었어?"

엄마가 꾸짖듯이 물었다.

"그 사람한테…." 가에데가 천장을 올려다보며 말했다.

"히로시 군한테?"

"공부하다 모르는 게 나와서… 그런데 취해서 제대로 대답도 못하더라."

어젯밤 일을 떠올리니 다시 짜증이 울컥 솟구쳤다.

"히로시 군이 취했다고? 별일이네."

엄마가 흐뭇하게 웃었다.

"도쿠야마 아저씨하고 같이 마셨대."

"그래…? 그럼 회사 일도 들었을지 모르겠구나. 오늘이라도 히로시 군한테 제대로 이야기해야겠네."

가에데는 아무 대꾸 없이 의자에 앉아서 엄마가 준비해 놓은 빵을 먹었다.

"가에데, 새집을 찾아야 한다면 이 동네가 좋겠니?"

엄마의 질문에 가에데는 고개를 들었다.

"딱히…." 가에데는 무뚝뚝하게 대답했다.

여기서 나가야 하다니, 아직 현실로 인정하고 싶지 않았다.

"오래 사귄 친구들하고 헤어지기 싫을 거 아냐."

"고등학교 가면 어차피 뿔뿔이 흩어지게 돼 있어."

"그날 이후 거래처에 전화를 돌려서 히로시 군을 거둬 줄 수 없는지 물어봤어. 우리처럼 아르바이트로 고용하면서 숙식도 제공하는 곳이 좋겠다 싶더라고…. 되도록 학교하고 우리가 사는 곳에서도 가까운 데가 좋으니까. 네리마에 있는 공장 사장님이 히로시 군을 맡아 주겠다고 하시는데, 괜찮을까?"

딱히 어디든 상관없다고 대답하긴 했지만 마치다 때문에 가에데가 다른 지역으로 가야 하다니 말도 안 된다.

"그 사람 때문에 그렇게까지 할 거 뭐 있어! 자기가 살 곳이나 일자리는 저 사람 혼자 찾게 놔두면 되잖아." 가에데는 홧김에 그렇게 말했다.

"그러면 안 되지. 엄마는 히로시 군의 신원 인수인이야. 적어도 그가 대학을 졸업할 때까지는 곁에 있어 줘야 해."

엄마는 정말이지 착해 빠졌다는 생각이 들었다. 아무리 마치다를 걱정해 봤자 그는 엄마에게 감사하는 마음을 요만큼도 갖고 있지 않은데.

"도서관에 다녀올게."

마치다의 이야기가 듣기 싫어서 가에데는 자리에서 일어났다.

도서관에 도착하니 도모미가 책상에 앉아 책을 읽고 있었다.

"가에데, 눈이 빨간데?"

옆에 앉자 도모미가 말했다.

"응… 어제 집에서 타이타닉 봤거든. 언제 봐도 감동이야." 가에데는 적당히 둘러댔다.

"그 영화 되게 길잖아… 제법 여유로운가 보네."

"물론 빨리감기로 봤지. 그런데 도모미는 어디 갈지 정했어?"

"으음, 내 성적으로는 잘해야 세이호쿠여고지."

세이호쿠여자고등학교는 이 근방에 있는 사립학교다. 성적으로 따지면 가에데도 노릴 수 있는 곳이었다. 그러나 이제부터 집안 형편이 어려워질 것을 생각하면 사립학교는 무리일 듯했다.

"가에데는 쇼유학원에 가기로 했지? 앞으로 더 열심히 해야겠네."

가에데는 애매하게 고개를 끄덕였다.

목표가 없어진 탓에 이제 와서 공부할 마음도 생기지 않았다.

"어…? 저 사람, 너네 집에 얹혀사는 사람 아니야?"

도모미의 말에 가에데는 책장이 늘어선 쪽으로 시선을 향했다.

마치다가 책장 앞에 서서 책을 읽고 있었다.

가에데는 분한 마음으로 마치다를 노려봤다. 책장에 책을 도로 꽂은 마치다가 흘끗 가에데를 봤다.

눈이 마주쳤다.

자신에게 걸어오는 마치다를 피해 시선을 돌렸다.

"마음이 바뀌었다."

마치다의 목소리에 고개를 들었다. 마치다가 눈앞에 서서 가에데를 내려다보고 있었다.

"쇼유학원에 들어갈 수 있도록 공부해 둬."

마치다는 그 말만 남긴 채 뒤돌아 가 버렸다.

18

다메이 준은 카페테리아에서 나쓰카와 쇼코와 만나서 함께 다카가키 교수의 연구실로 향했다.

"미안해, 괜히 같이 가자고 해서."

"신경 쓰지 마. 나도 되게 관심 많거든. 왠지 두근두근해." 쇼코가 한 껏 들뜬 미소를 지었다.

아마 진짜로 두근거리는 것이리라. 정작 다메이 본인은 기대와 불안 이 뒤섞인 심정으로 걸음을 옮겼다.

연구실 앞에 도착해서 문을 노크했다.

"들어오시게."

연구실로 들어가니 안쪽 책상에서 노년의 남성이 샌드위치를 먹고 있었다. 다카가키 교수일 터였다.

"저… 식사 중에 죄송합니다. 이공학부 1학년…."

"다메이로군. 미즈키가 아까 일러 주었네."

교수의 온화한 미소에 긴장되었던 마음이 조금은 누그러졌다.

"이쪽은 누구?" 다카가키 교수가 쇼코를 쳐다봤다.

"이공학부 3학년 나쓰카와 쇼코입니다. 같이 교수님 말씀을 들어도 될까요?"

"물론. 지저분한 곳이라 미안하지만 거기서 아무 의자나 가져와서 앉게."

그 말대로 연구실은 온갖 기계와 공구, 개인 물품 등으로 발 디딜 틈 이 없었다.

다메이는 가까이 있던 파이프 의자를 두 개 가져와서 다카가키 교수 가 앉은 책상 앞에 놓았다.

"먹으면서 말해도 괜찮겠나? 점심시간이 끝나면 바로 실험을 해야 하 거든."

"네, 물론이죠. 바쁘신 와중에 죄송합니다."

다메이가 의자에 앉으면서 가볍게 머리를 숙였다.

"창업 관련해서 의논할 게 있다던데 어디 한번 들어 보도록 하지." 다카가키 교수가 샌드위치를 한입 가득 베어 물며 말했다.

"네⋯ 실은 조만간 회사를 차리려고 하는데요, 뭣부터 시작해야 할지 모르겠습니다⋯."

"회사를 왜 차리려는 건가? 나도 창업을 한 경험이 있고 학생들에게 상담도 해 주고 있지만 함부로 창업을 권하지는 않네." 다카가키 교수가 다메이를 보며 말했다.

"이걸 봐 주셨으면 합니다."

다메이가 주머니에서 혹이 달린 시트를 꺼내 책상 위에 놓았다.

"뭔가?" 다카가키 교수가 시트를 살펴보며 물었다.

"이건 어떤 합성수지로 만든 시트입니다. 아마 지금까지 없었던 합성수지라고 생각합니다."

"지금까지 없었던 합성수지?"

"네. 이 합성수지는 가공 방법에 따라 형태와 강도를 자유자재로 바꿀 수 있고, 일단 피부에 붙이면 쉽게 떨어지지 않는 성질을 지녔습니다. 게다가 투습성까지 뛰어나서 계속 피부에 붙이고 있어도 땀 때문에 짓무를 일도 없습니다. 또 물에도 강합니다. 이걸 붙인 채 손을 씻어도 떨어지지 않습니다."

다메이가 합성수지의 특징을 설명하자 다카가키 교수가 "설마⋯" 하고 실소했다.

그 기분은 충분히 안다. 다메이도 시게무라에게 합성수지의 설명을 들었을 때 도저히 믿기지 않아 이런 표정을 지었기 때문이다.

"그런 합성수지는 들어 본 적이 없네."

"실제로 붙여 보십시오. 제 말이 사실이라는 걸 금방 아시게 될 겁니다."

다카가키 교수가 의심스러운 표정으로 시트를 손에 들었다. 촉감을 확인하더니 손등에 착 붙였다. 다메이나 미즈키 가나코가 했던 것처럼 시트를 만지작거리고 손을 흔들어서 방금 이야기가 사실인지 아닌지를 시험했다.

다메이가 옆에 앉은 쇼코와 얼굴을 마주 봤다. 쇼코는 마치 자신이 제출한 리포트의 평가를 기다리기라도 하듯 기대와 불안이 뒤섞인 표정을 하고 있었다.

처음에는 의심의 눈초리로 시트를 살펴보던 다카가키 교수의 표정에 차츰 변화가 생겼다.

"손을 씻어 보시는 게 어떻습니까?"

다메이의 제안에 다카가키 교수가 "그러지…" 하고 거의 멍한 상태로 일어섰다. 교수가 연구실을 나가는 것을 보고 쇼코가 활짝 웃었다.

"어쩌면 우리가 모르고 있을 뿐 이런 합성수지가 이미 존재하는 게 아닐까 조금 걱정했는데 교수님도 모르신다는 건 정말 시게무라 선배가 대발명을 해냈다는 거잖아."

"그러게."

다카가키 교수가 연구실로 돌아왔다. 다메이와 쇼코 앞에 앉더니 시트를 떼고 뚫어지게 쳐다봤다.

"이걸 대체 어디서?" 다카가키 교수가 아까와는 딴판으로 진지한 눈길을 보내왔다.

"시스템공학과 시게무라 선배가 발명한 겁니다."

"그 학생이 이런 걸 발명하다니⋯." 교수가 시트를 만지며 감탄했다는 듯 중얼거렸다.

"교수님도 시게무라 선배를 아십니까?"

"직접 이야기해 본 적은 없어도 학내에서는 화제가 끊이지 않는 학생이니 말이네." 다카가키 교수가 살짝 미소를 머금고 대답했다.

시게무라는 교수들 사이에서도 괴짜로 통하는 모양이다.

"이 합성수지를 활용하면 지금까지 없었던 획기적인 상품을 만들 수 있을 거라 생각합니다. 세상에 널리 도움이 되는 물건 말입니다."

다메이는 합성수지를 본 뒤 솟구친 다양한 아이디어를 다카가키 교수에게 이야기했다.

"그렇군. 이 합성수지를 활용하면 그런 것도 가능할지 모르겠네."

"그래서⋯ 그 상품들을 만들기 위해 회사를 차리려는 겁니다."

다메이가 말하자 그때까지 미소를 머금고 이야기를 듣던 다카가키 교수의 표정이 달라졌다.

"그렇지⋯." 다카가키 교수가 할 말을 찾으려는 듯 골똘히 생각에 잠겼다.

"무슨 문제라도 있습니까?"

다메이는 순식간에 바뀐 교수의 태도에 불안을 느끼면서 물었다.

"아니⋯ 확실히 이 합성수지는 굉장하다고 생각하네. 이걸 시게무라가 발명했다는 것이 믿기지 않을 정도라 그게 사실이라면 정말 감탄할 일이지. 분야는 달라도 꼭 우리 연구실로 초청하고 싶을 정도야. 다만…" 다카가키 교수가 거기서 말을 멈췄다.

"다만… 뭡니까?"

"이 합성수지를 활용한 상품을 만들기 위해 자네들 힘으로 회사를 창업하는 것은 몹시 어려울 거라 생각하네."

"물론 회사를 차리는 게 쉽지 않으리라는 건 알고 있습니다."

"아니… 이걸 어찌 말해야 하나. 이건 학생이 감당할 만한 게 아니라는 것이 내 솔직한 의견이네."

"저희가 감당할 만한 게 아니라고요?"

"그래. 나는 학생의 창업을 전부는 아닐지언정 응원하고 있네. 실제로 기발한 아이디어를 내고 그걸 토대로 창업해서 성공한 학생들도 봤지. 특히 IT 관련이 많았네. 컴퓨터 기술과 약간의 자본이 있으면 가능하거든. 한데 이번 건만큼은 학생이 직접 창업한다는 것이 거의 실현 가능성이 없다고 생각하네. 이 합성수지를 활용해서 상품을 만들려면 상당한 설비가 필요하지. 게다가 연구개발에도 엄청난 시간과 자본이 들 터. 자본금은 대체 어떻게 마련할 텐가?"

다카가키 교수의 질문에 다메이는 말문이 막혔다.

그런 자본금은 어디에도 없다.

"은행에서 융자를 받으면…" 하고 일단 생각해 둔 것을 말했다.

"아무 실적도 없는 학생에게 그만한 돈을 융자해 줄 은행이 어디 있겠나? 가령 발명품을 높이 평가해서 융자를 해 준다 해도… 아니, 그런데도 나는 절대로 권하지 않겠네. 위험 부담이 너무 커. 창업해서 성공한 학생들을 많이 봐 왔다고 말했네만 동시에 실패한 학생들도 수없이 봐 왔지. 이십 대에 엄청난 부채를 떠안은 탓에 다른 삶은 엄두도 못 내는 학생이 있는가 하면 개중에는 어찌할 도리도 없이 자살을 택한 학생도 있네…." 다카가키 교수의 표정이 심각해졌다.

창업을 결코 쉽게 생각한 것은 아니지만 다카가키 교수의 이야기를 듣고 현실의 냉혹함과 자신의 생각이 얼마나 안이했는지를 새삼 깨닫게 되었다.

"내가 학생의 창업을 응원함과 동시에 함부로 권하지 않는 이유가 바로 그것이네. 만약 실패한다 해도 다시 되돌릴 수 있다면 도전해 봐도 되겠지만…."

다메이는 말없이 고개를 숙였다.

"내가 할 수 있는 조언은… 이 합성수지에 대한 특허를 획득해서 기업에 팔면 어떻겠느냐는 정도로군. 특허를 팔기 위한 회사를 설립하고 동시에 상품화에 대한 자네 아이디어도 기업에 제안하는 거지. 특허 사용료나 아이디어료를 두둑이 받아서 새 발명에 필요한 자금으로 충당하는 거네. 이 방법이라면 그나마 가능성이 있을 것 같군."

아무리 특허 사용료가 들어올지언정 시게무라는 결코 자신의 발명품을 기업에 팔아넘기지 않을 것이다.

"시게무라 선배는 이 발명품을 기업에 팔 생각이 없는 것 같더군요."

"어째서?" 다카가키 교수가 물었다.

다메이는 CIA나 거대 권력, 스파이더맨에 관해서는 언급하지 않도록 주의하면서 시게무라가 염려하던 것을 이야기했다.

"게다가… 저 역시 다른 기업의 힘을 빌리지 않고 저희 힘으로 이 합성수지를 활용한 상품을 만들고 싶습니다. 저희가 정말 납득이 가고 세상에 도움이 될 만한 물건을 말이에요. 시간이 굉장히 많이 걸릴지도 모르지만… 언젠가….."

조금 전까지만 해도 그리 머지않은 미래로 느껴졌건만 지금은 그 '언젠가'가 한없이 멀게 느껴졌다.

"일부러 찾아왔는데 미안하네만 이보다 더 구체적인 조언은 힘들겠군."

"아뇨, 큰 도움이 되었습니다. 바쁘신 와중에 시간 내 주셔서 고맙습니다."

낙심한 다메이가 한숨을 삼키며 자리에서 일어나려 했다.

"한데 자네의 열정에 마음이 동하기도 했네. 어떤가? 흥미로운 인물을 한 명 소개해 주고 싶은데."

다카가키 교수의 말에 다메이가 동작을 멈췄다.

"흥미로운 인물…이요?"

다메이가 자세를 고쳐 앉으며 교수에게 되물었다.

"그래. 자네가 꿈을 이루기 위해 계속 도전한다면 큰 자극이 될 만한 인물이라고 생각하네."

"어떤 사람입니까?" 다메이가 흥미를 느끼며 물었다.

"자네와 같은 이공학부 1학년 마치다 히로시라고 하네."

마치다 히로시 —.

어디선가 들어 본 듯한 이름이라고 생각하던 중 퍼뜩 떠올랐다. 이 연구실에 자주 드나드는 학생으로, 다카가키 교수가 혀를 내두를 만한 수재라고 미즈키 선배가 말한 적이 있다.

동시에 카페테리아에서 쇼코가 마치다에게 말을 걸었을 때 광경이 머릿속에 되살아났다. 쇼코가 건넨 동아리 전단지를 건방진 얼굴로 테이블에 내던졌던 것이다. 붙임성이라고는 털끝만큼도 없고 어쩐지 재수 없는 녀석이었다.

"아니…."

거부 의사를 표하려는 순간 옆에 있던 쇼코가 몸을 내밀었다.

"마치다 씨가 창업에 관해 잘 알고 있나요?"

"딱히 창업에 관해 잘 아는 건 아니네. 단지 그 학생이라면 그 노하우를 순식간에 흡수할 것 같아서 말이야."

"미즈키 선배가 그러던데요, 마치다 씨는 상당히 머리가 좋다고요."

여태껏 잠자코 있던 쇼코가 마치다의 이야기가 나온 순간 질문을 쏟아 내기 시작했다.

"상당히, 라는 표현은 맞지 않을지도 모르겠군. 무섭다…는 것이 내 솔직한 소감이네. 지금까지 그런 학생을… 아니, 그런 인간을 만난 적이 없었거든."

그 말에 다메이는 쇼코와 얼굴을 마주 봤다.

다메이는 교수의 말이 과장이 심한 것 같아 의아한 생각밖에 들지 않았지만 쇼코는 흥미가 당겼는지 눈을 반짝이고 있었다.

그것을 보고 마치다와 알고 지내기가 싫다는 생각이 더 강해졌다.

"마치다는 믿기지 않을 만큼 머리가 좋은 학생이네만 인간적으로는… 뭐라 해야 좋을지… 좀 미숙한 구석이 있지."

"미숙하다고요…?" 쇼코가 물었다.

"그래. 인간관계를 형성하는 데 도무지 서툴러서 말이야… 보면 항상 혼자 있더군. 마치다에게는 여러모로 도움을 받기도 해서 나도 그를 살피고 있기는 한데, 그렇다 보니 그의 앞날이 더욱 걱정되더군. 또래 학생들과 어울리면 그의 시야도 지금보다 넓어지지 않을까 싶네. 좀 유별나긴 해도 시게무라와도 사이가 좋은 자네들이라면 분명히 좋은 친구가 될 것 같네만."

마치다의 이야기를 하는 다카가키 교수의 표정은 왠지 1학년 학생이 아니라 조카라도 염려하는 듯이 보였다. 다메이는 뭣 때문인지 아까부터 짜증이 솟구쳐서 참을 수가 없었다.

"저희는 친구를 구하려고 교수님을 찾아뵌 게 아닙니다."

다메이가 강하게 말하자 쇼코가 나무라듯 쳐다보는 것을 알 수 있었다.

"물론 그렇겠지. 한데… 이건 자네한테도 의미 있는 일이라고 생각하네. 장차 회사를 차리겠다는 꿈이 있다면 더더욱 좋은 경험이 될 거네. 우수하지만 인간적으로는 괴팍한 인재를 잘 달래서 고삐를 쥐는 것도 경영자에게는 필요한 자질이니 말이야."

다카가키 교수가 설득하듯 말했다.

"지금 가 보자."

복도를 걷고 있자니 옆에서 쇼코가 말했다.

"가다니, 어딜…? 영화라도 보러 갈까?"

다메이는 알고 있으면서도 괜히 시치미를 뗐다.

"당연히 마치다 씨한테 가야지."

또 같잖은 녀석을. 시게무라 같은 괴짜 한 명을 상대하는 것도 벅찬데 잘 알지도 못하는 사람을 또 사귀어서 뭘 어쩌란 말인가.

창업하는 데 도움이 된다면 또 모를까 지금의 마치다에게는 그럴 만한 지식도 없지 않은가. 게다가 지난번에 만났을 때 보인 쾌씸한 태도가 여전히 신경에 거슬렸다.

수재든 천재든 알 바 아니지만 자기 외의 학생들을 우습게 여길 것이 뻔하다. 태도가 그 모양이니 친구가 없는 것도 당연하다.

"다카가키 교수님도 말씀하셨잖아. 마치다가 창업에 관해 잘 아는 것도 아니라고."

다메이는 그 감정들을 조금도 드러내지 않고 부드럽게 말했다.

"그런데 노하우를 순식간에 흡수할 거라고 하셨잖아. 혹시 알아? 다메이 군의 이야기에 관심이 생겨서 협조해 줄지."

"카페테리아에서 네가 말 걸었을 때의 일, 기억 안 나? 우리를 무시하듯이 전단지를 내팽개쳤잖아."

"딱히 무시당했다는 생각은 안 드는데. 그냥 낯가림이 심한 걸지도 모르잖아."

"그래도 갑자기 찾아가기엔 좀… 나중에 마음이 내키면 내가 전화해 볼게."

다메이는 다카가키 교수로부터 받은 메모지로 부채질을 하며 말했다. 메모지에는 마치다가 사는 집의 주소와 전화번호가 적혀 있었다.

"나중으로 미루다니… 다메이 군은 행동력이 있는 건지 없는 건지 잘 모르겠어."

뾰로통한 쇼코의 말이 가슴에 꽂혔다.

"자기만의 꿈을 꾸고 있는 점이 참 멋있어서 내 나름대로 힘이 되려고 이것저것 생각했는데. 알겠어, 다메이 군이 안 가겠다면 나 혼자라도 갈래."

쇼코가 메모지를 낚아채더니 다메이를 두고 복도를 성큼성큼 걸어갔다.

멋있다──.

쇼코가 자신에게 참 멋있다고 방금 분명히 말했다.

"나쓰카와, 같이 가!"

다메이는 그 한마디에 시동이 걸린 듯 쇼코의 뒤를 쫓았다.

오모리 역에 내려서 메모지와 지도에 의지하여 마치다가 사는 집을 찾아다녔다.

마치다는 마에하라라는 사람의 집에 얹혀산다고 했다. 그는 휴대폰은커녕 방에 전화가 있는 것도 아니어서 메모지에 적힌 전화번호는 마에하라의 집 전화라고 했다.

상점가를 걸어가니 모퉁이에 작은 동네 공장들이 늘어서 있었다. 거기서 5분쯤 더 걸어가자 찾던 번지수가 나왔다.

2층짜리 집 현관에 '마에하라'라는 문패가 걸려 있었다. 2층으로 올라가는 외부 계단이 설치되어 있고 1층과 별도로 문도 달려 있었다. 2세대 주택이거나 2층에 하숙을 치는 듯 보였다.

"우선 마에하라 씨를 만나 보자." 쇼코가 현관 초인종을 눌렀다.

잠시 후 문이 열리고 안에서 소녀가 나왔다.

"갑자기 찾아와서 죄송합니다. 저는 도쿄대학에 다니는 나쓰카와라고 하는데요, 마치다 히로시 씨 계신가요?"

쇼코가 찾아온 용건을 밝히자 소녀가 허를 찔린 표정을 지었다.

"잠깐 기다리세요."

잠시 멍하니 서 있다가 곧 정신을 차리더니 샌들을 신고 밖으로 나왔다.

"2층에 살아요. 지금 있는지는 잘 모르겠고요…."

소녀를 따라 계단을 올라갔다. 소녀가 문을 열고 안으로 들어갔다. 쇼코와 문 앞에서 기다리고 있자니 안에서 소녀가 마치다를 부르는 소리가 들렸다. 이내 다시 문을 열고 나왔다.

"방에 없는 걸 보니 공장에 갔나 봐요…."

"공장이라뇨?" 쇼코가 묻자 소녀가 고개를 끄덕였다.

"엄마가 운영하는 공장을 돕고 있거든요."

"미안하지만 공장이 어디 있는지 알려 줄래요?"

소녀는 고개를 끄덕인 뒤 계단을 내려와 1층 현관문을 잠그고 걸음을 옮겼다. 아까 지나온 길을 잠시 되돌아가자 '마에하라 제작소' 간판이 걸린 작은 공장이 나왔다. 밖에서 공장 안을 살필 수가 있었다. 작업복을 입은 여성이 커다란 기계 앞에 서 있고, 그 안쪽에 마치다인 듯한 청년이 보였다. 소녀가 공장 안으로 들어갔다.

"마치다——씨… 손님이…."

마치다 '씨'라고 부르는 데에 소녀가 주저하는 것을 어렴풋이 느낄 수 있었다. 소녀의 부름에 여성과 마치다가 동시에 입구를 쳐다봤다.

"바쁘신 와중에 갑자기 방해해서 죄송합니다. 저는 도쿄대 학생 나쓰카와라고 해요." 쇼코가 다메이보다 한 걸음 앞으로 나가 말했다.

티셔츠 차림의 마치다가 수건으로 땀을 닦으면서 걸어왔다.

마치다의 싸늘한 시선에 살짝 기가 꺾인 다메이는 몸을 뒤로 뺐다.

"그때…."

마치다가 시선을 고정한 채 중얼거렸다. 카페테리아에서 만났던 것을 기억해 낸 모양이다.

"동아리 가입을 권하러 여기까지 찾아오나? 대학생이 이렇게 한가한 줄은 몰랐군." 마치다가 성가시다는 표정으로 말했다.

역시 상상했던 반응 그대로였다.

"아뇨, 오늘은 동아리 때문에 온 게 아니에요. 다카가키 교수님께 마치다 씨의 이야기를 듣고…."

"다카가키 교수?" 이번에는 수상쩍다는 표정을 지었다.

"네… 혹시 시간이 있으면 같이 이야기할 수 있을까 해서요."

"없어."

마치다가 발길을 되돌리려 한 것과 동시에 앞에 있던 여성이 웃는 얼굴로 다가왔다.

"어머, 히로시 군의 대학교 친구인가 봐요? 여기까지 와 줘서 고마워요. 좀 어수선하긴 하지만 우리 집에 꼭 들렀다 가세요."

여성이 다메이와 쇼코에게 권하자 마치다가 노골적으로 얼굴을 찌푸렸다. 마치다의 속마음이 손바닥 들여다보듯 훤히 보였다. '왜 쓸데없는 말을 하느냐'일 것이다. 지금의 다메이도 똑같은 심경인지라 알 수 있었다.

"가에데, 손님들한테 주스와 과자를 대접해 드리렴."

가에데라고 불린 소녀가 "알겠어" 하고 공장에서 나왔다. 여성에게 등을 떠밀려 마치다도 마지못해 공장에서 나왔다.

"드세요."

가에데가 다메이와 쇼코에게 주스와 쿠키가 담긴 쟁반을 내왔다.

"고마워."

쇼코가 웃는 얼굴로 인사하자 가에데가 당황한 듯 "아니에요…" 하고 시선을 피했다. 소녀는 아까부터 내내 호기심 어린 눈빛으로 자신들을 바라보고 있었다. 그동안 마치다를 만나러 온 사람이 어지간히도 없었던 모양이다.

"편안히 계시다 가세요."

가에데가 고개를 꾸벅 숙이더니 부엌에 서 있는 마치다를 흘끗 보고 나가 버렸다.

마치다는 집에 온 뒤 자신들을 무시하듯 부엌에 선 채 우유를 마시고 있었다.

"그런 기계를 다루다니 정말 대단해요."

쇼코가 말을 걸자 마치다가 할 수 없다는 듯 뒤돌아보았다.

"별로. 그런 건 누구나 다룰 수 있지."

"그런가요? 그래도 역시 대단해요… 왜냐하면…."

쇼코가 어떻게든 이야기를 이어 나가려 애쓰는 것을 알 수 있었다. 그

러나 아무리 붙임성이 좋은 쇼코라도 누구에게도 접근을 허락하지 않
겠다는 의지를 내뿜는 마치다에게는 좀처럼 파고들지 못하는 듯했다.

"그런데 무슨 이야기를 하러 왔지?"

마치다가 다메이와 쇼코 앞으로 와서 책상다리를 하고 앉았다.

"미안한데 그리 한가하지 않아. 할 이야기가 있으면 어서 해."

쇼코가 팔꿈치로 다메이의 팔을 쿡쿡 찌르며 어서 이야기하라고 눈
치를 주었다. 하는 수 없이 다메이는 주머니에서 혹이 달린 시트를 꺼내
좌탁 위에 놓았다.

"이걸 봐 줘."

"이게 뭔데?"

마치다가 감정이라고는 전혀 느껴지지 않는 눈길로 시트를 쳐다봤다.

"우리 학교 선배가 직접 발명한 합성수지로 만든 거야."

다카가키 교수에게 했던 설명을 마치다에게도 그대로 했다.

마치다는 시트를 손에 들었을 뿐 별다른 반응은 보이지 않았다. 놀라
지도 않을뿐더러 다메이의 이야기가 믿기지 않는다는 반응도 아니었다.
그저 시트를 손으로 주물럭거리면서 담담한 표정으로 듣기만 했다. 종
잡을 수 없는 마치다의 반응에 다메이는 어떻게 해야 좋을지 몰랐다.

"실제로 피부에 붙여 보면 다메이 군이 한 말이 사실이라는 걸 알게
될 거예요."

쇼코가 거들어 주려는 듯 덧붙여 말했다.

"그런데… 이게 도대체 나와 무슨 관계가 있다는 거지?"

마치다가 시트를 좌탁 위에 내던지고 물었다.

"우리는 이 합성수지를 활용해서 뭔가 세상에 도움이 될 만한 상품을 만들 수 없을까 생각하고 있어요. 그치?"

우리 ── 어느덧 쇼코가 자신의 꿈을 공유하고 있다는 기쁨에 다메이는 "그렇고말고" 하고 고개를 힘차게 끄덕였다.

"그래서 회사를 차리려고 다카가키 교수님께 의논을 드렸지. 그랬더니 네 이야기가 나온 거야. 회사를 차리기까지는 시간이 많이 걸리겠지만 너와 이야기를 하면 분명히 좋은 자극을 받을 수 있을 거라고 하시더라."

"그 아저씨까지 괜히 쓸데없는 소리를….." 마치다가 내뱉듯이 중얼거렸다.

"갑자기 찾아와서 이런 말을 하는 건 정말 민폐라고 생각해요. 다만 솔직히 말해 우리는 마치다 씨에게 엄청나게 관심이 많거든요. 지금 시점에서는 같이 회사를 하면 어떻겠느냐고 권하지는 못해요. 그만한 준비를 아직 갖추지는 못했거든요. 물론 마치다 씨가 이 이야기에 관심을 가져 준다면 무척 기쁘고 든든하겠지만… 지금은 그저 다카가키 교수님이 높이 평가하는 마치다 씨에게 어떤 식으로든 이야기를 들려주고 싶었어요…."

"시시하군."

쇼코가 오늘 찾아온 취지를 전하고자 애쓰는 마음을 마치다가 그 한마디로 일축했다.

"시시하다고?"

다메이는 여태껏 마치다의 무례한 태도를 묵묵히 참기만 하다가 그 한마디에 발칵 성질이 났다.

"아까도 말했지만 나는 그런 회사놀이에 어울려 줄 만큼 한가하지 않아."

"회사놀이…."

더는 참을 수 없었다. 당장 일어나 반박하려 했지만 쇼코가 다메이의 무릎을 눌러서 말렸다.

"물론 마치다 씨 입장에서는 회사놀이처럼 보일지도 몰라요. 그런 일에 어울릴 만한 시간이 없다고 생각하는 마음도 잘 알겠어요."

이런 불쾌한 경험을 할 바에는 당장 돌아가자고 쇼코에게 눈짓을 보냈다.

"그렇다면… 말을 좀 바꿀게요."

쇼코의 눈빛이 마치다를 피하지 않고 똑바로 쳐다봤다.

"우리의 친구가 되어 주지 않을래요?"

쇼코의 부탁에 지금껏 싸늘했던 마치다의 눈이 반응을 보였다.

"친구…?"

즉시 동요의 기색을 감추려 했지만 속으로는 명백히 당황하고 있는 듯했다.

"네. 우리의 친구가 되어 줬으면 좋겠어요. 언제든 마치다 씨가 한가할 때라도 좋으니 전화나 문자, 메일로 이야기를 하거나 시간이 있으면 술집에서 술도 마시고… 시시한 이야기부터 장래의 꿈 같은 진지한 이야기까지 나눌 수 있는, 그런 친구가 되었으면 해요. 바쁜 일상 속에서 잠시 숨 돌리는 정도로 생각해도 좋아요."

마치다는 쇼코를 쳐다보고 있었지만 할 말을 잃은 듯 입을 꾹 다물고 있었다.

"안 되나요?"

똑바로 쳐다보는 쇼코의 눈길에 마치다가 시선을 피했다.

그것은 여성이 쳐다봤을 때의 쑥스러움 때문이 아니라 겁을 먹어서
인 것 같았다. 다메이가 보기에는 그랬다.

"이제 공장 일을 도와야 해. 그만 돌아가."

마치다의 말에 쇼코가 고개를 끄덕이더니 핸드백에서 메모상과 펜을
꺼냈다. 쇼코가 휴대폰 번호와 메일 주소를 적은 다음 다메이에게 건넸
다. 다메이는 하는 수 없이 그 글자 밑에 자신의 이름과 휴대폰 번호와
메일 주소를 적었다.

"오늘 시간 내 줘서 고마워."

쇼코가 웃는 얼굴로 말하고 자리에서 일어났다. 덩달아 다메이도 일
어났다. 마치다는 여전히 책상다리로 앉은 채 좌탁 위 메모지를 빤히 쳐
다보고 있었다. 배웅할 생각은 없는 듯하다.

다메이와 쇼코가 거실에서 나왔다. 문득 안쪽 방에서 거실을 내다보
고 있던 가에데와 눈이 마주쳤다. 가에데가 놀란 얼굴로 가볍게 인사를
하고는 방문을 닫았다.

19

"히로시 군, 아까 그 친구 말이야… 어떤 동아리 활동을 하는 거니?"

엄마가 바로 앞에 있는 야채볶음을 접시에 담으면서 물었다.

"몰라." 마치다가 무뚝뚝하게 대답했다.

"친구인데 그것도 몰라? 공부도 좋지만 히로시 군도 동아리에 가입해 보면 어떨까? 분명히 재미있을 거야. 게다가 그런 동료는 사회에 나가 서도 소중한 존재가 된단다."

가에데는 엄마의 말에 아무 반응도 없이 묵묵히 식사를 하는 마치다 를 쳐다봤다.

그 사람들이 마치다 히로시를 찾아왔을 때는 소스라치게 놀랐다. 마 치다에게 대학 친구가 있다니 상상도 못했기 때문이다. 특히 나쓰카와 라는 여성은 내내 의미심장한 눈빛으로 마치다를 바라보고 있었다. 그 렇게 예쁜 사람이 마치다의 근처에 있을 줄이야.

엿들으면 안 된다는 걸 알면서도 호기심을 억누를 수가 없었다.

그 사람들의 이야기는 동아리에 관한 것이 아니라 합성수지가 어떻 고 회사가 어떻고 하는 가에데가 잘 모르는 이야기였다.

마치다가 그릇을 들고 일어나 싱크대로 갔다. 설거지를 하고 부엌에 서 나갔다. 가에데는 남은 밥을 서둘러 먹고 자리에서 일어났다.

"잘 먹었습니다."

그릇을 그냥 둔 채 부엌에서 나가려 하자 엄마가 "네가 먹은 그릇은 네가 씻어" 하고 야단쳤다.

"이따가 꼭 씻을게. 아까 공부하다 모르는 게 있었는데 지금 물어보려고."

현관으로 가서 급히 신발을 신고 문을 열었다. 예상대로 마치다는 2층 방으로 돌아가지 않고 어디론가 가려던 참이었다. 요 며칠 동안 마치다는 밤만 되면 어디론가 외출했다. 그러고는 늘 새벽에 돌아왔다.

평소의 가에데라면 마치다가 밤중에 뭘 하든 신경 쓰이지 않겠지만 지금은 마치다가 방으로 돌아오는 발소리를 들을 때마다 불안감이 피어올랐다.

"저기 — ."

가에데가 부르자 마치다가 걸음을 멈추고 뒤를 돌았다.

일단 부르기는 했는데 이야기를 어떻게 꺼내야 할지 몰랐다.

"대체 뭐야… 난 지금 볼일이 있어. 공부하다 모르는 게 있어서 그러는 거면 내일 물어 봐."

"다 늦은 시간에 어디 가는데?"

"네가 언제부터 내 보호자였지?" 마치다가 가에데를 보면서 가소롭다는 듯이 웃었다.

"그게 아니라… 그냥 예전에는 이런 시간에 외출하는 일이 없었으니까 신경 쓰였을 뿐이야."

"한잔 걸치고 올게. 너도 스무 살이 되면 데려가 주지."

술을 마시러 가다니, 대번에 거짓말이라는 생각이 들었다.

"저번에 쇼유학원에 갈 수 있도록 공부하라던 말, 그거 무슨 뜻이야?"

"말 그대로야."

"진짜로 우리 공장의 부채를 해결하겠다는 거야?"

가에데는 못 믿겠다는 심정으로 따져 물었지만 마치다는 "그래" 하고 태연하게 대답했다.

"그걸… 도대체 어떻게…."

"너하고는 상관없는 일이다." 마치다가 가에데의 말을 자르듯 말했다.

"상관이 왜 없어! 내가 꺼낸 말인데."

"착각하지 마. 딱히 네가 한 말 때문에 해결할 생각이 든 건 아니니까."

"그럼 어째서…."

마치다는 왜 마에하라 제작소를 도산의 위기에서 구하려는 걸까.

"그저 심심풀이다."

"심심풀이라고…?" 기가 막혀서 마치다를 쳐다봤다.

"그래. 대학 생활이라는 거 아주 지루하더군. 아무런 자극도 없이 지긋지긋하던 참에 소일거리가 굴러들어 온 셈이지."

소일거리──.

가에데는 집의 사활이 걸린 문제를 그런 단어로 표현하는 마치다에게 실망했다.

이것이 마치다의 진심일까.

그냥 자기 능력을 실감하고 싶어서 그럴 뿐이라고──.

이소가이가 한 말이 떠올랐다.

가에데가 품기 시작한 생각은 마치다의 말대로 착각에 불과한 걸까.

엄마와 이 집을 소중히 여기고 있기 때문에 어떻게든 힘이 되려고 애쓰는 것은 아닐까.

"당신 같은 대학생이 그런 큰돈을 대체 어떻게 마련하겠다는 거야?"

가에데가 상심한 마음을 들키지 않으려 따졌지만 마치다는 아무 대답이 없었다.

"매일같이 밤만 되면 나다니는 게 그 심심풀이하느라 그런 거야? 대체 무슨 짓을 해서 돈을 마련하려는 건데?"

가에데가 추궁하자 마치다가 성가시다는 얼굴로 어깨를 으쓱해 보였다.

"쓸데없이 캐물을 시간 있으면 영어 단어 하나라도 더 외워. 지금 네 머리로는 쇼유학원도 아슬아슬할 테니."

마치다가 독설을 하더니 가에데를 무시하듯 걸음을 옮겼다.

"기다려! 아직 내 얘기 안 끝났단 말이야."

가에데가 부르는데도 마치다는 뒤도 안 돌아보고 걸어갔다. 마치다의 모습이 보이지 않게 되자 가에데는 입술을 깨물며 집으로 돌아왔다.

"가에데, 왔니?"

부엌에서 엄마가 불렀다.

"응."

지금 엄마와 얼굴을 마주하면 가슴에 품고 있는 불안을 털어놓을 것만 같아 두려웠다.

"엄마는 지금 할 일이 있으니까 설거지 해 놔."

실은 이대로 방에 들어가고 싶었지만 하는 수 없이 "알겠어" 하고 대답했다.

잠시 마음을 진정시킨 다음 부엌에 들어갔다. 엄마는 부엌 옆 거실의 좌탁 앞에 앉아서 여전히 피곤에 찌든 얼굴로 한숨을 섞어 가며 장부를 보고 있었다.

가에데는 곧바로 시선을 거두어 식탁에 남은 그릇을 싱크대로 옮겼다.

마치다는 도대체 어떤 방법으로 그 큰돈을 마련하려는 걸까.

이소가이의 말에 따르면 마치다는 보이스피싱 조직의 두뇌와 같은 존재였다고 한다.

설마 또 범죄에 손을 대서 돈을 마련하려는 것은 ──. 설거지를 하면서 가슴의 소란함이 자꾸만 격해지는 것을 어찌할 수 없었다.

할아버지와 아빠, 엄마가 죽기 살기로 지켜 온 공장을 도산하게 하고 싶지 않았다. 지푸라기라도 잡는 심정으로 마치다에게 상담했다. 하지만 그 탓에 만약 마치다가 다시 나쁜 짓에 손대기라도 한다면, 범죄 조직에 가담하기라도 한다면 그건 싫었다.

게다가 그런 돈으로 공장을 일으켜 세운다면 지금껏 온 힘을 다해 쌓아 온 가족의 역사까지 더럽히는 셈이 된다.

어떻게 하면 좋을까. 괜히 공장 일을 상담한 탓에 마치다와 자신의 가족까지 엄청난 불행에 휩쓸릴까 봐 두려웠다.

"설거지 다 했니?"

갑자기 엄마의 목소리가 들려 가에데는 움찔하고 뒤를 돌았다.

"아니, 아직….."

줄곧 생각에 잠겨 있느라 제대로 하지도 못했다.

"그래? 끝나면 이리로 오렴."

가에데는 서둘러 그릇을 씻고 거실로 향했다.

"왜?" 좌탁에 앉아 있는 엄마에게 물었다.

"아까 일하다 짬 내서 네리마에 다녀왔어."

"네리마…?"

엄마가 무슨 말을 하려는지 모른 채 가에데는 맞은편에 앉았다.

"저번에 엄마가 말했잖아. 히로시 군을 맡아 주겠다고 하는 공장이 네리마에 있다고."

"아아…."

그러고 보니 며칠 전 엄마가 그런 소리를 한 것이 생각났다.

"사장님도 좋으신 분이야. 히로시 군의 사정을 다 알고도 받아 주겠다고 하셨어. 공장 근처에 기숙사가 있는데 빈방이 있으니 거기서 살면 되겠다고. 게다가 대학을 졸업할 때까지는 학업을 우선 시키겠다고 하시더라…. 어때, 좋은 곳 같지 않니?"

"그래…."

지금의 가에데에게는 아무래도 좋을 이야기였다.

"그러고 나서… 근처에 있는 부동산을 몇 군데 돌아봤어."

엄마가 가방에서 종이 여러 장을 꺼내 좌탁 위에 놓았다. 물건으로 나온 빌라 정보였다. 엄마와 가에데가 살 집을 살펴본 모양이다.

"이 집 살림살이를 가져가려면 방 두 개로는 부족하잖니. 적어도 방 세 개는 있어야지. 이 물건을 직접 가서 봤는데 근처에 큰 공원도 있고 살기 편해 보였단다. 이 지역은 지금 우리 동네보다 월세도 저렴하고…."

엄마는 가에데의 반응은 아랑곳하지 않고 물건 정보를 보면서 신나게 떠들고 있었다. 엄마는 공장을 완전히 포기하고 이미 새 생활로 관심을 돌리는 것 같았다.

아니, 그렇지 않다.

엄마의 모습에서 공장을 접어야 한다는 슬픔에서 애써 자신을 격려하는 애처로움이 느껴졌다. 엄마는 공장을 유지하고 싶어 한다. 여기서 나가야만 한다는 원통함을 이를 악물고 참고 있다.

"엄마… 만약에…."

가에데가 입을 열자 물건 정보를 보면서 이야기하던 엄마가 고개를 들었다.

"만약에 누군가 공장에 융자를 해 준다면… 엄마는 공장을 계속하고 싶어?"

"당연하지." 엄마가 즉답했다.

"그럴 가능성이 거의 없으니까 이미 단념했고 너도 괜히 기대하게 만들고 싶지는 않지만. 그래도 엄마는…."

"응?" 가에데가 재촉하자 엄마가 천천히 불단 쪽을 바라봤다.

"어쩌면… 아빠나 할아버지, 할머니가 마지막 순간에는 도와주지 않을까 하고… 마음속으로 기도하고 있단다."

엄마의 옆얼굴을 보면서 마치다의 이야기를 해 두는 편이 좋지 않을까 하는 마음이 일었다.

마치다가 공장의 빚을 갚을 만한 돈을 마련하려고 하고 있다는 것을. 하지만 그 돈을 어떻게 해서 마련하려는지는 모르겠다는 것을.

그러나 이 이야기를 털어놔 봤자 엄마는 곧이듣지 않을 것이다. 대학생인 마치다가 그런 큰돈을 마련할 수 있을 리가 없다고 웃어넘길 것이 뻔하다.

마치다가 보이스피싱 범죄 조직에서 일했다는 사실을 모르는 상태에서는 아무리 말해 봤자 괜한 소리로 여길 것이다.

가에데는 마치다가 그 조직의 두뇌 역할을 했다는 사실을 알고 있기에 걱정되고 두려운 마음을 품고 있는 것이다.

얼마 전이었다면 엄마에게 마치다에 관해 몽땅 털어놓았을 것이다. 마치다가 소년원에 들어간 원인은 단순히 싸움 끝에 일어난 사건 때문이 아니라 알고 보면 정체 모를 범죄 조직이 관련되어 있다는 것을.

그러나 지금은 그걸 엄마에게 알려야 할지 망설여진다. 왜 그런지는 스스로도 잘 설명할 수가 없다.

다만 그 DVD에서 본 마치다의 모습은 자신의 마음속에만 간직하고 싶었다.

20

"이소가이 씨, 손님이에요."

그 말에 이소가이는 얼굴을 찌푸렸다.

"내쫓으라고 했잖아!" 간병인 지하루에게 내뱉었다.

"여자아이인데요."

"여자?" 지하루에게 되물었다.

"마에하라 가에데 씨라고 하던데요. 돌아가라고 할까요?"

"아니…."

이소가이는 침대에서 일어나 지하루와 함께 식당으로 향했다.

식당에 도착하니 지난번에 봤던 소녀가 앉아 있었다. 소녀가 이소가이가 온 것을 알아차리고 일어섰다.

"뭐야, 너였어?"

가까이 가서 말하자 가에데가 머리를 숙였다. 뭔가 절박한 표정을 하고 있지만 자신에게 고백 같은 걸 하기 위해 찾아온 것은 아닐 터였다.

도대체 무슨 용건인지.

"여자아이가 찾아왔다길래 누군가 했네."

이소가이가 맞은편에 앉자 가에데도 구부정하게 앉았다.

"이름을 잘 전달했는데 말이에요." 옆에 서 있던 지하루가 항의하듯 말했다.

"고작 한 번 상대한 여자 이름을 어떻게 기억하란 말이야?"

"전 상대 같은 거 한 적 없는데요." 가벼운 농담에도 가에데가 정색을 하고 대꾸했다.

"알죠. 이소가이 씨는 늘 이런 식이거든요."

지하루가 어이없다는 듯 말하고 그 자리를 떠났다.

"나한테 무슨 용건인데?" 가에데를 위아래로 훑어보며 물었다.

"이소가이 씨하고 이야기하고 싶어서요."

자신에 대한 경계심이 여전한지 몸을 가늘게 떨고 있었다.

"마침 잘됐네. 담배가 피고 싶던 참이었거든. 지난번 그 공원으로 가자."

이소가이의 말에 가에데가 테이블 위에 둔 종이 가방을 들고 일어섰다.

현관에서 샌들을 대충 신고 건물 밖으로 나갔다. 가에데는 몇 발자국 뒤에서 따라오는 듯했다. 이소가이는 멈춰서 뒤돌았다.

"나란히 걷기 창피해?"

그 말에 가에데가 고개를 살며시 내젓고 다시 걸었다.

공원까지 나란히 걸으면서도 서로 한마디도 하지 않았다. 공원에 들어가니 지난번에 이야기했던 벤치가 비어 있었다.

"아이스커피를 사 왔거든요."

벤치에 앉자 가에데가 종이 가방에서 테이크아웃 해 온 아이스커피를 꺼냈다.

"시럽하고 우유 넣어요?"

"됐어."

종이컵에 빨대만 꽂아서 이소가이 옆에 있는 벤치 팔걸이 위에 올려놓았다.

"땡큐. 담배도 부탁해."

이소가이는 눈짓으로 바지 주머니를 가리켰다. 남자의 하반신에 손을 대기가 거북했지만 그런데도 주머니에서 담배와 라이터를 꺼내 입에 물려 주었다.

불을 붙이고 한 모금 빠는 것을 가늠해서 가에데가 담배를 입에서 빼 주었다.

"나한테 할 이야기가 뭔데?"

가에데를 쳐다보며 물어도 망설이고 있는지 좀처럼 입을 열지 않았다.

"그 녀석 이야기?"

가에데가 고개를 끄덕였다.

"그 녀석 이야기를 하러 일부러 나 같은 놈을 찾아오다니… 그 녀석은 상당한 행운아인 것 같군. 지난번에 충고했을 텐데. 우리 같은 인간한테 관여했다가는 괜히 좋은 꼴 못 본다고."

"그렇지 않던데요." 가에데가 단호하게 부정했다.

"뭐, 어쨌든… 아이스커피 답례 정도는 해 주지. 대체 무슨 이야기인데?"

"그 사람이 무슨 생각을 하는지 알고 싶어요."

가에데가 이소가이의 눈을 물끄러미 쳐다보면서 말했다.

잠시 기다리고 있자니 2층 문이 열리고 마치다 히로시와 가에데의 어머니가 나왔다.

"여—."

마치다에게 아는 척을 하자 그가 의아해하는 표정으로 계단을 내려왔다.

"집 안으로 들이렴. 가에데는 학교 가서 없고, 부엌에 과자하고 주스가 있단다."

가에데의 어머니가 1층 문을 가리켰다.

이런 자신이 갑자기 찾아와서 내심 당황했을 텐데 조금도 내색하지 않고 미소를 머금고 있었다.

"아니, 됐어." 마치다가 말했다.

"그럼 난 장 보러 갔다 올게. 천천히 놀다 가요." 가에데의 어머니가 그렇게 말하고 걸음을 옮겼다.

가에데가 주소는 알려 주었는데 2층에 사는 것까지는 알려 주지 않았다. 그래서 1층의 초인종을 코끝으로 눌렀더니 가에데의 어머니가 나왔고 마치다를 찾아왔다고 말하자 2층으로 직접 부르러 갔던 것이다.

"꽤 좋은 사람이네. 너 같은 놈의 신원 인수인이 되다니 어떤 괴짜일까 했는데…." 이소가이가 에쓰코의 뒷모습을 보면서 말했다.

"도대체 무슨 일이지?"

마치다는 이소가이가 뭣 때문에 찾아왔는지 살피는 눈빛이었다.

"친구가 여기까지 행차하셨는데 인사가 참 야박하네. 이 꼴로 오모리까지 오는 데 얼마나 힘들었는지 알아?"

"여기 사는지 용케 알아냈군."

"네가 의수를 넣어 온 쇼핑백에 '마에하라 제작소'라고 쓰여 있던 게 생각났거든. 신원 인수인이 하는 공장에서 일한다고 네가 말했잖아." 이소가이는 거짓말을 했다.

"의수는 아직 손보지 못했어. 지금 연구 중이다."

"그건 아무래도 상관없어. 대학생이 된 마치다 군이 어떤 생활을 하는지 궁금했을 뿐이니까. 이런 내가 찾아와서 불편한가?"

"그렇지 않아. 별거 없는 생활이지만 올라가지."

마치다가 이소가이에게 권하며 계단을 올라갔다. 문을 열고 샌들을 벗어 던지고 집 안으로 들어갔다.

"방이 왜 이렇게 많아." 이소가이가 복도를 걸어가며 말했다.

"원래 2층은 공장 직원들의 기숙사였다고 하더군. 지금은 나 혼자 살지만."

"여자도 막 데려와도 되겠네."

마치다는 그 말을 한 귀로 흘리고 가장 안쪽 방문을 열었다.

"여기가 내 방이다."

방으로 들어간 마치다가 책상 앞의 의자를 끌어 이소가이에게 권했다.

이소가이는 의자에 털썩 앉고는 사방을 둘러봤다. 도저히 스무 살짜리 대학생의 방이라고는 여겨지지 않을 만큼 간소한 방이었다.

"제법 살풍경한 방이네. 출소해서 자유를 만끽하는 중일 텐데 야한 책 하나 없어?"

"옛날부터 책에는 돈을 쓰지 말자는 주의고 그런 책은 도서관에서 취급하지 않거든. 뭐 마실 거라도 사 올게."

"맥주가 당기네. 담배도 피우고 싶고. 시설에서는 둘 다 금지라."

"알겠어. 기다리고 있어."

마치다가 나가자 이소가이는 새삼 방 안을 둘러봤다. 책상 위에 책 몇 권이 쌓여 있다. 여전히 이소가이에게는 어려운 말로 가득해 보이는 책이다. 그중 세 권은 주식에 관한 책이었다.

20분쯤 기다리고 있는데 마치다가 편의점 비닐봉투와 쇼핑백을 들고 돌아왔다.

"여기 있으니까 소년원 독방이 생각나더라."

이소가이의 말에 마치다가 쓴웃음을 지었다.

"가끔 꼬마가 찾아오는 걸 제외하면 편안한 환경이지."

"주식 시작했어?"

이소가이가 책상을 향해 턱짓을 했다.

"그냥 심심풀이지. 자, 이걸 끼워." 마치다가 쇼핑백에서 의수를 꺼내며 말했다.

"갑갑하다고 말했을 텐데."

"맥주를 빨대로 마실 셈인가?"

이소가이는 대꾸할 말이 없었다. 맥주의 유혹을 이기지 못하고 마지 못해 오른팔에 의수를 착용했다.

마치다는 뚜껑을 딴 캔 맥주와 담뱃갑에서 꺼낸 담배와 라이터를 이소가이 앞에 늘어놓더니 자신의 캔 맥주를 가지고 침대에 걸터앉았다.

의수로 캔 맥주를 움켜쥔 다음 입에 대고 목구멍으로 넘겼다. 마치다도 맥주를 홀짝이고 있었다.

"술도 마시네?" 이소가이가 물었다.

"최근에… 조금만."

"담배는 안 피우고?"

"세포를 사멸시키는 걸 굳이 입에 대고 싶은 생각은 없다."

"기가 막히게 재미없는 대답이네. 네 뇌세포는 조금은 사멸해야 딱 좋다고. 하나 피워 봐."

이소가이가 책상 위의 담배를 쳐다보며 부추겼다.

"의미 없는 짓은 하지 말자는 주의다."

"건강에 나빠서가 아니라 의미가 없어서 안 하다니. 참 너답다. 설마 아이를 낳을 생각이 없으니까 섹스도 안 하겠다는 건 아니지?"

이소가이의 도발에 마치다가 한숨을 쉬고 일어섰다. 담뱃갑에서 담배를 하나 꺼내더니 입에 물었다.

"나도 줘."

이소가이의 입에 담배를 물리고 라이터로 불을 붙였다. 마치다는 담배를 빨아들이자마자 심하게 콜록거렸다.

"처음에는 다 그래. 금방 익숙해질 거야. 뭐든 경험해 봐야지. 넌 머리는 무서울 정도로 좋은데 경험치는 초등학생이나 마찬가지잖아. 설마 아직도 동정인 건 아니겠지?"

"그런 걸 물으러 일부러 이런 데까지 찾아왔나?" 마치다가 약간 짜증 섞인 목소리로 말했다.

"그냥 시간이나 죽이러 왔지. 하루 종일 시설에서 지내면 심심해서 견딜 수가 없거든. 너도 의수를 만든다는 자기만족에 빠져서 심심풀이로 날 찾아오곤 하잖아. 그 복수 같은 거지."

"공교롭게도 나는 거기에 어울려 줄 만큼 한가하지 않아."

"어떻게 사는지 이야기나 듣고 금방 돌아가 줄게. 대학이라는 거, 재밌어?"

"글쎄⋯."

"동아리 같은 데서 친구도 많이 만들었고?"

"말했잖아. 의미 없는 짓은 하지 말자는 주의라고. 그게 무의미하다는 건 담배를 시험 삼아 피워 보는 것보다 더 명백하지."

"아까워라. 내가 대학생이라면 매일 여자들한테 작업 걸고 다닐 텐데. 신이란 참 불공평하기도 하지. 똑같은 살인자인데 나는 이 꼴이고 넌 대학생이 돼서 즐거운 나날을 보내니 말이야."

"딱히 즐기려고 대학에 들어간 건 아니다."

"그렇겠지."

그 말에 마치다의 눈빛이 뭔가 살피는 눈빛으로 바뀌었다.

"네가 지금 생활에 만족할 리가 없지. 네가 성실히 대학을 다니고, 졸업하고, 회사에 취직하는 모습은 당최 상상이 가지 않아. 범죄 조직의 두뇌로 떠받들어지고 조직 사람까지 죽이며 자극적으로 살아온 네가 이런 궁상맞은 생활에 정착할 리가 없지. 지금의 넌 대학생이라는 가면을 쓰고 있을 뿐이야. 안 그래?"

"하고 싶은 말이 뭐지?"

"너, 무슨 짓을 할 작정이야?"

이소가이의 질문에 마치다가 고개를 갸웃했다.

"이 집 사람을 구워삶아서 어쩌려고 그래?"

"무슨 소리를 하는지 모르겠군." 마치다가 시치미를 뗐다.

"가에데라는 애가 날 찾아왔었어."

"가에데…."

마치다는 놀라서 눈을 휘둥그렇게 떴다.

"정체 모를 객식구에 대해 알아보고 싶었겠지. 널 미행했더라. 의수를 착용했던 공원에서 네가 돌아간 뒤 잠깐 이야기를 나눴어."

역시 눈치채지 못했던 모양이다.

"네가 어떤 인간인지 궁금하다길래 이것저것 알려 줬지. 소년원에서 있었던 일이나 보이스피싱 사기 집단에 있었을 때의 이야기 말이야. 우리 같은 인간한테 관여했다가는 괜히 좋은 꼴 못 본다고 충고해 줬는데 그런데도 네가 신경 쓰이나 보더라. 그런 꼬마를 어떻게 꾀었는지는 몰라도."

"그래서…."

"사흘 전에 또 날 찾아왔어. 듣기로는 거액의 빚 때문에 공장이 도산

할 지경이라던데. 그 빚을 네가 해결하겠다고 했다더라. 혹시 네가 그 돈을 마련하기 위해 범죄에 발을 들이는 게 아닐까 걱정이 돼서 날 찾아온 거야. 나라면 네가 돈을 어떤 수단으로 마련할지 알 것 같다면서. 그리고 나라면 네가 범죄에 발을 들이는 걸 막을 수 있을 것 같다면서 상담하러 온 거야. 하여튼 야무진 아이라니까."

"그래서 내 속을 떠보려고 찾아온 거군." 마치다가 수수께끼가 풀렸다는 듯이 말했다.

"그래."

"그 녀석이 걱정할 만한 일은 아무것도…."

"안심해. 딱히 널 막으러 온 건 아니니까. 우리에 대해 쥐뿔도 모르면서 가에데는 우리가 남을 위해 뭔가를 할 만한 인간인 줄 착각하고 있더라. 너나 나나 그런 인간은 아닌데 말이야. 대체 뭘 노리는 거야?"

"노리고 말고 할 것도 없어. 공장을 일으켜 세울 뿐이다."

마치다는 좀처럼 인정하지 않았다.

"시치미 떼지 마. 가에데와 아까 그 아주머니를 구워삶아서 공장을 가로챌 셈이잖아. 대체 뭘 하려는 거야? 하긴, 너라면 돈이 될 만한 거리를 쥐고 있겠지."

"그야말로 네 착각이다." 마치다가 고개를 가로저었다.

"가에데나 이 집 사람한테는 말 안 할 테니 나도 네 계획에 한몫 끼워 줘."

"그런 쓸데없는 소리 하려면 돌아가."

마치다가 일어나서 문을 열었다.

"더 이상은 한계라고!"

이소가이가 소리치자 마치다가 뒤를 돌았다.

"시설에 갇혀 있기도 이제 지긋지긋해! 그런데 몸이 이 꼴이라 별도리가 없어. 일도 못하고 사랑하는 여자를 안아 줄 수도 없어. 너와 달리 내 인생에는 어둠밖에 없다고. 매일같이 죽는 생각만 하는데 자살할 용기도 없는 나 자신을 경멸하면서, 그때 날 죽게 내버려 두지 않은 널 원망하면서 살아갈 수밖에 없다고."

이소가이는 사고를 당한 뒤 쌓아 온 감정이 폭발했다.

퇴원해서 집으로 돌아갔지만 어머니와 어머니의 재혼 상대, 그 아이까지 꺼림칙한 것이라도 보는 눈빛으로 자신을 대했다. 그리고 곧바로 시설에 맡겨졌다. 아니, 버려졌다.

길을 걸으면 지나가는 거의 모든 사람들이 호기심 가득한 눈으로 이소가이를 쳐다본다.

그놈들을 패 주고 싶은데 그조차 불가능하다. 그놈들을 자신의 두 손으로 패서 납죽 엎드리게 할 수 없다면 돈의 힘으로 굴복시킬 수밖에 없다. 그걸 가능하게 할 만한 사람은 이제 마치다밖에 없다. 아무리 가증스러운 상대라도 이제 마치다밖에 의지할 사람이 없다.

"솔직히 나는 널 증오하고 있어. 이런 불공평한 짓을 저지른 신 다음으로 널 증오해. 하지만 지금의 나는 내가 증오하는 놈한테 매달릴 수밖에 달리 방법이 없어. 네가 말했잖아. 언젠가 나하고 함께 일할 거리를 생각해 보겠다고. 너의 그 머리를 쓰면 어둠의 세계에서 돈을 얼마든지 벌 수 있잖아. 이런 나라도 무엇 하나 부족함 없이 평생을 살 만한 돈을 손에 넣을 수 있잖아."

"돌아가."

마치다의 말에 숙이고 있던 고개를 들었다. 불쌍히 쳐다보는 마치다의 눈을 보고 가슴속에서 격렬한 증오심이 치밀어 올랐다.

"그런 거야…? 독차지할 셈이구나. 하긴, 미노루나 내 몫까지 실컷 행복해져야겠네. 이 방해물 좀 빼 줘."

의수를 빼러 마치다가 가까이 왔을 때 얼굴을 향해 침을 뱉어 줬다. 마치다는 얼굴에 묻은 침을 닦지도 않은 채 이소가이의 의수를 빼서 침대에 내던졌다.

"언젠가 나처럼 너한테도 응보가 있기를 기대할게." 이소가이가 내뱉듯이 말했다.

"안타깝지만 당분간 그럴 일은 없을 거다."

마치다가 고개를 가로저으며 말했다. 이소가이는 그런 마치다를 매섭게 노려봤다.

"지금부터 내 행복을 찾기로 했거든."

마치다가 이소가이를 응시하면서 말했다.

21

휴대폰 수신음이 울려서 다메이 준은 컵라면으로 향하던 젓가락을 멈췄다. 밤 12시 조금 전이었다.

이런 시간에 도대체 누굴까.

어쩌면 나쓰카와 쇼코일지 모른다고 기대했지만 수신 화면을 보니 공중전화에서 걸려 온 전화였다.

"여보세요…."

다메이는 경계하면서 전화를 받았다.

"다메이 준인가?" 퉁명스러운 남자의 목소리가 들렸다.

"맞는데."

"마치다다."

이름을 들어도 바로 상대의 얼굴이 떠오르지 않았다. 그러나 생각하는 동안 심장이 빨리 뛰기 시작했다.

"마치다라면… 이공학부 마치다 히로시 말인가?"

"그래."

설마 마치다가 전화를 걸어 올 줄은 꿈에도 몰랐다.

"무슨 용건인데?" 할 말이 떠오르지 않아 우선 그렇게 대꾸했다.

"그 합성수지를 발명했다는 선배…."

"시게무라 선배?"

"그 사람을 데리고 내일 우리 집에 와 줘."

마치다의 말에 의문이 생겼다. 마치다에게 합성수지를 보여 줬을 때는 전혀 관심을 보이지 않았기 때문이다. 도대체 무슨 속셈일까.

"아니… 갑자기 그러면 어떡해? 시게무라 선배도 스케줄이라는 게 있잖아."

"그렇군. 내일이 안 되면 다른 날이라도 상관없어. 어쨌든 최대한 빨리 데려와 줘."

그 말만 남기고 전화가 끊겼다.

"여보세요… 여보세요…!"

저 할 말만 하고 전화를 딸깍 끊어 버렸다.

다메이는 어안이 벙벙해서 애꿎은 휴대폰만 쳐다봤다.

"늦어서 미안."

오기쿠보 역 앞에서 기다리고 있자 쇼코가 나타났다.

"갑자기 불러내서 미안해. 아르바이트 쉬고 온 거야?"

다메이가 묻자 쇼코는 "꾀병을 부렸으니 괜찮아" 하고 고개를 끄덕였다.

오늘 아침 쇼코에게 전화를 걸어 마치다에게 전화가 왔다는 이야기를 했다. 실은 어젯밤에 연락하고 싶었지만 밤 12시가 다 된 시각이라 참아야 했다.

다메이는 처음에 마치다의 이야기를 해야 할지 망설였다. 쇼코와 마치다를 만나게 하고 싶지 않았기 때문이다. 그러나 다메이 혼자 시게무라를 찾아가서 얌전히 데려올 자신이 없었다.

"괜히 무리할 필요 없었는데. 다른 날로 잡아도 상관없거든."

다메이는 상점가를 걸어가며 옆에 있는 쇼코를 쳐다봤다.

마치다의 이야기를 하자 쇼코는 낮에 아르바이트가 있지만 그걸 쉬고 시게무라의 집에 같이 가겠다고 말했다.

"마치다 씨가 그런 전화를 했다고 하니까 가만히 있을 수가 없더라. 도대체 어떻게 된 일일까? 혹시 우리 창업 이야기에 관심이 생겼나?" 쇼코가 눈을 반짝이며 말했다.

"너무 기대하지 않는 게 좋아. 단순한 변덕일지도 모르잖아."

"어쨌든 시게무라 선배를 무조건 데리고 나와야겠어."

"시게무라 선배한테는 아직 연락하지 않은 거야?"

"아까 전화해 봤는데 안 받더라. 집에 있어야 할 텐데…."

시게무라의 집에 도착해서 문을 열었다. 한숨을 삼키고 안으로 들어가자 요란한 경보음이 울렸다. 어느덧 그 소리에도 적응이 되어 잠시 기다리고 있자니 시게무라가 쓰레기 더미 속에서 험악한 표정으로 뛰쳐나왔다.

"아아, 나쓰카와구나."

쇼코를 보더니 금세 온화한 표정으로 바뀌었다. 다메이도 분명히 눈에 보일 터인데 공기만큼도 관심이 없는 듯했다.

"갑자기 찾아와서 죄송해요. 시게무라 선배한테 꼬옥 부탁드릴 일이 있어서…." 쇼코가 은근히 애교 띤 미소를 보이면서 말했다.

"부탁이라니… 뭔데?"

"오늘 혹시 다른 스케줄이 있나요?"

"여전히 연구하느라 바쁘거든. 그래도 나쓰카와의 간절한 부탁이라면 시간을 조금 할애해 주지. 자, 들어와."

"시게무라 선배가 만나 주셨으면 하는 사람이 있거든요. 지금 같이 오모리로 가 주시면 안 될까요?"

"만나 줬으면 하는 사람… 대체 누군데?" 시게무라가 의아해하며 물었다.

"이공학부의 마치다 히로시라는 사람이에요."

그 이름을 듣고 시게무라가 잔뜩 불쾌한 표정을 지었다.

"마치다 씨를 아세요?" 쇼코가 물었다.

"소문은 들었지. 교수들이 천재라고 수선을 떠는 모양인데…."

"맞아요. 그 사람이에요."

"아무래도 수상쩍어서 말이야. 천재인 척하는 건 그리 어렵지 않은데 진짜 천재는 결코 흔하지 않은 법이거든. 내 재능조차 이해 못하는 교수들이 하는 말이니 믿을 수가 있어야지. 그자의 천재 흉내래 봤자 뻔하지 뭐."

그동안 몇 번 안 만났지만 처음으로 시게무라와 의견이 일치했다.

"다카가키 교수님은 시게무라 선배의 재능을 높이 평가하고 계시던데요. 그 합성수지를 보여 드렸더니 정말 굉장하다며 감탄하셨어요. 선배를 꼭 연구실로 초청하고 싶다면서요."

그 말에 시게무라가 "당연하지" 하고 말했다. 언짢았던 마음이 조금 풀린 듯했다.

"우리 대학에서는 그나마 보는 눈이 있는 교수로군."

"그 다카가키 교수님이 마치다 씨도 높이 평가하셨거든요. 시게무라 선배 정도의 천재는 물론 아니라고 생각하지만, 조금은 흥미가 생기시지 않나요?"

쇼코가 시게무라의 자존심을 은근히 자극하면서 마치다의 이야기로 끌고 나갔다.

"그런데 왜 내가 바쁜 시간을 쪼개서 그자를 만나야 하는데?"

"그 합성수지를 마치다 씨한테도 보여 줬거든요."

쇼코의 말에 다시 시게무라의 표정이 험악하게 변했다.

"허락도 없이 그런 일을 벌여서 정말 죄송하게 생각해요. 그런데 저와 다메이 군은 그 합성수지에 온 마음을 빼앗기고 말았거든요. 그렇지?"

쇼코가 다메이를 쳐다보며 동의를 구하기에 고개를 끄덕였다.

"그 훌륭한 합성수지를 활용해서 세상에 도움이 되는 뭔가 굉장한 일을 할 수 없을까, 시게무라 선배가 안심하고 연구에 전념할 수 있는 환경을 만들 수 없을까 싶어 다카가키 교수님께 의논을 드린 거예요. 이제 더 이상 다메이 군만의 꿈이 아니에요. 저도 시게무라 선배의 위대한 발명품에 심취하게 되었답니다."

"하긴, 나쓰카와가 나한테 홀딱 빠진 걸 모르는 건 아니지만… 그거하고 합성수지를 마치다에게 보여 준 것은 무슨 상관이 있지?"

다메이는 '나한테'가 아니라 정확히 '내 발명품에'라고 마음속으로 지적했다.

"다카가키 교수님의 소개로 마치다 씨를 만났거든요. 그래서 그 합성수지를 보여 줬더니 굉장한 물건이라며 전율하더라고요."

전율은커녕 마치다는 전혀 관심이 없다는 듯 내던졌지만.

"사실은 아닐지언정 마치다 씨도 일단 천재 소리를 듣는 사람이에요. 다만 시게무라 선배의 발명품을 목격하고 뛰는 놈 위에 나는 놈이 있다는 걸 알게 되면서 감탄했나 보더라고요. 천재를 알아보는 것은 역시 천재이지 않겠어요? 그래서 자기보다 굉장한 분을 꼭 직접 만나고 싶다는 생각에서 시게무라 선배와 친분이 있는 저희한테 부탁한 거라 생각해요."

"그럼 그가 날 만나러 오는 게 도리가 아닌가?" 시게무라가 안경을 들어 올리며 물었다.

"중요한 손님으로 깍듯하게 대접하려는 생각일지도 몰라요."

쇼코의 말에 시게무라는 잠시 생각에 잠겼다.

"하는 수 없지. 그렇게까지 말한다면 행차해 줘야겠군."

"고맙습니다!"쇼코가 뛸 듯이 기뻐했다.

"그쪽에서 날 깍듯이 대접하겠다면 이쪽도 차림새를 갖추고 방문하지 않으면 실례겠군. 옷을 갈아입고 나올 테니 조금만 기다리고 있어."

시게무라가 집 안으로 들어가자 쇼코가 다메이를 향해 성공했다는 표정을 지었다.

"나쓰카와는 협상의 천재구나. 그런데 그 녀석은 깍듯이 대접하겠다는 마음 따위는 없을 것 같은데…."

"그건 그때 가서 생각하면 되지. 아무튼 두 사람을 만나게 하는 게 우선이니까. 엄청난 화학반응이 일어날지도 몰라."

쇼코가 기대돼 죽겠다는 듯이 활짝 웃었다.

그러나 다메이는 두 사람을 대면시켰을 때의 화학반응이 과연 어떻게 나올지 불안하기 짝이 없었다.

"나쓰카와는 강의 없는 날에는 뭐 하면서 보내?"

시게무라가 옆자리의 쇼코에게 물었다.

"친구하고 놀러 가거나 아르바이트를 해요."쇼코가 대답했다.

"아르바이트? 무슨 일을 하는데?"

"패밀리 레스토랑이요. '조니스'라는 곳인데요."

"모르겠네."

시게무라는 자기가 먼저 물었으면서 인정머리 없이 대답했다.

"꽤 유명한 체인점이에요. 여자 유니폼이 아주 예쁘고요."

"아, 정말?" 시게무라가 혹해서 물었다.

"게다가 패밀리 레스토랑 중에서도 맛있다고 소문이 자자한데 특히 데친 야채 카레가 추천 메뉴예요. 다음에 꼭 드셔 보세요."

카레라는 소리에 다메이의 몸이 예민하게 반응했다.

얼마 전 시게무라에게 대접받은 카레 비슷한 음식의 맛과 냄새를 떠올리는 바람에 위 속에서 불쾌한 것이 올라올 뻔했다.

"나는 외식은 일절 하지 않기로 했거든. 음식에 뭐가 들었을지 모르니까."

다메이는 적어도 지난번 그 음식보다 더 수상한 것은 들어 있을 리 없다고 마음속으로 지적했다.

"조니스는 식품첨가물을 사용하지 않은 식재료로만 조리해서 안심할 수 있어요." 쇼코가 밝은 말투로 덧붙였다.

"나쓰카와가 그렇게까지 말한다면 조만간 가 보도록 할게. 가게는 어디에 있어?"

"가장 유명한 페밀리 레스토랑이라 어디에든 있습니다."

다메이가 말하는데도 시게무라는 눈길조차 주지 않았다.

시나가와 역에서 게이힌토호쿠 선 열차에 올라타 시게무라를 가운데 두고 앉아 있는데 내내 이런 상태다. 시게무라는 다메이를 없는 사람 취급했다.

"나쓰카와가 일하는 가게는 어딘데?"

다메이가 있는데도 아랑곳하지 않고 시게무라가 말을 이었다.

"오다큐 선의 세타가야다이타 역 근처인데요, 환상(環狀) 7호선을 따라가면 나와요."

"그럼 짬이 생기면 가 볼까? 참고로 나쓰카와가 일하는 시간도 알려 줘."

"다음 달 근무 시간표가 정해지면 연락드릴게요."

"그 아르바이트는 얼마나 받아?" 시게무라가 물었다.

"시급은 천 엔이에요."

"한 시간 일하고 천 엔밖에 못 받는다고?"

시게무라가 호들갑스럽게 놀랐다.

"지금의 일본 경제는 단단히 잘못됐군."

"대학생 아르바이트비는 대체로 다 그래요. 그렇지?" 쇼코가 다메이에게 동의를 구했다.

"맞아요. 제가 하는 편의점 아르바이트는 시급 850엔인데요."

시게무라가 귀찮다는 듯이 다메이를 쳐다봤다.

"하긴, 네 경우는 그쯤일 테지. 그런데도 너무 과하게 지급하는 것 같아 점주의 자질이 의심스럽지만…."

그렇게 말하더니 냉큼 쇼코 쪽으로 시선을 되돌렸다.

뭐라고 지껄이는 거야.

"나쓰카와처럼 우수한 인재가 그렇게 낮은 시급으로 부려지다니. 내 곁에서 비서로 일하면 그 갑절은 지급해 줄 텐데."

그런 데서 비서라니, 대체 뭘 시키려고.

그런 말을 들었으니 필시 당황하고 있으리라 생각했는데 시게무라의 머리 때문에 쇼코가 어떤 표정을 하고 있는지 보이지 않았다.

"비서라니 왠지 어감이 좋은데요."

쇼코의 장난스러운 말투에 다메이는 한숨을 쉬고 싶어졌다.

가끔은 쇼코라는 여자를 알다가도 모르겠다.

"이번 역은 오모리 —— 오모리 ——."

열차의 안내 방송이 흘러나왔다. 허탈해진 다메이는 "내립니다" 하고 말하고 자리에서 일어났다.

"마치다 —— 마치다 ——."

다메이가 2층 문을 두드리며 불렀지만 안에서는 대답이 없었다. 하는 수 없이 계단 아래 쇼코와 시게무라에게 되돌아갔다.

"없어?"

쇼코의 물음에 다메이는 고개를 끄덕였다.

"없다니 대체 어떻게 된 일이야!" 시게무라가 발칵 성을 냈다.

예상대로의 반응에 다메이는 큰일 났다 싶어 머리를 긁적였다.

오모리 역에서 여기로 오는 동안 시게무라의 불평은 끊일 줄을 몰랐다. 바쁜 시간을 쪼개서 오모리까지 왔건만 역으로 손님을 마중하는 차량조차 보내오지 않다니 이게 무슨 경우냐면서. 쇼코가 까다로운 손님을 접대하는 주인장 역을 충실히 해낸 덕에 그럭저럭 여기까지 데려왔지만.

"어쩌면 공장에 있을지도 모르겠어."

"공장?"

쇼코의 말에 시게무라가 물었다.

"네. 마치다 씨는 신세지고 있는 분의 공장을 돕고 있거든요."

"또 걸어? 난 직사광선에 노출되는 게 제일 싫은데." 시게무라가 넌덜 머리를 내며 말했다.

"요 근처예요."

그때 1층 문이 열리더니 소녀가 얼굴을 내밀었다. 지난번 왔을 때 다 메이와 쇼코에게 주스를 내 준 가에데라는 소녀였다. 바깥이 소란스러 워서 나와 본 듯했다. 가에데는 딱히 알은척을 하지도 않고 현관 안에서 자신들을 의아하게 바라보고 있었다.

"안녕."

쇼코가 웃는 얼굴로 인사하자 가에데가 "안녕하세요…" 하고 어색하 게 답했다.

"마치다 씨를 만나러 왔는데 부재중인가 봐요… 공장에 있을까요?"

"아마도…." 가에데가 경계심 어린 표정으로 작게 끄덕였다.

"고마워요. 소란스럽게 해서 미안해요."

쇼코가 웃는 얼굴로 가볍게 인사하더니 다메이와 시게무라를 재촉해 공장 쪽으로 발걸음을 옮겼다.

"저기 ―."

부르는 소리에 뒤를 돌아보니 가에데가 눈앞에 서 있었다.

"그 사람…." 자신들을 빤히 쳐다보던 가에데가 거기서 말을 끊었다.

"마치다 씨 말이니?"

말하기를 주저하고 있는 가에데에게 쇼코가 상냥하게 물었다.

"그 사람은 원래 사람 사귀는 데 젬병이니까… 아무리 찾아와도 소용

없을 거예요." 가에데가 내치듯이 말했다.

"오늘은 마치다 씨가 먼저 와 달라고 해서 왔어."

쇼코의 대답에 가에데가 놀라서 눈을 동그랗게 떴다.

"그래요…? 웬만하면 그 녀석한테는 관여하지 않는 편이 좋을 거예요."

마지막 말은 들릴 듯 말 듯 가냘픈 목소리였다. 가에데는 곧바로 등을 돌려 집으로 갔다.

"무슨 뜻일까."

쇼코는 웃으면서 고개를 갸웃거릴 뿐 별로 개의치 않는 모습으로 걷기 시작했다.

"글쎄…."

다메이는 일단 그렇게 대답했다. 쇼코를 향한 가에데의 험악한 눈빛에서 그녀의 여심 같은 것이 설핏 느껴졌다. 아마도 가에데는 마치다에게 호감을 품고 있어서 그 앞에 나타난 예쁜 여성의 존재에 질투 같은 감정을 느낀 것은 아닐까.

사춘기 소녀의 태도는 자신처럼 둔감한 남자가 봐도 절로 미소가 나올 만큼 훤히 보인다.

과연 쇼코는 그 마음을 눈치챘을까, 아닐까….

흘끗 보니 가에데가 한 말은 까맣게 잊었다는 듯이 시게무라와 즐겁게 이야기하고 있었다. 제 또래의 정교하고 복잡한 여심은 지금의 다메이에게는 알 도리가 없었다.

잠시 왔던 길을 되돌아가니 '마에하라 제작소'의 간판이 보였다. 전에 왔을 때는 셔터가 죄다 열려 있어서 공장 내부가 보였지만 지금은 하나만 반쯤 열려 있다. 다메이는 우선 셔터를 두드리고 안을 살펴봤다. 공장 안에는 희미한 불빛이 흘러나오고 있었다. 언뜻 봤을 때 아무도 없는 듯했지만 안쪽에서 기계음이 새어 나왔다.

"실례합니다. 다메이라고 합니다만, 아무도 안 계십니까?"

안쪽으로 소리 내어 부르자 기계음이 그쳤다.

"안으로 들어와." 마치다의 목소리가 들렸다.

다메이는 밖에서 기다리고 있는 쇼코와 시게무라에게 고개를 끄덕여 보이고 셔터 밑을 지나 공장에 들어갔다. 뒤에서 쇼코와 시게무라가 따라왔다.

공장 내부에 다시 기계음이 울렸다. 잠시 그 자리에서 기다렸는데도 마치다는 좀처럼 나타나지 않았다. 시게무라가 짜증스러운 표정을 보였다.

"이봐. 시게무라 선배가 오셨어." 다메이가 안쪽을 향해 소리쳤다.

"일손을 뗄 수가 없으니 거기에 적당히 앉아서 기다려 줘."

"적당히…?"

마치다의 말에 시게무라가 대놓고 역정을 냈다.

"자자, 급한 일을 하는 중일지도 모르잖아요."

쇼코가 시게무라를 달래고 곁에 있던 먼지투성이 파이프 의자를 권했다. 시게무라가 못마땅한 얼굴로 의자에 털썩 앉았다. 자신을 깍듯이 대접하는 줄 알았던 마치다의 태도에 화를 내는 것이겠지만, 여기 놓여 있는 다양한 기계에 흥미를 느꼈는지 사방을 구석구석 살피고 있다.

잠시 후 기계음이 멎고 안쪽에서 마치다가 모습을 드러냈다. 티셔츠에 청바지 차림으로 한 손에 무슨 기구 같은 것을 들고 있다.

저게 뭐지.

다메이는 마치다가 들고 있는 것을 응시했지만 여기서는 잘 보이지 않았다.

"기다리게 했군."

마치다가 멈춰 서서 목장갑으로 이마의 땀을 닦았다.

"한참 기다렸지. 사람을 이런 데까지 불러 놓고 참 대단한 대접이네."

시게무라가 밉살스럽게 내뱉었다.

"그 이상야릇한 합성수지를 만든 게 당신인가?" 마치다가 물었다.

"이상야릇하다니… 무례하다! 나를 꼭 만나고 싶다길래 일부러 여기까지 와 줬더니."

시게무라가 의자를 박차고 일어섰다. 마치다의 말에 화가 머리끝까지 치민 듯했다.

"멍청한 교수들한테 천재라고 떠받들어져서 눈에 뵈는 게 없는 모양인데 나와 대등하게 이야기하려면 백만 년은 걸린다고. 당장 돌아가겠다!"

다메이는 어쩌면 좋으냐고 쇼코에게 눈짓을 했다. 그러나 과연 쇼코도 할 말을 찾지 못한 듯했다.

"아, 기다려 줘."

마치다가 가볍게 웃으면서 벌써 나갈 참인 시게무라를 멈춰 세웠다.

"당신 소문은 익히 들어서 알고 있다. 이상야릇한 것만 발명해서 학교 내에서는 괴짜 시게무라로 불리고 있지."

다메이는 머리를 싸쥘 지경이었다. 고작 싸움이나 걸자고 시게무라를 여기까지 오게 한 걸까.

"그렇게 부르고 싶은 놈은 멋대로 부르라지. 아무것도 모르는 무지하고 어리석은 놈들 같으니라고."

"동감이다."

마치다의 말이 뜻밖이었는지 시게무라의 표정에 변화가 일었다.

"이상야릇하다는 것은 내 기준에서 최상급 칭찬이다. 내 예상을 넘은 것은 이상야릇해 보이지. 용케 그런 걸 생각해 내고 실제로 만들기까지 하다니. 틀림없는 괴짜로군."

"괴짜?"

기분이 약간 좋아졌던 시게무라가 괴짜라는 말에 다시 험악한 표정을 지었다.

"굉장한 사람이라는 뜻이죠?"

빈틈을 주지 않고 지원에 나선 쇼코에게 마치다가 눈길을 주었다.

"너도 있었나?" 방금 알아봤다는 듯이 마치다가 말했다.

쇼코가 얼굴을 살짝 숙였다. 마치다의 말에 상처를 입은 걸까. 처음 보는 쇼코의 섭섭한 표정이 마음에 걸렸다.

"뭐, 그렇지… 나한테는 그런 뜻이다."

마치다는 그런 쇼코를 개의치 않고 바로 시게무라에게 시선을 되돌렸다.

"대학에 들어오기 전에 초등학교 국어 공부부터 다시 해야 할 것 같은데." 시게무라가 코웃음을 쳤다.

"그럴지도 모르지. 공교롭게도 학교에는 가지 못했으니."

학교에 가지 못했다니 무슨 뜻일까. 몸이 아파서 학교에 다니지 못했다는 걸까. 아니면 등교 거부였다는 걸까.

"그래서, 이런 이상야릇한 걸 만든 괴짜의 얼굴이 보고 싶어서 부른 거야?" 시게무라가 빈정거리면서 말했다.

"만약 거기 선전원이 한 말이 사실이라면 확실히 그 합성수지는 굉장한 물건이다. 한데 그 시트만 가지고는 판단할 수 없어. 실용성이 얼마나 될지 모르니까. 그래서 당신에게 직접 이야기를 듣고 싶었던 거다."

"이런 녀석을 고용한 기억은 없는데."

시게무라가 다메이를 흘끗 보고 짐스럽다는 듯 말했다.

"이 남자가 무슨 말을 했는지는 몰라도 그 합성수지는 지금까지 없었던 획기적인 거야. 형태와 강도를 자유자재로 바꿀 수 있고 피부에 붙이면 쉽게 떨어지지 않는 흡착성과, 땀 때문에 짓무르지 않는 투습성을 겸비했거든."

"가령…." 마치다가 시게무라에게 다가가더니 손에 들고 있던 기구를 내밀었다.

가까이서 보니 그것이 의수임을 알 수 있었다.

"그 합성수지를 이 의수에 씌울 수도 있나?" 마치다가 물었다.

"가능하지. 지금 연구실에서는 그렇게 큰 것은 가공하지 못하는데 설비만 있으면 사람이 통째로 들어가는 인형 탈을 만들 수도 있지."

"외관과 감촉도 진짜와 구별이 가지 않도록 가공하는 것은?"

"진짜와 구별이 가지 않도록이라, 그건 무리한 주문이야. 어차피 인공적인 거니까. 음식점에 놓인 정교하게 만들어진 음식 모형도 먹는 건 불가능하잖아. 다만 이 정도 떨어진 데서 봤을 때 한없이 진짜처럼 보이게 하는 건 가능하지."

그렇게 말하고는 시게무라가 마치다를 향해 오른손을 들어 보였다.

마치다는 영문을 모르겠다는 듯이 시게무라의 오른손을 보고만 있었다.

"악수해 보는 게 어때?"

다메이가 제안하자 마치다는 의아한 표정을 지었다.

"왜지?"

"우정의 증표로."

"이런 건방진 녀석은 친구 삼고 싶지 않은데."

시게무라가 그렇게 말하면서 악수를 해 보라며 오른손을 내밀었다. 마치다는 마지못해 목장갑을 벗고 시게무라의 손을 쥐었다.

"그래서…?"

손을 뗀 마치다가 물었다. 시게무라가 입가를 일그러뜨리며 여전히 내밀고 있던 오른손에서 손가락 세 개를 뽑았다. 그 순간 마치다가 흠칫하면서 뒤로 살짝 물러났다. 늘 얄미울 정도로 감정을 드러내지 않던 마치다도 이번에는 과연 놀란 듯했다.

"합성수지로 만든 의지다. 몰랐나 보네?"

어안이 벙벙해진 마치다가 고개를 가로저었다.

"잘 봐."

시게무라가 마치다의 손바닥에 의지 세 개를 올려놓더니 대신 의수를 받아 들었다.

마치다는 의지를 집어 올리더니 뚫어지게 쳐다봤다. 그리고 다메이가 한 것처럼 감촉을 확인했다. 시게무라도 마치다의 의수가 어떤 구조로 되어 있는지 관심을 가지고 살펴봤다.

"이걸 네가 만들었어?" 시게무라가 마치다를 보며 물었다.

"그래."

"이런 걸 뭣 때문에?"

"지인이 양손을 잃었거든."

"그래서 외관도 진짜 같은 의수를 만들고 싶다는 건가. 꽤 소중한 지인인가 보네."

"딱히 그렇지는 않아. 그냥 심심풀이다."

"심심풀이로 이런 걸 직접 만들다니 어지간히 별난 녀석이거나 그야말로 괴짜네."

"그럴지도. 아무리 개량을 거듭해도 만족하지 않으니 오기가 생긴 걸지도 모르지만."

"만족하지 않는다고? 아마추어치고는 상당히 잘 만들었는데."

"착용하는 쪽이 갑갑하다고 말하더군."

"이 착용 부분이 특히 난관이지. 의수의 무게가 팔꿈치에만 집중돼서 상당한 부담이 느껴지거든. 게다가 착용했을 때 피부의 위화감도 있고. 장시간 착용하면 땀이 차서 가려워질 거야. 나라면 그 합성수지를 시트 상태로 해서 어깨와 팔을 뒤덮듯이 착용시킬 텐데. 그렇게 하면 의수의 무게를 분산할 수 있잖아."

"의수의 동작도 아직 매끄럽지 못하다."

"근전의수인가." 시게무라의 입가에 어느새 미소가 번져 있었다.

"그래."

"저기 근전의수가…."

다메이가 무심코 묻자 시게무라가 쳐다봤다.

"근육이 수축할 때 발생하는 표면 근전위를 이용해서 움직이는 의수야."

"네에…." 설명을 들어도 무슨 소린지 알아들을 수가 없었다.

"하긴, 네가 알아들을 리 없지."

다메이에게는 별 볼 일 없다는 듯 시게무라가 마치다에게 시선을 되돌리고 이야기를 이어 갔다. 다메이와 쇼코를 마치 없는 사람 취급하며 무슨 소리인지 도통 모르겠는 이야기를 둘이서 하고 있다.

"완전히 따돌림 당하는 것 같네…." 다메이가 쇼코 쪽으로 몸을 틀면서 투덜거렸다.

"어쨌든 잘됐잖아. 화학반응이 일어났으니."

"그런가…." 다메이가 마치다와 시게무라 쪽으로 시선을 던졌다.

표면 근전위인지 뭔지에 관한 이야기는 일단락되었는지 합성수지를 가공하기 위해 필요한 기자재 이야기로 옮겨 간 듯했다.

"그런데 좀 의외였어." 쇼코가 불쑥 중얼거렸다.

"뭐가?"

"마치다 씨… 사람에 대한 정이 있는 사람으로는 안 보였거든."

지인을 위해 의수를 만들었다는 이야기를 하고 있는 것이다.

"본인이 말했잖아. 그냥 심심풀이라고."

"다메이 군은 심심풀이로 그런 게 가능해? 아니, 하려고 생각해?"

자신을 빤히 보는 쇼코의 눈빛에 아무 말도 할 수 없었다.

"돈이 천만 엔쯤 있으면 기자재를 어느 정도 갖출 수 있군."

마치다의 목소리에 다메이와 쇼코는 동시에 그쪽을 쳐다봤다.

"이 의수를 감쌀 정도의 가공은 가능하지."

시게무라가 마치다에게 의수를 돌려주면서 말했다. 마치다는 의수를 보면서 뭔가 골똘히 생각하는 듯했다. 이윽고 마치다가 천천히 다메이 쪽으로 걸어왔다.

"회사놀이에 어울려 주지."

"뭐?"

마치다가 무슨 소리를 하는지 얼른 이해가 가지 않았다.

"어머! 창업에 협조하겠다는 건가요?" 다메이보다 쇼코가 먼저 뛸 듯이 반응했다.

"단 세 가지 조건이 있다."

마치다가 손가락 세 개를 세웠다.

"뭐야… 조건이라니." 다메이가 물었다.

"하나는 여기를 사용해야 한다."

"여기라니 무슨…." 다메이는 영문을 몰라 공장 내부를 훑어보면서 물었다.

"당분간 이 공장의 절반을 전세 낼 거다. 그리고 회사는 내가 사는 2층에 차리겠다. 빈방이야 얼마든지 있거든."

"여기 사장님이 허락해 주실까요?" 쇼코가 걱정하며 물었다.

"괜찮겠지. 어차피 거의 사용하지 않는 상태이니."

"좋은 생각인 것 같아요. 사무실과 공장을 찾는 것도 꽤 힘드니까요."

"그 대신 계약할 때 1년치 사용료를 한꺼번에 지불했으면 한다."

"다른 조건은?"

다메이는 갑작스러운 전개에 주저하면서도 이야기를 진행했다.

"최대한 빨리 회사를 세운다." 마치다가 말했다.

"최대한 빨리라니…."

"한 달의 시간을 주지."

"그런…."

한 달 안에 회사를 세우다니 너무 무모하지 않은가.

"회사라면… 시게무라 선배의 합성수지로 상품을 만드는 회사를 세운다는 거잖아."

"달리 뭐가 있지?"

자네들 힘으로 회사를 창업하는 것은 몹시 어려울 거라——.

다카가키 교수가 한 말이 생각났다.

"그럼 시간을 들여서 더 철저히 준비해야…." 다메이가 머뭇거리며 말했다.

"안 돼. 하려면 지금밖에 없어."

"어째서?"

"워낙 싫증을 잘 내는 성격이거든. 지금 하지 않겠다면 나도 협조하지 않겠어."

"아무리 그래도 한 달이라니… 어떻게…."

"괜찮다. 창업하는 데 필요한 번거로운 수속은 전부 내가 처리할 테니."

"그럼 자본금은 어떻게 할 거지? 아까 시게무라 선배하고 하는 말 들었어. 합성수지를 가공하는 설비에 천만 엔이나 든다며. 그리고 여기

1년치 사용료를 한꺼번에 내야 하는 거면 도대체 돈이 얼마나 필요하다
는 거야…."

"그런 건 어떻게든 되겠지."

마치다가 의미심장한 미소를 머금었다.

"너, 다메이드럭 사장의 아들이라던데. 그 정도 돈은 부모에게 부탁하
면 어떻게든 되겠지."

알고 있었다니. 하지만 자신이 창업한나고 한들 돈을 내주지 않을 것
이다. 아니, 그 전에 이런 일은 절대로 부탁할 수 없다.

"아니…."

아무 말 못하고 주저하고 있는데 마치다가 쇼코와 시게무라에게는
보이지 않도록 "그런 거에 기댈 생각 없다. 돈 걱정은 하지 마" 하고 속
삭였다.

무슨 뜻이냐고 눈짓으로 물었지만 마치다는 아무 일도 없었다는 듯
이 입을 다물었다.

마치다에게 기댈 곳이 있다는 걸까. 하지만 제 또래인 남자에게 그 큰
돈을 마련할 만한 방도가 있을 리 없다.

"넌 여기 사장님을 납득시킬 만한 계획서 같은 걸 만들면 된다." 마치
다가 다메이에게 말했다.

"뭐 잊어버린 거 같은데."

그 목소리에 다메이 일행은 뒤를 돌았다.

"멋대로 이야기를 진행하는 거 같은데 나는 거기에 협조하겠다고 말
한 기억이 없다고." 시게무라가 불만스럽게 말했다.

"그렇군. 이건 당신의 발명품이다. 당신이 참여하지 않으면 아무것도 시작되지 않지." 마치다가 시게무라를 보고 말했다.

"시게무라 선배… 저와 다메이 군, 그리고 마치다 씨도 시게무라 선배의 이 훌륭한 발명품에 마음을 빼앗겼어요. 이 합성수지를 활용해서 뭔가 세상에 도움이 될 만한 일을 할 수 없을까 하고… 시게무라 선배의 발명품은 저희에게 꿈이에요. 제발 같이해 주시면 안 될까요?"

쇼코가 간청하듯 물었다.

"결코 당신한테 해로운 일은 없을 거다. 연구에 필요한 설비와 자금은 모두 이쪽에서 준비하지. 당신 발명품이 없으면 회사를 만들 수조차 없으니 당신이 원하는 조건을 최우선으로 고려하지."

마치다도 거들었지만 다메이가 보기에 시게무라를 설득하는 것은 어려워 보였다.

시게무라에게는 다른 사람은 좀처럼 이해할 수 없는 자신의 발명품에 대한 강한 신념이 있다.

큰 힘에는 큰 책임이 따르는 법이거든——.

얼마 전 다메이가 똑같은 부탁을 하러 갔을 때 알프레드 노벨과 핵에너지, 심지어 스파이더맨 이야기까지 들먹이며 자신의 신념을 주장했다.

"내가 원하는 조건을 수용한다는 건가?"

"가능한 것이라면." 마치다가 가볍게 고개를 끄덕였다.

"내가 원하는 조건은 하나야…."

얼마나 억지를 부릴까 싶어 숨을 멈추고 다음 말을 기다렸다.

"나쓰카와를 비서로 쓰고 싶어."

"뭐?"

그거였어?

다메이가 시계무라를 보고 허탈해했다.

"그 정도야 문제없죠."

다메이의 허탈함은 아랑곳하지 않고 쇼코가 활짝 웃으며 말했다.

"다메이 군, 다행이야."

쇼코가 다메이의 손을 꼭 쥐고 기쁨을 표했다.

"어…."

정말 다행인지는 모르겠지만 어쨌든 지금은 가슴속의 불안을 드러내지 않으려 쇼코에게 미소로 답했다.

쇼코가 뭔가 생각났다는 듯이 다메이의 손을 놓더니 마치다에게 걸어갔다.

"저, 마치다 씨."

쇼코가 부르자 마치다가 시선을 돌렸다.

"아까 말한 창업에 협조하기 위한 조건 말인데요… 세 가지 중 두 가지만 말했잖아요…."

그러고 보니 그랬다.

마치다가 입을 열자 여태껏 웃고만 있던 쇼코의 표정이 순식간에 어두워진 것 같았다.

세 번째 조건은 뭘까. 다메이에게는 들리지 않았다.

마치다는 의수를 들고 공장 안쪽으로 사라졌다.

"세 번째 조건은 뭐였어?" 다메이가 쇼코에게 가서 물었다.

"친구가 되지 않는 거."

다메이를 바라보며 쇼코가 쓸쓸히 대답했다.

22

"이제 밥이나 먹을까."

슈퍼마켓 앞을 지나갈 때 고스기가 아마미야를 쳐다보며 말했다.

아마미야는 멈춰 서서 손목시계를 봤다. 저녁 8시를 넘은 시각이었다. 아침에 주먹밥을 하나 먹은 뒤 아무것도 입에 대지 않았더니 배가 고팠다.

"그럴까요?"

흘끗 유리문에 시선을 던지고 나서 고스기를 따라 슈퍼마켓에 들어갔다. 반찬 코너로 향하자 폐점 시간이 임박해서인지 도시락마다 반값 할인 스티커가 붙어 있었다.

"하루 종일 돌아다녀서 배가 많이 고프겠군. 먹고 싶은 걸로 골라."

고스기는 소고기덮밥 도시락을 집어 바구니에 넣었다.

"네, 고맙습니다…."

아마미야는 판매대에 진열된 도시락을 싹 훑어본 다음 반값 할인 스티커가 붙은 초밥 도시락을 집었다.

"고기가 더 낫지 않나?" 고스기가 바구니에 넣은 초밥을 보고 말했다.

"아니… 배는 고픈데 고기는 좀… 더워서 그런가."

아마미야가 왼손으로 이마의 땀을 닦으며 대답했다.

"허 참… 젊은 사람이 이까짓 더위에 약한 소리나 하고. 그래 가지고 어엿한 노숙자가 될 수나 있겠나?" 고스기가 주위 시선에도 아랑곳하지 않고 큰 소리로 말했다.

"아, 더위에 약해서…."

불볕더위 아래 쉴 새 없이 돌아다닌 것도 물론 고단하지만 더 힘든 것은 고스기 앞에서 계속 오른쪽 반신이 불편한 연기를 해야 한다는 것이다. 적어도 식사할 때만큼은 힘들이지 않으려고 왼손으로도 편하게 집어먹을 수 있는 초밥을 선택했다.

"하긴, 어엿한 노숙자가 되려는 것도 아니니."

껄껄 웃더니 고스기가 반찬 코너를 지나 주류 코너로 갔다.

"도쿄 기타 구 진출을 기념해 건배나 하자고. 맥주면 되나?"

아마미야가 고개를 끄덕이자 고스기가 발포주(맥주보다 맥아 함량이 낮아 더 저렴한 술) 네 캔과 종이팩에 든 사케 두 팩을 바구니에 넣고 계산대로 향했다. 아마미야는 슈퍼마켓에서 나와 자연스럽게 사방을 둘러봤다. 주위 광경을 재빨리 머릿속에 새기는 동안 쓴웃음이 나오려는 것을 가까스로 참았다. 여전히 성가신 파리 떼가 졸졸 따라다니고 있었다.

갓길에 세워진 스쿠터에 올라탄 녀석도, 맞은편 길거리에 서서 휴대폰으로 통화 중인 젊은 남자도, 세 블록 떨어진 편의점 앞에서 애정 행각을 벌이는 커플도 모두 조직 사람일 터였다.

아마미야가 눈치채지 못하도록 수시로 인원을 교체하고 있지만 그런 어설픈 미행으로 진짜 눈치채지 못할 줄 아는 걸까. 얼마나 우습게 봤으면. 아니면 무로이가 그들의 존재를 일부러 눈치채게 해서 아마미야를 견제하고 있을 뿐인가. 뛰어 봤자 벼룩이라고.

"오늘은 어디서 쉴 건가요?"

편의점 앞에서 진하게 커플 연기를 하는 자들을 지날 때 고스기에게 물었다.

"저 앞에 공원이 있지. 몇 달 전에 잠깐 머문 적이 있어. 옛 동료가 남아 있으면 수월할 텐데…."

"스기 씨는 정말 발이 넓군요." 아마미야가 고스기의 얼굴을 살피며 감탄스러워했다.

오자와 미노루를 찾아내기 위해 노숙자가 된 지 한 달 가까이 지났지만 아직도 찾지 못했다. 찾아내기 위한 단서조차 거의 얻지 못하고 있었다. 단서라고는 도미 씨라는 노숙자에게 들은 이야기뿐이다.

도미 씨가 알려 준 마나부의 특징은 미노루와 비슷했다.

그날 이후 고스기와 함께 도미 씨의 판잣집이 있는 아라카와 구와 이웃한 여러 구를 옮겨 다니며 마나부라는 남자를 찾고 있다.

길 안내에는 제격이라고 자신한 고스기의 말대로 어느 지역을 가도 그와 친한 노숙자 동료가 있었다. 고스기와 동행인이라 그런지 다들 아마미야의 이야기에 쉽게 귀를 기울여 주었다. 필시 아마미야 혼자였다면 도움을 받지 못했을 것이다. 그러나 아무도 그 남자를 알지 못했다.

"저기다."

고스기가 가리킨 쪽에 공원이 있었다.

공원에 들어가자 으스름한 가로등에 비친 광장이 펼쳐졌다.

"아무도 없는가?"

고스기가 부르자 불빛이 닿지 않는 공원 끝에서 인기척이 났다. 어둠 속에서 사람 그림자가 나타나더니 느릿느릿 걸어왔다.

가로등 불빛을 받아 남자의 모습이 드러났다. 고스기와 동년배로 보이는 마른 중년 남자였다.

"스기 씨인가…?"

경계심을 늦추지 않고 있던 남자의 표정이 금세 누그러졌다.

"마쓰, 자네로군. 오랜만이야." 고스기가 눈앞의 남자에게 웃어 보였다.

"갑자기 무슨 일인가… 깜짝 놀랐네."

"놀라게 해서 미안하군. 지나던 길에 들렀지. 여기 사식 좀 가져왔네."

고스기가 슈퍼마켓 봉지를 하나 건넸다.

"고맙군."

마쓰라고 불린 남자가 봉지 속에서 종이팩에 든 사케를 확인하더니 흡족해하며 머리를 긁적였다.

"다른 놈들은 잘 지내는가?" 고스기가 공원 가장자리를 둘러보며 물었다.

어둠에 눈이 익숙해지니 공원 가장자리 풀숲에 상자로 만든 집이 몇 개 놓여 있는 것이 보였다.

"아니, 스기 씨가 알던 사람들은 이제 없어. 다 떠나고 새 사람이 들어와서 내가 여기 터줏대감이 되었지 뭔가."

"자네 말고 몇 명이나 더 있나?"

"세 명."

"내가 지내던 무렵의 3분의 1이라. 이 지역은 밥벌이가 고달파서 그런가?"

"그야 어디든 다 마찬가지겠지만… 정착은 권하지 않네. 물론 스기 씨가 돌아와 준다면야 든든할 테지만."

"안타깝게도 우리는 여행 중이거든. 금방 나갈 예정이긴 한데 이삼일쯤 여기 머물러도 되겠나?"

"전혀 상관없지… 그런데 여행 중이라니 어디로 가는데?"

"아들과 함께 정처 없는 여행을 하고 있지. 안 그런가?"

고스기의 시선에 덩달아 마쓰까지 아마미야를 쳐다봤다.

"아들… 스기 씨, 아들이 있었어?"

마쓰가 놀란 눈으로 아마미야를 봤다.

"농담이야. 동료인 신지라고 하네." 고스기가 재미있다는 듯 웃었다.

"처음 뵙겠습니다… 신지입니다…."

아마미야는 어색하게 머리를 살짝 숙였다.

마쓰가 아마미야의 거동을 보고 의아해하는 표정을 지었다.

"몸이 좀 불편한 친구야. 오른쪽 반신이 마비되었거든."

"그거 큰일이군…" 하고 말하는 마쓰의 눈빛에 동정이 깃들었다.

"그래서 스기 씨가 돌봐 주는 건가?"

"딱히 그런 건 아니고 신지는 사람을 찾고 있어. 친구의 친구인 모양인데 노숙자가 되었다는 그 친구를 찾으려고 자기도 이런 생활에 뛰어들었다더군. 그러다 나와 알게 되었지…."

"스기 씨도 사람 찾는 걸 돕고 있다는 거군."

"뭐 그런 셈이지. 이것 좀 봐 주게."

고스기가 주머니에서 사진을 꺼냈다.

"이런 사람을 본 적이 없나?" 사진 한 장을 마쓰에게 건네면서 물었다.

마쓰는 사진이 잘 보이지 않는지 가로등 밑으로 걸어갔다. 고스기가 마쓰에게 가까이 다가갔다. 아마미야도 오른 다리를 끌면서 따라갔다.

"어떤가… 본명은 오자와 미노루라고 하는데."

"오자와 미노루…" 마쓰가 사진을 보면서 중얼거렸다.

"한데 어쩌면 자기 이름을 마나부라고 밝히고 다닐지도 모르네. 나이는 스물서너 살이고… 몸집이 엄청나게 좋은 녀석이야."

"몸집이 좋다니 어느 정도로?"

"키와 몸집이 저와 비슷합니다." 아마미야가 말했다.

"자네만 한 몸집의 사내라면 여기에도 있긴 한데."

마쓰가 상자로 만든 집이 있는 방향을 흘끗 봤다.

"딱 자네 또래일걸. 그런데 미노루도, 마나부도 아니지. 겐이라는 이름이야. 보름쯤 전에 여기로 왔고."

도미 씨가 말한 마나부라는 사내가 없어진 것은 약 삼 주 전이었다.

혹시.

아마미야는 고스기와 얼굴을 마주 봤다.

"지금 있나?" 고스기가 상자 집 쪽을 쳐다봤다.

"아니, 오늘 밤에 먹을 밥을 구하러 나갔어. 그건 신입의 역할이거든."

"이 사진 속 남자는 아니고?"

"이 사진으로는 좀 애매하군. 닮은 것 같기도 하고 아닌 것 같기도 하고… 왜냐하면 자네도 이 사진 속 남자와 분위기가 비슷하지 않은가. 처음에 사진을 봤을 때 자네가 아닌가 싶었을 정도이니." 마쓰가 아마미야를 가리켰다.

그 말대로 아마미야와 미노루는 체격이나 분위기가 닮았다. 그 때문에 소년원에 들어가서 마치다와 접촉하는 임무를 맡은 것이다.

"듣고 보니 정말 그렇군… 머리를 자르고 수염을 깎으면 사진 속 미노루와 비슷한 것 같군."

고스기도 아마미야와 사진을 번갈아 봤다.

"그 겐이라는 자는 어떤 녀석인가?"

"어떠냐니… 착한 녀석이지. 신입이라 내키지 않아도 궂은일을 솔선해서 하거든."

"그 겐이라는 사람이 어린아이처럼 말하고 행동하지는 않습니까?"

"어린아이처럼…?" 마쓰가 아마미야를 보며 고개를 갸우뚱했다.

"우리가 찾는 남자는 지적장애가 있어. 삼 주 전에는 아라카와의 요쓰기바시 다리 근처에서 노숙자로 지냈는데 훌쩍 없어졌다더군."

"행동은 어린아이 같지 않은데. 다만 말은 모르겠군. 말을 하지 않으니."

"말을 안 한다고?"

"귀가 안 들리는 모양이야. 우리도 손짓 발짓을 하거나 필담으로 의사소통을 하고 있거든."

그 말을 듣고 아마미야는 고스기를 쳐다봤다.

"실제로 만나 봐야 알겠지…." 고스기도 판단이 서지 않는 표정이다.

"앗, 호랑이도 제 말 하면 온다더니…."

마쓰의 말에 아마미야와 고스기가 공원 입구를 봤다.

몸집이 큰 사내가 비닐봉지를 들고 걸어오고 있었다. 빡빡머리에 안경을 쓴 사내를 보면서 아마미야는 낙심의 한숨을 삼켰다.

"어떤가?"

고스기의 질문에 아마미야는 고개를 가로저었다.

미노루가 아니다——.

확실히 체격이나 전체적인 분위기가 미노루와 비슷하긴 하다. 그러나 얼굴은 완전히 달랐다. 수중에 있는 흐릿한 사진으로는 판단하기 어려울지 몰라도 몰래카메라로 찍은 미노루의 영상을 수백 시간에 동안 봤던 자신이라면 알 수 있었다.

"수고했어."

마쓰가 말을 걸자 겐이 머리를 꾸벅 숙였다.

"정말 자네와 닮았군." 고스기가 아마미야와 겐을 번갈아 보면서 말했다.

"그런가요?"

"그래. 머리를 빡빡 밀고 수염까지 깎으면 쌍둥이라 해도 믿겠어."

좋지도 아무렇지도 않지만 껄껄 웃는 고스기를 따라 아마미야도 일단 미소를 지었다.

"다른 두 사람하고도 이야기를 좀 나누고 싶은데."

고스기의 말에 마쓰는 고개를 끄덕이고 상자 집 쪽으로 갔다.

잠시 후 두 남자를 데리고 돌아왔다. 나이는 두 사람 다 고스기와 별 차이가 없어 보였다. 두 사람은 귀찮아하는 표정을 짓고 있었다.

"일전에 여기서 생활하던 스기 씨와 동료 신지 군이다. 며칠 같이 지

내게 되었으니 잘 부탁하네. 사식을 받았으니 나중에 다 같이 한잔 걸치
자고."

마쓰가 아마미야와 고스기를 소개했지만 남자들의 반응은 시큰둥했
다. 유일하게 겐이 아마미야를 보면서 미소를 머금고 있다.

"쉬고 있는데 불러서 미안하지만 이것 좀 봐 줬으면 하는데."

고스기가 남자들에게 복사한 사진을 나눠 주고 아까 했던 설명을 되
풀이했다. 두 사람은 별 관심을 보이지 않는 대신 겐이 가져온 봉지 속
을 궁금해했다.

고스기는 사진을 뒤집어 볼펜으로 뭔가를 적은 다음 겐에게도 사진
을 건넸다. 겐이 알겠다고 고개를 끄덕였다.

"이 사진 속 남자를 보거나 소식을 듣게 되면 나한테 연락해 주게. 뒤
에 전화번호를 적어 두었으니. 만약 발견해 주면 사례하지."

"사례라면 ──."

여태껏 듣는 둥 마는 둥 하던 두 남자의 얼굴에 생기가 돌았다.

"발견해 주면 십만 엔을 주지. 유익한 정보만 줘도 수고비 조로 돈을
좀 챙겨 주겠네."

"이자가 무슨 짓을 했길래? 빚이라도 떼어먹고 도망을 갔나?"

남자 한 명이 관심 있게 물었다.

"그게 아니라 이 녀석 친구의 친구다. 어쨌든 잘 부탁하네."

이야기가 끝나자 남자들은 겐이 가져온 봉지에서 도시락과 샌드위치
를 꺼내 흩어졌다.

"저쪽에 남은 골판지 상자가 있으니 그걸 쓰면 돼." 마쓰가 상자 집에

서 조금 떨어진 풀숲을 가리켰다.

"고맙네. 그런데 이 부근의 무료 급식소는 언제 또 열리나?"

"토요일 밤 아카바네 역 근처 중앙공원에서 열린다던데. 동료들에게 다시 확인해 둘게."

마쓰가 수고했다는 듯 겐의 어깨를 두드리고 같이 상자 집 쪽으로 돌아갔다.

"우리도 밥이나 먹지."

남은 상자가 있다는 풀숲을 가리키며 고스기가 걸음을 옮겼다.

고스기가 쌓여 있던 골판지를 풀숲에 깔고 앉았다. 아마미야는 고스기 옆에 앉아 그가 봉지에서 도시락과 맥주를 꺼내는 모습을 지켜봤다. 그가 도시락 뚜껑을 열고 맥주를 따서 아마미야 앞에 두었다. 오른손을 쓰지 못하는 아마미야를 위해 그는 늘 이렇게 해 주었다.

"죄송합니다…."

고스기를 속여 온 것에 죄책감을 느끼며 초밥을 우걱우걱 먹었다.

"너무 낙심 말라니까."

고스기의 목소리에 고개를 들었다.

"열심히 찾고 있으니 언젠가 반드시 찾아낼 거야." 그렇게 말하며 고스기가 작게 한숨을 내쉬었다.

어디까지나 남의 일인데 제 일처럼 속상해하는 모습을 보고 부끄러웠다. 고작 삼 주간 알고 지낸 사이이기는 하나 고스기가 얼마나 좋은 사람인지는 뼈저리게 잘 알고 있다. 입은 험해도 정이 많은 사람이다.

아마미야는 무로이의 지령을 완수하기 위해 그런 고스기를 이용하고 있다. 과거의 자신이었다면 양심의 가책도 느끼지 않았을 것이다. 무로이의 지령이라면 사람을 죽이는 일조차 마다하지 않았다.

그랬는데… 뭘까, 이 기분은.

무로이에 대한 충성심이 현저히 옅어진 탓일까.

무로이는 자신을 신뢰하지 않는다. 그래서 그 많은 조직 사람을 동원해서 감시하는 것이다.

무로이는 이 지령을 완수하면 미카를 조직에서 풀어 주겠다고 했지만 그런 구두 약속을 과연 믿어도 될까. 어쩌면 미노루를 찾아낸 순간 무로이가 자신의 목숨을 빼앗을지도 모른다. 그렇게 되면 같이 다니고 있는 고스기까지 위험해진다.

"그러게요… 하지만 스기 씨는 이제 그만하셔도 됩니다."

"이제 그만해도 된다니 무슨 뜻이지?" 고스기가 불만스럽게 말했다.

"스기 씨 덕분에 지금까지 큰 도움이 되었습니다. 하지만 더 이상 폐를 끼칠 수는 없어요."

"딱히 폐가 될 것도 없었는데. 내가 좋아서 하는 일이니."

"그래도… 이대로 저와 같이 있어도 스기 씨에게 좋을 것은 없잖아요. 도대체 언제까지 미노루를 찾으러 다녀야 할지도 모르겠고 과연 찾아낼 수 있을지도…."

"아까 일은 안타깝지만 사실 조금은 안심이 되더군."

"무슨 뜻인가요?"

"미노루를 찾아내면 내 역할은 끝이다. 그렇게 되면 외로워질 테니까. 자네와 함께 있으면 즐겁거든." 고스기가 쑥스럽게 웃었다.

"아드님을 생각나게 해서 말인가요?"

고스기에게는 아마미야와 동갑인 아들이 있다고 했다. 함께 지낸 삼 주 동안 아마이야를 아들 대하듯 했다.

"그런가… 그 이유도 있을지 모르겠군."

"스기 씨는 왜 노숙자로 지내는 겁니까?" 아마미야는 그동안 이상하게 생각했던 것을 물었다.

고스기가 지금처럼 노숙자로 지내야 하는 이유를 모르겠다.

아마미야와 함께 다니기 시작하고부터 고스기는 전혀 일을 하지 않고 있다. 그런데도 식비나 사진 복사비 등 모든 비용을 고스기가 부담하고 있다. 미노루를 찾아 준 사람에게 십만 엔의 사례금을 지불하겠다고 말한 것도 포함하면 저축해 놓은 돈이 그럭저럭 있을 터였다.

그뿐만이 아니다. 고스기는 인망이 두터워 가는 곳마다 아는 사람이 있었다. 그런 모습을 보면 집을 구해서 새로운 삶을 시작하는 것쯤은 간단해 보였다.

"특별한 이유는 없다. 이런 생활이 적성에 맞을 뿐."

쓸쓸하게 중얼거리는 고스기의 눈을 물끄러미 쳐다봤다.

"자네도 눈치챘을지 모르지만 나는 옛날에 조폭이었어."

등 전체에 새겨진 문신을 봤을 때부터 짐작은 하고 있었다.

"십 대의 끝 무렵에 그 세계에 들어가서 오직 정상을 향해 달렸지. 그 덕에 풍족하게 살았다. 돈도 넘치도록 많아서 매일 고급스러운 음식에 아리따운 여자까지… 욕망에 충실하게 살아왔지. 그런 삶을 위해 수많은 인간의 존엄까지 짓밟으면서. 현실을 깨달았을 때는 가장 소중한 사람이 사라진 후였다."

"그 사람이 아드님인가요?"

"그래. 아내는 오래전에 증발했거든. 틀림없이 변변찮은 남편에게 정나미가 떨어졌을 테지. 그 후로는 외아들이 내 유일한 가족이었다."

"아드님 소식은 모르고요?"

"모르지. 주민표의 주소지도 옮기지 않은 상태라 찾을 길이 없더군. 어디 있는지는 몰라도 어쩌면 아내와 함께 조용히 살고 있을지도 몰라. 목표로 하던 대학에 합격한 직후였는데 말이야… 자신의 장래를 생각하기보다 내 앞에서 사라지고 싶은 마음이 강했던 게지. 나는 그 녀석이 사라지고 나서 곧바로 조직에서 나왔다. 모든 것을 버리고 싶었거든. 권력도, 돈도, 집도, 이기적인 욕망도… 그런다고 해서 신지가 용서해 줄 거란 기대는 하지 않지만…."

"신지…."

저도 모르게 되묻자 고스기가 천천히 이쪽으로 시선을 돌렸다. 눈물이 글썽했다. 울지 않겠노라 필사적으로 버티고 있음을 알 수 있었다.

"폐가 될지 모르지만 자네가 간직했으면 하는 물건이 있어." 고스기가 가방에서 뭔가를 꺼내서 아마미야에게 내밀었다.

손목시계였다. 게다가 금과 다이아몬드로 장식된 고급 시계였다.

"그 녀석의 입학 선물로 사 두었는데 나한테는 이제 필요 없네. 미노루와 함께 살다가 돈이 궁해지면 팔아도 상관없어. 하지만 적어도 미노루를 발견할 때까지는 몸에 지니고 다녔으면 해."

"노숙자가 이런 걸 차면 이상할 텐데요."

"그렇군. 바지 주머니에라도 넣고 다니면 되겠군."

"이건 당분간 맡아 두는 걸로 할게요. 미노루를 찾고 나면 이번에는 아드님을 찾으면 되니까요."

아마미야는 손목시계를 바지 주머니에 넣었다.

23

도대체 무슨 이야기를 하고 있을까.

가에데는 눈앞에 참고서를 펼쳐 놓고도 마음이 싱숭생숭했다. 점심 때가 지나서 마치다 히로시와 같은 대학에 다니는 다메이 준이라는 학생이 엄마를 찾아왔다. 그로부터 두 시간 가까이 옆에 있는 거실에서 엄마와 이야기를 하고 있다.

마치다와 같은 대학에 다니는 학생이 엄마한테 대체 무슨 용건일까 궁금했지만 장지문을 열어 둔 상태라 복도에서 엿들을 수도 없었다. 하는 수 없이 책상 앞에 앉아 거실을 향해 귀를 쫑긋 세울 뿐이었다. 그러나 두 사람이 무슨 이야기를 하는지는 들리지 않았다.

복도로 나왔는지 갑자기 엄마와 다메이의 목소리가 들렸다.

가에데는 일어서서 문을 살짝 열고 복도의 상황을 살폈다.

"갑자기 찾아뵈었는데 시간 내 주셔서 정말 감사합니다."

다메이가 현관에서 엄마에게 머리를 숙이고 있다.

"아니에요, 나야말로 대접도 변변히 못 했는걸요. 우리 입장에서는 매우 고마운 제안이긴 한데 너무 갑작스러워서… 생각할 시간을 좀 주겠어요?" 엄마가 당황한 말투로 말했다.

"물론이죠. 오늘은 제 이야기를 들어 주신 것만으로 정말 감사드립니다. 다만 가능하면 조금이라도 빨리 답변을 해 주시면 감사하겠습니다. 이쪽이 안 되면 다른 곳을 찾아야 하거든요."

"알겠어요. 오늘내일 중으로 답변해 드릴게요."

다메이는 "잘 부탁드립니다" 하고 허리를 구십 도로 굽혀 인사하고 나갔다.

문을 닫고 거실로 들어온 엄마를 보고 가에데는 복도로 나갔다. 거실에 들어가니 엄마가 좌탁에 놓인 차를 치우고 있었다. 좌탁 위에는 종이 다발과 얇게 썬 곤약 같은 물체가 놓여 있었다.

"무슨 이야기였어?"

가에데가 묻자 부엌 싱크대로 찻종(차를 따라 마시는 종지)을 옮기던 엄마가 뒤를 돌았다. 그러나 선뜻 말이 나오지 않는지 걱정스러운 표정만 지을 뿐이었다.

"그 녀석이 무슨 짓이라도 했대?" 가에데는 마치다의 방이 있는 2층을 올려다보고 물었다.

"아니, 히로시 군 이야기가 아니었어. 그 사람… 다메이 씨는 회사를 만들 예정이라는구나."

"회사?" 뜻밖의 말에 가에데가 되물었다.

"그래… 그래서 여기 2층하고 공장 일부를 쓰면 안 되겠느냐고."

"회사라니 그 사람 대학생 아니야?"

"맞아. 히로시 군하고 같은 이공학부 1학년이라고 하더라. 대학 선배가 어떤 획기적인 발명을 했는데 그걸 활용한 상품을 만들어서 판매하는 회사를 창업하고 싶대."

엄마가 좌탁을 가리켰다.

"획기적인 발명이… 이 곤약 같은 거야?"

엄마가 고개를 끄덕이는 걸 보고 가에데는 좌탁 위의 물체를 손에 들어 봤다. 역시 생김새에서 느껴진 대로 부드럽고 탱탱하다.

"이게 뭐야?"

"지금까지 없었던 합성수지."

"합성수지…."

"가공 방법에 따라 형태와 강도를 자유자재로 바꿀 수 있고, 피부에 붙이면 쉽게 떨어지지 않는 흡착성과, 땀에 짓무르지 않는 투습성을 겸비했다는구나."

곤약 같은 물체를 주물럭거리다가 엄마의 말을 듣고 손등에 붙여 보았다. 확실히 습포처럼 피부에 착 달라붙었다. 그러나 이것이 정말 획기적인 발명인지는 판단이 서지 않았다.

"엄마도 그런 합성수지는 들어 본 적이 없어서 처음에는 반신반의했는데, 여기서 이것저것 시험해 보니 확실히 굉장한 발명일지 모른다는 생각이 들더구나…."

"이게 굉장한 발명이라고 해도 대학생이… 게다가 1학년이 회사를 만들다니 좀…."

무모하지 않을까, 하고 중학교 3학년인 자신이 생각해도 금방 알 수 있었다.

"그러게. 대학생이 재학 중에 회사를 만드는 게 결코 드문 일은 아니라고 하는데… 그런데 이걸 상품화해서 판매하는 회사를 만드는 건 쉽지 않을 거라고 엄마도 다메이 씨에게 말했단다."

"그랬더니?"

"괜찮다고 자신 있다면서 '사업 계획서'를 보여 줬어."

가에데는 좌탁 위에 있는 종이 다발을 봤다. '사업 계획서'라고 쓰여 있다.

"이걸 정말 대학생이 썼나 싶을 만큼 꼼꼼하게 잘 썼더구나. 적어도 충동적으로 회사를 만들려는 건 아닌 듯했어."

"그런데 우리는…."

이제 곧 도산하므로 집과 공장을 비워 줘야 한다.

"그게 말이지… 여기 2층하고 공장을 사용하게 해 주면 1년치 임대료를 한꺼번에 지불하겠다는구나. 제시한 금액이 천만 엔이야."

"천만 엔?!" 가에데는 놀라서 눈을 동그랗게 떴다.

"아무리 그래도 대학생이 그만한 융자를 받기는 어려울 테니 과연 진지하게 받아들여도 좋을지 모르겠다만… 만약 진짜라면 공장의 부채가 해결되니까 공장을 접지 않아도 된단다. 우리 입장에서는 바라 마지않던 일이긴 한데…."

엄마가 그렇게 말하며 거실로 왔다. '사업 계획서'를 손에 들고 잠시 쳐다보더니 이윽고 불단으로 눈을 돌렸다.

"혹시… 네 아빠와 할머니, 할아버지가 천국에서 도와주신 게 아닐까?"

엄마는 정말 그랬으면 좋겠다는 눈빛으로 말했지만 가에데는 그렇지 않다는 느낌이 들었다.

타이밍이 좋아도 너무 좋다.

마치다가 개입한 게 아닐까….

그러고 보니 며칠 전 다메이와 나쓰카와 쇼코라는 여성이 찾아왔을 때 마치다에게 합성수기기 이떻고 회사가 어떻고 하는 이야기를 한 것이 생각났다.

마치다는 마에하라 제작소를 도산 위기에서 구하기 위해 돈을 마련하겠다고 장담했다. 그러나 가령 거금을 마련했다 할지라도 엄마라면 출처가 불분명한 돈은 받지 않을 것이다. 마치다는 그것을 알고서 다메이 일행과 회사를 만들어 임대료를 낸다는 명목으로 엄마에게 그 돈을 건네려 계획한 것이 아닐까.

만약 그렇다면 마치다는 천만 엔이라는 거금을 어떻게 마련했을까. 그 방법에 대해 생각하고 있자니 마음이 불안함으로 가득해졌다.

"그래서… 엄마는 어떻게 할 거야?"

"일단 다카가키 씨에게 상담해 볼 생각이야."

다카가키는 마치다가 다니는 대학의 교수로, 가끔 실험에 사용할 기자재를 마에하라 제작소에 발주한다.

"다메이 씨도 창업 관련 상담을 했다고 하니… 다카가키 씨라면 이 계획이 현실적인지 객관적인 의견을 들을 수 있을 것 같구나."

엄마는 '사업 계획서'를 손에 들고 전화를 걸러 갔다.

가에데는 손등에서 시트를 떼어 좌탁에 두고 거실에서 나왔다. 현관을 나와 2층 마치다의 방으로 향했다.

마치다는 없었다. 공장에 있나 싶어 마에하라 제작소로 향했다. 공장이 쉬는 날인데 셔터가 하나만 올라가 있다.

가에데는 머뭇거리며 셔터 아래를 지나 공장으로 들어갔다. 안쪽에서 대화 소리가 들려왔다. 더 안으로 걸어가자 마치다의 모습이 보였다. 마치다 주위에는 다메이와 나쓰카와, 그리고 지난번에 두 사람과 함께 있던 남자가 있었다. 자다 일어난 것처럼 부스스한 머리에 두꺼운 안경을 썼다.

마치다가 공장 한쪽을 가리키며 말하고 있다. 곁에 있는 나쓰카와가 마치다에게 진지한 눈길을 보내면서 손에 든 노트에 뭔가를 적어 넣었다.

머리가 부스스한 남자가 가에데가 온 것을 알아차렸다. 덩달아 마치다와 다른 사람들도 일제히 가에데를 쳐다봤다.

"여기서 뭐 하는 거지?" 마치다가 물었다.

"그쪽이야말로 뭐 하고 있는데?"

나쓰카와의 모습이 눈에 들어온 탓인지 가에데의 목소리가 살짝 날카로워졌다.

"회사놀이에 관한 상담이다."

이 멤버로 회사를 만들 작정인 것이다.

"엄마는 아직 오케이 안 했는데?" 가에데가 발끈해서 말했다.

"그렇지. 그런데 거절할 이유도 없어."

마치다가 말하는 것과 동시에 나쓰카와가 미소를 띠며 가에데에게

다가왔다.

"아직 신세를 지게 될지 잘 모르지만 만약 그렇게 되면 잘 부탁합니다. 최대한 폐가 되지 않도록 할게요." 나쓰카와가 머리를 숙여 인사했다.

백화점 안내데스크 직원 같은 그 정중함이 가에데의 짜증을 부채질했다.

"지금 바빠. 공부 때문이면 나중에 봐줄 테니 나가." 마치다가 내쫓듯이 손을 내둘렀다.

가에데는 마치다의 태도에 노여움을 느끼면서 등을 돌렸다.

"사장님 따님한테 태도가 그게 뭐야? 좀 더….."

다메이의 말을 등 뒤로 들으면서 출구를 향해 빠르게 걸었다. 공장 밖으로 나와 '마에하라 제작소'의 간판을 올려다봤다.

할아버지와 아빠, 엄마가 죽기 살기로 지켜 온 공장.

그 공장이 자신과 상관없는 것으로 변할 듯한 쓸쓸함을 느끼면서 터벅터벅 집으로 돌아갔다.

문득 마에하라 제작소 근처에 세워진 차가 눈에 들어왔다. 워낙 차에 대해 잘 모르지만 한눈에 고급스러운 차라는 것을 알 수 있었다. 이 부근에서는 찾아볼 수 없는 고급 승용차에 가에데는 호기심이 생겨 가까이 가 봤다.

선팅 유리라 차 안의 모습은 보이지 않았다. 이 부근의 공장 사람이 타고 다니는 차는 분명히 아니다. 도대체 누구 차일까 싶어 살펴보고 있는데 갑자기 뒷좌석 창문이 쓱 내려갔다. 가에데는 덜컥 놀라 뒷걸음질쳤다.

"이런, 놀라게 했나 보군."

뒷좌석에 타고 있던 남성이 미소를 지었다.

고급스러운 양복을 입고 안경을 쓰고 있다.

"아뇨… 죄송합니다…."

나쁜 짓을 한 것도 아닌데 괜히 사과를 하고 발걸음을 옮겼다.

"혹시 마에하라 씨 댁의 따님인가?"

그 말에 가에데는 무심코 뒤를 돌아 남성을 쳐다봤다.

남성은 온화한 미소를 머금고 가에데를 쳐다보고 있었다.

사십 대로 보이지만 눈빛은 어딘지 모르게 소년처럼 맑았다. 가에데는 그 눈빛에 빨려 들어갈 것만 같았다.

"히로시 군은 잘 지내는가?" 남성이 물었다.

"네, 뭐… 그 사람을 아세요?"

"조금."

남성은 그렇게 대답하고 마에하라 제작소 쪽을 바라봤다.

"즐겁게 지내는가 보군. 당신이나 어머니처럼 좋은 사람들에 둘러싸여 친구도 생기고."

마치 자기 아이를 사랑스러워하는 듯한 다정한 음성이었다.

마치다와 어떤 관계일까 가에데는 호기심이 동했다.

"저기… 지금 공장에 있는데 불러 드릴까요?" 가에데가 말하자 남성은 고개를 가로저었다.

"내 얼굴을 보면 괴로운 기억을 떠올릴지도 모르니 오늘 일은 그에게 말하지 않았으면 좋겠군. 그의 키다리 아저씨 같은 역할을 얼마간 더 하고 싶거든."

"그럴게요." 가에데는 무슨 뜻인지 모른 채 일단 고개를 끄덕였다.

"고맙구나. 그를 잘 부탁한다."

남성은 정중히 고개를 숙인 뒤 운전기사에게 "출발하지" 하고 말했다.

가에데는 떠나가는 차를 잠시 바라봤다. 남성의 온화하고 다정한 분위기에 호감이 느껴졌다. 저 고상한 신사는 마치다와 어떤 관계일까. 차가 시야에서 사라지자 다시 궁금해졌다.

남성은 자신의 얼굴을 보면 마치다가 괴로운 기억을 떠올릴지도 모른다고 말했다. 나이토처럼 소년원의 법무교도관일까 싶었다가 그럴 리 없다고 부정했다. 소년원의 법무교도관이 기사까지 딸린 고급 승용차를 탈 리가 없기 때문이다.

그다음으로 마치다가 체포되었을 때 담당한 변호사가 아닐까 하는 생각이 들었다. 소년원을 나온 마치다가 제대로 갱생했는지 확인하기 위해 정기적으로 그의 상황을 살피러 오는 것은 아닐까. 그렇게 생각하면 아까 그 남성의 말과 마치다를 향한 따뜻한 표정도 이해가 갔다. 가에데는 그렇게 믿고 집으로 돌아갔다.

"저기, 히로시 군."

엄마가 부르자 마치다가 젓가락질을 멈추고 고개를 들었다.

"알고 있겠지만… 낮에 히로시 군과 같은 대학의 다메이 씨가 우리 집에 찾아왔단다."

"그래…." 마치다가 무뚝뚝하게 대답하더니 다시 젓가락질을 하며 저녁밥을 먹었다.

"히로시 군도 다메이 씨 일행과 함께 그 회사를 시작하는 거니?" 엄마가 물었다.

다메이의 제안을 받아들일지 아직 결정하지 못한 듯하다.

마에하라 제작소에서 집으로 돌아왔을 때 엄마가 마침 다카가키 교수와의 전화를 끊은 참이었다.

다카가키 교수는 다메이가 가져온 그 합성수지는 확실히 획기적인 발명품이라며 흥분해서 이야기했다고 한다. 그러나 동시에 그 합성수지를 활용한 상품을 개발해서 판매하는 회사를 학생들의 힘으로 차리는 것은 몹시 어렵고, 상당한 위험 부담을 동반할 거라고 설명한 모양이다.

"나는 잠깐 거들어 줄 뿐이다. 그 녀석들과 동반 자살할 생각은 없어."

"동반 자살이라니… 히로시 군은 회사를 만들어도 잘 되지 않을 거라 생각하니?" 엄마가 다시 물었다.

"그게 아니다. 그 합성수지는 분명히 굉장한 물건이지. 얼마든지 돈이 될 거다. 내 입장에서는 주위에 성가신 녀석들이 있다는 것 자체가 동반 자살이나 다름없다는 의미야. 회사가 궤도에 오르면 나는 지체 없이 빠질 생각이다."

"그럼 왜 우리 공장을 추천했을까? 부채를 어떻게든 해결할 생각에서 그런 거니?" 엄마의 질문에 마치다가 희미하게 웃었다.

"우연이다. 창업하고 싶은데 사무실과 공장을 어디에 만들어야 할지 모르겠다는 녀석들의 이야기를 듣고 그러고 보니 내가 사는 집 2층과 공장의 일부가 비어 있다고 알려 줬을 뿐이지. 딱히 추천한 건 아니야."

"그래도 그렇지, 천만 엔이라는 거금을… 정말…." 엄마가 불안한 표정으로 중얼거렸다.

"그 녀석한테 그 정도는 푼돈이다."

"푼돈?"

"그래. 다메이는 저래 보여도 다메이드럭의 도련님이거든."

마치다의 말에 가에데는 놀라서 엄마와 얼굴을 마주 봤다.

"다메이드럭이면 그…?" 엄마도 놀랐는지 마치다에게 되물었다.

"그래. 전국에 5백여 개 점포가 있다고 하던데. 나는 본 적 없지만 바보 같은 CM을 마구 내보내는 기업 말이야. 뭐, 그 정도 돈이라면 부모가 얼마든지 대 줄 테지."

가에데는 마치다의 얼굴을 주의 깊게 관찰했다. 사실일까.

"그렇구나…." 엄마가 한숨을 내쉬었다.

"고민할 필요 없을 텐데. 녀석들의 사업이 성공하든 실패하든 마에하라 제작소에 피해될 것은 없으니. 그것만은 확실하다. 1년치 임대료를 받아서 공장을 다시 일으켜 세우면 돼."

마치다가 담담하게 말했다.

한참을 책상 앞에 앉아 있는데 공부가 하나도 되지 않았다.

엄마는 마치다의 이야기를 듣고 다메이의 제안을 받아들이기로 결정한 모양이다.

그러나 천만 엔이라는 금액이 부담스러운지 내일이라도 부동산에 가서 적정한 월세를 물어보겠다고 했다. 한편으로 전혀 예상치 못한 수입이 들어오는 덕분에 마에하라 제작소의 부채가 해소될 거라며 엄마는 안심한 얼굴로 불단 앞에서 손을 모으고 있었다.

이 집과 공장을 처분하지 않아도 된다.

줄곧 엄마의 얼굴에 깃들어 있던 비장함이 싹 가셨다. 전부 바라던 대로 되었는데 어째서인지 순순히 기뻐할 수가 없었다.

가에데는 천장을 올려다봤다. 마치다가 방에 있을 터인데 쥐 죽은 듯 조용했다. 머지않아 자신들이 사는 집 2층에 그 사람들이 들어앉게 될 것이다.

문득 마치다를 바라보는 나쓰카와의 의미심장한 눈길이 눈앞에 되살아나서 가에데는 당황했다. 그렇지 않다. 결코 그런 것이 아니다.

가에데는 마음속에 싹트려 하는 그 감정을 애써 부정했다.

자신이 불안하게 여기는 것은 단 하나.

엄마에게 지불되는 돈을 정말 다메이가 내느냐 하는 것이다.

마치다가 악행을 저질러서 마련한 돈이 아닐까 하는 것뿐이다.

만약 마치다가 그렇게 해서 마련한 돈이라면 설령 공장과 집을 지켜 냈다 할지라도 가에데와 엄마에게도 마치다가 범한 죄에 일부 책임이 있다.

아니, 가에데나 엄마뿐만이 아니다. 지금껏 열심히 노력해서 공장을 지켜 온 할아버지와 아빠 이름에도 먹칠을 하게 된다.

가에데는 방을 나와 엄마 방 앞을 살그머니 지나 2층으로 올라갔다.

마치다의 방문을 노크하자 "누구야" 하는 소리가 들렸다.

"나."

잠시 후 문이 열리고 마치다가 얼굴을 내밀었다.

"뭐지?" 마치다가 퉁명스럽게 물었다.

"할 이야기가 있는데… 들어가도 돼?"

마치다가 한숨을 쉬더니 들어오게끔 몸을 비켜 주었다.

책상 위에 책이 여러 권 펼쳐져 있었다. 《회사 만드는 법》과 그 비슷한 책들이다. 지금까지 공부하고 있었던 모양이다.

"무슨 이야기지?"

마치다가 귀찮아하며 의자에 앉았다.

"그 돈… 정말 다메이 씨가 내는 거야?" 가에데가 단도직입적으로 물었다.

"그래." 마치다가 눈길도 주지 않고 책을 펼치면서 대답했다.

"진짜로…?"

"끈질기네. 그렇다고 말했잖아."

"내 눈을 똑바로 보고 대답해."

그 말에 마치다가 가에데에게로 천천히 고개를 돌렸다.

"사기 같은 것으로 손에 넣은 돈일까 봐 걱정하는 건가?"

마치다가 엷은 웃음을 띠면서 쳐다본다. 오랜만에 보는 싸늘한 시선에 가에데는 마른침을 꼴깍 삼켰다.

"이소가이가 말해 줬을 텐데."

마치다가 입가를 일그러뜨렸다.

"너희 가족을 구하기 위해 내가 나쁜 짓을 저질러서 마련한 돈이라고 생각하는 거 아닌가?"

"그럼 아니야?"

가에데가 마치다의 눈을 똑바로 쳐다봤다.

"어이가 없군." 마치다가 코웃음을 쳤다.

"타이밍이 너무 딱 맞잖아. 내가 도와 달라고 부탁한 직후에 우리로서는 꿈에 그리던 제안이 들어오다니, 너무 잘 맞아떨어져서…."

"넌 아직 나에 대해 잘 모르는 모양이군." 마치다가 말을 자르며 말했다.

"무슨 뜻이야?"

"이소가이에게 무슨 이야기를 들었는지는 몰라도 필시 전부 사실일 거다. 전에 말했듯이 나는 살아가기 위해 무슨 짓이든 해 왔어. 사기든 살인이든…."

그리고 자신을 따르던 사람의 호적을 빼앗는 일도.

마치다가 자신을 빤히 쳐다보자 가에데의 심장박동이 빨라졌다. 그 눈을 물끄러미 바라보면서 마치다의 마음속에 파고들고 싶은 충동이 일었지만 그의 싸늘한 눈빛은 그것을 완강히 거부하고 있었다.

"지금은 물론 앞으로도 마찬가지다. 나는 살아가기 위해서라면 무슨 짓이든 할 거다. 단 나 자신이 살아가기 위해서일 뿐 남을 위해서는 하지 않아. 똑똑히 기억해 둬."

마치다를 바라보는 동안 이소가이의 말이 뇌리에 되살아났다.

녀석의 마음에는 무언가 결핍되어 있어. 소중한 무언가가──.

왠지 눈물이 복받쳐 올랐다. 가슴속 깊이 솟구치는 감정을 주체하지 못해 가에데는 방에서 뛰쳐나왔다.

골판지 상자를 밀어 올리자 이마에 물방울이 떨어졌다. 올려다보니 아침 8시인데 하늘은 어둑어둑했다. 가랑비가 보슬보슬 내리고 있었다.

옆에 있는 상자를 엿보니 고스기는 없었다. 공원 안을 찾아봐도 역시 보이지 않는다.

"안녕히 주무셨어요? 스기 씨 어디 갔는지 아시나요?"

아마미야는 상자 집에 파란 천막을 씌우고 있던 마쓰에게 물었다.

"아, 잘 잤나? …스기 씨라면 아침 일찍 나갔는데. 이 근처를 돌면서 사진 속 남자에 대해 물어보겠다면서. 자네가 어쩌나 곤히 자던지 깨울 수가 없었던 모양이야."

"그렇군요…."

공원 입구에서 겐이 자전거를 밀고 들어왔다. 자전거 앞뒤로 알루미늄 깡통을 가득 담은 비닐봉지가 실려 있다.

겐이 아마미야를 보고 싱긋 웃으면서 인사를 했다. 알고 지낸 지 사흘밖에 안 되었지만 붙임성 좋은 성격에 감탄했다.

고스기는 아마미야와 닮았다며 웃었지만 도저히 이런 식으로—.

거기까지 생각한 순간 머릿속에 번쩍 떠오르는 것이 있었다.

소형 배낭에서 메모장과 볼펜을 꺼내 겐에게 걸어갔다.

'오늘 무료 급식소가 열리지?' 하고 써서 겐에게 건넸다.

겐이 고개를 힘차게 끄덕였다. 아마미야의 손에서 메모장과 볼펜을 가져가더니 뭔가를 써 주었다.

'거기 급식소의 카레는 맛있어.'

아마미야는 메모를 보고 웃었지만 카레의 맛은 관심이 없었다. 곧바로 볼펜을 쥐고 메모를 했다.

'무료 급식소에 가면 너한테 꼭 부탁할 게 있어.'

메모를 보고 겐이 잠시 생각하는 표정을 지었다.

아마미야는 힘겹게 오른팔을 들어 올리는 연기를 하면서 "부탁이야" 하고 양손을 모았다.

가만히 쳐다보고 있던 겐이 고개를 끄덕이더니 메모를 해서 아마미야에게 내밀었다.

'내가 할 수 있는 거라면. 뭘 하면 되지?'

'그건 나중에 설명할게. 너한테 손해되는 일은 아니니 안심해.'

메모를 겐에게 보이고 가볍게 머리를 숙였다. 상자 집으로 돌아와 배낭을 가지고 공원 입구로 걸어갔다.

"어이, 신지."

공원에서 나왔을 때 고스기와 마주쳤다.

"좋은 아침이에요."

"어디 가?"

"가볍게 산책하고 올게요."

"산책이라니… 한바탕 비가 올 것 같은데."

아마미야는 하늘을 올려다보며 자연스럽게 사방을 둘러봤다. 어제 본 얼굴은 아니지만 수상한 놈들이 아마미야를 감시하고 있다.

"괜찮습니다. 금방 돌아올게요." 아마미야는 걸음을 옮겼다.

아니나 다를까 등 뒤에서 아마미야를 뒤쫓아 오는 기척이 느껴졌다. 지금부터 밤을 위해 몇 가지 준비를 해야 한다.

좀 놀아 줄까.

아마미야는 잠시 걸어서 골목길로 들어간 다음 냅다 뛰었다. 동시에 뒤에서 다급히 쫓아오는 발소리가 들렸다. 골목길을 여러 번 돌면서 그 발소리가 사라질 때까지 내달렸다.

드디어 추격자를 따돌렸다는 확신이 들어 큰길로 나가서 택시를 잡아탔다.

"일단 출발해 주세요."

택시에 올라타자마자 기사에게 말했다.

"어디로 모실까요?"

택시 기사가 출발하면서 물었다.

"어디로 가야 하나…."

아마미야는 주머니에서 휴대폰을 꺼내고 손목시계를 끌렀다. 택시 기사 몰래 좌석 밑에 휴대폰과 손목시계를 숨겼다.

"저 앞에서 세워 주세요."

기본요금 거리에 있던 편의점 앞에서 택시를 세웠다.

"이제 보니 돈이 별로 없네요."

주머니에서 천 엔짜리를 꺼내 기사에게 건넸다. 동시에 조수석 앞에 있는 택시 운전 자격증을 확인했다. 거스름돈을 받으며 택시 회사의 전화번호와 기사의 이름을 외웠다.

"고맙습니다."

택시에서 내리며 인사를 하자 문이 닫히고 택시가 떠났다.

이것으로 잠시 시간을 벌 수 있을 것 같다.

편의점에 들어가 곧바로 화장실을 빌렸다. 화장실로 들어가 웃옷을 벗어 뒤집고 손톱으로 안감의 솔기를 뜯었다. 만일의 경우에 대비해 그 안에 현금카드를 숨겨 두었던 것이다.

철저하게 연기하는 것이 자신의 신조이기에 가급적이면 쓰고 싶지 않았지만 이렇게 된 이상 어쩔 수 없었다. 현금카드를 꺼낸 뒤 웃옷을 걸치고 화장실에서 나왔다. 편의점 ATM에서 20만 엔을 인출했다. 잡지 코너에서 지도를 꺼내 근처에 잡화점이 없는지 확인했다. 여기서 5킬로미터쯤 떨어진 국도변에 프랜차이즈 잡화점이 있었다.

창밖을 내다봤다. 아까부터 날씨가 흐릿하더니 비가 내리기 시작했다. 지나가던 사람들이 비를 피하기 위해 편의점에 뛰어 들어왔다.

하늘도 자신의 편을 들어 주려나 보다.

아마미야는 지도를 놓고 검은 우산을 구입했다. 편의점에서 나와 우산을 쓰고 잡화점을 향해 걸었다.

잡화점에 들어가 필요한 것을 바구니에 하나하나 담았다. 우선 바리캉과 면도칼을 넣은 뒤 가발을 찾았다. 원하던 것이 없어서 하는 수 없이 여자용 검은색 긴 머리 가발과 가위를 바구니에 집어넣었다.

마지막에는 안경이었다. 그러나 아무리 찾아도 겐이 쓴 안경과 비슷한 것은 없고 돋보기와 선글라스만 있을 뿐이었다. 역시 안경 전문점에 가서 찾아야 할 것 같다.

아마미야는 구입한 것을 배낭에 집어넣고 화장실로 갔다. 세면대 앞에 서서 아까 산 면도기를 꺼냈다. 수염을 깎았더니 개운했다. 모자를 벗어 자신의 부스스한 머리를 쥐고 길이를 확인한 다음 화장실 칸으로 들어갔다.

변기에 앉아 이번에는 가발과 가위를 꺼냈다. 최대한 자신의 머리 모양과 비슷하게끔 가발을 잘라 나갔다. 머릿결은 완전히 다르지만 모자를 쓰면 어느 정도는 속일 수 있을 것이다.

잡화점을 나와 안경원을 찾았다. 국도를 따라가니 주차장 딸린 대형 안경원이 보였다. 안으로 들어가서 겐이 쓴 것과 비슷한 안경을 찾았다.

안경을 구입하고 가게에서 나와 근처에 있던 공중전화 부스에 들어갔다. 아까 외운 택시 회사로 전화를 걸었다.

"네. 도쓰택시입니다." 남자의 목소리가 들렸다.

"여보세요… 아까 이 회사 택시를 탄 사람입니다만."

아마미야는 택시 안에 휴대폰과 시계를 두고 내렸다며 택시 기사의 이름을 말했다.

"잠시 기다려 주십시오."

전화가 보류로 넘어갔다. 아마도 택시 기사에게 연락을 넣고 있을 것이다. 잠시 후 다시 남자의 목소리가 들려왔다.

"방금 기사에게 연락을 해 봤더니 좌석 밑에 떨어져 있던 휴대폰과 시계를 발견했다고 합니다."

"그런가요? 다행이다."

"영업소에 가지러 오시겠습니까?"

"휴대폰이 급하게 필요해서요. 이쪽으로 와 주실 순 없을까요? 물론 지금 타고 있는 손님을 내려 주고 나서라도 괜찮고 이쪽에 오시는 요금도 지불하겠습니다."

아마미야는 애써 정중하게 말했다.

다시 전화가 보류로 넘어가더니 금방 연결되었다.

"손님을 태우지 않아 바로 갈 수 있다고 합니다. 지금 어디 계십니까?"

아마미야는 국도변에 있는 안경원의 이름과 주소를 전했다.

15분쯤 후에 아까 그 택시가 주차장에 들어왔다. 사방을 둘러봤지만 택시를 미행하는 수상한 차량은 보이지 않았다.

정밀도가 좋은 GPS는 아닌 듯하다. 혹은 아마미야의 돌발적인 행동에 허둥대다가 미처 거기까지 생각하지 못했던가.

"아까 탔던 곳으로 가 주세요. 이번에는 돈이 있거든요."

택시에 올라타 기사에게 말했다.

아마미야는 아까 택시를 탔던 곳에서 내리며 만 엔짜리를 냈다.

"번거롭게 해서 죄송합니다. 잔돈은 넣어 두세요."

"감사합니다." 택시 기사가 송구스럽다는 듯 만 엔을 받아 들었다.

택시가 떠나자 아마미야는 오른 다리를 끌면서 공원으로 향했다.

공원이 보이자 주위에 있는 통행인을 자연스럽게 훑어봤다. 공원을 나왔을 때 수상하다 싶었던 남자가 길거리에서 전화를 하고 있다. 남자의 신발을 보고 자신을 뒤쫓았던 녀석이 아님을 알았다. 필시 혼자 남아 대기하고 있었을 것이다.

남자가 아마미야의 모습을 확인하고 표정이 살짝 바뀌었다. 아마미야가 여기로 돌아온 것이 의외인 듯했으나 그 마음을 들키지 않으려 바

로 시선을 피했다. 아마미야는 마음속으로 득의의 미소를 짓고 말끔해
진 입가를 쓰다듬으며 남자 곁을 지나갔다.

공원에 들어가니 광장 구석에서 상자를 정리하고 있는 고스기와 마
쓰, 겐의 모습이 보였다.

"어디 갔다 왔나?" 아마미야를 알아보고 고스기가 걸어왔다.

"수염이 걸리적거려서 근처 슈퍼마켓 화장실에서 깎고 왔어요."

"웬 소나기가 어수같이 쏟아지시는."

"네, 그러게 말이에요…."

아마미야에게는 단비였지만.

"덕분에 우리 상자가 흠뻑 젖었지." 고스기가 골판지 상자를 가리켰다.

이제 여기로 돌아오지 않을 작정이라 상관없다.

"새 걸 찾아야겠어요."

도청기를 통해 이 대화를 듣고 있을 누군가에게 들으란 듯이 말했다.

"오늘도 아침 일찍부터 미노루를 찾으러 다니셨다고 들었어요. 죄송
합니다. 늦잠을 자는 바람에."

"뭐 어떤가. 한데 안타깝게도 성과는 없었다."

"오늘 무료 급식소에 기대를 걸어 봐야죠."

"그래, 그래야지."

땅거미 질 무렵 아마미야는 고스기와 함께 무료 급식소가 열리는 공
원으로 향했다. 아카바네 역에서 10분쯤 거리에 있는 공원은 생각보다
훨씬 컸다. 울창한 나무에 둘러싸인 공원은 연못과 캠핑장까지 갖추고

있었다. 지금부터 하려는 일에 최적의 장소였다.

광장 한가운데에 불빛이 휘황하게 빛났다. 천막 앞에 수많은 노숙자가 줄지어 기다리고 있다. 무료 카레를 받은 사람들은 광장의 사방으로 흩어졌다.

"어때? 우리도 일단 먹고 시작할까?" 고스기가 천막의 줄을 보면서 물었다.

"그러게요. 겐 씨가 여기 카레가 맛있다고 했거든요."

"정말 맛있는 냄새가 나는군."

고스기가 천막의 줄로 걸어갔다. 아마미야도 뒤따랐다.

"잠깐 실례 좀 하겠네…."

고스기가 줄의 맨 끝에 서더니 앞에 있는 몇 명에게 말을 걸었다.

"이런 녀석을 찾고 있는데 본 적 없나? 오자와 미노루라고 하는데."

고스기가 남자들에게 사진을 건네면서 물었다.

남자들은 사진을 보는 둥 마는 둥 하더니 모른다며 고개를 내저었다.

아마미야는 맨 앞줄을 바라봤다. 마쓰와 겐이 자원봉사자에게 카레를 받고 있다. 플라스틱 용기를 손에 든 두 사람이 이쪽으로 걸어왔다.

겐과 눈이 마주친 아마미야는 고개를 슬쩍 끄덕였다. 겐이 미소를 보인 뒤 마쓰와 광장 구석으로 향했다. 두 사람은 돌층계에 걸터앉아 카레를 맛있게 먹기 시작했다.

카레를 받은 고스기가 마쓰 일행이 있는 쪽으로 가려고 했다.

"저쪽으로 갈까요?" 아마미야가 마쓰의 자리에서 약간 떨어진 곳으로 눈짓을 했다.

여럿이 빙 둘러앉아 카레를 안주 삼아 술잔치를 벌이는 중이었다.

"그렇군. 시간을 낭비할 수는 없지."

아마미야와 고스기가 그들에게 걸어갔다. 곁으로 다가온 두 사람을 알아차리고 술을 마시며 흥겨워하던 남자들이 수상해하며 고개를 들었다.

"우리도 껴도 되겠나?" 고스기가 웃으면서 가까이에 앉았다.

"모르는 놈한테 줄 술은 없는데."

"그런 게 아니네. 마시면서라도 좋으니 이야기 좀 들어 주게. 우리가 사람을 찾고 있는데. 이렇게 생긴 녀석이야."

고스기가 남자들에게 사진을 나눠 주면서 미노루의 이름과 특징을 설명했다. 그러나 짚이는 바가 없는지 하나같이 고개를 내젓고 다시 술잔치를 시작했다.

"그렇군… 우리도 한 잔씩 주면 안 되겠나? 물론 돈은 낼 테니."

고스기가 천 엔짜리 두 장을 내밀자 이 무리의 우두머리 같은 남자가 못마땅한 표정을 풀고 환하게 웃었다. 됫병의 술을 컵에 따라 고스기와 아마미야에게 건넸다. 술을 마시며 밥을 다 먹은 고스기가 자리에서 일어났다.

"슬슬 시작하지."

"나눠서 물어보도록 하죠." 아마미야가 천천히 일어나면서 말했다.

"그래, 그 편이 효율적이겠군."

고스기가 사람이 많이 있는 광장 한가운데로 걸음을 옮겼다.

아마미야는 자연스럽게 광장 구석으로 시선을 돌렸다. 백 명이 넘는 사람이 광장 여기저기 흩어져서 무료 카레를 먹거나 동료와 담소를 나누고 있다.

필시 이중에도 자신을 감시하는 조직 놈들이 있을 것이다.

아마미야는 왼손에 든 플라스틱 용기를 쓰레기봉투에 버린 후 일단 근처에 있는 노인에게 가까이 갔다.

"저… 실례합니다… 이런 사람을 찾고 있는데 혹시 모르세요?" 노인에게 사진을 보이면서 물었다.

"으음, 모르겠구먼."

이어서 광장에 있는 사람 몇 명에게 묻고 다녔다. 그러나 반응은 죄다 똑같았다. 모르겠다며 고개를 내젓거나 "저쪽에 비슷한 녀석이 있는데" 하고 겐을 가리켰다.

아마미야는 광장 밖으로 시선을 돌렸다. 울창한 나무 아래서 자고 있는 남자를 눈여겨봤다. 주위에 그 남자 외에 아무도 없다. 저기라면 들키지 않을 것 같다.

저 남자가 조직 사람만 아니라면.

아마미야는 광장을 나가 남자 곁으로 향했다. 남자는 얼굴 위에 모자를 올려 둔 채 코를 골며 자고 있었다. 주위에는 플라스틱 용기와 비어 있는 술 팩 몇 개가 굴러다녔다. 취해서 잠든 듯하다.

조직 사람이 아니라는 확신이 들어 아마미야는 천천히 웅크려 앉아서 남자의 어깨를 툭툭 쳤다. 그러나 일어날 기미가 보이지 않는다. 얼굴을 덮은 모자를 치웠다. 오십도 훨씬 지났을 남자의 거무데데한 뺨을 토닥여 봤다. 남자가 서서히 눈을 떴다.

"뭐냐!"

눈앞에 있는 아마미야를 보고 놀라서 상체를 벌떡 일으켰다.

"휴식 중에 죄송합니다. 여쭤 볼 게 있어서."

"뭐? 달콤하게 자고 있는 사람한테 여쭈긴 뭘 여쭤!"

얼굴이 불그레한 남자가 달려들기라도 할 듯한 기세로 일어났다.

"사람을 찾고 있거든요. 이런 사람을 못 보셨나요?" 아마미야는 동요하지도 않고 남자에게 사진을 내밀었다.

"알 게 뭐야!"

남자가 사진을 쥔 아마미야의 왼손을 뿌리쳤다.

"잘 봐 주세요."

아마미야가 꿰뚫는 듯한 날카로운 눈빛을 드러냈다. 남자에게 시선을 고정한 채 천천히 사진을 뒤집었다.

"뭐야… 잘 안 보여."

아마미야의 시선에 겁먹었는지 남자의 음성이 가냘프게 변했다.

"라이터 없으세요?"

남자가 주머니에서 백 엔짜리 라이터를 꺼내 불을 붙인 뒤 종이에 가까이 가져갔다. 거기에 글자가 쓰여 있음을 알아차린 듯하다.

"저는 이런 남자를 찾고 있거든. 이름은 오자와 미노루이고… 몸집이 아주 큰 녀석입니다. 맞아요… 저하고 체격이 비슷하죠. 나이는 스물서너 살…인데 언동이 꼭 어린아이 같고…."

거기까지 말한 다음 눈앞의 남자에게 고개를 끄덕여 보였다.

"아아… 그런 녀석이라면 오미야에서 본 적이 있는데." 남자가 말했다.

"정말인가요?"

"내가 사흘 전까지 오미야에 있었는데 성이 오자와인지는 몰라도 미노루라고 불리던 남자가 딱 그랬던 것 같은데. 체격이 자네 정도로 크고 왠지 어눌해서 아이 같은 녀석이라 기억하고 있지."

"오미야의 어디쯤인가요?"

"어디서 지내는지는 모르고. 번화가를 어슬렁거리던 모습을 여러 번 봤지."

이 남자는 생각보다 연기력이 좋았다. 사진 뒤에 적힌 말을 자연스럽게 읊었다. 이 대사대로 이야기하면 만 엔을 주겠다는 문구를 읽고 진지하게 임하는 듯했다.

"고맙습니다."

아마미야는 사진을 주머니에 넣고 대신 만 엔짜리를 꺼냈다. 지폐를 둥글게 말아서 남자의 손에 쥐여 주었다.

광장으로 돌아와 고스기의 모습을 찾았다. 광장 구석에서 남자들과 이야기하는 고스기를 발견하고 그쪽으로 걸음을 옮겼다.

"고스기 씨."

고스기가 아마미야에게 고개를 돌렸다.

"미노루를 아는 사람이 있었습니다."

그 말에 고스기가 "진짜인가?" 하고 놀라서 되물었다.

"네. 사흘 전까지 오미야에 있었다는 사람이 거기서 미노루처럼 생긴 남자를 봤다고… 성이 오자와인지는 몰라도 체격이 크고 어린아이 같은 남자였다고 해요."

"그 녀석이 미노루라고 불린 모양이군."

"맞아요." 아마미야가 고개를 끄덕였다.

"그렇군… 드디어 단서를 잡다니 다행이야."

고스기가 제 일처럼 기뻐했다. 그 얼굴을 보니 양심에 찔렸다. 어쨌든 지금은 이렇게 할 수밖에 없다.

"그럼 이제 어쩔 텐가?"

"당장 오미야에 가 보도록 하죠. 아카바네 역에서 전철로 한 번에 갈 수 있습니다."

"그렇지. 자, 어서 가자고."

"그 전에 들를 곳이 있거든요. 일단 고스기 씨 혼자 가 계시면 안 될까요?" 그 말에 고스기가 의아해하는 표정을 지었다.

"들를 곳이라니 어딘데? 같이 가 줄게."

"아뇨… 용건이 끝나면 바로 가겠습니다. 고스기 씨 휴대폰에 연락할게요." 아마미야는 고스기를 쳐다봤다.

자신의 눈빛에서 뭔가 느꼈는지 "알겠다. 그럼 나중에 보자고" 하고 공원 출구를 향해 걸어갔다.

아마미야는 고스기의 뒷모습을 지켜본 뒤 겐이 있는 곳으로 갔다.

"스기 씨는 벌써 갔나?"

마쓰의 앞을 지나갈 때 그가 물었다.

"네."

아마미야는 마쓰에게 대답하면서 자연스럽게 겐을 쳐다봤다. 겐과 눈짓으로 신호를 교환한 뒤 광장을 나온 곳에 있는 공중화장실로 향했다.

자신의 의사가 제대로 전달되었는지 불안해질 무렵 겐이 공중화장실 안으로 들어왔다.

아마미야가 화장실 칸으로 들어가 겐에게 손짓을 했다. 겐은 당혹스러워하면서 작게 고개를 끄덕이고 들어왔다. 아마미야는 주머니에서 메모장을 꺼내 미리 적어 온 내용을 보여 주었다.

'잠시 나인 척해 줘.'

겐은 무슨 뜻이냐는 듯 고개를 기울였다.

아마미야는 애가 타서 다음 장으로 넘겼다.

'나쁜 사람한테 쫓기고 있는데 그 사람이 이 공원에 있어. 나와 옷을 바꿔 입고 내가 도망가게 도와 줘. 너한테 해가 되는 일은 절대 없을 거야.'

겐이 메모를 보면서 생각에 잠겼다.

아마미야는 다시 다음 장으로 넘겼다.

'협조해 주면 십만 엔을 줄게.'

그 글자를 보고 겐이 아마미야를 쳐다보면서 고개를 내저었다.

안 되는 건가.

역시 이런 수상한 일에 협조해 줄 사람이 있을 리가 없다.

과거의 자신이었다면 겐을 기절시켜서 옷을 빌릴 테지만 왠지 그러고 싶지는 않았다.

오늘 아침처럼 발에 땀이 나도록 뛰어서 조직 사람을 따돌려야 하나.

그렇게 생각하고 있는데 눈앞의 겐이 옷을 벗기 시작했다. 협조해 줄 모양이다. 아마미야도 서둘러서 옷을 벗었다. 속옷을 제외한 모든 옷을 겐에게 건넸다.

겐이 기이한 것이라도 보는 눈빛으로 아마미야를 쳐다봤다. 아까까지만 해도 오른쪽 반신을 못 쓰고 있었는데 갑자기 민첩한 동작으로 옷을 벗어서일 것이다.

아마미야는 아랑곳없이 소형 배낭에서 바리캉을 꺼냈다. 시간이 너무 지체되면 수상하게 여긴 조직 사람이 살피러 올지도 모른다. 변기의 레버를 발로 밟아 물을 내리면서 바리캉으로 머리를 밀었다.

다 밀고 나서 젠의 옷으로 갈아입었다. 안경도 썼다. 젠의 머리에 가발을 씌우고 모자까지 씌웠다. 마지막으로 손목시계를 끌러 젠의 손목에 채워 줬다. 거기까지 준비를 갖춘 뒤 메모장에 메모를 했다.

'광장 구석에 가서 잠시 가만히 있어 주면 돼. 안경 벗어도 괜찮겠어?'

젠이 아마미야의 손에서 메모장과 볼펜을 가져갔다.

'괜찮을 거야. 너인 척 연기할 수 있을지 잘 모르겠지만 일단 해 볼게.'

'고마워. 이 은혜 잊지 않을게.'

젠이 안경을 벗어 주머니에 넣는 것을 보고 아마미야는 지폐 뭉치를 건네려 했다.

필요 없다고 손을 내젓는 젠의 주머니에 돈을 억지로 쑤셔 넣었다. 그때 화장실 밖에서 누군가 들어오는 소리가 났다.

아마미야는 경계하면서 바깥 상황에 신경을 곤두세웠다. 발소리가 점점 가까워지더니 똑똑 하고 문을 노크하는 소리까지 들렸다.

아마미야는 호흡을 가다듬고 천천히 문을 열었다. 문 앞에 서 있던 젊은 남자가 아마미야와 눈이 마주친 순간 당황한 표정을 지었다. 곧바로 사태를 파악하고 주머니에서 뭔가를 꺼내려는데 아마미야가 재빨리 남자의 등 뒤로 돌아 들어가 목을 졸랐다. 남자를 기절시킨 뒤 화장실 칸으로 끌고 들어갔다.

망연히 보고 있던 겐에게 얼른 광장으로 돌아가라고 손짓을 했다.

겐이 오른 다리를 끌면서 공중화장실에서 나갔다. 제법 쓸 만한 연기였다. 몇 분쯤은 녀석들을 속일 수 있을 것이다.

아마미야는 화장실 칸 안쪽에 남자를 끌어다 놓고 문을 잠갔다. 문손잡이를 밟고 기어올라 천장과 문 사이의 빈 공간을 통해 화장실 칸 밖으로 뛰어내렸다.

세면대 밑 쓰레기통에 휴대폰을 버리고 화장실에서 나왔다. 광장을 흘끗 보니 겐이 오른 다리를 끌면서 사람이 없는 쪽으로 가고 있었다.

아마미야는 광장을 나와 나무가 우거져 그늘이 진 곳을 달렸다. 공원 출입구에는 조직 사람이 대기하고 있을지도 모르기 때문이다.

한동안 달렸더니 공원 울타리가 보이기 시작했다. 빛이 쏟아져 들어온다. 저 울타리 너머는 도로인 듯하다. 높은 울타리를 기어올라 도로에 착지하고 택시를 잡아탔다.

"어디로 가십니까?" 택시 기사가 물었다.

"음… 우선 신주쿠로 가 주세요."

딱히 이유는 없었지만 사람이 가장 많은 곳에 가서 몸을 숨기고 싶었다.

"손님, 에어컨이 너무 셉니까?" 기사가 물었다.

"아뇨, 딱히…"

왜 그런 걸 물을까 싶은 순간 자신의 손발이 바들바들 떨리고 있음을 알아차렸다.

급기야 무로이의 조직에 반기를 들고 말았다.

무로이에게 자신은 쓰고 버리는 장기짝에 불과하다. 명령에 복종해도 그자가 약속을 지킬지조차 모르는 것이다. 그뿐만 아니라 오자와 미노루를 찾아낸 순간 이제 볼일이 끝났으니 살해될지도 모른다.

그렇다면 그자의 감시의 눈에서 벗어나 앞으로는 자신의 생각대로 행동해야 한다. 자신의 힘으로 오자와 미노루라는 비장의 카드를 손에 넣어 무로이와 직접 협상해야 한다.

두려워서 떨고 있는 것은 아니다. 기대와 흥분에 몸이 떨리는 것이다. 혼자서 감시의 눈을 속이는 것은 그리 어렵지 않다. 오늘 아침 같은 방법을 쓰면 된다. 그러나 가능하면 좀 더 고스기와 함께 다니고 싶었다.

그렇다고 그런 아저씨에게 정이 든 것은 아니다. 지금도 노숙자로 살아갈 터인 미노루를 찾기 위해 필요하다고 판단했을 뿐이다. 그 때문에 이렇게 번거로운 방법을 써서 조직의 감시의 눈을 속였다.

신주쿠에 도착한 아마미야는 공중전화 부스를 찾아 고스기의 휴대폰에 연락했다.

"여보세요…." 경계하는 목소리로 고스기가 전화를 받았다.

"신지입니다."

"오, 신지구나. 공중전화라서 누군가 했네." 아마미야인 것을 알고 고스기의 목소리가 밝아졌다.

"휴대폰을 잃어버렸어요."

"잃어버렸다고?"

"네… 그건 괜찮습니다. 그런데 지금 오미야에 계신가요?"

"그래."

"실은 고스기 씨와 헤어지고 나서 알았는데 그 정보는 엉터리였습니다."

"엉터리?" 고스기가 놀라서 물었다.

"네. 아무래도 장난을 친 것 같아요." 아마미야는 낙심한 목소리를 꾸며 냈다.

"헛된 기쁨이었다는 건가. 이제 어쩔 건가?"

"어디 다른 곳에서 합류해서 작전을 다시 짰으면 합니다."

"그래야겠군. 신지, 자네는 지금 어디 있나?"

"신주쿠에 있습니다."

"그럼 이케부쿠로로 넘어와. 내 홈그라운드거든. 한 시간 후에 서쪽 출구 공원에서 만나면 어떤가?"

"알겠습니다."

공원 돌층계에 앉아 기다리고 있는데 한 남자가 접근해 왔다.

갈색의 긴 머리에 얇은 점퍼를 걸친 남자였다. 처음 보는 남자인데 곧장 이리로 걸어오고 있다. 조직 사람이 아닐까 경계했지만 눈앞에 선 남자의 눈을 보고 고스기라는 것을 알았다.

"머리가 너무 추워 보이는군. 이 가발을 빌려 줘야 하나?"

"어떻게 된 거예요? 그 차림새…." 아마미야가 어안이 벙벙해서 물었다.

"그건 내가 할 소린데."

고스기의 얼굴을 쳐다보니 인상이 사뭇 달라져 있었다. 그 이유를 알아차렸다. 뻐드렁니와 불룩한 볼살이 없어져서 얼굴 윤곽이 날렵해진 것이다. 얼굴에 윤기까지 돌고 지금껏 봐 온 고스기가 아니었다.

그러고 보니 고스기를 처음 만났을 때 어디선가 본 듯한 기분이 들었던 것이 떠올랐다. 그러나 어디서 봤는지 전혀 기억이 나지 않는다.

"내가 꽤 미남이라 놀랐나?"

아마미야는 아무 말도 못했다. 알고 지낸 삼 주가 넘는 기간 동안 입 속에 뻐드렁니 모양의 틀니를 끼웠다는 것인가.

도대체 뭣 때문에 그런.

"일단 집에 가서 한잔하지."

아마미야의 의문에 아랑곳 않고 고스기가 턱짓으로 공원 밖을 가리켰다. 아마미야는 천천히 일어나 고스기의 뒤를 따라가며 민첩하게 뒤를 살펴봤다.

"미행은 따돌렸으니 안심하라고." 고스기가 말했다.

"네?"

"그 공원을 나섰을 때부터 세 명이 따라붙더군. 쫓기는 상황이야 워낙 익숙해서 그 정도는 아무것도 아니었지."

조폭이었을 때의 경험을 말하는 걸까. 아니면.

왜 그동안 변장을 하고 있었던 걸까. 게다가 자신이 쫓기는 신세라는 것을 알면서도 어쩌면 저렇게 태연할 수 있을까.

고스기의 뒷모습을 보면서 아마미야는 그의 정체가 무엇인지 짐작도 할 수 없었다. 그러나 경계심을 느끼기보다 지금은 이 남자를 따라가는 수밖에 없다고 생각했다.

〈2권에 계속〉

신의 아이 1

1판 1쇄 발행 2019년 3월 5일
1판 9쇄 발행 2020년 10월 5일

지은이 · 야쿠마루 가쿠
옮긴이 · 이정민

발행인 · 주연지
편집인 · 석창진
편집 · 최소라
디자인 · 김서영
마케팅 · 허은정
북트레일러 · 사이클론

펴낸곳 · 몽실북스
출판신고 · 2015년 5월 20일 (제2015 - 000025호)
주소 · 서울 관악구 난향7길52
전화 · 02-592-8969 / 팩스 · 02-6008-8970
전자우편 · mongsilbooks@naver.com
네이버 포스트 · post.naver.com/mongsilbooks_kr
인스타그램 · instagram.com/mongsilbooks

ISBN 979-11-89178-06-2 (04830)
ISBN 979-11-89178-05-5 (세트)